梁衡散文大学生读本

梁衡◎著
来向武◎注

同心出版社

图书在版编目（CIP）数据

梁衡散文大学生读本 / 梁衡著，来向武注.
— 北京 : 同心出版社，2012.8

ISBN 978-7-5477-0621-3

Ⅰ. ①梁… Ⅱ. ①梁… ②来… Ⅲ. ①散文集－中国－当代
Ⅳ. ①I267

中国版本图书馆CIP数据核字(2012)第180727号

梁衡散文大学生读本

出版发行： 同心出版社
地　　址： 北京市东城区东单三条8-16号 东方广场东配楼四层
邮　　编： 100005
电　　话： 发行部：（010）65255876
总编室：（010）65252135-8043
印　　刷： 北京旺鹏印刷有限公司
经　　销： 各地新华书店
版　　次： 2012年8月第1版
2012年8月第1次印刷
开　　本： 640mm×910mm 1/16
印　　张： 26.75
字　　数： 300千字
定　　价： 35.00元

序

感悟大家风骨

刘聪博

几年前，人民日报一个朋友送我《梁衡文集》九卷。我用了两个多月的时间通读了一遍，不少篇章反复品读研赏，愈品读兴愈浓，愈研赏悟愈多，深感梁衡先生是当世少有的思想家、新闻家、文学家和教育家。梁衡先生先是以记者为业，后又从政为官的，但他既不浮躁也无官气，一手好文章总是静静地传达着深沉的思想。梁衡先生和他的文章具有六个鲜明的特点：

一有至美的追求。梁衡先生倡导写大情、大事、大理，无论是写人记事，还是写景状物，都善于发现和展示自然美、艺术美和人性美。他的文章充满崇高的生命价值和至美的风骨，让读者在赏美的兴奋和愉悦中产生心灵的震撼和共鸣。

二有非凡的胆识。梁衡先生曾长期担任我国新闻出版部门的高级领导干部。他不为官所累的，探求真理、敢讲真话的气概和品格，在同类人中屈指可数。《觅渡，觅渡，渡何处？》真实、生动、深刻地再现了中共早期领导人瞿秋白伟大而悲壮的人生；《二死其身的彭德怀》栩栩如生地刻画了英勇善战、忠直敢谏、赤诚爱民、忍辱报国的开国元帅。梁衡先生主张文学的继承性、批判性和创新性，敢于打破固化模式，开创了我国当代散文的新境界。他旗帜鲜明地捍卫艺术的崇高、纯洁和尊严，公开批评当下艺术界出现的庸俗、媚俗、低俗和恶俗之风。这种胆识和气魄无人能及。他用如椽之笔为时代点睛，为名人立传。

三有深邃的思想。梁衡先生的散文情理相融，情中有理，理中有情，以情寓理，以理蕴情。他的作品无论是山水散文，还是人物散文，随处可见独到的见解、敏锐的洞察和深刻的哲思，引人入胜，发人深省，令人神往。哪怕是那些别人已写过无数次的人物，如辛弃疾、李清照；山水如泰山、黄河等，在他的笔下也立即重放光芒。

四有渊博的学识。梁衡先生的创作涉及自然、政治、科学、新闻、文学诸多领域，足见他丰厚的学识和开阔的视野。他曾倾注大量的心血，精选了全世界70多位科学家的感人事迹，首用章回体小说创作出版了《数理化通俗演义》，连续再版近20次，深受广大青少年喜爱。受教育部委托，他为大学生主编的《爱国的理由》，精选古今中外的名篇，一版再版。

五有精美的语言。梁衡先生的文学语言传承、弘扬了中华优秀传统文化的精髓，顺应时代发展，形成了自己独特的语言风格和文学风格。他的每一篇文章、每一字句都力求语言准确、精炼、优美，做到了句句有美感，篇篇见神韵。正如季羡林先生所评："在并世散文家中，能追求、肯追求这样一种境界的人，除梁衡以外，尚无第二人。"

六有超人的勤奋。几十年来，梁衡先生在繁忙的新闻工作之余，潜心从事散文创作和文学理论、新闻理论的研究，写作了数百万字的优秀作品，产生了极大的社会影响，被评论界认为一篇文章超过了一部人物传记，胜过一个红头文件。他的多篇散文入选全国大、中、小学语文教材，已连续使用30余年，深刻地影响着亿万师生。

我长期从事大学教育工作，深感到梁衡先生的著作，实为当前大学生最好的精神食粮。为了加强大学文化建设，提高大学生文学鉴赏水平和综合素质，我特请梁先生自选了《梁衡散文大学生读本》，望我学子认真品赏大家名作，感悟大家风骨，丰富知识，拓宽视野，提高境界，创造自己的美好人生。

2012年5月23日

追求一个境界

季羡林

最近几年，我在几篇谈散文的文章中，提出了一个看法：在中国散文坛上有两个流派。一个流派主张（或许是大声地主张），散文之妙就在一个“散”字上，信笔写来，松松散散，随随便便，用不着讲什么结构，什么布局，我姑且称此派为“松散派”。另一个是正相反，他们的写作讲究谋篇布局，炼字铸句，我借用杜甫的一句话：“意匠惨淡经营中”，称此派为“经营派”，都是杜撰的名词。我还指出，在中国文学史上，散文大家的传世名篇无一不是“惨淡经营”的结果。

我窃附于“经营派”。我认为，梁衡也属于“经营派”，而且他的“经营”无论思想内容还是艺术表现都非同寻常。即以他的写人物的散文来说，一般都认为，写人物能写到形似，已属不易，而能写到神似者则不啻为上乘。可是梁衡却不以神似为满足，他追求一种更高的水平，异常执著地追求。但是他追求什么呢？我想了好久，也想不出一个恰当的名词。我曾想用“境地”，觉得不够；又曾想用“意境”，也觉得不够；也曾想用“意韵”、“韵味”等等，都觉得不够。想来想去，我突然想到王国维的“境界”，自认得之矣。“境界说”是王国维论词的新发明，《人间词话》有很多地方讲到“境界”：

词以境界为最上。有境界则自成高格，自有名句。

境非独谓景物也，喜怒哀乐亦人心中之一境界。故能写真景物、真感情者谓之有境界，否则谓之无境界。

“境界”，同“性灵”、“神韵”等一些文艺理论名词一样，是有一定的模糊性的，颇难以严格界定其含义，但是统而观之，我们是能够理解的。这是一个富有启迪性、暗示性、涵盖性的名词，上举《人间词话》最后几句话可以给我们一些启迪。现在从梁衡散文中举出一个例子来。他的名作《觅渡，觅渡，渡何处？》是写瞿秋白的。瞿秋白这个人才华横溢，性格中和行动中有不少矛盾。梁衡想写这样一个人，构思了六年，三访瞿秋白纪念馆，迟迟不敢下笔。他忽然抓住了“觅渡”这个概念，于是境界立出，运笔如风，写成了这篇名作。

梁衡是一位肯动脑、很刻苦，又满怀忧国之情的人。他到我这里来聊天，无论谈历史、谈现实，最后都离不开对国家、民族的忧心。难得他总能将这一种政治抱负化作美好的文学意境。在并世散文家中，能追求、肯追求这样一种境界的人，除梁衡以外，尚无第二人。

目录

序

第一卷 行万里路

第二卷　以史为镜

第三卷　观察与体悟

第四卷　读书与思索

第一卷

行万里路

山水　风物　名胜

阅读山水吧，能让你胸怀宽广，心神宁静。

只这一标题：人向天的倾诉，即将本文带到了一个非同一般的境界。写泰山的文章古今无算，此文喻山为人之信使，且饱含感情地“倾诉”，收新、伟、奇、活之效。

泰山：人向天的倾诉

我曾游黄山，却未写一字，其云蒸霞蔚之态，叫我后悔自己不是一名画家。今我游泰山，又遇到这种窘态。其遍布石树间的秦汉遗迹，叫我后悔没有专攻历史。呜呼，真正的名山自有其灵，自有其魂，怎么用文字描述呢？

此段前写天门，后写天街。“40里登山大道如单薄的软梯，被山风随便吹挂”之句极精彩，反衬天门之雄。

我是乘着缆车直上南天门的。天门虎踞两山之间，扼守深谷之上，石砌的城楼横空出世，门洞下十八盘的石阶曲折明灭直下沟底，那本是由每根几吨重的大石条铺成的40里登山大道，在天门之下倒像一条单薄的软梯，被山风随便吹挂在绿树飞泉之上。门楼上有一副石刻联：“门辟九霄，仰步三天胜迹；阶崇万级，俯临千嶂奇观。”我倚门回望人间，已是云海茫茫，不见尘寰。入门之后便是天街，这便是岱顶的范围了。天街这个词真不知是谁想出来的。云雾之中一条宽宽的青石路，路的右边是不见底的万丈深渊，填满了大大小小的绿松与往来涌动的白云。路的左边是依山而起的楼阁，飞檐朱门，雕梁画栋。其实都是些普通的商店饭馆，游人就踏着雾进去购物，小憩。不脱常人的生活，却颇有仙人的风姿，这些天上的街市。

渐走渐高，泰山已用她巨人的肩膀将我们托在凌霄之中。极顶最好的风光自然是远眺海日，一览众山，但那要碰到极好的天气。我今天所能感受到的，只是近处的石和远处的云。我登上山顶的舍身崖，这是一块百十平方米的巨石，周围一圈石条栏杆，崖上有巨石突兀，高3米多，石旁大书瞻鲁台，相传孔子曾在此望鲁都曲阜。凭栏望去，远处凄迷朦胧，不知何方世界，近处对面的山或陡立如墙，伟岸英雄，或奇峰突起，逸俊超拔。四周怪石或横出山腰，或探下云海，或中裂一线，或聚成一簇。风呼呼吹过，衣不能披，人几不可立，云急急扑来，一头撞在山腰上就立即被推回山谷，被吸进石缝。头上的雨轻轻洒下，洗得石面更黑更青。我曾不止一次地在海边静观那千里狂浪怎样在壁立的石岸前撞得粉碎，今天却看到这狂啸着、似乎要淹没世界的云涛雾海，一到岱顶石前，就偃旗息鼓，落荒而去。难怪人们尊泰山为五岳之首，为东岳大帝。一般民宅前多立一块泰山石镇宅，而要表示坚固时就用稳如泰山。至少，此时此景叫我感到泰山就是天地间的支柱。这时我再回头看那些象征坚强生命的劲松，它们攀附于石缝间不过是一点绿色的苔痕。看那些象征神灵威力的佛寺道观，填缀于崖畔岩间，不过是些红黄色的积木。倒是脚下这块曾使孔子小天下的巨石，探于云海之上，迎风沐雨，向没有尽头的天空伸去。泰山，无论是森森的万物还是冥冥的神灵，一切在你的面前都是这样的卑微。

这岱顶的确是一个与天对话的好地方。各种各样的人在尘世间活久了，总想摆脱地心的吸力向天而去。于是他们便选中了这东海之滨、齐鲁平原上拔地而起的泰山。泰山之巅并不像一般山峰尖峭锐立，顶上平缓开阔，最高处为玉皇顶。玉皇顶南有宽阔的平台，再南有日观峰，峰边有探海石。这里有平台可徘徊思索，有亭可登高望日，有许多巨石可供人留字，好像上天在它的大门口专为人类准备了一个进见的丹墀，好让人们诉说自己的心愿。我看过几个国外的教堂，你置身其中仰望空阔阴森的穹顶，及顶窗上射进的几丝阳光，顿觉人的渺小，而神虽不可见却又无处不在，紧攥着你的魂灵。但你一出教堂，就觉得刚才是在人为布置好的密室里与上帝幽会。而在岱顶，你会确实感到“天接云涛连晓雾，星河欲转千帆舞”，“闻天语，

写石、风、云、雨，文辞极佳，“云急急扑来，一头撞在”、“被吸进石缝”，生动而有意趣，作者登顶而望，调遣来这些风物，状写山之灵性，为文章之主题做铺垫。

由景而得出一论点，由叙转议。

再次由景到论，更强化前面的论点和观感。

这是全文的文眼，也是作者构思这篇文章时最有触动的地方，其余皆围绕此而展开，后面两段，便是对这一精妙之思的细细阐释，景、意、情、理，互相借重又相互说明，各种典故，各样人物，各式文辞都集结于此，共同点题。如果说，前面两三段可见作者写面前景象的状物之工，后面两段，则可见作者所储历史典故知识之博。即所谓“手中墨一管，胸中墨一桶”。这也正是文章历时日而更见不朽之所在。现在许多作品个人

化的写作、浮光掠影的情感宣泄，很快便没入文海，没有多少生命力，其症结也正在于此。

殷勤问我归何处”。不是在密室，而是在天宫门口与天帝对话。同是表达人的崇拜，表现人与神的相通，但那气魄、那氛围、那效果迥然不同。前者是自卑自怯的窃窃私语，后者是坦诚大胆的直抒胸臆，不但可以说，还可以写，而天帝为你准备好的纸就是这些极大极硬的花岗石。

这里几乎无石不刻，大者洗削整面石壁，写洋洋文章；小者暗取石上缓平之处，留一字两字。山风呼啸，石林挺立，秦篆汉隶旁出左右。千百年来，各种各样的人们总是这样挥汗如雨、气喘吁吁地登上这个大舞台，在这里留诗留字，借风势山威向天倾诉自己的思想，表达自己的意志。你看，帝王来了，他们对岱岳神是那样的虔诚，穿着长长的衮服，戴着高高的皇冠，又将车轮包上蒲草，不敢伤害岱神的一草一木，下令“不欲多人”，以“保灵山清洁”。他们受命于天，自然要到这离天最近的地方，求天保佑国泰民安。玉皇顶上现存最大的一面石刻就是唐玄宗在开元十三年东封泰山时的《纪泰山铭》，高 13.3 米，宽 5.7 米，共 1009 个字。铭曰：“维天生人，立君以理，维君受命，奉为天子，代去不留，人来无已……”从赫赫高祖数起，大颂李唐王朝的功德。一面要扬皇恩以安民，一面又要借天威以佑君，帝王的这种威于民而卑于天的心理很是微妙。他们越是想守住天下，就越往山上跑得勤，汉武帝就来过 7 次，清乾隆就来过 11 次。在中华大地的万千群山中唯有泰山享有这种让天子叩头的殊荣。除了一国之主外，凡关心中华命运的人又几乎没有不来泰山的。你看诗人来了，他们要借这山的坚毅与风的狂舞铸炼诗魂，李白登高狂呼“天门一长啸，万里清风来”，杜甫沉吟着“会当凌绝顶，一览众山小”；志士来了，他们要借苍松，借落日，借飞雪来寄托自己的抱负，一块石头上刻着这样一首诗，“眼底乾坤小，胸中块垒多。峰顶最高处，拔剑纵狂歌”；将军来了，徐向前刻石，“登高壮观天地间”；陈毅刻石，“泰岳高纵万山从”；还有许多字词石刻，如“五岳独尊”、“最高峰”、“登峰造极”、“擎天捧日”、“仰观俯察”；等等。其中“果然”两字最耐人寻味。确实，每个中国人未来泰山之前谁心里没有她的尊严、她的形象呢？一到极顶，此情此景便无复多说了。

将泰山的历史、人文、精神、风骨都在此处丰满地勾画出来。以“果然”为尾，将不尽寻味留给读者。

我想，要造就一个有作为有思想的人，登高恐怕是一个没有被人注意却在一直使用的手段。凡人素质中的胸怀开阔、志向远大、感情激越的一面确实要借凭高御风、采天地之正气才可获得。历代帝王争上泰山除假神道设教的目的外，从政治家的角度，他要统领万众治国安邦也得来这里饱吸几口浩然之气。至于那些志士、仁人、将军、诗人，他们都各怀着自己的经历、感情、志向来与这极顶的风雪相孕化，拓展视野，铸炼心剑，谱写浩歌，然后将他们的所感所悟镌刻在脚下的石上，飘然下山，去成就自己的事业。

此段笔锋轻宕，由景入理，以情感的波涛涌动而至沉静的理性思考。

看完极顶我们步行缓缓下山，沉在山谷之中。两边全是遮天的峰峦和翠绿的松柏。刚才泰山还把我们豪爽地托在云外，现在又温柔地揽在怀中了。泉水顺着山势随人而下，欢快地一跌再跌，形成一个瀑布，一条小溪，清亮地漫过石板，清音悦耳，水汽蒸腾。怪石也不时地或卧或立横出路旁。好水好石又少不了精美的刻字来画龙点睛。万年古山自然有千年老树，名声最大的是迎客松和秦松。前者因其状如伸手迎客而得名，后者因秦王登山避雨树下而得名。在斗母宫前有一株汉代的“卧龙槐”，一断枝横卧于地伸出十多米，只剩一片树皮了，但又暴出新枝，欣欣向上，与枝下的青石同寿。如果说刚才泰山是以拔地而起的气概来向人讲解历史的沧桑，现在则以秀丽深幽的风光掩映着悠久的文明。我踏着这条文化加风景的山路，一直来到此行预定的终点——经石峪。

这句话是文章中经络、结构的点明之语。

经石峪，因刻石得名，就是石头上刻有经文的山谷。离开登山主道有一小路向更深的谷底蜿蜒而下，碎石杂陈，山树横逸，过一废亭，便听见流水潺潺。再登上几步台阶，有一亩地大的石坪豁然现于眼前。最叫人吃惊的是，坪上断断续续刻着斗大的经文。这是一部完整的《金刚经》，经岁月风蚀现存1067个字。我沿着石坪仔细地看了一圈，这是一个季节性河槽，流水长年的洗刷，使河底形成一块极好极大的书写石板。这部经刻大约成于北齐年间，历代僧人就用这种独特的方式来表达自己的信仰。我在祖国各地旅行常常惊异于佛教信仰的力量和他们表达信仰的手段。他们将云冈、敦煌的山挖空造佛，将乐山一座石山改造成坐佛，将大足一条山沟里刻满佛，现在又在泰山的一条河沟里刻满了佛经。那些石窟是要修几百年经几代人才能完成的。这部经文呢？每字半米见方，入石三分，字体古朴苍劲。我想虽用不了几百年，可顶着烈日，挥汗如雨，在这坚硬的花岗石上一天也未必能刻出一两个字。中国的书有写在竹简上的，写在帛上、纸上的，今天我却看到一部名副其实的石头书。我在这本大书上轻轻漫步，生怕碰损它那已历经千年风雨的页面。我低头看那一横一竖，好像是一座古建筑的梁柱，又像古战场的剑戟，或者出土的青铜器。我慢慢地跪下轻轻抚摸这一点一捺，又舒展身子躺在这页大书上，仰天遐想。四周是松柏合围的山谷，头上蓝天白云如一天井，泉水从旁边滑过，水纹下映出“清音流水”四个大字。我感到一种无限的满足。

轻轻漫步、慢慢跪下、展身躺下，作者正在融入这景色与情境中，这里的关键是极为“自然”的融入，是景色之怡人、醉人，是忘我。

一般人登泰山多是在山顶上坐等日出，大概很少有人能到这偏僻深沟里的石书上睡一会儿的。躺在书上就想起赫尔岑有一句关于书的名言：“书——是这一代对下一代的精神上的遗训。”泰山就是我们的先人传给后人的一本巨书。造物者造了这样一座山，这样既雄伟又秀丽的山体，又特意在草木流水间布了许多青石。人们就在这石上填刻自己的思想，一代一代，传到现在。人与自然就这样合作完成了一件杰作。难怪泰山是民族的象征，她身上寄托着多少代人的理想、情感与思考啊。虽然有些已经过时，也许还有点陈腐，但却是这样的真实。这座石与木组成的大山对创造中华民族的文明史是有特殊贡献的。谁敢说这历代无数的登山者中，没有人在这里顿悟灵感而成其大业的呢？

天将黑了，我们又匆匆下到泰安城里看了岱宗庙。这庙和北京的故宫一个格式，只是高度低了三砖。可见皇帝对岱神的尊敬。庙中又有许多碑刻资料，塑像、壁画、古木、大殿，这些都是泰山的注脚。在中国就像只有皇帝才配有一座故宫一样，哪还有第二座山配有这样一座大庙呢？庙是供神来住的，而神从来都是人创造的。岱岳之神则是我们的祖先，点点滴滴倾注自己的信念于泰山这个载体，积数千年之功而终于成就的。他不是寺院里的观音，更不是村口庙里的土地、锅台上的灶君，是整个民族心中的文化之神，是充盈于天地之间数千年的民族之魂。我站在岱庙的城楼上，遥望夕阳中的泰山，默默地向她行着注目礼。

《十月》1990 年第一期

文章以岱宗庙为写景的最后一个落点，着墨寥寥，却引出了“积数千年之功而成就的岱岳之神，是文化之神、民族之魂。”将文章的主题、意蕴又推向一个高度。纵观全文，作者遍览泰山而只选岱顶、经石峪、岱宗庙这几处景物，集此几景而叙天地人相贯通之主旨，可细研作者构思、剪裁、提炼、升华之妙。

以注目礼为文章结尾，殊有意味，“夕阳、默默”为铺垫，不事渲染，却见深情，与全文的情感基调相吻合。

冬日香山

要不是有公务，谁会在这天寒地冻的时节来香山呢？可话又说回来，要不是恰在这时来，香山性格的那一面，我又哪能知道呢？

开三天会，就住在公园内的别墅里。偌大个公园为我们独享，也是一种满足。早晨一爬起来我便去逛山。这里，我春天时来过，是花的世界；夏天时来过，是浓阴的世界；秋天时来过，是红叶的世界。而这三季都游客满山，说到底是人的世界。形形色色的服装，南腔北调的话音，随处抛撒的果皮、罐头盒，手提录音机里的迪斯科音乐，这一切将山路林间都塞满了。现在可好，无花，无叶，无红，无绿，更没有人，好一座空落落的香山，好一个清净的世界。

这个总结引申一下子显示出了本文的不同，再经后面的进一步解释描述，顺利带出文章的立意。

过去来时，路边是夹道的丁香，厚绿的圆形叶片，白的或紫色的小花。现在只剩下灰褐色的劲枝，头挑着些已弹去种子的空壳。过去来时，林间树下是厚厚的绿草，茸茸地由山脚铺到山顶；现在它们或枯萎在石缝间，或被风扫卷着聚缠在树根下。过去来时，山坡上是些层层片片的灌木，扑闪着已经霜红的叶片，如一团团的火苗，在秋风中翻腾；现在远望灰蒙蒙的一片，其身其形和石和土几乎融在一起，很难觅到它的音容。如果说秋是水落石出，冬则是草木去而山石显了。在山下一望山顶的鬼见愁，黑森森的石崖，蜿蜒的石路，历历在目。连路边的巨石也都像是突然奔来眼前，过去从未相见似的。可以想见，当秋气初收，冬雪欲降之时，这山感到三季的重负将去，便迎着寒风将阔肩一抖，抖掉那些攀附在身的柔枝软叶，又将山

“劲”字的使用，赋予了生命力，不同于一般对冬季的感受，在不经意的字词之间，传达了作者的意趣。

门一闭，推出那些没完没了的闲客。然后正襟危坐，巍巍然俯视大千，静静地享受安宁。我现在就正步入这个虚静世界。苏轼在夜深人静时去游承天寺，感觉到寺之明静如处积水之中，我今于冬日游香山，神清气朗如在真空。

一连串拟人化的描写，使山有了灵动之气。特别是“将阔肩一抖”、“正襟危坐”、“静静地享受”几句。

与春夏相比，这山上不变的是松柏。一出别墅的后门就有十几株两抱之粗的苍松直通天穹。树干粗粗壮壮，溜光挺直，直到树梢尽头才伸出几根遒劲的枝，枝上挂着束束松针，该怎样绿还是怎样绿。树皮在寒风中呈紫红色，像壮汉的脸。这时太阳从东方冉冉升起，走到松枝间却寂然不动了。我徘徊于树下又斜倚在石上，看着这红日绿松，心中澄静安闲如在涅槃，觉得胸若虚谷，头悬明镜，人山一体。此时我只感到山的巍峨与松的伟岸，冬日香山就只剩下这两样了。苍松之外，还有一些幼松，栽在路旁，冒出油绿的针叶，好像全然不知外面的季节。与松做伴的还有柏树与翠竹。柏树或矗立路旁，或伸出于石岩，森森然，与松呼应。翠竹则在房檐下山脚旁，挺着秀气的枝，伸出绿绿的叶，远远地做一些铺垫。你看他们身下那些形容萎缩的衰草败枝，你看他们头上的红日蓝天，你看那被山风打扫得干干净净的石板路，你就会明白松树的骄傲。他不因风寒而筒袖缩脖，不因人少而自卑自惭。我奇怪人们的好奇心那么强，可怎么没有想到在秋敛冬凝之后再来香山看看松柏的形象。

作者的取舍，正在于选取意象，从而实现对文章立意的表达。

当我登上山顶时回望远处，烟霭茫茫，亭台隐隐，脚下山石奔突，松柏连理，无花无草，一色灰褐，好一幅天然焦墨山水图。焦墨笔法者舍色而用墨，不要掩饰只留本质。你看这山，他借着季节相助舍掉了丁香的香味，芳草的倩影，枫树的火红，还有游客的捧场。只留下这常青的松柏来做自己的山魂。山路寂寂，阒然无人。我边走边想，比较着几次来香山的收获。春天来时我看她的妩媚，夏天

山水图之喻何其妙哉！

来时我看她的丰腴，秋天来时我看她的绰约，冬天来时却有幸窥见她的风骨。她在回顾与思考之后，毅然收起了那些过眼繁花，只留下这铮铮硬骨与浩浩正气。靠着这骨这气，她会争得来年更好的花，更好的叶，和永远的香气。

文末收笔，正是文章别有意蕴之处。

香山，这个神清气朗的冬日。

九华山悟佛

“悟佛”该是沉静的，文却以这种行色匆匆开始，宛如书法中的寓朴于拙。随着文章慢慢展开，也可进一步体会这样安排的匠心。

到九华山已是下午，我们匆匆安顿好住处便乘缆车直上天台。缆车缓缓而行，脚下是层层的山峦和覆满山坡、崖脚的松柏、云杉、桂花、苦楝，最迷人的是那一片片的翠竹，黄绿的竹叶一束一束，如凤尾轻摆，在黛绿的树海中摇曳，有时叶梢就探摸到我们的缆车，更有那些当年的新竹，竹杆露出茁壮的新绿，竹尖却还顶着土色的笋壳，光溜溜地，带着一身稚气直向我们的脚底刺来。

“探摸”、“带着一身稚气”等随处可见的用词之妙。

天台顶是一平缓的山脊，有巨石，石间有古松，当路两石相挤，中留一缝，石壁上有摩崖大字“一线天”。侧身从石缝中穿过，又豁然一平台。台对面有奇峰突起，旁贴一巨石，跃然昂首，是为九华山一名景“老鹰爬壁”。壁上则有松八九棵，抓石而生，枝叶如盖。登台俯望山下，只见松涛竹海，风起云涌。偶有杜鹃花盛开于万绿丛中如火炽燃。遥望山峰连绵弯成一弧，如长臂一伸，将这万千秀色揽在怀中。远处林海间不时闪出一座座白色的或黄色的房子，是些和尚庙或者尼姑庵。我心中默念，好一湾山水，好一湾竹树。

写悟佛，却先大段写景，是为铺垫和情绪的逐渐转入。

流连些时候，我们踏着一条青石小路走下山来，这时薄暮已渐渐浸润山谷，左手是村落小街，右手是绿树深掩着的山涧，唯闻水流潺潺，不见溪在何处。山风习习，宁静可人，大家从都市走来，每个人都感觉到了一种久违了的静谧，谁也不说话，只是默默地享受。这时左边一个小院里突然走出一位老人，手持一个簸箕，着一身尼姑青衣，体形癯瘦，满脸皱纹，以手拦住我们道："善人啊，菩萨保佑你们全家平安，快请进来烧灶香。"我一抬头才发现，这是一个尼姑庵。大家好奇，便折身跟了进去。老妇人高兴得嘴里不住地念道："好人啊，贵人啊，菩萨保佑你们升官发财。"这其实是一间普通的民房，外间屋里供着一尊观音像，设一只香炉，一个蒲团。墙脚堆满一应农家用具，观音被挟持其中。我探身里屋，是一个灶房。我们向功德箱里丢了几张票子，便和老妇人聊了起来。

老人 69 岁，原住山下，来这里已 7 年。家里现有两个儿子、两个孙子。我说："现在村里富了，你为什么不回去抱孙子？"她说："儿媳妇骂得凶，说我出来了就别想再回去。""儿子来不来看你？""不来。他让我修行，说怎么都行，就是不许剃发。"老妇人指指自己稀疏的白发，一再解释。"香火好吗？""哪有什么香火？你不请，人就不进来。"我看一眼院子，有水井、桶杖之类，可想她一人生活的艰难。同行的两位女同志欷歔不已，我也心中悒悒。

此处进一步埋下伏笔。

下山时我便更留意街上的情景。整个山镇全是些大大小小的取了各种名字的庙庵、精舍、茅棚。许多还是新盖的，墙都刷成刺目的白色或黄色，门口贴副带佛味的对联，大门内供尊佛像，隐约香烟缭绕。原来这里的人世代以佛为生，人家竟以佛事相传。过一中等"精舍"，一着僧衣者立于门前与人闲话。我稍一搭讪，他便热烈地介绍开来。原来这大大小小的庙庵全山竟有 700 多家，有的是正规管理的庙，而绝大部分都是起个名字就称佛，摆台香炉就迎客的“私”庙。宛如城里人，将自己临街的门窗打开，就是个小店。下山后我在招待所里谈及此事，一位当地人说：“嘿！你还不知道，有的干脆就是两口子，白天男人穿上僧衣，女人穿上尼姑服，各摆一个功德箱，晚上并床睡觉，打开箱子数钱。”我一时语塞，不由联想起刚才那老妇人一再自我表白“儿子不让我削发”，大约怕我们以之为假。

第二天一早，我们即去拜谒这山上的名刹祇园寺。一进庙，见和尚们匆匆奔走，如有军情。一队老僧身披袈裟折入大雄宝殿，几个年轻一点的跑前跑后，就像我们地方上在开什么大会或者搞什么庆典。更奇怪的是一些俗民男女也匆匆进入一个客堂，片刻后又出来，男的油发革履之间裹一件僧袍，女的则缠一袭尼衣，唯露朱唇金坠和高跟皮鞋，僧俗各众进入大雄宝殿后，前僧后俗站成数排。只见前侧一执棒老僧击木鱼数下，殿内便经声四起，嗡嗡如隐雷，那些披了僧袍尼衣的俗民便也两手合十跟着动嘴唇。大殿两侧有条凳，是专为我们这些更俗一些的旁观游客准备的。我拣条凳子坐下，同凳还有两位中年妇女。一位妇人掩不住地激动，怯生生又急慌慌地拉着那位同伴要去入列诵经，那一位却挣开她的手不去。要去的这位回望一眼佛友，又睁大眼睛扫视一下这神秘、庄严又有几分恐惧的殿堂，三宝大佛端身坐在半空，双目微睁，俯瞰人间。她终于经不住这种压力，提起宽大的尼袍，加入了那二等诵经的行列。我便挪动一下身子，乘机与留下的这位聊了起来。我说：“你为什么不去？”她说：“人家是为自己的先人做道场，我去给他念什么经。”“这个道场要多少钱？”“少说也得有几十万。这是一家新加坡的富商，为自己所有的先人做超度，念大悲咒。”我大吃一惊，做一场佛事竟能收这么多的钱！她说：“便宜一点也行，出10元钱写个死者的牌位，可在殿里放7天。”她顺手指指大殿的左后角，

带着一丝悬念的叙述，引着读者向前走，也更渲染出“佛”在此地的一些特殊景象，带动读者一起来想真正的佛相应该如何？为后面“悟佛”做准备。

我才发现那里有一堆牌位叠成的小山。我说："看样子你是在家的居士吧。"她说才入佛门，知之不多。问及身上的尼姑黑袍，她说是在庙上买来的，35元一件，凡入这个大殿的信徒，必须穿僧衣，庙上有供应。我这才明白，刚才那帮俗家弟子为什么要到客堂里去，专门来一次金蝉脱壳。这有点像学校里统一制作校服，是规矩但也是一笔可观的生意。

从祇园寺出来我们拾级而上去看山顶上的百岁宫，实际上是一个山洞。相传明代有一无暇和尚来此修行，积28年刺舌血写得一部华严经，活到110岁坐化，肉身三年不腐，门徒奇之，以金裹身，存之至今。因为是真身所在，这里香火更旺。我们到时这里也正大做道场，问及价目，曰每场20万元。山顶风景无他，只是大兴土木，满地砖木沙石，碍脚碍眼。庙门前空地上几个石匠正在叮叮当当地刻功德牌。路边小店起劲地放着念经的录音带，高声叫卖木鱼、念珠之类的法物。梵音与市声齐飞，游客共香客一体。我们缓缓下山，走几步就会碰到扛着木头或担着砖瓦的山民，这些苦力不时停下来将木料拄地，擦着汗水。但是他们不肯静下来休息，而是向每一个擦身而过的游客伸出手："菩萨保佑，行个好，给个茶水钱。钱给了修庙人比买了香火还灵。"一种矛盾的心理立即攫住了我的心，见苦而不救，有违人心；鼓励乞讨，又助长歪风。这种层层的堵截使人大为扫兴，那些佛心重、心肠软者更是被弄得十分尴尬，只要给了一个就会有两个、三个上身。我立即想起在印度访问时的情景，回国后愤而写了一篇《到处都伸出一双乞讨的手》,想不到今天在国内的圣地名山又重陷那时的窘境。但我的心还是硬不起来,就与一个扛木头的山民聊了起来，知道他们的工钱是每扛百斤可得四元三角，是够苦的，便顺手掏出一张票子，那人的脸立即笑得像一朵花。可是我

形、事、情、理、典，此处用典。

王勃经典名句的暗借。

矛盾的心理，纠结的心情，进一步为"悟佛"做铺垫。

并没有一丝做了善事的喜悦。下山后又接着看了地藏王殿，这是九华山的主供菩萨，主管阴间轮回之事，殿内经声嗡嗡，木鱼声声。门口有一位边吃饭边当值的小僧，我问这里可做道场，他翻我一眼说：“这是地藏王亲自住的地方，他专管超度，怎么会不做？”很怪我的无知。问及价码，700元到 20 万元不等。下山时我们从九华街穿过，路过两间储蓄所，见柜上都有和尚在存钱。从背后望去，其双手举在柜上，头向前探，腰板就拔得更直，僧袍也更显得挺括岸然。

中午吃饭时我心里总是不悦。中国四大佛教名山，前三个五台、峨眉、普陀，我早已去过，唯有九华心仪已久，不想今天却得了一个铜臭味极浓的印象。钱这个东西像流水，赚钱聚财如挖渠。有人挖工业之渠，借产品赚钱；有人挖农业之渠，借菜粮赚钱；有人挖商业之渠，借流通赚钱；另有书报、娱乐、旅游、饮食甚至赌博、色情，皆因各人所好而设专渠。这个世界上是处处挖渠，处处设坑，借高水低流之势，把你口袋里的那一点积蓄都要滴引过来，聚而敛之。但今天令我吃惊的是，向以慈悲、普度、舍身、苦行为本的佛，也自己或允许别人在这方圆百公里的九华山腹地引了这么多的渠，挖了这么大的坑。你看那山上卖香的，路边卖佛的，九华街上卖饭开店的，遍山开庙开庵的，拦路行乞的，据说还有经营墓地的。我突然感到昨天在山顶所陶醉的一湾山树、一湾翠竹，竟是一湾欲海。在薄暮时分于茂林修竹间所用心体会的淙淙细泉，原来都向着这个大海流了过来。我们仿佛不是来游山，不是来欣赏山水的美，而是被人招来送钱的，宛如河面上随波逐流的一片落叶。

这时的心理已转向另一面。

午饭后我怀着怅然若失的心情下山。车到山口，闪过一湾翠竹和一棵枝叶如盖遮着半天的大树。树下露出了一座黄墙青瓦的古寺。这也是一座上了九华名刹榜的大庙，叫甘露寺，同时也是九华山佛学院。肃穆之象不由让我驻车凭吊。正当中午，僧人午休，整座大庙寂然如灭，使人有忽入空门之感。大殿上杳无一人，唯几炷香缈缈自燃，几排坐禅的蒲团静列成行。佛祖端坐半空，目澄如水，静观大千。殿柱上挂有戒牌，上书《九华山佛学院坐禅规则》："进禅堂心平气和，万缘放下……"，廊柱上有《僧伽壁训》："为僧首要老实，接物必重慈悲……"。右侧为饭堂，十数排桌凳，原木原色，古拙简朴。桌上每隔二尺之远反扣两个碗，清洁照人。墙上有许多戒条都是当思一餐不易，一粒难得之语。饭厅之侧有平台，上植花木，红花绿叶。一小树干上悬一偈牌，上书："绿竹黄花即佛性，炎日皓月照禅心"。我顿觉佛无处不在。我们这样穿堂入室在大庙中随意行走，偶遇一二僧人也目不斜视，既不怕我们为偷为盗，也不把我们喜作上门的财神，心情比在山上时愉悦多了。返到大殿，我虽不信佛，还是双手合十对着佛像拜了三拜，心中说道："这才是真佛。"

突然得佛，与前面相比，巨大的心理落差，可谓柳暗花明，形成强烈的效果。

直到此处才拜到真佛，完成心理的转变。

从庙里出来继续下山，车子弯过一弯又一弯，峰峦叠翠，竹影绵绵。我想佛教到底是高深莫测，处处随缘，可以是立见现钱的摇钱树，也可以是一本悟不透的哲学书。你可以马上掏钱换一个安慰，换一个虔诚；也可以无限追求，以情以性去悟那四大皆空、永无止境的佛理佛心。

进一步悟佛、点题。

《文汇报》1995 年 8 月

武当山，人与神的杰作

开篇之句即挟隐雷般的气势而来。

在武当山旅行最让我震撼的是万山丛中、绝壁之上和古树深处的宫殿。宫殿本是给人住的，给有权的王或皇住的，但不可理解，在这方圆800里的荒山之中，怎么会有这么多的红墙绿瓦、木柱石梁，甚至还有铜铸、鎏金的大量宫殿。据统计，有九宫、八观、七十二庙，二千七百间房。真不知，历史是怎样完成这一杰作的。

历史的感叹，引出下文。

武当大兴土木第一人当数朱棣。朱是违反封建帝王的传承法则，夺了侄儿的皇位上台的。他在任期间完成了中国建筑史上的两大工程，一是北修故宫，为我们留下了一座中国最尊贵的皇权殿堂；二是南修武当，为我们留下了一处国内最庞大的神权殿堂。史载，为修武当朱棣运用了江南九省的赋银，30万工匠，耗时12年。现在通行的说法是，他为了借神权来保皇位。可能还有更深一层的意思，这武当山也许是他经营的一个后方战略基地，一个政治陪都。但不管他是什么目的，却为我们留下了一批灿烂的文化遗产。我们只要先看看山上山下的两处大殿就会明白。

又是一处明显的引出下文之笔。

太和宫修在海拔1612米的山顶上，规模宏大，明代时已有山门、朝圣殿、金殿等房520间，历经风雨、战火，就是现在也还存有150多间。它还有一个奇怪的名字——紫金城，和北京的故宫紫禁城只差一字，也有一条长长的红色宫墙，将山头最高处全部圈起来，围成一座“皇城”，上顶蓝天，下眺汉水，俯瞰着林海茫茫，白云缭绕的七十二峰。太和宫里最好看的是金殿，整座大殿由黄铜铸成，表面又鎏以赤金。虽为铜铸，却是一座真正的大殿，高5.5米，宽4.4米，梁上的斗拱榫头，屋脊上人物走兽，飞檐下的铃铛，四周的大柱围栏，各种构件应有尽有，花格镂空的门窗开合自如，殿内供设一样不少。

我轻轻推开殿门，正中是庙的主人真武大帝的坐像，高1.86米。传说朱棣命画家为真武造像，画一张，不满意，杀一个画家，如是者数人。后一画家暗悟其意，就照朱的神态作画，当即通过。现在满山各庙留下的真武像都是这一个模式。朱棣是个政治强人，南下金陵夺皇位，北扫大漠拓疆土，又下诏修《永乐大典》，文治武功都要占全。他生性残忍，又喜伪装。名儒方孝孺不为他起草诏书，他就以刀抉其口，灭其十族，杀873人。但在庙里，有小虫落其衣，他轻放于树说："此物虽微，皆有生理，毋伤之。"你看现在这个"真武大帝"不威自重，静镇八方，还有几分慈祥。这是一个真真切切的人，圆头大耳，无冠，短须，丹眼，龙鼻，腰壮肩阔，以手按膝，凝视前方。更妙的是他身着一件锦袍，体态安详如春，衣纹流畅如水，却于前胸和袖口处露出金属纹的铮铮铠甲。轻衣便服，难掩杀气。这正合朱的身份。这尊神像无论从哪个角度讲都是一件极好的艺术品。它既无一般庙里神像的呆板，也没有帝王像居高临下的霸气，完美地表现了"神"与"皇"的结合。我真佩服这无名艺术家的构思之精和做工之巧。

文中常常可见的对偶句，增加了文章的韵律感、节奏感。

"皇"为人，此处直接切中主题：人与神的杰作。

真武神连同旁边的金童玉女等共五尊真人大小的铜像当时在北京铸就，经大运河运到南京，再溯长江而上，又入汉水至武当山下，再搬到这海拔1600多米的金顶上，可想是怎样的费工费时。现在山上还存有朱棣专为运送这批铜像下的圣旨："今命尔护送金殿船只至南京，沿途船只务要小心谨慎。遇天道晴明、风水顺利即行。船上要十分整理清洁。故敕。"后面又补了一句："船要十分清洁，不许做饭。" 你看皇帝也这样婆婆妈妈，圣旨公文也不嫌啰嗦。今天，当我们读这一段君权神授的故事时，却无意中读出了政治，读出了文化。感谢那些无名的工匠、艺术家，在600年前为我们预留下这多建筑、冶炼、雕塑、绘画的标本。

通过比较带出下一个要描述的对象，明显的转笔。

山顶的金殿是武当山海拔最高、施工难度最大的宫殿，以精见长；而山脚下的玉虚宫则是武当山海拔最低、占地最多的宫殿，以大见长，它又名老营宫、行宫，可知这是当年全山施工的大本营，又是驻扎军队的地方，也是皇帝出行办公、休息的地方。朱棣在启动北京故宫工程后四年，开始修玉虚宫，形制全照故宫的样子，只是等比缩小，而且山门、泰山庙、御碑亭等附属建筑越修越多，高峰时达2000多间殿宇，占地80多万平方米，后经战火、水患，楼殿、屋宇逐渐荒废坍塌。到上世纪90年代，平地淤泥已达2米之深，沧海之变，宫墙之内已成了一个庞大的果园。1994年花了100多万元，动用机械清土，这座深宫才大致露出了原貌。

我一进山门，心灵为之一震，映入眼帘的是一个荒芜的广场，而铺地的巨石每块都有桌面之大。石面油光平滑，可知这里曾经涌过多少人膜拜的人流，但石缝中钻出的荒草又告诉你，它已熬过不知多少年的寂寞。广场的尽头是巍峨的宫殿轮廓和红色的残垣断壁，衬着绵绵的远山，令人想起万里长城或埃及沙漠里的金字塔。这是另一个故宫，你脚下就是午门外的广场，只是多了一分岁月的悲凉。与北京故宫不同，院里多了四座碑亭。我从来没见过这么大的碑和亭，过去所见庙里、陵前的碑亭也不过就是平地竖碑，四角立柱，搭顶遮雨而已。而眼前，先要踏上几十级台阶才能上到亭座，这时仰观亭身，墙高9米多，厚2.6米，一样的红墙绿瓦，只是顶子已经塌落，成了一个天井，越过墙头的高草矮树，露出一方蓝天白云。实际上这就是一个小的宫殿,里面端立着一扇冰冷的石碑,宛如庙里的神像。这碑也特别的巨大，重约100多吨，只驮碑的赑屃就高过人头。每面碑上刻有一道圣旨,第一道是讲要严肃山规:“一应往来浮浪之人,并不许生事喧聒,扰其静功,妨其办道”;第二道是讲这宫建成后如何灵验:“告成之日，神屡显像，祥光烛霄，山峰腾辉”。站在亭上北望，是广场、金水桥、玉带栏杆和巍峨的大殿,不亚于北京故宫的排场。可以设想，皇帝出行到此，这玉虚宫内外仪仗銮驾，三呼万岁，君权神授,何等威风。但是这豪华的行宫未能等到它主人的到来,朱棣在永乐二十二年（1424年）死于北征途中。

朱棣死后，明清两代直至民国，这出人与神的双簧还在往下演。真武帝的封号愈来愈大，进香的人愈来愈多。但无论如何这造神运动也救不了它的主人。自明代以后武当虽愈修愈大而中国封建王朝却愈来愈衰落。但这满山满沟的文化积垫却愈来愈深厚，到处是建筑、文学、绘画、雕刻、音乐、武术的精品。太子坡景区有一座五云楼，楼高五层,通高15.8米,却只由一柱支撑,交叉托起12根梁枋,建筑面积达544平方米。南岩景区，在半壁悬空为殿，殿外又横空挑出一长近3米,重达数吨的石雕龙头,祥云饰身,日光如炬，须髯生动。且不说其做工之精，如何装上去即是一谜。那天，我去寻访一处荒废的旧宫，半路向导说，沟下有一岩洞，披荆拔草，下去一看，洞里竟刻有一幅王维的自画像并一首诗。我望着起伏的沟壑和冉冉的云雾，真不知藏龙卧虎，这里面还有多少艺术的珍宝。

就像慈禧为自己祝寿却给后人留下了一座颐和园，朱棣为自己修家庙，却留下了一座文化武当山。其实，不只是中国这样，你看欧洲、世界各地的金字塔、泰姬陵、希腊神庙等，那些为皇、为王、为神造的宫殿、教堂、园林，最终都逃离了它的主人，而回到了文化的怀抱。历史总是

从太子坡、南岩，再到王维的自画像，均寥寥几笔，是对前面几处重点描写后的延伸，从点上升到面，最后以“不知”结尾，留下余味。

此段从对武当山一景的描述、议论，上升到总体的历史规律，进而从造神的“政治”而至“文化艺术”的创作，“神就成了艺术的载体”，再一次

切中“人与神的杰作”的主题。文章整篇基本由两部分组成：描述景物、钩沉历史。在这种现实与历史、政治与艺术、叙说与议论几重的转换结合中，又一直紧扣主题。

在重复这样的故事，王者借手中的权力，假神道设教，造神佑主，而忘了打扮神灵时绝离不开艺术。于是神就成了艺术的载体，而那些被奴役的工匠倒成了艺术创作的主体。历史不以英雄的意志为转移，总是按它的取舍标准，有时“买椟还珠”，舍去该舍的，留下该留的。

武当山1994年被联合国列入世界文化遗产。

《人民日报》2011年11月1日

雨中明月山

江西西部有明月山，藏于湘赣之间，不为人识。当地政府恨世人不识璧中之玉，闺中之秀，便邀海内外作家记者团作考察之游。

是实际状况，却又收先抑后扬之效。

头一日，游人工栈道，乘缆车登顶，云绕脚下，雾入衣襟，游者不为所动；第二日，看大庙，殿宇巍峨，新瓦照人，更不为动。当晚，人走一半。

第三日，微雨，主人再邀所余之人作半日之游。无车无马，徒步爬山。一入山门，立见毛竹数竿，有两握之粗。青绿滚圆的竹面上泛出一层细蒙蒙的白雾，竹节处的笋叶还未退净，一看就是当年的新竹。但其拔地接天，已有干云捉月之势。众人精神为之一振，纷纷冲上去照相。然后开始爬山。

形容竹之挺拔高耸，从未见有“干云捉月”这样的妙句。文中有多处灵动的用词，可细细揣摩其中之妙。

路沿峭壁而修，左山右河。山几不见土石，全为翠竹所盖；河却无岸无边难见其貌，其实就是两山间一谷。谷随山的走势成之字形，忽左忽右，渐行渐高。谷间只有四样东西：竹、树、石、水。水流漱石，雪浪横飞，竹木相杂，堆绿染红，好一幅深山秋景图。石头一色青黑。大者如楼，小者如房，横空出世，杂布两岸。有那顺洪水而流落谷底者，无论大小皆平滑圆滚，俯仰各态。雨，似下非下，朦朦胧胧，湿衣润肤。正行间，路边有一石探向谷中，四围藤树横绕围成天然扶栏，我说好个“一石观景处”，凭“栏”望去，只见竹浪层层，满川满山，一直向天上翻滚而去。近处偶有一枝，探向林外，正是苏东坡诗意“竹外一枝斜更好”。竹子这东西无论四季，总是一样的青绿，永葆青春朝气。大家就说起苏东坡，宁肯食无肉，不可居无竹，又说到城里菜市场上卖的竹笋。主人见我们对竹感兴趣，突然说：“你们知道不知道,这竹子是分公母的？”我们一下子静了下来，都说不知。他说：“你看，从离地处起往上数，找见第一片叶子，单叶为公，双叶为母。”众人大奇，拨开竹子一找，果然单双有别。我自诩爱竹，却还不知这个秘密。大家又问，这有何用？“采笋子呀！山里人都知道，只有母竹根下才能挖到笋子。”这山原来不只是为了人看的。

16字绘出一幅美景图，字字珠玑。

此句出自苏轼《和秦太虚梅花》，原诗为“西湖处士骨应槁，只有此诗君压倒。东坡先生心已灰，为爱君诗被花恼。多情立马待黄昏，残雪消迟月出早。江头千树春欲暗，竹外一枝斜更好。孤山山下醉眠处，点缀裙腰纷不扫。万里春随逐客来，十年花送佳人老。去年花开我已病，今年对花还草草。不如风雨卷春归，收拾余香还畀昊。”

等到又爬了几里地，过了一座吊桥，再折上一段石板路，半天里忽一堵石壁矗立面前，壁上有瀑布垂下，约有几十层楼房那么高。石壁的背后和四周都簇拥着绿树藤萝，如一幅镶了边的岩画，而画面就是直立起来的江河奔流图。它不像我们在长江或黄河边，看大浪东去，浩浩千里，而是银河泻地，雪浪盖顶。我自然无法接近水边，只试着往前探了一点身子，便有湿云浓雾猛扑过来，要裹胁我们上天而去。我赶紧转身向后，这时再回望来路，只见云雾倏忽，群山奇峰飘忽其上，古庙苍松隐约其间。近处谷底绿竹拍岸，流水奏琴，偶有一束红叶，伏于石间，如夜间火光之一闪。

此段中多次使用对偶句，四字、八字，均为佳句。

这时，主人在下面半山腰的一间石室前招手，待我们款款下来，他已设好茶桌。茶备两种，一为当地的黄豆、橙皮、姜丝所制，驱寒暖胃，咸辣香绵，慢慢入心；而另一种则为山上采的野茶，清清淡淡，似有似无，就如这窗外的湿雾。我们都不再说什么，只是端着杯子，静静地望着远处。许久，不知谁喊了一声：“天不早了，该下山了。”我说：“不走了，就这样坐着，等到来年春天吃笋子。”

《人民日报》2010 年 3 月 11 日

芦芽山记

此处接连用典。伯夷、叔齐反对周武王伐纣，誓死不作周的臣民、不吃周的粮食，便隐居在首阳山，以采野果为生。介子推曾随晋文公重耳流亡 19 年，中间曾因断粮而割下自己腿上的肉，烧汤给重耳。后来，重耳当政，论功行赏，介子推不愿受封，便离开重耳，隐居到了绵山。重耳后来亲自带人到绵山寻找，找不到就放火烧山，想逼出介子推。谁知，介子推母子俩抱着一棵烧焦的大柳树死去，至死也不愿出山。

山西多山，太行、吕梁纵贯南北，分卧东西，全省境内几乎无平地。其间较著名者有历代皇帝封禅祭扫的北岳恒山，有伯夷、叔齐不食周粟而死的首阳山，有介子推不受晋文公之封而焚身的介休绵山。但因这些地方历史掌故的名声太大，倒常常使游人忘记了山水本身的美。所以，若是真游山，还是无名的好。于是，在山西，我们便选中了吕梁山北梢芦芽山自然保护区的主峰——芦芽山。

11 日晨，天微阴。我们备足干粮、水，东南出五寨县城，乘车约行 10 多分钟，便投入大峡谷中。谷底乱石如斗，两侧峰崖急扑而下，遮天蔽日。车上下颠簸似浪中行舟，又紧贴山根爬行，缓缓如一豆甲虫。离市井才十数里，便顿如隔世。瞩目窗外，那山有的整石以为峰，拔地而起，节节如笋；有的斜卧如虎豹，周身斑驳有纹，更有其大如房的卵石，以一细尖立于山巅，石上又石，成累卵之危，仿佛一推即可滚落。山少树，石青黑，多水痕。可以想见，史前时期，这里曾是洪水汤汤，这些巨石被飘举如豆丸，山谷被切割如腐乳。后来骤然水退，寂寂石存，山高谷深，悄然至今。

再走，山坡多灌草，郁蔽如棕毡，间有松树散立其间。以后树渐渐增多，松杉直立如筷，密密匝匝，不得深视。这山正如其名，峰多峭拔如出土芦芽，这时一律为绿树所覆，你前我后，纷沓相叠，正是旧县志上说的“芦芽叠翠”。举目越过层峦望开去，满山满野的林子，近处墨绿，稍远深绿，再远浅绿，层层次次，最后只剩下一层朦胧的绿意溶入天穹。车子像一叶扁舟，在这片绿海的波峰浪谷中穿行。

连旧县志也能随手拈来，可见作者的准备之足。

约九时半，我们来到主峰下，这时云已阴得沉沉欲坠了。山脚几个看林人说，怕有雨，今天是万不可登山了。远远而来的我们，岂肯悻悻地回去，大家每人折了一根枯树枝，便一头扎进黑林子里。头上云来云往，林中忽明忽暗，落叶积地盈尺，一踏一个虚坑。这里本少人迹，今天又飘着细雨，四周淅淅沥沥，唯闻雨打松枝与风弄树叶之声，越发静得怕人。脚下不时横着倒地的枯木，庞然身躯，用杖一桶就是一个窟窿。两边立着被雷劈死的大树，或中心炸裂，或齐肩削去，皆断躯残肢，一副残酷悲怒之状。朽黑的树身上又生出寸厚的绿苔，奇奇怪怪地立于空林间，如虎狼鬼魅。抬头常给人一身冷汗。领路的老杨说，他上这山已有11次了，倒有9次走错了路，但愿今天不再犯第10次错误。

此处由人及景，再由景及人，“怕”字可概括其义，一连串的景物意象，皆在表达这一意思。

爬了约一小时，我们跃上一面斜坡，眼前骤然大亮，两山峰之间现出一片开阔地，虚云轻雾贴着两边的山，笼着坡上的树，在阔地的远处小心地拱合成一个大圆圈。而这个圆形的阔地上却无一根树木，清一色的阔叶绿草，托着大朵的黄花，微雨中灿若群星，又娇如美人出浴，四周绿树白云都是她们的陪伴。大家心情为之一振，高歌狂呼一阵，便东折而上攀小径向顶峰冲去，这时山更陡，峰更峭，景亦更奇。我们攀行在石磴上，雾入衣袖，云拂脚面。俯视脚下则山川无形，天地不分，唯白云一片，滚滚如大

心情又有转换，纵观全文，作者一直将心理的感受、情绪的变化与眼前的景物相结合，景人一体了。

海波涛，风振林梢，又隐隐传来千军万马之声。间或脚下石路正过两山谷口时，则浓云团团缕缕撕涌而出，急喷狂走之状，若山下鏖战，硝烟冲天却又寒气逼人，不敢稍留。将凌绝顶时要过一短峡，仅容一人单行，曰束身峡；要过一梯，横棍九节，梯担两峰间，曰九杠梯，下临无底。这是全峰最险之处，过去当地人说，凡不做亏心事者才敢过梯。现在两边更加了栏杆，但仍然令人目眩。过木梯便是芦芽绝顶了。这是一块巨大的孤石，下细上大，状如蘑菇，探伸在半空之中。石上有小庙一座，曰太子殿，是过去求雨人表示虔诚的所在。这时云蒸雾裹，已不辨天上人间。殿宇的檐角时隐时现，云中探出几株古松，我确信自己还未离地而去。

此句颇有意味，正话反说，置身于仙境。

雨还在下，我们拄杖下山了，当钻出密林时衣服早已湿透，鞋帮上满是星星点点的野花瓣子，早已成绣鞋一双。看林人笑道，还从未见过你们这般有兴致的人，忙招呼我们回屋烤火。这时我们心头贮满了愉快，哪管什么鞋湿衣凉，连忙辞谢，驱车下山。山下雨小。回看林间已挂上了无数条细亮细亮的瀑布，轻柔柔的，从水绿的林梢垂下来，跃在石上汇入谷底。谷底的水比来时大多了，只是不见半点泥沙，还是原来的清。

作者最后的交代，点出游此山的不同，从而使一座不知名的小山也有了其独特之处。

在别人不愿出门的时候，去游人迹少至的地方，我们的心中泛起一丝莫名的骄傲。

1987 年 4 月

壶口瀑布记

凡世间能容、能藏、能变之物唯有水。其亦硬亦软，或傲或嗔，载舟覆舟，润物毁物，全在一瞬之间。时桃花流水而阴柔，又裂岸拍天而狂放。凡河川能伸能屈，能收能藏，唯我黄河。其高峡为镜，平原飘带，奔川浸谷，挟雷裹电，即因时势而变。时滔天接地而狂呼，又拥地抱天而低言。

前半部分写水，后半部分写河川，用笔对仗，寓理于物，与“山不在高，有仙则名……”之经典，有异曲同工之效，又有变化引申之妙。

我曾徘徊于黄河上游的刘家峡水库，惊异于她如泊如镜的沉静；曾生活于河套平原，陶醉于她如虹如带的飘逸；也曾上溯龙门，感奋于她如狮如虎的豪壮。但当我沿河上下求索而见壶口时，便如痴如狂。

惊异、陶醉、感奋、痴狂，通过层层对比、衬托，表达出对壶口瀑布的感受。

壶口在山西吉县境内，是黄河上唯一的瀑布。因状如壶口而得名。水流至此急冲沟下，人观瀑布由上俯下，只见烟水迷漫，船行至此得拖出河岸，绕过壶口。即古书上所载“河里冒烟，旱地行船”。原来黄河在这里，先因山逼而势急，后依滩泻而狂放，排山倒海，万马奔腾，喧声蔽天。却正当她得意扬眉之时，突以数里之阔跌入百尺之峡，如水入壶，腾荡急旋。于是飞沫起虹，溅珠落盘，成瀑成湫，如挂如帘。裂坚石而炸雷，飞轻雾而吐烟，虎吼震川，隆隆千里，龙腾搅谷，巍巍地颤。波起涛落，切层岩如豆腐，照徐霞客所记，300年来竟剜石开沟上剁300余米；激流飞湍，锉顽石如木铁，据民间所言，有黑猪落水，眨眼之间，褪毫拔毛，竟成雪白之豚。黄河于斯，聚九天雷霆，凝江海之威，水借裂石之力，轰然辟开大道坦途；沙借波旋之势，细细磨出深沟浅穴。放眼两岸，鬼斧神工，脚下这数里之此段大量铺排文字，从奇、急、声、力等方面反复摹写壶口瀑布，中间大量四字短句，融骈俪文之美。

壶口瀑布在其壮美，本文全篇文字亦多有雄壮铿锵之感，是为一大特色。

阔的磐石，经黄河涛头这么轻轻一钻一旋，就路从地下出，水从天上来。她顺势一跃，排山推岳，挟一川豪情，裹两岸清风，潇洒而去，又再现她的沉静，她的温柔，她的悲壮，她的大度。去路千里缓缓入海。

呜呼，蕴伟力而静持，遇强阻而必摧，绕山岳而顺柔，坦荡荡而存天地。美哉，壮哉，我的黄河。

此文写成后，即被分章断句，分散刻于景区相应位置，成为新添一景。游人赏景，又仿佛穿梭、徜徉于美文之中。

天星桥：桥那边有一个美丽的地方

全国的山水也不知道去了多少处，竟没有想到还有这么美丽的地方。确实，全国知道天星桥的人很少，它在贵州黄果树瀑布旁 8 公里处，许多年来黄果树的名声太大，很少有人注意到它。

此语颇可多加玩味。

天星桥的美就美在你突然发现世界上的风景还有这样一种美。只要你一走进这个景区，就一步一吃惊，一步一回头，你总要问："这是真的吗？"一般的"真像"、"真美"之类的词在这里已经苍白无力。因为这景你从没见过，从没想过，就是在小说中，在电影上，在幻想时，在睡梦里也没有出现过。现在，突然从你的心灵深处抓出一种美，摆在你眼前。你心跳，你眼热，你奇怪自己心里什么时候还藏有这样的美。

天星桥景区不算很大，方圆 5.7 平方公里，三个半小时就可逛完，基本上是走平地，也不会让你很累。你可以从从容容地看，慢慢悠悠地品。整个景区前半部以山石之奇为主，后半部以水秀之美为主，而渗透在全过程的是绿色的树，绿色的风。所以当你从那个美梦中醒来，细细一想，其实这天星桥的美和其他地方一样，还是跑不了石美、水美、树美。但是它却硬能够化平淡为神奇，将几个最普通的音符谱成了一首天上的仙乐。

石头哪里没有？但这里的石头总要变出个样，变出别一种形，别一种神，像一个曲子的变奏，熟悉中透着新鲜，叫你有一种感觉到却说不出的激动。比如石的表面经常会隆起一簇簇的皱褶。它本是个铜头铁脑、生硬冰凉的东西，却专向柔弱多情方面取貌摄形，如裙裾之褶，如秋水之纹，如美人蹙眉，如枯荷向空。这种强烈的反差，从你心里揉搓出一种从未有的美感，你忍不住要叫、要喊，难怪国画专有一种表现法叫“皴”法。再说它的形，也实在不俗，它决不肯媚身媚脸地去像什么，是什么，反而是它什么也不像，什么也不是，在你头脑的储存里根本就没有这样的构图。比如一座山石，大约有城里的一座高楼那么大，侧面看它却薄得像一本书，或者干脆是一张纸。硬是挺立在那里，水从脚下绕，藤在身上爬。它是什么？什么也不是，就是美。脚下的，头上的，还有那些在坡上、沟里随意抛掷的石头，都要美出个样儿。你可以伸手随意抚摸崖边一块突出的石，那就是一朵凝固的云。有时你走过一座小桥，这桥身是一块整石，但你怎么看也是一段枯了多年的树。有时路边或山根的石头连成灰蒙蒙一片，那就是一群抵角的山羊，前弓后绷，吹胡子瞪眼，跃然目前。

四个比喻集中使用，每句又都贴切、新鲜、恰当，平常所谓文字的功力，大概于此可见一斑。在各种文学作品中，极少见对于“皱褶”的注意和描写，这段文字可谓独特。

写山石，先后将其比作书、纸、云、树、山羊，各色的石头，不同的比喻。

天星桥景区的前半部是石在水中。浅浅的水面托起无数错落的石山、石壁，又折映出婆娑多姿的影。有的山平光如洗，在水里是一面立着的镜子；有的中裂一缝，在水里就是一道飞来的剑影。而在这很多但并不太高的群峰之间则是365块踏石，游人踩着这些石头，鞋底贴着水面，在绿波上荡漾。当你看着水里的青山倒影时，也就惊奇地发现了自己什么时候也变得这样美。因为这石的数目暗合了一年的天数，所以在这里总会有一块正是你的生日，此写云中石桥，不是从其全貌入手，而是先写平常的两座对峙的山峰，最后才是最为绝妙的巨石卡于其间，就像电影的镜头，从局部的特写，一步步到最后的全景，使读者的惊奇逐步加深，最后简直就拍案叫绝了。

园就名“数生园”。你站在生日石上可以体会一下降世以来这最美丽的一天。景区的中部是两座对峙的山峰，相距数十米之遥，他们各探出一只手臂呼唤对方。但就在相差一拳之远时，臂长莫及，徒唤奈何。这时一块巨石从天而降，上大下小，正好卡在其间，于是两手以石相连，成一座云中石桥，千年万年，苍松杂树扎根其上，枯藤野花牵挂其旁。石头能变到这等花样，也算是中外奇观。这桥景区的名字大概就是因它而取，就像我们一本散文集取名，就拣其中最得意的一篇。

一句过渡，从写石转入写水。

天星桥的水是为石而生的。一入景区，脚下就是水，水里倒映着各色的山石。所以这水实际上是一面大镜子，就是为了让你正面、反面、侧面，从各个角度来看山、看石。只不过这镜子太大，你无法拿在手里，于是人就走到镜子里，踏在镜面上，“镜不转人转”。刚入景区，在数生园一带，水面极浅，山石也不高，清秀娴静。如庭院深深。但静中有变，水一时被众山穿插成千岛之湖，一时又被变幻成漓江秋色，忽而又错落成武夷九曲，当然都是微型美景。总之随石赋形，依山而变，曲尽其态。到过了那云中之桥，山高谷深，就渐有恢弘之气了。谷底有一座深潭，方圆数里，一泓秋水深不可测。潭为四山所合，不见源头；水从深底冒出，成2米多高的水柱，又静静滑落潭面，如夜空中的礼花。问之于当地人，说这潭就叫“冒水潭”，可见开发之迟。连名字也还没有受过文人们的“污染”。潭边有一株古榕，干粗二抱，叶繁如山。依树临潭，遥望天桥，只恨眼前不是夜晚，否则山高月小，好一篇《后赤壁赋》。

分三层次，一步步写出水的不同变化。

水从冒水潭里流出之后，泻在一片石滩里，没有了先前的浅静，也没有了刚才的深沉，撞在各样石上，翻起朵朵浪花，叩响潺潺轻鸣。要知这滩决不是一般的乱石滩，而是一根根直立的石柱、石笋，此景就名水上石林。云南的石林是看过的，那些无枝无叶的树，无言地伸向天空，让你感到生命的逝去；桂林的溶洞子也是看过的，那些湿漉漉、阴沉沉的石笋、石塔在幽暗中枯坐默守，让你感到岁月的凝固。当石头们只是同类相聚时，无论怎样地表现，也脱不出冰冷生硬，就像一场纯由男性表演的晚会。而现在绿水碧波欢快地冲入了这片石林，手之舞之，足之蹈之。绕过这片石轻翻细浪，撞上那座崖忽喧涛声，整个滩里笑语朗朗，湿雾蒙蒙。你再次体会到水就是生命。这些无生命的石头这时也都顾盼生辉，变出无穷的仙姿神态。游人从这块石跳到那块石，就在这水欢快的伴奏和伴唱中，舞蹈着穿过这片已有亿万年的生命之林。

写水石结合，赋予生命的灵动。

天星桥的水不像我们过去随便看过的一条河、一个湖或者一座瀑布，你始终无法看到它一个完整的形，不知它从哪里出来，最后又回到何处。就像我们看一座房子，要找水泥只有到那砖与砖之间的勾缝中去寻。我只知道那水的结尾处是一个叫做珍珠泉的地方。淌过数生园，钻出冒水潭，又漫过石林的水，不知道还做了哪些事，最后汇到了这里。这里名泉实则是一个大瀑布，但它不是一匹直垂下来的布而是一圈卷成漏斗状的布。平软的水波滑过整石为底的圆形沟坡，在石面上滚成一颗颗的珍珠，在阳光中幻出五颜六色。这时你的面前是一只大斗，一只不停地吸进金银珠宝的斗。围着这急吸灌的珍珠飞流，四周翻起细碎的浪花，奏起喧闹的乐声。然而这一切突然就消失在一块巨石之下。当你翻过这一道石梁时，仿佛刚才就没有见过什么水，也没有听到水声，只有垒垒的石和石缝中绿绿的树，这水是一个来无踪去无影的洛神。

天星桥的树以榕树为多，叶大荫浓，满谷绿风。这里的树常会变出许多的形。有一株名“美人树”，树身高大绰约，枝叶如裙裾飘动，女士们都争着与她合影。有一株

从写石、写水再到写树，层次分明。

叫“民族大家庭”，一从石中钻出即分成56根树干，大家就一根一根地去数。还有一株并不是树，是一株老藤，不知有多少年月，甚至也看不清它从哪里长出，只见从山坡上搭下来，也许当初是被风吹了下，就挂在了对面的一棵高树上又绕了几匝。生命之力竟将这藤拉得笔直，数丈之长，一腕之粗，像一根空中的单杠。当我环顾四周，贪婪地饱餐这些秀色时突然发现这里除了石就是水，基本上没有土。大大小小的树，不是抓吸在石上，就是浸泡在水中。无论是在路旁，在头上，在脚下，那些奔突蜿蜒、如雕如刻的树根招惹得你总想用手去摸一摸，用身子去靠一靠，甚至想用脸去贴一贴。这些本该深埋在土层下的不见光日的精灵一下子冒了出来，排兵布阵，作了一次惊人的展示。这实在是天星桥的个性。

写树，选特色之处写，最有趣的是写树根，且饱含感情，这在一般写树的文章中很少见。下面继续写根，升华到对生命的感叹。

从数生园出来，路边有一块一楼多高的巨石，光溜溜的石壁上却顶出一株胳膊粗的小树。远看这树就如假的一般。导游小姐总喜欢考考游人，问这树根在哪里？你俯近石壁细细一看，石上蛛丝马迹，那树根粗者如筷，细者如丝，嵌缝觅隙，纵贯南北，奔走东西。我忽觉头上轰然一响，眼前的石面成了一片广袤的平原，于无声处河网如织，水流涓涓。那红色的之字形须根就像一道道闪电，生命的惊雷在天际隐隐作响。面对这株亭亭玉立的榕树和这块光溜溜的寻根壁，我一下子寻到了生命的美，生命的理。

我在这里徘徊，几乎每一块巨石都立在水中，而每块石上都爬满了树根。那根贴着石面匍匐而下，纵横交错又将巨石网了个结实然后再慢慢抽紧，就像我们在码头上看到的，吊车用网绳从水里提起一件重物。那赭色的根涨满了力，像一个大木桶外条条的铜箍，像力士角斗时臂上暴突的青筋。有长得粗些的，如臂如股披挂石上，像冬天崖上的冰柱，像佛殿后守门的韦驮，凛然而不可撼。霎时我觉得天星桥全部的美都在这根与石的拥抱之中。回看刚才的水美、石美全都做了树的铺垫。这是一种多么美妙的有机结合。你看石临水巧妆，极尽其意，因水而灵；水绕石弄影，曲尽其媚，因石而秀。而这树呢，抱坚石而濯清流，展青枝而吐绿云，幻化出一团浓烈的生命。这种生命的力量和美感充盈在这条不大的山谷之中，令你流连忘返，回肠荡气。天下的好景有的是，但有的路途遥远，一生只能作一次游；有的以险取胜，只能供一部分人做冒险的旅行。只有这天星桥，路又不远，山又不险，景却特美，你可以一来再来，细品漫游。

收笔，水、石、树结合，到整体的美。

1996 年 1 月

长岛读海

要想知道海吗？先选一个岛子住下来，再拣一条小船探出去，你就会有无穷的感受。8 月里在烟台对面的长岛开会，招待所所长是一个很热情的人，叫林克松，与美国总统尼克松只一字之差。一天下午，他说："我给你弄一条小船，到海里漂一回怎么样？"吃过早饭，我们驱车来到了海边。船工们说风太大不敢出海，老林与他们商议了一会儿，还是请我们上了船。他说："你来了，我们没有惊动官府，要不然，你今天就享受不上这小船的味道了。"我想今天就冒上一回险。

快艇高高地昂起头在海上划出一道白色的浪沟，海水一望无际，碎波粼粼，碧绿沉沉。片刻，我们就脱离了陆地，成了汪洋中的一片树叶。这时基本上还风平浪静。大家有说有笑，一会儿就到了庙岛。这岛因地利之便是一座天然的避风港，历代都十分繁华。岛上有一座古老的海神庙。海神为女性，这里称海神娘娘，在福建一带则叫妈祖。妈祖在历史上确有其人，是福建湄州的一林姓女子，善航海，又乐善好施，死后被人们奉为海神。宋代时朝廷封林家女为顺济夫人，元时封天妃，清时封天后，神就这样一步步被造成了。这反映了不管是官府还是百姓，都祈求平安。后殿右侧是一陈列室，有各种不同时代、不同类型的船只模型，大多是船民、船商所献。室后专有一块空地，供人们祭神时燃放鞭炮之用。人们出海之前总要来这里放一挂鞭炮，是求神也是自慰。地上的炮皮已有寸许厚。我国沿海一带，直至东南亚，甚至欧美，凡靠海又有华人的地方都有妈祖庙。有人说，如果组织一个妈祖党，那将是世界上最大的政党。庙岛的海神庙依山而建，山门上书“显应宫”三个大字，据说十分灵验。山门两侧立哼、哈二将，门庭正中则供着一个当年甲午海战时致远舰上的大铁锚。这铁锚和致远舰还有舰的主人，带着一个弱国的屈辱和悲愤，以死明志一头撞进敌阵，与敌船同沉海底，半个多世纪后它又显灵于此昭示民族大义。锚重1吨，高2.5米，环大如拳，根壮如股。海风穿山门而过，呼呼有声，大锚拥链而坐，锈迹斑斑，如千年古树。我手抚大锚，远眺山门之外，水天一色，烟波浩渺，遥想当年这一带海域，炮火连天，血染碧波，沉船饮恨，英雄尽节。再回望山门以内，哼、哈二将本是佛教的守护神，因为他们有力便借来护庙。这大铁锚本是海战的遗物，因为它忠毅刚烈也就入庙为神。人们是将与海有关的理想幻化为神，寄之于庙。这庙和海真是古往今来一部书，天上人间一池墨。

读海先写海神，借来历史典故，使面前的海不是一个平面的物象，而是有故事，有内涵。以下也是这个思路。

最后两句是点题之笔。

离开庙岛我们向外海方向驶去，海水渐渐变得烦躁不安。这海水本是平整如镜，如田如野，走着走着我们像从平原进入了丘陵，脚下的“地”也动了起来。海像一面宽大的绿锦缎，正有一个巨人从天的那一头扯着它抖动，于是层层的大波就连绵不断地向我们推压过来。快艇更加昂起头，在这幅水缎上急速滑行。老林说，开花为浪，无花为涌。我心中一惊，那年在北戴河赶上涌，军舰都没敢出海，今天却乘着小船来闯海了。离庙岛越来越远，涌也越来越大。船上的人开始还兴奋地说笑，现在却一片寂静，每个人的手都紧紧地扣着船舷。当船冲上波峰时，就像车子冲上了悬崖，船头本来就是向上昂着的，再经波峰一托，就直向天空，不见前路，连心里都是空荡荡的了。我们像一个婴儿被巨人高高地抛向天空，心中一惊，又被轻轻接住。但也有接不住的时候，船就摔在水上，炸开水花，船体一阵震颤，像要散架。大海的波涌越来越急，我们被推来搡去，像一个刚学步的小孩在犁沟里蹒跚地行走，又像是一只爬在被单上的小瓢虫，主人铺床时不经意地轻轻一抖，我们就慌得不知所措。我不知道这海有多深，下面有什么东西在鼓噪；不知道这海有多宽，尽头有谁在抻动他；不知道天有多高，上面有什么东西在抓吸着海水。我只担心这只半个花生壳大小的小船别让那只无形的大手捏碎。这时我才感到要想了解自然的伟大莫过于探海了。在陆地上登山，再高再陡的山也是脚踏实地，可停可歇，而且你一旦登上顶峰，就会有一种把它踩在了脚下的自豪。可是在海里呢，你始终是如来佛手心里的一只小猴子，你才感到了人的渺小，你才理解人为什么要在自然之上幻化出一个神，来弥补自己对自然的屈从。

通过作者自己的感受，将海的凶险、博大表现出来，又与登山相比较，与神相联系，更进一步表现海的这种博大之处。

我们就这样在海上被颠、被抖、被蒸、被煮，腾云驾雾走了约半个小时。这时海面上出现了一座小山，名龙爪山，峭壁如架如构，探出水面，岩石呈褐色，层层节节如龙爪之鳞。山上被风和水洗削得没有一棵树或一根草，惟有巨流裹着惊雷一声声地炸响在峭壁上。山脚下有石缝中裂，海水急流倒灌，雪白的浪花和阵阵水雾将山缠绕着，看不清它的本来面目。老林说这山下有一洞名隐仙洞，是八仙所居之地，天好时船可以进去，今天是看不成了。我这时才知道,在我国广泛流传的八仙过海原来发生在这里。古代的庙岛名沙门岛，是专押犯人的地方，犯人逃跑无一不葬身海底。一次有八个人浮海逃回大陆，人们疑为神仙，于是传为故事。现在我们随着起伏的海浪，看那在水雾中忽隐忽现的仙山，仿佛已处在人世的边缘。在海上航行确实最能悟出人生的味道。当风平浪静，“你纵一苇之所知，凌万顷之茫然”，觉得自己就是仙；当狂涛遮天，船翻桅摧，你就成了海底之鬼。人或鬼或仙全在这一瞬间。超乎自然之上为仙，被制于自然之下为鬼，千百年来人们就在这个夹缝里追求，你看海边和礁岛上有多少海神庙和望夫石。

写庙，写神，再到写仙，这三段之结尾，都会延伸到一个一般性的规律。

离开龙爪山我们破浪来到宝塔礁。这是一块突出于海中的礁石，有六七层楼高，酷似一座宝塔。海水将礁石冲刷出一道道的横向凹槽，石块层层相叠如人工所垒，底座微收，远看好像风都可以刮倒，近看却硬如钢浇铁铸。我看着这座水石相搏产生的杰作，直叹大自然的伟力。过去在陆地上看水与石的作品，最多的是溶洞。那钟乳石是水珠轻轻地落在石上，水中的碳酸钙慢慢凝结，每万年才长1毫米，终于在洞中长成了石笋、石树、石塔、石林。可今天，我看到水是怎样将自己柔软的身子压缩成一把锉、一把刀，日日夜夜永无休止地加工着一座石山，硬将它刻出一圈圈的凸凸凹凹，分出塔层，磨出花纹，完工后又将塔座多挖进一圈，以求其险，在塔尖之上再加一顶，以证其高，又在塔下洗削出一个平台,以供那些有幸越海而来的人凭吊。这些都做好之后还不算完，大海又将宝塔后的背景仔细调动一番。离塔百多米之远是一片壁立的山坳，像一道屏风拱卫相连，屏面云飞兽走，沙树田园。屏与塔之间，奇石散布，如谁人的私家花园。我选了一块有横断面的石头，斜卧其旁，留影一张。石上云纹横出，水流东西，风起林涛，万壑松声，若人之思绪起伏不平，难以名状。脚下一块大石斜铺水面，简直就是一块刚洗完正在晾晒的扎染布。粉红色的石底上现出隐隐的曲线，飘飘落落如春日的柳丝，柳丝间又点洒些黑碎片，画面温馨祥和，“燕子声声里，相思又一年”。这是任何一个画家都无法创作出的作品。大海作画就是与人工不同，如果我们来画一张画，是先有一个稿子，再将颜色一层一层地涂上去，而这海却是将点、线、色等，在那天崩地裂的一瞬间，统统熔铸在这个石头胚子里，然后就用这一汪海水，蘸着盐，借着风，一下一下地磨，一遍一遍地洗，这画就制成了。实际上我们现在看着的这一幅画仍在创作中。《蒙娜丽莎》挂在巴黎博物馆里，几百年还是原样，而我们再过十年、百年后再来看这幅石画，不知又将是什么样子。现代科技发明了高速摄像机，能将运动场上的快动作分解来看，有谁再来发明一个超低速摄像机，将这幅画的形成过程动起来，拿到美术院校的课堂上去放，那将是一门绝顶精彩的“自然艺术”课。

语出周恩来《春日偶成》：“樱花红陌上，柳叶绿池边。燕子声声里，相思又一年。”意为路旁的樱花红了，池边的柳叶绿了，燕子叫声阵阵，想起自己离开祖国又一年了。

下午看九丈崖。这是北长山岛的一段海岸，虽名九丈实则百丈不止。从崖下走一遍可以感受海山相吻、相接、相拼、相搏的气魄。我们从南面下海，贴着山脚蹭着崖壁走了一圈。右边是水天相连的大海，海上迎风而起的白浪像草原上奔驰的马群，翻腾着，嘶鸣着，直扑身旁。左边是冰冷的石壁，犬牙交错，刀丛剑树，几无退路。那浪头仿佛正是要把人拍扁在这个砧板上，我们就在这样的夹缝中觅路而行。但是脚下何曾有什么路，只是一些散乱的踏石和在崖上凿出的石阶。行人如履薄冰地探路，一边又提心吊胆地看着侧面飞来的海浪。老林走在前面，他喊着：“数一，二，三！三个浪头过后有一个小空档，快过！”我们就像穿越炮火封锁线一样，弓腰塌背，走走停停。尽管非常小心，还是会有浪头打来，淋一身咸汤。这时最好的享受就是到悬崖下，仰着脖子去接几滴从天而降的甘露。原来与海的苦涩成对比,九丈崖顶上不断飘落下甜甜的水珠。这些从石缝里渗出来的水，如断线的珍珠，逆着阳光折射出美丽的色彩。我们仰着脸，目光紧追定一颗五色流星，然后一口咬住，在嘴里咂出甜甜的味道。在仰望悬崖的一霎间，我又突然体会到了山的伟大。它横空出世，托云踏海，崖壁连绵曲折尽收人间风景。半山常有巨石与山体只一线相连，如危楼将倾；山下礁石则乱抛海滩，若败军之阵。唯半山腰一条数米宽的浅红色石层，依山势奔突蜿蜒，如海风吹来一条彩虹挂在山前。背后海浪从天边澎湃而来，在脚下炸出一阵阵的惊雷，山就越发伟岸，崖就越发险绝。我转身饱吸一口山海之气，顿觉生命充盈天地，物我两忘，神人不分。

1996 年 1 月

草原八月末

朋友们总说，草原上最好的季节是七、八月。一望无际的碧草如毡如毯，上面盛开着数不清的五彩缤纷的花朵，如繁星在天，如落英在水，风过时草浪轻翻，花光闪烁，那景色是何等地迷人。但是不巧，我总赶不上这个季节，今年上草原时，又是八月之末了。

简单几句，就将草原的景色展现在面前，以天、水、繁星、落英为喻，暗合于草原的广阔、高远，“风过时”一句，隐约可见“风吹草低见牛羊”的风姿。

在城里办完事，主人说：“怕这时坝上已经转冷，没有多少看头了。”我想总不能枉来一次，还是驱车上了草原。车子从围场县出发，翻过山，穿过茫茫林海，过一界河，便从河北进入内蒙古境内。刚才在山下沟谷中所感受的峰回路转和在林海里感觉到的绿浪滔天，一下都被甩到另一个世界上，天地顿然开阔得好像连自己的五脏六腑也不复存在。两边也有山，但都变成缓缓的土坡，随着地形的起伏，草场一会儿是一个浅碗，一会儿是一个大盘。草色已经转黄了，在阳光下泛着金光。由于地形的变换和车子的移动，那金色的光带在草面上掠来飘去，像水面闪闪的亮波，又像一匹大绸缎上的反光。草并不深，刚可没脚脖子，但难得的平整，就如一只无形的大手用推剪剪过一般。这时除了将它比作一块大地毯，我再也找不到准确的说法了。但这地毯实在太大，除了天，就剩下一个它。除了天的蓝，就是它的绿。除了天上的云朵，就剩下这地毯上的牛羊。这时我们平常看惯了的房屋街道、车马行人还有山水阡陌，已都成前世的依稀记忆。看着这无垠的草原和无穷的蓝天，你突然会感到自己身体的四壁已豁然散开，所有的烦恼连同所有的雄心、理想都一下逸散得无影无踪。你已经被融

此句为真实的心理活动，但又是为后面的感受起伏做铺垫，读梁衡的文章，常见这种不合常态的写景，也是“篇无新意不出手”一种体现。

草原最大的特点，当然是开阔，如何形容这种开阔呢？前人之述备矣，此处“连自己的五脏六腑也不复存在”的形容，可谓“独具光彩”。

化在这透明的天地间。

车子在缓缓地滑行，除了车轮与草的摩擦声，便什么也听不到了。我们像闯入了一个外星世界，这里只有颜色没有声音。草一丝不动，因此你也无法联想到风的运动。停车下地，我又疑是回到了中世纪。这是桃花源吗？该有武陵人的问答声；是蓬莱岛吗？该有浪涛的拍岸声。放眼尽量地望，细细地寻，不见一个人，于是那牛羊群也不像是人世之物了。我努力想用眼睛找出一点声音。牛羊在缓缓地移动，它不时抬起头看我们几眼，或甩一下尾，像是无声电影里的物，玻璃缸里的鱼，或阳光下的影。仿佛连空气也没有了，周围的世界竟是这样空明。

两句轻轻扣问，平添了层层韵味。眼前的景象与经典的意象相结合，幻影幻形；物人两忘。

这偌大的草原又难得的干净。干净得连杂色都没有。这草本是一色的翠绿，说黄就一色的黄，像是冥冥中有谁在统一发号施令。除了草便是山坡上的树。树是成片的林子，却整齐得像一块刚切割过的蛋糕，摆成或方或长的几何图形。一色桦木，雪白的树干，上面覆着黛绿的树冠。远望一片林子就如黄呢毯上的一道三色麻将牌，或几块积木，偶有几株单生的树，插在那里，像白袜绿裙的少女，亭亭玉立。蓝天之下干净得就剩下了黄绿、雪白、黛绿这三种层次。我奇怪这树与草场之间竟没有一丝的过渡，不见丛生的灌木、蓬蒿，连矮一些的小树也没有，冒出草毯的就是如墙如堵的树，而且整齐得像公园里常修剪的柏树墙。大自然中向来是以驳杂多彩的色和参差不齐的形为其变幻之美的，眼前这种异样的整齐美、装饰美，倒使我怀疑不在自然中。这草场不像内蒙古东部那样风吹草低见牛羊，不像西部草场那样时不时露出些沙土石砾，也不像新疆、四川那样有皑皑的雪山、郁郁的原始森林作背景。它像什么？像谁家的一个庭院，“庭院深深深几许”。这样干净，这样整齐，这样养护得一丝不乱，却又这样大得出

此三段草原，接连选取的角度分别为：平、透、静、空、净，均是物态的极化状态，串缀在一起，就将面前的草原景色推到了极致。

奇。本来人总是在相似中寻找美。我们的祖先创造了苏州园林那样的与自然相似的人工园林，获得了奇巧的艺术美。现在轮到上帝向人工学习，创造了这样一幅天然的装饰画，便有了一种神秘的梦幻美，使人想起宗教画里的天使浴着圣光，或郎世宁画里骏马腾啸嬉戏在林间，美得让人分不清真假，分不清是在天上还是人间。

在这个大浅盘的最低处是一片水，当地叫泡子，其实就是一个小湖。当年康熙帝的舅父曾带兵在此与阴谋勾结沙俄叛国的噶尔丹部决一死战，并为国捐躯。因此这地名就叫将军泡子。水极清，也像凝固了一样，连云朵的倒影也纹丝不动。对岸有石山，鲜红色，说是将士的血凝成。历史的活剧已成隔世渺茫的传说。我遥望对岸的红山，水中的白云，觉得这泡子是一块凝入了历史影子的透明琥珀，或一块凝有三叶虫的化石。往昔岁月的深沉和眼前大自然的纯真使我陶醉。历史只有在静思默想中才能感悟，有谁会在车水马龙的街市发思古之幽情？但是在古柏簇拥的天坛，在荒草掩映的圆明废园，只会有一些具体的可确指的联想。而这空旷，静谧，水草连天，蓝天无垠的草原，叫人真想长啸一声念天地之悠悠，想大呼一声魂兮归来。教人灵犀一点想到光阴的飞逝，想到天地人间的长久。

此句到段末，又将草原的美升华一步，与思想、灵魂等联通，赋予了灵性。

我们将返回时，主人还在惋惜未能见到草原上千姿百态的花。我说，看花易，看这草原的纯真难。感谢上帝的安排，阴差阳错，我们在花已尽，雪未落，草原这位小姐换装的一刹那见到了她不遮不掩的真美。正如观众在剧场里欣赏舞台上浓妆长袖的美人是一种美，画家在画室里欣赏裸立于窗前晨曦中的模特又是一种美。两种都是艺术美，但后者是一种更纯更深的展示着灵性的美。这种美不可多得也无法搬上舞台，它不但要有上帝特造的极少数的标准的模特，还要有特定的环境和时刻，更重要的还要有能与先是将眼前的景色归于“真美”，再上升到“理”之境，精妙点题，如果说前面对美景的描述是观察生活、描写生活，后面的“理”境，就是对生活的思考，更见功力和深度。

曹植的《洛神赋》塑造了文学史上最璀璨夺目的女性之美，作者以之来写眼前的草原，可见感情之炽烈与浓厚。

美感共鸣的欣赏者。这几者一刹那的交汇，才可能迸发出如电光石火般震颤人心的美。大凡看景只看人为的热闹，是初级；抛开人的热闹看自然之景，是中级；又能抛开浮在自然景上的迷眼繁华而看出个味和理来，如读小说分开故事读里面的美学、哲学，这才是高级。这时自然美的韵律便与你的心律共振，你就可与自然对话交流了。

呜呼！草原八月末。大矣！净矣！静矣！真矣！山水原来也和人一样会一见钟情，如诗一样耐人寻味。我一步三回头地离开那块神秘的草地。将要翻过山口时又停下来伫立良久。像曹植对洛神一样“背下陵高，足往神留，遣情想象，顾望怀愁”，明年这时还能再来吗？我的草原！

1991 年 9 月

石河子秋色

国庆节在石河子度过。假日无事，到街上去散步。虽近晚秋，秋阳却暖融融的，赛过春日。人皆以为边塞苦寒，其实这里与北京气候无异。连日预告，日最高气温都在23℃。街上菊花开得正盛，金色与红色居多。花瓣一层一层，组成一个小团，茸茸的，算是一朵，又千朵万朵，织成一条条带状的花圃，绕着楼，沿着路，静静地闪耀着她们的光彩。还有许多的荷兰菊，叶小，状如铜钱，是专等天气凉时才开的。现在也正是她们的节日，一起簇拥着，仰起小脸笑着。蜜蜂和蝴蝶便专去吻她们的脸。

“仰起小脸笑着”、“吻”，以及前面的“绕着楼，沿着路”，生动、有趣，开篇便有引人入胜之妙。

花圃中心常有大片的美人蕉。一来新疆，我就奇怪，不论是花，是草，是瓜，是菜，同样一个品种，到这里就长得特别的大。那美人蕉有半人高，茎粗得像小树，叶子肥厚宽大，足有二尺长。她不是纤纤女子，该是属于丰满型的美人。花极红，红得像一团迎风的火。花瓣是鸭蛋形，又像一张少女羞红的脸。而衬着那花的宽厚的绿叶，使人想起小伙子结实的胸膛。这美人蕉，美得多情，美得健壮。这时，她们挺立在节日的街心拉着手，比着肩，像是要歌，要说，要掏出心中的喜悦。有一首歌里唱道：“姑娘好像花一样，小伙儿心胸多宽广。”这正是她们的意境。

石河子，是一块铺在黄沙上的绿绸。仅城东西两侧的护城林带就各有150米宽。而城区又用树行画成极工整的棋盘格。格间有工厂、商店、楼房、剧院。在这些建筑间又都填满了绿色——那是成片的树林。红楼幢幢，青枝摇曳；明窗闪闪，绿叶婆娑。人们已分不清，这城到底是在树林中辟地盖的房，修的路，还是在房与路间又见缝插针栽的树。

工整的对仗句。

前面写美人蕉，此处写城市与树，都是紧抓特点，赏景、写景，都要先在心中有所鉴别、过滤，胸中的气象决定笔下的世界。

全城从市心推开去，东西南北各纵横着十多条大路，路旁全有白杨与白蜡树遮护。杨树都是新疆毛白杨，树干粗而壮，树皮白而光，树冠紧束，枝向上，叶黑亮。一株一株，高高地挤成一堵接天的绿墙，一直远远地伸开去，令人想起绵延的长城，有那气势与魄力。而在这堵岸立的绿墙下又是白蜡。这是一种较矮的树，它耐旱耐寒，个子不高，还不及白杨的一半，树冠也不那样紧束，圆散着，披拂着。最妙是它的树叶，在秋日中泛着金黄，而又黄得不同深浅，微风一来就金光闪烁，炫人眼目。这样，白杨树与白蜡树便给这城中的每条路都镶上了双色的边，而且还分出高低两个层次。这个大棋盘上竟有这样精致的格子线。而那格子线的交叉处又都有一个挤满美人蕉与金菊的大花盘，算是一个棋子。

由史而论，以史带论，也就可以体会整篇文章的布局之工，不像常见的介绍一地一城，先写其由来，再写发展，本文将这部分内容放在最末，与论结合，流畅自然。

我在石河子的街上走着，以新奇的目光打量着它，打量着这个棋盘式的花园城。这时夕阳斜照着街旁的小树林，林中有三五只羊在捡食着落叶。放学的孩子背着书包绕树嬉戏。落日铺金，一片恬静。这里有城市的气质，又有田园的姿色，美得完善。她完全是按照人们的意志描绘而成的一幅彩画。我想这彩画的第一笔，应是 1950 年 7 月 28 日。这天，刚进军新疆不久的王震将军带着部队策马来到这里。举目四野，荆棘丛生，芦苇茫茫，一条遍布卵石的河滩，穿过沙窝，在脚下蜿蜒而去。将军马鞭一指：“我们就在这里开基始祖，建一座新城留给后世。”三十多年过去了，这座城现在已出落得这般秀气。在我们这块古老的国土上，勤劳的祖先不知为后世留下了多少祖业。他们在万里丛山间垒砖为城，在千里平原上挖土成河。现在我们这一代，继往开来，又用绿树与鲜花在皑皑雪山下与千里戈壁滩上打扮出了一座城，要将她传给子孙。他们将在这里享用这无数个金色的秋季。

1983 年 11 月

圣弥爱尔大教堂

青岛是美丽的。在海边回望全城，散于山坡上的房子，五彩纷呈，形态各异。其中最吸引我的是圣弥爱尔大教堂。它那两个高耸着的尖顶，如鹤立鸡群，那殷红的色彩，在绿树之中犹如一束明艳的火把花。我不能满足于远眺，便托熟人引见，想到里面去看个究竟。

此文也可以这样开头“在青岛海边回望全城，散于山坡上的房子……”但作者却在开头写下“青岛是美丽的”一句，此句统领全文，定下一个基调，就像书法的起笔，为后面字的大小、笔画的粗细等定下一个基本参照。此句还为后面的“看”设置了一个背景：房子是在整个美丽的城市背景下存在的。

青岛是山城，车子上坡下坡，七拐八拐，在一个巷子里停了下来。下车仰头一看，眼前的教堂如一座壁立的大山，双峰并峙，峰顶的两个十字架在蓝天中，渺渺然，撕挂着流云，刚才远眺时心中所起的轻松突然被肃穆庄重所代替。我不信教，但我不能不惊叹这建筑的艺术魅力。如中国古庙前的旗杆，如佛殿殿脊上的尖塔，这种抽象的装饰总把人引入特定的空间，让你去与某一种情绪共振。陪同的人说，今天不是星期天，一般不接待参观，他先派人去请神父，然后指着那两个半空中的十字架说：“‘文革’时，红卫兵把它割了下来，当时我到现场看过。别看在空中不怎么大，躺在地上长宽4.5米，有一间房子大呢，后来重修时是用直升机吊着焊上去的。”这座教堂长80米，高60余米，占地2740平方米。在全亚洲也是数得着的大教堂。

神父出来了，这是一位清癯老者，衬衣外面套一件干净的灰背心，头发略微谢顶，一脸和善。他领我从东侧门进入教堂，推开笨重的大门，右手石墙上镶着一个石碗，盛着半碗清水，他伸手以食指蘸水在额上略点一下。我们开始在大厅内漫步。大厅高18米，如一个旧式大礼堂。前面有讲台，台顶拱顶上画着宗教壁画，是些圣母、教徒、小天使，色彩绚丽和谐。台上摆着些祭品之类，灯光通明，绝无佛殿道观那种阴暗之感，无论从建筑风格还是从宗教用品上说，资本主义比封建时代是进了一步。我在内蒙古看过喇嘛庙，那油黑的皮鼓，长如一人的大喇叭总有一种原始的神秘。我问这个讲台作何用处。神父说："作弥撒用，这是我们的宗教仪式，每天早晨一次，星期天三次。"我回过头，厅内是一排排的长条椅。靠前面几排的跪板上有小棉垫，看来是常来的教徒，他们都有固定的座位。厅后二层楼上有一大平台。神父说："那上面是唱诗班站的地方。原有一个极大的管风琴，全世界只有四架。1956年时苏联一位音乐教师慕名专门来探访，也是我陪他参观，他弹奏之后赞叹得很。'文革'中也被红卫兵砸了。"说完他又不停地惋惜。我说："那现在用什么伴奏？""用雅马哈电子琴。"我们都不由笑了起来。这古老的教堂总是挡不住新东西的渗入，不管它是因为什么。

文中几次出现"文革"，是历史事实，也是教堂的长久稳定与政治运动的短暂浮躁的对比。

有两个地方引起我的好奇。一是厅前左侧有一个与地平齐的石棺。根据我浅薄的经验，推想这里埋着这座教堂的建筑师。那一年我在国外一个教堂里就曾遇到此事。神父说不是。原来这里埋的是创建这教会的第一位主教。这教堂的前身是海边一间油纸铺顶的小屋，后改为一间瓦房，是德国入侵时的产物。1932年才动工扩建，1934年完工，就是现在这个样子。我默算了一下，1897年德国入侵青岛，1914年已被日本人赶走。这教堂怎么还能继续修建呢？神父说当时德军撤了，德国主教并没有走。我默然了，我苦难的同胞，其时国破家亡，身处水深火热，何有财力心力修此辉煌的工程呢？但确实是我中华大地上的民脂民膏，其中相当一部分还是教民牙缝里的自愿节余。我仰望这教堂灿烂的穹顶，惊叹上帝的力量，宗教的麻醉果然更胜过刺刀的镇压。日本人坚决地从青岛赶走了德国人，却又聪明地留下一个主教，还在两年之内就帮他修成这教堂。但是那个石棺中现在也已空空，已故主教大人，也在“文革”中被红卫兵掘出，抛尸荒野了。这真是一出历史的闹剧，挖坟鞭尸，是伍子胥的发明，帝国主义的欺骗遇上了封建式的狭隘报复。这石棺对面还有一空棺，是留作葬这教堂里的第二位圣人，还不知下回如何分解。

伍子胥的父亲伍奢曾为楚平王重臣，因受谗言，同其长子伍尚一同被楚平王杀害。伍子胥只身逃到吴国，后成为吴王阖闾重臣。公元前506年，伍子胥带兵攻入楚都，但此时楚平王已死，伍子胥就把楚平王的坟墓撬开，用钢鞭鞭尸三百，以报父兄之仇。

大厅两侧各有两个木制小橱，状如庙里的神龛。橱两侧各有一窗，窗下有小木凳。原来这就是忏悔的地方，神父坐在橱内“垂帘听罪”，教徒跪在外面解剖灵魂。我还是第一次见到这种实物实地，大为新鲜。我说：“教徒什么时候来作忏悔？”“随时都可，教堂里住有神父，我们这些人是一辈子不能结婚的。”我倒又生了疑问：神父没有家庭，他怎么能懂婚姻家庭方面的事，怎么会有情海欲火，恩恩怨怨方面的体验，怎样对症下药帮那些诸如犯了“第三者”罪的人赎罪呢？不过我问出口的是：“教友肯说心里话吗？”神父笑笑：“昨天陈香梅女士来参观也提这个问题。”我记起日报上登的陈香梅（美籍华人，当年美国空军飞虎队队长陈纳德的遗孀）这两天正在本市访问。看来提这种问题的人都是圈子外的人了。诚则灵，不说实话是心不诚，死后灵魂就不能升天。要灵就必诚，不怕他不自觉。我想起在峨眉山、五台山见到的香客，他们在崎岖的山路上负重苦行，在佛像前五体投地式的叩头。眼前小橱外的跪凳上似乎闪出一个哆哆嗦嗦、双肩抽搐、双手扪面的女人身影。宗教本来就是一条自设自用的苦肉计。

从教堂大厅里出来，外面阳光灿烂，我又仰望了一会儿这座通体深红、指向蓝天的双峰高塔。它的确够得上当地建筑史上的一座丰碑。我想起在国外看过的几个大教堂，莫斯科红场那个大洋葱头造型的教堂，列宁格勒16根花岗石巨柱的英沙克耶夫教堂，印度九瓣莲花形大同教堂。这些都以建筑风格独特而闻名。我甚至怀疑建筑师是借题发挥，在尽情发挥自己的创作欲。

从教堂院子里出来，我开门上车，发现刚才丢在车座上的西服上衣不见了。下车时我曾动了一念是否要把车窗摇上，一想司机在车上也就算了，果然就这一念之差出了漏洞。司机也大呼上当，他们只到五步之外的门口说了两句话，可见偷者的高明。幸好衣袋内不曾装一分钱。下坡时，我又探出车窗，我想这小偷每天在这教堂外做活，肯定也得空进去看过那赎罪的小橱，不过他不信。这也是一种解脱。下山时我又探出窗外回望一下这神圣的教堂，心中不由闪过一丝微笑。你看，建筑师假这教堂创造自己的艺术，神父在教堂内布道，教徒在跪凳上忏悔，小偷则在教堂外自由潇洒地行窃。大家都守定自己的宗旨，心诚则灵。社会就在这种复杂的关系中共生共存。

从房子到宗教，再到每个人心中的“宗教”，看房子不是仅仅只停留于看，更重要的是由看而来的想。

1991 年 10 月

古城平遥记

此文成于1984年，彼时平遥还不大为外人所知。后来平遥之名果然日盛一日，也可见作者之敏锐，这种敏锐也或许与作者的记者职业有关，但更重要的是有一颗有准备的心，有一双时刻去发现的眼睛。

听说山西平遥将被定为历史文化名城，我特意去采访。

平遥，北魏时即设县治，名曰平陶，后避魏太武帝拓跋焘讳，改为平遥，至今已1400多年。其为文化古城，理由有三：一是至今还有一座保存完好的古代城墙；二是城内还有许多古香古色的店铺和一些古老的手工业工艺；三是近郊有一座艺术价值极高的古寺。在20世纪80年代的今天，还有这么一个古代细胞，确属不易。

与前面写石河子城不同，此处就是先从历史开始。

先说那城，铁钉大门，锯形女墙，长长的护城河，一如我们从古画上看到的那样。县志载，周宣王时，大将尹吉甫北伐獫狁，在这里驻兵，首筑此城。待做了县治后，历代又不断增修，现存城池是明洪武三年1370年扩建后留下的，城墙高三丈二，宽一丈五，周长约12里，还基本完好。这是全国2000多个县中罕见的一例。城墙上共修有72个戍楼。我从那喧嚣的大都市走来，弃车登城，一下子就像回到了古代社会。戍楼上仿佛军旗猎猎，刁斗声声。极目城郊，平畴绿野，阡陌相连。俯视城内，高脊瓦房鳞次栉比，店铺纵横，摊贩沿街，似闻叫卖之声。闭锁性是封建社会的特点，你沿城墙而行，就会发现这城严实得像一个铁桶。过去一般县城只有四门，而这平遥城却有六门。这是因为，当年这里商业已很发达，南来北往的商人，进城出城的农民，终日络绎不绝，因此东西城墙又各增开一门。当地人说这城是一只乌龟。你看，南门是头，北门是尾，东西四门是四条腿。说也巧，南门外又恰有一条叫柳根河的擦城而过，从上往下看，这整座城确实像一个正在吸水的乌龟。奇怪的是，每座城门瓮城的内外门本应是垂直一线的，而唯东北一门却偏偏斜了。门外有条路，蜿蜒如蛇状。当地人说，路去15里，近处有一寺，寺内有一塔，名麓台塔。那实则是一根木桩，龟的一条腿是系在这桩上的，所以这城门是斜的。不然这龟早就跑到河里去了。我们听着都笑了，倒也有点道理。

掌故一环套一环，使文章横生趣味。

下得城墙，细游市井，更见古味。街极窄，仅容一马车，两旁一律为店铺。我随便走进一家布店，这里没有现代商店的玻璃柜台，全是红木柜面，已磨得油光。缘墙小格货架，室内光线稍欠亮些，却浮着一种异样的味道，正是“古香”。店铺外的每根椽头上，原本是一律雕有龙头的，“文化大革命”中大都作为“四旧”破除了，幸有少数还在，看那雕工是极精细的。县委的同志说，不久将全部修复。街上许多行业的店铺都以“古陶”命名，更见古色。这些房子中还有一种可看的，就是“票号”旧址。票号便是今日的银行。据说中国最早的票号发源于平遥和邻近的太古县，平遥人过去在外经商的极多，赚了钱，要往家里送，很不安全，还要雇保镖，于是便生出这票号，专管兑取银钱。我看了一处叫“日升昌”的票号旧址，五进深院层层有门，俨然金库重地。如今是县里一处机关在此办公，不久将腾出来，好专供人考查游览。

平遥还有两样够得上古的名产：一是牛肉。我在孩童时便知这是极稀有的珍肴，曾偶得试尝，几十年来常常回味。据说其牛在杀前先灌饱花椒水，牛肉先用当地产的一种硝盐生腌七天，然后再煮，并不加任何佐料。多少年来，人们用现代的手段分析，易地易法试制，终不得其味，因此至今还是一绝。另一种是漆器，其历史可追溯到唐代，现在还可找到明代的原作。它一律选上好的椴木制成，猪血砖灰抹缝，再涂以中国老漆，共四遍。每遍涂后都要用细砂纸蘸水，细细打磨，最后一遍，则要用手掌蘸麻油用力推磨，所以叫“平遥推光漆”，制成后平光如镜。更绝的是，这种家具不避水火，一壶开水浇上去不起皮，火红的烟头放上不留痕。据说，某次国外捞得一古代沉船，船上其他物件早已被海水浸泡得面目全非,唯有一个小炕桌，拭去泥沙，光彩照人。翻过桌底，却有“平遥”二字。漆器设计师薛生金同志16岁拜师学艺，现在已是这种绝技的专家,他领我看了漆器厂的产品陈列室。这里有桌、柜、几、凳、屏，凡生活中各式家具应有尽有。妙的是，这些家具虽千姿百态，却总不脱一种统一的韵味——古色。比如这电视柜，本是现代有了电视机之后才为它设计的，但它色调深沉，腿脚处又微现出弧度，再饰以云纹，谁说不古?更奇的是描金彩绘,有花、草、鸟、兽和全套古典小说人物。这画是一种特别的入漆颜料，既有油画的明暗调子，又有国画的精确线条,别是一种艺术。平遥推光漆已名扬海外,出口是不需检验的。

此处“古色”，与前一段中“古香”前后呼应，是文章中作者暗设的机巧，增加了文章的内在张力。

出城去，近郊还有宋、金、元、明、清古迹共76处，而以佛寺最多。我国历史上崇尚佛教的北魏政权曾在山西建都，留下了以云冈石窟为首的一大批佛教艺术。在平遥郊外也有一座名寺叫“双林”，建于北魏，重修于明，取释迦牟尼圆寂之地各有双木之意。寺内建筑倒也平平，却保存了大量极有艺术价值的悬塑、彩塑。整套的佛祖故事都是用泥塑出来，探出墙壁，悬在空中。所以有人说，连环画应是我国首创。被专家们评为艺术价值最高的是18尊泥塑罗汉。这些佛国里的神，竟与地上的人是相通的。有一尊名哑罗汉，有口不能言，目眦裂，脸通红，一副急迫之状。其余的笑罗汉，面如春风；醉罗汉，两眼惺忪；病罗汉，形容枯槁。人创造了神，看来神还是脱不了人。宗教是内容，艺术是手段，那内容现在对多数人来讲，已晦

据传，公元前486年，佛祖释迦牟尼以80岁高龄，在两棵娑罗树间，以僧衣作枕，侧身而卧，两脚相叠，头北脚南，背东面西，涅槃圆寂。

涩难懂，而这手段自身倒让人探究无穷。这里中外游人日益增多，内有不少是专为艺术而来的。

对《桃花源记》中名句的反用，文中“阡陌相连”、“似闻叫卖之声”等句，都可见陶渊明的影子。回味这篇文章，用了多少历史、掌故、传说、佛教知识，好文章是要以好的阅读积淀、知识积累为前提的。

晚上宿在县委招待所里，这招待所竟也是一件古董。当年大概是一家有钱人的深宅。正房一溜五孔大窑洞，窑上有楼。两侧厢也是五窑五房，成三合大院。东西北角有雕栏玉阶曲折上下。上面大约原是小姐的绣楼。据说这样的古宅在城中还所存甚多。晚饭后，我在院中散步，两旁中国式的高屋脊在苍茫暮色中庞然耸立，使我觉得正处在一座幽谷之中。这时明月东升，又将这一片古色罩上了一层朦胧。四周极静，远近隐隐传来三两声火车的笛鸣，叫人知道这不是魏晋。

1984 年 6 月

苏州园林

我到苏州，是特地为她的园林而来的。在一条很小的弄里，我找见了网师园。这是苏州最小的园子，占地只有八亩。园子入口处很窄，四周有山、水、石、桥、花、木。园中心处有一屋，名“竹外一枝轩”，这个名字初读来令人不解，细想才知是据苏东坡诗意：“江头千树春欲暗，竹外一枝斜更好。”果然，轩面一池水，水边有斜依的松柏，袅袅的垂柳，而穿过柳阴在波光水色中闪现出亭台、桥榭。景是错落的，甚至斜乱的，但这正是整齐美之外的更深一层的美，造园者与诗人的心是相通的，他们用人力来提炼自然美的精华，这是艺术。

和网师园相比，拙政园算是苏州最大的园子了，据说是《红楼梦》大观园的原型，但她并没有因为大而失去精。园中有楼曰“见山楼”，但对面只是很宽阔的水，隔岸又是若许亭、轩、阁，一起埋在绿树丛中，哪里有什么山？可是当你再凭栏品味时，会突然想起陆游的诗：“疏荒分北涧，剪木见南山。”谁敢说剪掉林木之后，那边没有山呢？想见的山比看见的更好看、更有味，这真是含蓄到极致了。其余还有许多亭、堂，如“看松读画轩”、“风到月来亭”、“留听阁”等，都画龙点睛，景外有意。让你身在其中，又不得不神思其外，城中的园林不比大自然中的山水，她只有在有限的条件下，向精美、凝练、含蓄中去求艺术，像一首律诗。这样“园”有尽而意无穷，而在这里艺术的表现手段又不像诗一样靠字、词，却是靠山石、花木、砖瓦。难得的是这些无声之物，竟有神有韵地构成了一个美的境界。当你在这些园子里悠游时，那实际上是在翻一部唐诗，或一本宋词了。

历史上还曾有过一篇和此文题目完全相同的文章，作者是叶圣陶先生。两篇文章都非常精美，常有混淆，有兴趣者可对比阅读。有趣的是，叶圣陶先生和梁衡先生又都担任过国家新闻出版总署副署长的职务，也算得上是一段文坛佳话。

开首一句，为文章起势，并直接入题。

作者的这一总结，是很精巧的认识角度。

先写最小，紧接着写最大，总是要抓特点来写。

很有意味。

园林之美，在赏、在品，作者以其丰厚的知识底蕴和对美的理解，带领读者一层层地解开这其中的美。

如果说在网师园、拙政园里得到的是诗情，那么在留园里得到的便是画意了。这个园子多回廊。亭堂又多窗。匠心之意是让你尽量透过廊、窗取景。抬眼时便是一幅画图。窗外常是粉墙，窗与墙之间或植竹数竿，或插梅一枝，墙为纸，物为墨，随风摇曳，影布墙上，且天生的艳红翠绿，这是任何丹青高手所不能企及的。这还不止，窗户又都是各种图案的花格子，透过窗子看景时别有一种隐约的效果与气氛，是朦胧的美。还有一奇趣，当游人在廊中走动时，不同的角度望去，又会是一幅不同的画面，叫“移步换景”。真可谓将我们视觉的潜力挖绝了。

作者在用文字勾画这一美景。

园中除画之外，还有雕塑，这便要说到石了。有一块“鹰石”突兀耸立，浑身高高低低，洞洞眼眼，石顶部极似一只老鹰腾空，长颈内弯，两爪伸张，双目炯炯，大约发现了地上有一只雏鸡，正鼓翅欲下。我站在石旁注视良久，越看越像，越想越像。觉得那鹰神从石出，气从石来，活了！但我岂不知，这是太湖里随便捞上来的一块石头。苏州园林的艺术正在不以墨为图，不以斧凿去雕塑，尽量利用自然之美，专取似与不似之间，匠心之意只是撩拨起你的遐想，引而不发，藏而不露。中国画中本有写意的一派，那是比工笔更含蓄，更有味的。

从具体的美景描述，上升到艺术规律。

留园中还有两块石头叫人难忘。一曰“冠云峰”，高6.5米，重5吨。是宋时运“花石纲”落人太湖中，清朝官僚刘蓉峰造园时又捞得的，这是苏州园林中最大的一块了。其旁又还有一块石“岫云峰”，傍有一些紫藤出地，分为两股，穿石间小孔而上，到石巅后又绞作一团，浓阴蔽覆。藤遒劲而叶蒙缀，至少已愈百年。在苏州园林中，空间自不必说了，就连时间这个因素也被纳入造林艺术之中了。有人工制造的错落的美，有历史铸就的古邈幽远的美。我们平时谈画，那是些平面的颜色，我们游历山水，那是些

又是一个别人未曾论及的艺术规律的总结。

自然的原形。而现在，我们看到的却是窗框里的翠竹，水池中的山石，这是自然物与纸上画的过渡，是自然美与艺术美的融合，别有一种角度，另是一番享受。

别于宅地花园的是沧浪亭。园中有山，环山有河，水面开阔。这本是宋庆历年间，诗人苏舜钦为官失意后隐居之所。他在这里造了亭，还写了《记》，歌咏其自在之情："觞而浩歌，踞而仰啸，野老不至，鱼鸟共乐。"亭上有楹联："清风明月本无价，近水远山皆有情。"登亭而望，绿阴之外空水茫茫，尘嚣不闻，市井不见，闲矣，静矣。这里不比城里那几处园子，那是主人正官运亨通之时闲玩游赏之地，这里是文人失意官场后抒发悲凉、宣泄愤积的所在。其意境是李白的《春夜宴桃李园序》，是王维的《山中与裴秀才书》，是陶渊明的《桃花源记》，游这种园子，得到的是一种恬淡闲逸的美。这就不只是诗与画的陶醉，而是在冷静地披览历史了。她使人不由忆想起我们民族悠久的文化和历史上曾相继登场的各种思想与人物。

这里又有文之美。

在苏州看园林，实在是在读一本立体的书。本来通过建筑这面镜子，我们一样可窥见当时社会的政治、经济与文化，不过这种窥视与探讨却是充满了艺术的乐趣。这在国外已经专门兴起了一门"艺术社会学"。苏州的园林建筑艺术则完全称得起这门学科的一个分支，我想现在我们继承自己民族的文化遗产，不仅要去钻图书馆、考察文物、看古装戏，还应该到这样的城市里来走一走、想一想。建筑是凝固的音乐，在这些秀美的园林里随时都飘荡着几世纪前的音符，一碰到我们的心弦，便会响起历史的鸣奏，在我们心灵的空谷中久久回荡。我又想，我们现在欣赏这浸透了古典文化艺术之汁的苏州城，还不应该忘记，怎样去为我们的后代创造一座同样饱储着当代文化艺术的城市。

作者在前面每段的结尾，都有一个美的比喻总结，分别是：唐诗宋词、视觉潜力、写意画、自然美与艺术美的融合、历史。

1985 年 3 月

平塘藏字石记

10月里因事过贵州黔南，甫坐未定，当地领导就急切地说，我们这里出了一件奇事。平塘县有一巨石落地，中裂为二，裂面处凸显“中国共产党”五字。我说，世上哪有这等巧事？对方说，凡初听者都不信，人家还讽刺我们说，莫不是穷疯了，编此奇事诓人，因此我们特请专家进行了鉴定。

以“事”开篇，也是设下一个悬念。

第二天，我即驱车平塘，出县城后又蜿蜒起伏疾驰60多公里，折入一谷地，忽山清水秀，绿风荡荡，原来已进入掌布河谷。沿谷地深入数里，弃车步行至一村，名“桃坡村”。村口矗立一巨木，是一棵有500百年树龄的枫香树。前不久，于夜深人静时，此树轰然倒裂，现留一10多米高的树桩，三人不能合抱，桩上又发新枝。而倒地的树干压折一棵老银杏后横卧于路，如壮牛猛虎，气势逼人。树枝已被削去，粗者如腰，细者如臂，散落于路下田中竟占地一亩。未见奇石先见老树，邈邈古风，幽谷中来。

“未见奇石先见老树”，铺垫出一种氛围。

绕过古木，是石砌小路。路旁有宽深一米的水渠，水清见底，水中草蔓飘舞如带，石子莹润如玉。我自少年时代一别三晋名泉晋祠之水，就再未见过这样清澈透亮的山泉。不觉心头一紧，才意识到大自然库藏的珍品真是越来越少。沿这条清水古道缓缓而上，过一滩，名浪马滩，碧水平泻，乱石如奔马。过一泉，名长寿泉，因乡人常饮此水多高寿而名。两岸陡崖如壁，竹木披拂，藤缠草覆，绿云扑地。渐行至河谷中段，隔水相望，对岸悬崖下有两棵10多米高的大树，树阴中隐隐有物，导游以手相指说那里即是藏字石。要观石，先得过一吊桥。桥迎壁飞架而去，人一过桥即与悬崖撞个满怀。我不由举首仰望，壁立如削，峰起如剑，云行高空，风吼谷底，忽觉人之渺小。桥左有一对巨石，即为藏字石。从现场看，此石从石壁上坠落而下后分为两半，相距可容两人，两石各长7米有余，高近3米，重100余吨，右石裂面清晰可见“中国共产党”五个横排大字，字体匀称方整。每字近一尺见方。笔画直挺，突起于石面，如人工浮雕。在这行字的前后还有一些凸出的蛛丝马迹，不成文字。我大惊大奇，实在不敢接受这个现实。天工虽巧，怎能巧到这般？虽然我们也常在石壁上发现些白云苍狗，如人如兽，如画如图，但那也只限于象形的比附。今天突然有巨石能写字，会说话，铁画银钩，颜体笔法，且言政治术语，叫人怎么能相信，怎么敢相信？

此处着大量笔墨写见到巨石前的环境，也是以周围环境反衬藏字石的奇，收“曲径通幽”之效。

但是，面对这块一分为二、内藏五字的石头我们又不能不信。经地质专家组鉴定，该石是从山体上剥落下来无疑。现离地15米处的石壁上还有坠石下落后留下的凹槽。而山体、巨石及石上的字体，主要化学成分都一致，说明它们曾共生共存，浑然一体。字体也没有人工雕琢、塑造、粘贴的痕迹。这字的成因则是由海绵、腕足类等生物形成化石，偶然组成这五个大字。巨石坠落时，受力不均，沿字的节理处剖裂开来。据测算，石之生成距今已两亿八千万年，而坠落于地也已有500年，在长年的风雨侵蚀中，化石硬度稍高，就更凸显于石面。过去于两石间长期堆秸秆树枝，石旁又有两株大树遮掩，从没有引起人的注意。今春，为推广景区风景，当地举办一次摄影活动，村支书张国富在清扫此地时无意中发现这石上的五个大字，石中藏字的消息遂即传开。

在连连叹奇中，将巨石的来龙去脉、各种疑点，条理清晰地叙述清楚，行文之工亦见功力。

看过奇石，我又大体浏览了一下周边的风景。由奇石处上行有藤竹峡，因遍生藤竹得名。此种珍稀植物我还是第一次见到，其细如丝，其柔如藤，却属竹科，缘壁附崖，牵挂缠绕，两岸数里如金丝织就，一片灿烂。有抱石崖，崖面均匀生出圆形石卵，如鱼眼鼓突，如恐龙遗蛋，有足球之大，共366颗。当地人说此石30年一熟，会自然拱破石壁，接续而生。其余路边风景都十分可人，如光硬的石壁上会钻出无根之松，郁郁葱葱；滩里巨石上无土无沙，却杂树成林；水中的群鱼细小如豆，会逐人腿而吻，称“吻人鱼”，都为别处之少见。掌布河流域本就风景奇特，早在7年前就已辟为旅游开发区，今发现藏字石更锦上添花。自然中有奇巧之事本也有科学之理。因为任何事物都可以看作无数个点的排列组合，大自然在无限的时空中总能组合出最理想的图案。今石上这几个字只是一巧而已。也许某年于某石中还会发现别的字迹。著名科普作家阿西莫夫说过：“如果把一只猫放在一架打字机上，只要给它足够的时间，也能打出一部莎士比亚。”而这种万年、亿年才有一遇的巧事，竟幸临平塘县这个布依村寨。这是天赐旅游良机，助民致富。村民已借天成的“中国共产党”五字增设了红色旅游主题，于石旁空地立16面石碑，简述中共一大至十六大的梗概。

作者也是著名的科普作家，他的章回体的科普小说《数理化演义》，不知启蒙了多少学子学习数理化的兴趣。此处以科学的方式来解释藏字石，是辩证唯物主义的态度。

这石两亿年前天生而成，500百年前自然坠地，其时村口一株枫香树又破土而出，而在今年，忽一日树断枝裂，石中藏字也惊现人间，这一连串巧合莫非天意？离开村口时，我又细端古树，怅然有思。地方同志见状问有何建议，我说有两条。一者，此卧地断木是天赐史书，叫我们牢记过去。可剖光断面，展其年轮，呈于游人。并可标出哪一轮是500百年前，哪一轮是1840年，是1921年，是1949年，直至树断字现之年的2003年，当更显厚重，更有新意。二者，天降“中国共产党”五个大字，是要我们自警自策，与时俱进，当地党政部门一定更要爱民忧民，年有新政。

不只让百姓感到石上“中国共产党”之奇，更要感到身边的中国共产党之亲。这样才不负天之祥瑞，民之殷情。

再出奇石而归于日常之本真，是对待此“奇”的正确态度。

2003年10月8日

那青海湖边的蘑菇香

小时长在农村，食不为味只求饱。后来在城市生活，又看得书报，才知道有“美食家”这个词。而很长时间，我一直怀疑这个词不能成立。我们常说科学家、作家、画家、音乐家等等，那是有两个含义：其一，它首先是一份职业、一个专业，以此为工作目标，孜孜以求；其二，这工作必有能看得见的结果，还可转化为社会财富，献之他人，为世人所共享。而美食家呢？难道一个人一生以“吃”为专业？而他的吃又与别人何干？所以我对“美食”是从不关心，绝不留意的。

十年前，我到青海采访。青海地域辽阔，出门必坐车，一走一天；那里又是民歌“花儿”的故乡。天高路远，车上无事就唱歌。省委宣传部的曹部长是位女同志，和我们记者站的马站长一递一首地唱，独唱，对唱，为我倾囊展示他们的“花儿”。这也就是西北人才有的豪爽，我走遍全国各地未见哪个省委的部长肯这样给客人唱歌的，当然这也是一种自我享受。但这种情况在号称文化发达的南方无论如何是碰不到的。一天我们唱的兴起，曹部长就建议我们到金银滩去，到那个曾经产生了名曲《在那遥远的地方》的地方去采访，她在那里工作过，人熟。到达的当天下午我们就去草滩上采风，骑马、在草地上打滚，看蓝天白云，题目是写“蘑菇香”，却在文中处处体现着当地的风土人情，美味实际上是弥漫在这淳朴的环境中的。

听“花儿”和藏族民歌。曹部长的继任者桑书记是一位藏族同志，土生土长，是比老曹还“原生态”的干部。

晚上下了一场小雨。第二天早饭后桑书记领我们去牧民家串门，遍野湿漉漉的，草地更绿，像一块刚洗过的大绒毯，而红的、白的、黄的各色小花星布其上，真是一个名符其实的金银滩。和昨天不一样，草丛里又钻出了许多雪白的蘑菇，亭亭玉立，昂昂其首，小的如乒乓球，大的如小馒头，只要你一低头，随意俯拾，要多少有多少。这些小东西捧在手里绵软湿滑，我们生怕擦破她的嫩肤，或碰断她的玉茎。我这时的心情，就是人们常说的“天上掉下烙饼”，喜不自禁。连着走了几户人家，看他们怎样自制黄油子，用小木碗吃糌粑，喝马奶酒，拉家常。老桑从小在这里长大，草场上这些牧马、放羊的汉子，不少就是他光屁股时候的伙伴。蒙蒙细雨中，他不停地用藏语与他们热情地问候，开着玩笑，又一边介绍着我们这些客人。而印象最深的是，每当我们踩着一条黄泥小路走向一户人家时，一不小心就会踢飞几个蘑菇。而每户人家的门口都已矗立着几个半人高的口袋，里面全是新采的蘑菇。

老桑掀开门帘，走进一户人家。青海湖畔高寒，虽是八月天气,可一到雨天家里还是要生火的。屋里有一盘土炕，地上还有一个铁火炉。这炉子也怪，炉面特别的大，像一个吃饭的方桌，油光黑亮。这是为了增加散热，和方便就餐时热饭、温酒。雨天围炉话家常，好一种久违了的温馨。我被让到炕头上，刚要掏采访本，老桑说：“别急，咱们今天上午不工作，只说吃。娃子！到门口抓几个菌子来。”一个八九岁的红脸娃就蹿出门外，在草丛里三下两下弯腰采了十几个雪白的蘑菇，用衣襟捧着，并水珠儿一起抖落在炕沿上。我突然想起古人说的十步之内必有芳草，这娃迈出门外也不过五六步，就得此美物。而城里人吃的鲜菇也至少得取自百里之外吧，至于架子上的干货更不知是几年以上的枯物了。老桑挽了挽袖子说：“看我的，拿黄油来。”他用那双粗大的黑手，捏起一个小白菇，两个指头灵巧地一捻，去掉菇把，翻转菇帽，仰面朝上；又轻撮三指，向菇帽里撒进些黄油和盐。那动作倒像在包三鲜馄饨。然后将蘑菇仰放在热炉面上，齐齐地排成一行，像年夜包的饺子。不一会儿，炉子上发出丝丝的响声，黄油无声地溶进菇瓤的皱褶里，那鲜嫩的菇头就由雪白而嫩黄，渐渐缩成一个绒球状，而不知不觉间，莫名的香味已经弥漫左右而充盈整个屋子了，真有宋词里“暗香浮动月黄昏”的意境。也不要什么筷子、刀叉，我们每个人伸出两指，捏着一个蘑菇球放入口中——初吃如嫩肉，却绝无肉的腻味；细嚼有乳香，又比奶味更悠长。像是豆芽、菠菜那一类的清香里又掺进了一丝烤肉的味道，或者像油画高手在幽冷的底色上又点了一笔暖色，提出了一点亮光。总之是从未遇见过的美味。

文字版的《舌尖上的中国》，作者调遣文字的魔力，仿佛将美味烹制的整个过程呈于读者面前，“暗香”也几欲从纸面上浮于鼻尖了。

从草原返回的路上，我还在兴奋地说着那铁炉烤香菇，司机小伙子却回头插了一句嘴：“这还不算最好的，我们小时候在野地里，三块砖头支一个石板，下面烧牛粪，上面烤蘑菇，比这个味道还要香。”大家轰地一阵笑，又引发了许多议论，纷纷回忆一生中遇到的最好的美味。但结论是，再也吃不到从前那样的好东西了。这时老马想起了一首“花儿”，便唱道：“上去高山着还有个山，平川里一朵好牡丹。下了高山（着）折牡丹，心乏（着）折了个马莲莲。”曹部长就对了一首：“山丹丹花开刺刺儿长，马莲花开到（个）路上。我这里牵来你那里想，热身子挨不到（个）一打上。”啊，最好的美味只能是梦中的情人。

“通感”，蘑菇之香正在四处散开，回味无穷。

回到北京后我十分得意地向人推荐这种蘑菇新吃法。超市里有鲜菇，家里有烤箱，做起来很方便，凡试了的，都说极好。但是我心里明白，却无论如何也比不上草原上、雨天里、热炕边、铁炉上，那个土黄油烤鲜菇的味道，更不用说那道“牛粪石板菇”了。人的一生不能两次蹚过同一条河流，世界上最好的东西只能是记忆中的一瞬。物理学上曾有一个著名的“测不准原理”，两个大物理学家玻尔和爱因斯坦为此争论不休。爱氏说能测准，波氏反驳说不可能，比如你用温度去量海水，你读到的已不是海水的温度。我又想起胡适的话，他说真正的文学史要到民间去找，到在口头上流传的作品中去找，一上书就变味了。确实，时下文学又有了“手机段子”这个新品种，它常让你捧腹大笑或拍案叫绝，但却永远上不了书。你要体验那个味道只有排开手机。

再从美味到一般的生活经验，就更体现出“青海湖边蘑菇香”的独特，也为文章增添了深厚之味。

看来，城里的美食家是永远也享受不到“牛粪石板菇”这道美味了。

《北京日报》2012年6月7日

佩莱斯王宫记

我曾暗发宏愿，如可能要遍访世界上现存的王宫。因为王是一国权力的最高象征，王宫自然集中了这个国家最好的东西，包括自然风景、建筑艺术、历史文化等等。所以当罗马尼亚主人邀请我们访问佩莱斯王宫时，我窃喜正中下怀。

虽是以“事”开首，却也将王宫可参观的价值，佩莱斯王宫的所属地交代清楚。

车子从布加勒斯特出发，向北驶去，一望无际的平原上刚翻过的土地袒开褐色的胸膛，天边或路旁不时出现一片茂密的森林，我顿然感到大自然的辽阔，和这异国风光的美丽。路边靠着公路很近的地方常有农民的住房，这极普通的建筑却令我在车里激动得无法坐稳，欠着身子，贴着车窗贪婪地向外看。我的第一感觉是：这房子不是给人住的，而是给人看的。大凡给人住的房子，总是面积求大，结构简单，用料用工求省，所以现代民居，要是平房就是一个火柴盒子，要是楼房就是一个大集装箱。而这些房子却决不肯四面整齐划一，房子的一面或凸或凹，呈折线或弧线的美。我的视线紧紧捕捉着一套扑过来又急急闪过的房子，它的门厅有意不开在正中，而是于房角挖掉一块，像一个熟鸭蛋被切了四分之一，露出蛋黄剖面，颜色和方位都十分雅致。路边所有的房顶都不像中国的房子一样，成一面坡或两面坡，那房收顶时才是建筑师大露一手之际，屋顶伸出许多尖的、圆的、多棱形的高柱，如魔盒子里探出的手。我想这房主人都是些大公无私、为他人着想的人。要是只为实用，大可不必这样复杂，他却花钱花工，给来往的行人制造了一件工艺品，免费参观，提供美的享受，最后一句是本段的点题之笔。

许多地方的地名都因本地的山名或水名而来，中外皆然。

在历史长河中裁剪出这样一段，增添了此地的奇情壮采，为后面王宫的出现先铺垫好一些背景。

使许多如我这样的外乡人大饱眼福。这是参观王宫前的一个铺垫，我的情绪先有了一个适应异域的空间转换。

车子甩脱平原渐入山区，远处是白雪皑皑的山峰，公路沿着一条山谷穿行，谷下有河，名佩莱斯河，此地就因河得名。河隐藏在浓密的松树、白桦、冷杉深处，水流潺潺，只闻其声。树是特别的高大，一般要二人合抱，密密地插在山坡上。积雪压着落叶上，铺满树下，雪静树更绿，空山不见人，有一种莫名的幽邈。我忽然想起曾看过的一部电影，是描写罗马尼亚古代社会的。公元前，这片土地上生活着达契亚人，这是罗马尼亚人的祖先，公元2世纪罗马人侵入这里，达契亚人开始了与罗马人的长期征战、融合。那片子的外景大约就在这沟里拍的，也是这树、这水，和沟里尖顶的草房。武士们用笨重的铜剑格斗，声震山谷，尸横遍野。印象最深的一幕是：一支军队因败阵归来要执行军纪，处死一半，于是站成一列，一、三、五，单数点名，点到的人出列，伏首到前面的木墩子上，引颈等着巨斧劈下，遵命如流，视死如归。那曾经是一个多么野蛮又多么壮丽的时代。当时我坐在影院，被震慑得如痴如呆，忘乎所在。想不到今天能溯访此地。我停车路边，向深深的谷底、密密的林中眺望，希望那里能走出一两个腰围兽皮，握剑持盾的勇士。山风吹过，树森然不动，只抖下一些纷纷扬扬的雪。

王宫坐落在山湾子里，公路在这里随山的走向回了一个圈，水好像也是在这里发源的。东面是一面斜伸上去的大雪山，凄迷的雪雾一直漫到天外，古树在雪线以下排着奇幻的方阵，忽出沟底，忽涌波上，森森然，如黛如墨，有时消失在远处的雪光中又如烟如织。王宫在山坡上临谷面南而立，这是一座石木结构的民族式宫殿，它本身就是一座巍然的小山，宫以厚重的花岗石起墙，越往上越层叠错落，挑出许多的尖顶，用橡木镶拼成各种图案的门窗，衬着皑皑的白雪，掩映在常青松杉和还留着些红叶子的枫树林中，完全是一个童话世界。这王宫的第一位主人是1866年从德国来的卡罗尔国王。卡罗尔是中国宋徽宗、李后主式的人物，身为国王却酷爱艺术，这王宫是他亲自参与设计督造的，里面结结实实地收藏着各种艺术品。王宫1875年开始建造，1883年基本建成，到1914年全部完工时，卡罗尔也已去世了。

中西文化开始在这里碰撞。

王宫共三层，160间房。门向西开，进门就是一个通高约30多米的天井，中央是客厅，墙上垂下18世纪的壁毯，厅内全套意大利硬木家具。上二楼，左边一武器库收藏着5 ~ 19世纪的武器，有阿拉伯的剑、中国的弓，还有一把关公刀，一副连人带马的骑兵铠甲，据说是全罗马尼亚唯一的了。右边是国王的办公室，室内桌椅的侧面、腿脚处、扶手上全是浮雕，椅子扶手的造型是四个坐着的小人，还都跷着一条腿；桌上的烛台分两层，上下层间有三个顽皮的小儿，作头顶重物状，神色颇惹人爱。天花板是3寸厚的木浮雕花饰图案；另有一写字台，侧面浮雕一老人头像，他勇往向前，长发被风吹向后面，如呼啸的火车头，台角的废纸篓也是皮革精制，上面刺着花纹，墙上有伦勃朗的名画。再往前是天井式的藏书室，二层楼，橡木书柜，有旋梯可上下取书；桌上有信札箱，是皇后手绘的箱面。王宫里紧邻办公之地就有藏书室，这大概是欧洲皇帝的习惯。沙皇冬宫里的藏书室也与这差不多，只是更大些。我在中国故宫没有见到这种设施，也许我们的皇帝不如他们爱读书，或者我们现在搞旅游的人不着意展示这些。藏书室后又有一小办公室，小办公室右拐，便开始出现了一大串的客厅。这客厅很类似我们人民大会堂以各省命名的大厅，不过它是以艺术类别或国家、地区命名，而分别收集各地

这里的描述，选出了许多细节而舍弃了宏观的场景，浮雕、扶手、烛台上的小儿、废纸篓、箱面，以小处之精显大处之妙。

艺术品。

第一个是音乐文学厅，国王在这里接见作家、艺术家。全套桌椅是印度国王送的，黑色硬木，镂空浮雕，据说用了三代人工才完成。还有日本的瓷器，一对中国的大双龙洗，直径约有半米。最可看的是墙上的四幅油画，全以一个少女为题，据说是王后的构思。第一幅代表春天，少女从花丛中走出，和煦的阳光照着她幸福的脸庞；第二幅代表夏天，阳光从浓阴中射下，她的纱裙飘动着幻化出一种热烈的向往；第三幅，色调转深，那女子低着头，一种秋的悲凉；第四幅，少女半裸着伏在一片雪地上，一片圣洁。这王后是国王上任后三年娶过来的，她也酷爱艺术，是一个作家、诗人，夫妻算是珠联璧合。可以想见他们每天在王宫里就是以这艺术的切磋来打发时日。没有听说过宋徽宗有什么擅画的妃子做伴。李后主的周后只是天生的美貌，他后来又纳了周后之妹，一个更美的美人，为她写了那首著名的“手提金缕鞋”词，却也未见二周与之有什么唱和，看来他们还是不如卡罗尔幸福。

详细描述这四幅画，其画面连同构思相信会给读者留下深刻印象，突出特殊之处。

由物及人，生历史之感叹。

音乐文学厅后是意大利厅，两侧立着米开朗琪罗的三个铜雕，墙上是6幅意大利名画；再前，威尼斯厅，两件拉斐尔复制伦勃朗的圣母像，原件已经失传，此复制件也就成绝响了；再前，阿拉伯厅，满是地毯、挂毯，最有趣的是那几个长枕头，一枕可共10人眠；再前，土耳其厅，然后右折是长廊，长廊尽头再右折是小剧院。到此已绕王宫一周，再下又是武器库了。1910年后这剧院又改成电影厅，舞台上刻有国王的一句话：“一切艺术我都喜欢。”国王常在这里观摩演出，有时兴之所至还登台朗诵。这大概又类似我们的唐玄宗了，他亲自谱写《霓裳羽衣曲》，又做导演，又与宫人共舞。卡罗尔虽喜欢艺术，治国方面也没有出什么大错，这一点比宋徽宗、李后主、唐玄宗都强。

与前对比，可见描述过程中之详略差别。

国王首先是政治家，所以国王过分喜欢艺术就常常会生出历史的诘问。

从王宫出来我又在周围的山坡林间徜徉了一会儿。除这座王宫外，旁边还有稍小一点儿的七八处宫殿，现在都作了旅游饭店。有一处就是我们昨晚睡的，内部设施极豪华。但最美的还是周围的白雪、绿树和沟里潺潺的流水，昨晚夜半醒来，皎月在天，雪光映窗，偶有一两声狗吠，或“嘎喳”一声雪压树枝的断裂声。要不是碍着外宾的身份我真想半夜出户作一回秉烛夜游了。现在再看这景虽没有昨夜梦幻式的蒙胧，但还是一样的静，一样的美。我佩服卡罗尔国王，他用艺术家的眼光选中了这块上帝创造的王土内最美的地方，又用王的权力集中人力在这里创造了一座艺术宫殿。他的后辈尊重这创造，所以他一死，第二代国王就立即重建新宫，把旧宫作了艺术博物馆，直到今天。国王是有至高无上的权力，但权力再大也将随生命而止。可是当他趁有权之时，选择干一件国家民族永远记住的事，这权力便变成了永久的荣誉。卡罗尔选择了艺术，他知道艺术之河长流，艺术之树长绿，就如这佩莱斯的山和水。

将这建筑最终归于艺术，这实际上不是一种表面的描述，而是作者在心中的感应。

1992 年 1 月

奉献给死者的艺术

上飞机前还有一小时的机动时间，我坚持要去看看莫斯科的公墓，看看那个特殊的文化角落。

去得匆匆，竟连大门口是什么样子也未及细看，只记得是一条很宽的街，高大的门，门对面好大一片树林，绿涛翻滚着，无闹市的喧嚣，有郊野的清风，气氛是一种淡淡的寂静。一进门，甬道两旁分列着一排排的常青松柏，松柏下是死者整整齐齐的眠床。这里没有中国公墓常见的土堆，也无供骨灰的灵堂，只有绿树护着青石，青石衬着鲜花，猛一看像一个清净的公园或谁家的庭院。

很快地跳过门口的叙述，文字间似乎也能感受到作者在现场时时间的紧迫。

我向一个靠近路边的墓葬走去。墓盖是一面极光洁的花岗石板，石板中央伸出两只大手，也是花岗石雕成，粗壮的腕部，有力的骨节，立时叫人起一种坚实的联想。这两只手轻轻地合拢着，捧着一块三角形的大红宝石，我一时不解了。这组颇具匠心的雕塑，就算是墓碑吗？那么这下面安息着一个怎样特殊的人呢？我在墓前肃立良久，细细揣度着，那双手从石中冲出时的强劲与合拢时的轻柔，那花岗石的纯黑与宝石的鲜红，幻化成一种多层复合的美，将人引向一个深邃的意境。向导过来告诉我，这里安眠着的是一位著名的心脏外科专家，他一生用自己灵巧而有力的手拯救过无数人的生命。噢，我一下明白了，一个人死后用这种含蓄的手法来表达他的生平与事业，表达生者对死者的纪念。最哀切的事情却用最艺术的手法来表达。这是一种多么平静、超脱而又理智的举动啊。我们说长歌当哭，他们却更祭以艺术。

随作者看景看物，最有价值的地方之一应该是作者的这种议论。

我慢慢地往里去，一股强劲的艺术魅力如磁石般地吸引着我。这哪是什么墓地，简直是画廊。所不同的是这里每一件艺术品下还有一个曾是活泼泼的人，那是这件艺术的根，是它的主题。墓碑全部是清一色的黑花岗石，打磨得极光亮，熠熠照人如一面银镜。有的只简单地在这石面上刻出死者的头像，轻轻的又淡淡的如一幅随意素描。说是清淡，那不过是艺术的质感，这石与锤造就的作品自然是风雨不去，历久如新的。有的凿成浮雕，死者的形象微微突起在石板、石块或石柱上，若隐若现，好像在天国那边透过云雾回望人间。更多的则是半身胸像和各种含义深刻的组合雕塑。但这偌大的墓地无两块相同式样的墓碑。生者不肯抹杀死者的个性，也决计要表现出自己的匠心。一位叫依留申的飞机设计师，他的墓碑是一个圆柱形与凹面的组合。圆柱上雕有他的胸像，胸前有三个醒目的大勋章。

此段总写，后面选择典型具体描述。

那块凹面石块立衬在石柱后面，表示无垠的天穹，天穹上还有些飞机的航行轨迹。看着这一组近在咫尺、盈缩如许的石雕，我顿然如驰骋蓝天，并感到一种凌云的壮志。有一位海军将领，他的墓盖上只有一只大铁锚，黑锚金链，屹然挺立，风打浪涌，不动丝纹。有一组更特殊的墓碑，石柱上横着一个大箭头，上面浮雕着 6 个人的头像。这只箭头正穿云过雾急急飞行。原来这 6 个人是一个派到国外的救援小组，不幸同机遇难。

松柏中有一组男女雕像吸引了我。不用说这是一个合葬墓了，令人吃惊的是，两人全是裸体。男子略向前俯身，依在一石上，右臂弯回，手中握着一柄铁锤；女子偎在他的身后，手执一条轻纱，款款地飘在身后。两人都目视前方，但我切实地感到他们的心是那样的相连相通，是一个不可分的整体。最纯真大方的爱是用不得一点遮掩的。原来这对夫妻，男的是雕刻家，女的是一位芭蕾舞演员，都是搞艺术的。我想这组作为墓碑的石雕一定是他们生前设计好，嘱后人这样创作的。试想以我们的传统观念谁愿在自己的墓前留一个裸体像呢？又有谁敢将自己的亲友雕成一个裸体立于墓上呢？但艺术家自有艺术家的思考。世间虽有山水的磅礴，花草的艳丽，但哪一种美能比得上人体蕴藏的灵感呢？而这种人类的共性之美，并不是随便哪一个形象都可以表达的，只有那些个别的极富外美条件的人体才可充分表现这种内蕴的美感。这两位艺术家，一个人是终生为人们塑造这种能表达内蕴之美的外形，另一个则所幸天地钟秀其身，就矢志以自己美的外形去表现人类美的灵魂。总之，他们一生都沉浸在对人体美的追求、创造中。正当他们的事业处于顶峰之时，突然上帝要召他们而去，这是多大的遗憾啊。我好像听见他们弥留之际请求上帝答应他们再给世上留下点东西，上帝说只许一件，这就是墓碑。于是他们就将自己的一生浓缩在这块石头上。他们要将自己美丽的躯体展示在这里，用这力、这柔、这情，留给后人永恒的美。什么才能久而不朽呢？石头。什么才能跨越生命的“代沟”，无言地表达感情与思想呢？艺术。于是这石头的艺术便成了死者与生者在墓前吻别的信物。

这一句艺术化的语言，极为精彩，大概是艺术的力量也感染到了作者笔下的文字吧。

当匆匆的一小时参观行将结束的时候，我没忘记这普通公墓里还有一位不普通的人物——赫鲁晓夫。他的墓在公墓前后大院之间的甬道旁，占地不大。我没想到这样一个曾为超级大国一号领袖的人物，死后却屈身路旁。当他和光明一别之时，就来这里与民同乐了。他的墓碑从艺术角度说也真有个性。那是由三个黑白方格相扣而成的石雕，在最上一格中放着赫鲁晓夫的人头雕像。赫在位时的一件惊世之举就是将斯大林遗体迁出列宁墓，而他现在却被置于公墓堆中。历史人物的功过且由历史学家去评说，但艺术家自有自己的见解。据说，这个墓碑的设计者曾受过赫

选择赫鲁晓夫的墓地重点叙述，固然因为其为人所瞩目，也可由此折射出艺术在这里的生命力，连强权也折服于艺术了。

鲁晓夫的批评，但他并不是从个人好恶出发，客观地认为赫这个人是功过参半，所以就用黑白两色夹一人头，他的家属也接受了这个方案。我站在那里好一会儿，端详着这件艺术家送给政治家的礼物。

在回去的车上，我自然联想到国内的墓葬风气。一次在南方旅行，老远就见到青山上一片片的白，像长了秃疮一样。那是新修的水泥墓。像这样铲去青松翠柏，铺上冰冷的水泥，且不说破坏水土，于死者又有何益呢？建筑向来标志着当时当地的社会文化。我想起一位建筑师朋友说的话：世界上的建筑可以分为三类：给人住的，给神住的，给鬼住的。那么通过神鬼之居的庙堂、陵墓同样可以窥见社会文明的一斑。封建帝王可以独占金字塔或十三陵那样大的地下宫殿，而刚才参观的这个苏联公墓，无论贵贱，每人交一笔租金，占地一方，限期14年。这几年我们国内不少人富了，人住的房子非常现代化，却又按最陈旧的规矩去盖庙修墓安抚鬼神。看来有了钱，没有文化，没有新观念还是难超越自我。能懂得向死者献上一件富有审美价值的雕塑，生者与死者之间能以艺术方式倾心交流思想，交流感情，这个民族的文化素养就不会很低了。

联系现实，对比而生议论。

结尾又自然地回到对雕塑的评论，与前文呼应。

1989年5月14日

到处都伸出一双乞讨的手

此篇开始，先急急地端出观点，有“大喝一声，慢慢道来”的味道，也将那种忍受到极点的情绪表达了出来。

尽管我们受到了特殊的礼遇，尽管这里的风光是平生从未见过的美，但是在将离开印度时，我们几个人都发誓不愿再来第二次了。我们实在受不了那一双双总是在你面前晃着的乞讨的手。

7日凌晨三时到德里，住五星级阿育王饭店。旅途劳顿，蒙头大睡，早晨醒来一开门，两个白衣黑汉（印度的饭店全是男服务员）就进来打扫。我们下楼吃饭，回来时房间已收拾好，这时他们又进来挥着大抹布比画着说：“打扫一下好吗？”我点头表示同意。他不打扫，出去一趟，又敲门进来，又比画一下，我又点头，他又不打扫，出去又回来。这样骚扰再三，我终于明白是来要小费的。但刚下飞机，饭店银行还未开门，卢比换不出来。一大早我们同行的几个人都受到这种反复的“问候”。直到换来钱，发了小费我们才有了一点自由，才能静下来观察一下这座以印度历史上的秦始皇命名的豪华的饭店。

第一件事，还未引起情绪的变化，叙述也平静。

写景色对人的吸引，也反衬出后面“讨钱者”的恼人和不合时宜。

一会儿，使馆同志来约去看看市容。浓绿阔叶的参天巨木，沿街随意怒放的玫瑰，嫩细的草坪，使我们顿生新奇兴奋之感。沿着总统府前气势雄浑的大道，我们漫步到印度门下。这是一座如巴黎凯旋门式的纪念碑建筑，我掏出相机，仰头辨认着门楣上的字迹，准备作一会儿历史的沉思，身后却响起清脆的小锣声，回头一看，一个精瘦的黑汉子牵着两只猴子，龇着一口白牙，不知何时已蹲在我们身后的草坪上，那两只猴子正围着他挤眉弄眼地转圈。他一见我们回头，便招手请照相。陪同连说：“那是讨钱的。”话音未落，快门已按，那汉子早起身伸手，那两只小精灵也立即停止舞动，静静地伺立两旁。我们猝不及防，只好掏出10个卢比，打发走玩猴人，重又抬头研究印度门的历史。忽然背后又响起呜呜的笛声。又一个头上缠着一大团花布的汉子，不知何时已盘膝坐在我们身后，他面前摆着一个小竹盘，盘中蜷缩着一条比拇指还粗些的长蛇。那蛇随着笛声将头挺起一尺高，吐出长长的信子，样子十分凶残。思古幽情让这一猴一蛇是给彻底吹掉了，况且我们刚才匆匆出来，也没有换几个零钱。大家便准备上车走路。但那玩蛇的汉子却拦住路不肯放行，说少给一点也行，又突然将夹在腋下的竹盘一翻，那蒙在布里本来蜷成一盘的蛇突然人立前身，探头吐信，咄咄逼人。汉子脸上涎笑着，一手托蛇，一手伸着要钱，没办法，又投下10个卢比，我们慌慌而去。

此处情绪也还未受到大的影响。

周围情境已有“逼迫”心情之感。

从印度门出来到红堡，这是一座印度末代王朝的皇宫。门口熙熙攘攘，卖水果的，卖孔雀毛的，卖假胡子的，拦住路非要给你剪个影不可的，五光十色，喊声不绝，像一锅冒着热气的八宝粥。这回有了经验，不管什么人上来，连声NO，NO，目不旁视。但是当我们从堡内出来，又有几个人拥了上来，非要领你到停车场不可，真是笑话，我们自己刚才停的车，还用别人领路？但是不行。特别是一个拄拐的残腿青年，你左突右冲，他东拦西堵，而且故意在你面前晃动那条半截腿。只好给他10个卢比。拿了卢比也不领路了，我们自己去上车，这简直有点强夺了。

试着适应这样的环境。

渐生反感之意。

从红堡出来去看甘地墓，进墓地要脱鞋，门口早有一堆人争着给你看鞋子，又是10卢比。接着看比拉庙，在印度凡进庙和旧王宫、城堡之类的地方都要脱鞋，于是给人看鞋，成了最方便的要钱行业，类似北京街上存车的老太太，见车就收钱。这里是见鞋就收钱，而且你非脱鞋不可，不给钱不行。比拉庙前又被敲了一次竹杠。这座庙是全石建筑，太阳晒得石板火烫，我们赤着脚，龇咧着嘴，正想欣赏一下各种雕像，一个穿黄衣、持竹棍的警察(印度警察的警棍是一根一米长的普通竹竿)走上来喝道开路，要为我们领路。我们一行中有三人英语很好，又有使馆同志陪同，实在想自己静静地观赏一下这古代的建筑艺术。但是不行。你从这座房子里进去，他就在门口堵你，非要领你进另一座房子不可，还把别的游人推开，像是对我们特别照顾。我们心里实在烦透了，而你越烦，他越缠住不放，在一个个神像前指指画画，又用乌黑的食指蘸一点朱砂，强在你的额头上按一个红痣。其实他那半生不熟的英语，那点历史、艺术知识真说不出什么东西。但我们成了他的俘虏，只得跟他一处一处地绕，终于走完了这座庙，脚也烫得成了烙饼。他自然又向我们伸出手。刚才因为无零钱，一咬牙给了看鞋人50卢比，现在除了100的一张，再无小票了。况且，到印度还不过半天，照这样下去我们每人30美元的补助，怕只填了这些人的手心也不够。陪同的同志只好拔下身上的一支圆珠笔。那警察接过看也不看一眼，老大不高兴地走了。

情绪已到了爆发的边缘。

在印度讨钱成了一种风气，一种行业。好像一切人都可以想出要钱要东西的招数，而且毫不脸红。孟买海湾中有一个象岛，星期天我们乘船去玩，一下船，一个约五六十岁的老太婆便来搀扶你。我看她这一身打扮，花里胡哨的“沙丽”(印度妇女穿的服装，就是身上裹的一块大布)，两个大耳环，黑如树皮的面部闪着两只贼亮的眼，额头上一个大红吉祥痣，额顶发缝里也有一道红朱砂，像被人刚砍了一刀，很是吓人，忙摆手避让。这时，一对欧洲夫妇跳下船。老太婆就上来扶那欧洲女人，她那双枯瘦如柴的黑手紧扣着那女人肥嫩的白手臂，指甲几乎掐到肉里

等到将这种事情看清楚了，倒可以相对平静地来述说了。再由己及人，旁观这种乞讨现象了。

去，生怕这个到手的猎物逃掉。那白女人大概不知其意，边走边听她指指画画地说海边的树林、滩上的鹭鸟，很为异乡情趣所醉。一会儿走过栈桥，那老太婆就拉着白女人要照相，跟在后面的丈夫忙举起相机。这时旁边果然又跳出一个同样打扮的老太婆，一照完相，两人都伸手要钱，丈夫愕然，准备走，哪能走了，只好掏出一张纸币给了第一个老太婆，但第二个却坚决缠住不放。我窃喜自己的经验，聪明的白人活该上当。

岛上有一个从整座石山中掏出的印度教庙，是游人必到之地。这庙前也就成了向游客讨钱的主战场。许多如刚才那样的当地妇女，着“沙丽”服装，头顶两个高高的铜壶，缠着人照相，而且一般你很难摆脱她的纠缠。我从庙里出来汗水湿透了衣裳，便躲在一棵大树下，掀起衣领扇风，树上一群猴子蹦来蹦去，抓着树枝打秋千，我不由掏出相机。突然觉得有人在扯后衣襟，回头一看，一个十来岁的女孩，穿一件地方味很浓的新裙子，头顶一个铜壶，正向我伸出手。她那对小黑眼珠中还透出几分稚气，但脸上的神情分明已很老练，看来操此业至少已有几年。我一时陷入深思，像这种从大人到孩子，人人处处都讨钱的现象，到底是生活所迫呢，还是一种方便省事的职业（尽管在国内我也听说有乞丐万元户的，但绝没有这样一个天罗地网），这小孩子身上的裙子、头上的铜壶分明是一套要钱的道具。而我这几日在印度看到的不是向你挥舞蛇头，就是伸出断腿，或让你看腿上流脓的疮，或抢着为你领路，在饭店里送行李时就是一个箱子也要两人提，用饭则一再要给你送到房间，手纸也要故意送一次，又送一次，费尽心机，想出许多要钱手段。总之，一起床，你周围就晃着许多乞讨的手。

变味的乞讨。

穷人自然是值得同情的，但只有穷而有志的人才该同情。向人伸手乞讨如同妇女卖身一样，是真正被逼到绝路之后才不得已而为之的求生之法。但如果把穷当成一种要钱手段，甚至不穷也要变着法要钱，而根本无所谓人的尊严，那么这种同情心便会立即变为厌恶。我想起昨天和几位印度知识分子的谈话，他们也很为这种乞讨的恶习忧虑。说政府为无业人想了许多办法，包括在海边造了房子，但他们不愿劳动，把房子租了出去，又到城里来讨钱。事实上，这种乞讨风已经无所谓有无职业了，人人都可毫不脸红地伸出自己的手。我想，大凡给予有两种，一是对对方付出劳动的补偿，是平等的交换；二是对对方的爱和怜，是愉快的奉献或捐助。当对方既无付出劳动，又无可爱可怜之处时，你无端地付出倒是对自己自尊心的践踏了。但我还是无法拒绝身边这个女孩，我掏出口袋里仅有的两个卢比，给她照了一张相。关上相机，我的心里像收进一个魔影……

上升到“理”的层面来分析这种现象。

1991 年 3 月

第二卷

以史为镜

历史　人物　事件

读一读历史吧，你能在这里照见自己。

把栏杆拍遍

中国历史上由行伍出身，以武起事，而最终以文为业，成为大诗词作家的只有一人，这就是辛弃疾。这也注定了他的词及他这个人在文人中的唯一性和在历史上的独特地位。

在我看到的资料里，辛弃疾至少是快刀利剑地杀过几次人的。他天生孔武高大，从小苦修剑法。他又生于金宋乱世，不满金人的侵略蹂躏，22岁时他就拉起了一支数千人的义军，后又与耿京为首的义军合并，并兼任书记长，掌管印信。一次义军中出了叛徒，将印信偷走，准备投金。辛弃疾手提利剑单人独马追贼两日，第三天提回一颗人头。为了光复大业，他又说服耿京南归，南下临安亲自联络。不想就这几天之内又变生肘腋，当他完成任务返回时，部将叛变，耿京被杀。辛大怒，跃马横刀，只率数骑突入敌营生擒叛将，又奔突千里，将其押解至临安正法，并率万人南下归宋。说来，他干这场壮举时还只是一个英雄少年，正血气方刚，欲为朝廷痛杀贼寇，收复失地。

但世上的事并不能心想事成。南归之后，他手里立即失去了钢刀利剑，就只剩下一支羊毫软笔，他也再没有机会奔走沙场，血溅战袍，而只能笔走龙蛇，泪洒宣纸，为历史留下一声声悲壮的呼喊、遗憾的叹息和无奈的自嘲。

应该说，辛弃疾的词不是用笔写成，而是用刀和剑刻成的。他是以一个沙场英雄和爱国将军的形象留存在

这篇文章被选入各种教材、选本，收到了很多赞誉，还有专门以这个题目为书名的梁衡散文选，成为梁衡写历史人物的代表作之一。“把栏杆拍遍”也是这篇文章一个绝佳的意象选择。

起篇即以纵贯历史的大气魄，将辛弃疾推到了一个特殊的历史位置上，也为整篇文章奠定了一个很有高度的起点。

一阵刀光剑影，将辛弃疾的“以武起事”交代出来，其中又重在表现辛的胆识、勇猛。

历史的荡气回肠就此而来，几组对比强烈的词句增加了落差，形成极强的冲击力，“钢刀利剑”与“羊毫软笔”，“奔走沙场”与“笔走龙蛇”，“血溅战袍”与“泪洒宣纸”。

历史上和自己的诗词中。时隔千年，当今天我们重读他的作品时，仍感到一种凛然杀气和磅礴之势。比如这首著名的《破阵子》：

醉里挑灯看剑，梦回吹角连营，八百里分麾下炙，五十弦翻塞外声。沙场秋点兵。

马做的卢飞快，弓如霹雳弦惊。了却君王天下事，赢得生前身后名。可怜白发生。

通过精选、体会、点评辛词，从而使其融入本文，词壮文威，是本文的一个精彩之处。

我敢大胆说一句，这首词除了武圣岳飞的《满江红》可与之媲美外，在中国上下五千年的文人堆里，再难找出第二首这样有金戈之声的力作。虽然杜甫也写过“射人先射马，擒贼先擒王”，诗人卢纶也写过“欲将轻骑逐，大雪满弓刀”，但这些都是旁观式的想象、抒发和描述，哪一个诗人曾有他这样亲身在刀刃剑尖上滚过来的经历？“列舰层楼”、“投鞭飞渡”、“剑指三秦”、“西风塞马”，他的诗词简直是一部军事辞典。他本来是以身许国，准备血洒大漠，马革裹尸的。但是南渡后他被迫脱离战场，再无用武之地。像屈原那样仰问苍天，像共工那样怒撞不周，他临江水，望长安，登危楼，拍栏杆，只能热泪横流。

文中多有“极言”之处，立意取险，收“大美”之效。

文中词句，多有铿锵之声，前面列举辛词之句如此，此处作者连用几个短句亦如此。

楚天千里清秋，水随天去秋无际。遥岑远目，献愁供恨，玉簪螺髻。落日楼头，断鸿声里，江南游子，把吴钩看了，栏杆拍遍，无人会，登临意。

《水龙吟》

谁能懂得他这个游子，实际上是亡国浪子的悲愤之心呢？这是他登临建康城赏心亭时所作。此亭遥对古秦又是一番对比。鲁迅说，悲剧就是将人生有价值的东西毁灭给人看。通过这种对比，增加了悲剧的效果。

作者的寻而不得，也增加了一种历史悲戚感。

此句与前文“辛弃疾的词不是用笔写成，而是用刀和剑刻成的。”相扣相合，层层递进。

在表象的叙述之后，进入深层的剖析。

淮河，是历代文人墨客赏心雅兴之所，但辛弃疾在这里发出的却是一声悲怆的呼喊。他痛拍栏杆时一定想起过当年的拍刀催马，驰骋沙场，但今天空有一身力、一腔志，又能向何处使呢？我曾专门到南京寻找过这个辛公拍栏杆处，但人去楼毁，早已了无痕迹，唯有江水悠悠，似词人的长叹，东流不息。

辛词比其他文人更深一层的不同，是他的词不是用墨来写，而是蘸着血和泪涂抹而成的。我们今天读其词，总是清清楚楚地听到一个爱国臣子，一遍一遍地哭诉，一次一次地表白。总忘不了他那在夕阳中扶栏远眺、望眼欲穿的形象。

辛弃疾南归后为什么这样不为朝廷喜欢呢？他在一首《戒酒》的戏作中说：“怨无大小，生于所爱；物无美恶，过则成灾。”这首小品正好刻画出他的政治苦闷。他因爱国而生怨，因尽职而招灾。他太爱国家、爱百姓、爱朝廷了。但是朝廷怕他、烦他、忌用他。他作为南宋臣民共生活了40年，倒有近20年的时间被闲置一旁，而在断断续续被使用的20多年间又有37次频繁调动。但是，每当他得到一次效力的机会，就特别认真，特别执著地去工作。本来有碗饭吃便不该再多事，可是那颗炽热的爱国心烧得他浑身发热。40年间无论在何地何时任何职，甚至赋闲期间，他都不停地上书，不停地唠叨，一有机会还要真抓实干，练兵、筹款、整饬政务，时刻摆出一副要冲上前线的样子。你想这怎能不让主和苟安的朝廷心烦？

他任湖南安抚使，这本是一个地方行政长官，他却在任上创办了一支2500人的“飞虎军”，铁甲烈马，威风凛凛，雄镇江南。建军之初，造营房，恰逢连日阴雨，无法烧制屋瓦。他就令长沙市民，每户送瓦20片，立付现银，两日内便全部筹足。其施政的干练作风可见一斑。后来他到福建任地方官，又在那里招兵买马。闽南与漠北相隔何远，但还是隔不断他的忧民情、复国志。他这个书生，这个工作狂，实在太过了，“过则成灾”，终于惹来了许多的诽谤，甚至说他独裁、犯上。皇帝对他也就时用时弃。国有危难时招来用几天，朝有谤言，又弃而闲几年，这就是他的基本生活节奏，也是他一生最大的悲剧。别看他饱读诗书，在词中到处用典，甚至被后人讥为“掉书袋”。但他至死，也没有弄懂南宋小朝廷为什么只图苟安而不愿去收复失地。

夹叙夹议，从其行事作为看其悲从何来。

辛弃疾名弃疾，但他那从小使枪舞剑、壮如铁塔的五尺身躯，何尝有什么疾病？他只有一块心病，金瓯缺，月未圆，山河碎，心不安。

此处行文，有如辛词之美。

郁孤台下清江水，中间多少行人泪。西北望长安，可怜无数山。青山遮不住，毕竟东流去。江晚正愁余，山深闻鹧鸪。

这是我们在中学课本里就读过的那首著名的《菩萨蛮》，他得的是心郁之病啊。他甚至自嘲自己的姓氏：

这首词大概很难收入一般对辛词的点评赏析之中，作者却独具慧眼，将其拈来，于趣中见苦，真是苦到极处。

烈日秋霜，忠肝义胆，千载家谱。得姓何年，细参辛字，一笑君听取。艰辛做就，悲辛滋味，总是辛酸辛苦。更十分，向人辛辣，椒桂捣残堪吐。世间应有，芳甘浓美，不到吾家门户。

《永遇乐》

你看“艰辛”、“酸辛”、“悲辛”、“辛辣”，真是五内俱焚。世上许多甜美之事，顺达之志，怎么总轮不到他呢？他要不就是被闲置，要不就是走马灯似的被调动。1179年，他从湖北调湖南，同僚为他送行时他心情难平，终于以极委婉的口气叹出了自己政治的失意，这便是那首著名的《摸鱼儿》，

> 更能消几番风雨，匆匆春又归去。惜春长怕花开早，何况落红无数。春且住，见说道，天涯芳草无归路。怨春不语。算只有殷勤画檐蛛网，尽日惹飞絮。
>
> 长门事，准拟佳期又误。蛾眉曾有人妒。千金纵买相如赋，脉脉此情谁诉？君莫舞，君不见，玉环飞燕皆尘土。闲愁最苦。休去倚危栏，斜阳正在，烟柳断肠处。

梁启超的“极言”也被作者抓来，与辛本人的词作，作者的多处“极言”，跨越时空，产生历史的鼓荡撞击。

据说宋孝宗看到这首词后很不高兴。梁启超评曰：“回肠荡气，至于此极，前无古人，后无来者。”“长门事”，是指汉武帝的陈皇后遭忌被打入长门宫里。辛以此典相比，一片忠心、痴情和着那许多辛酸、辛苦、辛辣，真是打翻了五味坛子。今天我们读时，每一个字都让人一惊，直让你觉得就是一滴血，或者是一行泪。确实，古来文人的惜春之作，多得可以堆成一座纸山。但有哪一首，能这样委婉而又悲愤地将春色化入政治、诠释政治呢？美人相思也是旧文人写滥了的题材，有哪一首能这样深刻贴切地寓意国事，评论正邪，抒发忧愤呢？

作者对辛词的解析也是本文的精彩之处。

但是南宋朝廷毕竟是将他闲置了20年。20年的时间让他脱离政界，只许旁观，不得插手，也不得插嘴。辛在他的词中自我解嘲道：“君恩重，且教种芙蓉！”这有点像宋仁宗说柳永：“且去浅斟低唱，何要浮名？”柳永倒是真的去浅斟低唱了，结果唱出一个纯粹的词人

艺术家。辛与柳不同，你想，他是一个大碗喝酒、大块吃肉、痛拍栏杆、大声议政的人。报国无门，他便到赣南修了一座带湖别墅，咀嚼自己的寂寞。

带湖吾甚爱，千丈翠奁开。先生杖屦无事，一日走千回。凡我同盟鸥鹭，今日既盟之后，来往莫相猜。白鹤在何处，尝试与偕来。

破青萍，排翠藻，立苍苔。窥鱼笑汝痴计，不解举吾杯。废沼荒丘畴昔，明月清风此夜，人世几欢哀。东岸绿荫少，杨柳更须栽。

《水调歌头》

这回可真的应了他的号：“稼轩”，要回乡种地了。一个正当壮年又阅历丰富、胸怀大志的政治家，却每天在山坡和水边踱步，与百姓聊一聊农桑收成之类的闲话，再对着飞鸟游鱼自言自语一番，真是“闲愁最苦”，“脉脉此情谁诉”？

辛词《摸鱼儿》中两句，被作者巧用于此。

说到辛弃疾的笔力多深，是刀刻也罢，血写也罢，其实他的追求从来不是要做一个词人。郭沫若说陈毅，“将军本色是诗人”。辛弃疾这个人，词人本色是武人，武人本色是政人。他的词是在政治的大磨盘间磨出来的豆浆汁液。他由武而文，又由文而政，始终在出世与入世间矛盾，在被用或被弃中受煎熬。作为封建知识分子，对待政治，他不像陶渊明那样浅尝辄止，便再不染政；也不像白居易那样长期在任，亦政亦文。对国家民族，他有一颗放不下、关不住、比天大、比火热的心；他有一身早练就、憋不住、使不完的劲。他不计较“五斗米折腰”，也不怕谗言倾盆。所以随时局起伏，他就大忙大闲，大起大落，大进大退。稍有政绩，便招谤而被弃；国有危难，便又

这句总结，是本文议论说理的一个基点。也是本文立意高远，超越一般对辛弃疾评价的独到之处。

对他政治家本色的解读。

被招而任用。他亲自组练过军队，上书过《美芹十论》这样著名的治国方略。他是贾谊、诸葛亮、范仲淹一类的时刻忧心如焚的政治家。他像一块铁，时而被烧红锤打，时而又被扔到冷水中淬火。有人说他是豪放派，继承了苏东坡，但苏的豪放仅止于“大江东去”，山水之阔。苏正当北宋太平盛世，还没有民族仇、复国志来炼其词魂，也没有胡尘飞、金戈鸣来壮其词威。真正的诗人只有被政治大事（包括社会、民族、军事等矛盾）所挤压、扭曲、拧绞、烧炼、锤打时才可能得到合乎历史潮流的感悟，才可能成为正义的化身。诗歌，也只有在政治之风的鼓荡下，才能飞翔，才能燃烧，才能炸响，才能振聋发聩。学诗功夫在诗外，诗歌之效在诗外。我们承认艺术本身的魅力，更承认艺术加上思想的爆发力。

作者条分缕析一步步深化所得出的这几句结论，是本文思想深度的体现，是作者缘历史人物而写出的“大情”、“大理”。

有人说辛词其实也是婉约派，多情细腻处不亚于柳永、李清照。

近来愁似天来大，谁解相怜？谁解相怜？又把愁来做个天。都将今古无穷事，放在愁边。放在愁边，却自移家向酒泉。

《丑奴儿》

少年不识愁滋味，爱上层楼。爱上层楼，为赋新词强说愁。而今识尽愁滋味，欲说还休。欲说还休，却道天凉好个秋。

《丑奴儿》

柳李的多情多愁仅止于“执手相看泪眼”、“梧桐更兼细雨”，而辛词中的婉约言愁之笔，于淡淡的艺术美感中，却含有深沉的政治与生活哲理。真正的诗人，最善以常人之心言大情大理，能于无声处炸响惊雷。

又是一处“大情”、“大理”之笔。

我常想，要是为辛弃疾造像，最贴切的题目就是“把栏杆拍遍”。他一生大都是在被抛弃的感叹与无奈中度过的。当权者不使为官，却为他准备了锤炼思想和艺术的反面环境。他被九蒸九晒，水煮油炸，千锤百炼。历史的风云，民族的仇恨，正与邪的搏击，爱与恨的纠缠，知识的积累，感情的浇铸，艺术的升华，文字的锤打，这一切都在他的胸中、他的脑海，翻腾、激荡，如地壳内岩浆的滚动鼓胀，冲击积聚。既然这股能量一不能化作刀枪之力，二不能化作施政之策，便只有一股脑地注入诗词，化作诗词。他并不想当词人，但武途政路不通，历史歪打正着地把他逼向了词人之道。终于他被修炼得连叹一口气，也是一首好词了。

绝妙之句。

说到底，才能和思想是一个人的立身之本。像石缝里的一棵小树，虽然被扭曲、挤压，成不了旗杆，却也可成一条遒劲的龙头拐杖，别是一种价值。但这前提，你必须是一棵树，而不是一棵草。从“沙场秋点兵”到“天凉好个秋”；从决心为国弃疾去病，到最后掰开嚼碎，识得辛字含义；再到自号“稼轩”，同盟鸥鹭；辛弃疾走过了一个爱国志士、爱国诗人的成熟过程。诗，是随便什么人就可以写的吗？诗人，能在历史上留下名的诗人，是随便什么人都可以当的吗？“一将功成万骨枯”，一员武将的故事，还要多少持刀舞剑者的鲜血才能写成。那么，有思想光芒而又有艺术魅力的诗人呢？他的成名，要有时代的运动，像地球大板块的冲撞那样，他时而被夹其间感受折磨，时而又被甩在一旁被迫冷静思考，所以积300年北宋南宋之动荡，才产生了一个辛弃疾。

又一番入情入理的剖析。

整篇都是铿锵之句、金石之言，浩浩荡荡，一泻而下。此处，却突然生出这样两句反诘，一下子有逆流回溯、蕴能蓄势之感。终了喟然一声，有声震千古之效。

戛然而止，高亢有力。

《散文》2000年第7期

读柳永

柳永是中国历史上一个并不大的人物。很多人不知道他，或者碰到过又很快忘了他。但是近年来这根柳丝却紧紧地系着我，倒不是为了他的名句“杨柳岸晓风残月”，也不为那句“衣带渐宽终不悔，为伊消得人憔悴”，只为他那人，他那身不由己的经历和那歪打正着的成就，以及由此揭示的做人成事的道理。

开宗明义，总说。

柳永是福建北部崇安人，他没有为我们留下太多的生平记载，以至于现在也不知道他确切的生卒年月。那年到闽北去，我曾想打听一下他的家世，找一点可凭吊的实物，但一川绿风，山水寂寂，没有一点的音息。我们现在只知道他大约在30岁时便告别家乡，到京城求功名去了。柳永像封建时代的大多数知识分子一样，总是把从政作为人生的第一目标。其实这也有一定的道理，人生一世谁不想让有限的生命发挥最大的光热？有职才能有权，才能施展抱负，改造世界，名垂后世。那时没有像现在这样成就多元化，可以当企业家，当作家，当歌星、球星，当富翁，要成名只有一条路——去当官。所以就出现了各种各样在从政大路上跋涉着的而被扭曲了的人。像李白、陶渊明那样求政不得而求山水；像苏轼、白居易那样政心不顺而求文心；像孟浩然那样躲在终南山里而窥京城；像诸葛亮那样虽说不求闻达，布衣躬耕，却又暗暗积聚内力，一遇明主就出来建功立业。柳永是另一类的人物，他先以极大的热情投身政治，碰了钉子后没有像大多数文人那样转向山水，而是转向市井深处，扎到市民堆里，在这里成就了他的文名，

其生卒之事无法详述，便轻宕一笔，抓住其主要脉络开始切入。

成就了他在中国文学史上的地位，他是中国封建知识分子中一个仅有的类型，一个特殊的代表。

通过四种类型的对比，点出柳永的不同。

柳永大约在公元1017年，宋真宗天禧元年时到京城赶考。以自己的才华他有充分的信心金榜题名，而且幻想着有一番大作为。谁知第一次考试就没有考上，他不在乎，轻轻一笑，填词道："富贵岂由人，时会高志须酬。"等了三年，第二次开科又没有考上，这回他忍不住要发牢骚了，便写了那首著名的《鹤冲天》：

黄金榜上，偶失龙头望。明代暂遗贤，如何向。未遂风云便，争不恣狂荡。何须论得丧。才子词人，自是白衣卿相。

烟花巷陌，依约丹青屏障。幸有意中人，堪寻访。且恁偎红翠，风流事，平生畅。青春都一饷。忍把浮名，换了浅斟低唱。

他说我考不上官有什么关系呢？只要我有才，也一样被社会承认，我就是一个没有穿官服的官。要那些虚名有什么用，还不如把它换来吃酒唱歌。这本是一个在背地发的小牢骚，但是他也没有想一想，你怎么敢用你最拿手的歌词来牢骚呢，他这时或许还不知道自己歌词的分量。它那美丽的语句和优美的音律已经征服了所有的歌迷，覆盖了所有的官家的和民间的歌舞晚会，"凡有井水处都唱柳词"。这使我想起文化大革命中大书法家沈尹默先生被打成"黑帮"，被逼写检查。但是他写出去的检查大字报，总是糨糊未干就被人偷去，这检查总是交代不了。柳永这首牢骚歌不胫而走传到了宫里，宋仁宗一听大为恼火，并记在心里。柳永在京城又捱了三年，参加了下一次考试，这次好不容易通过了，但临到皇帝亲自圈点放榜时，仁宗

“仁宗”似乎少“仁心”，六年三考，这次成为柳永生活的转折点，也成为本文行文叙述的一个节点。

说：“且去浅斟低唱，何要浮名”，又把他给勾掉了。这次打击实在太大，柳永就更深地扎到市民堆里去写他的歌词，并且不无解嘲地说：“我是奉旨填词。”他终日出入歌馆妓楼，交了许多歌妓朋友，许多歌妓也因他的词而走红，她们真诚地爱护他，给他吃，给他住，还给他发稿费。你想他一介穷书生流落京城有什么生活来源？只有卖词为生。这种生活的压力，生活的体味，还有皇家的冷淡，倒使他一心去从事民间创作。他是第一个去到民间的词作家。这种扎根坊间的创作生活一直持续了17年，直到他终于在47岁那年才算通过考试，得了一个小官。

此段写柳永人生的转变。

歌馆妓楼是什么地方啊，是提供享乐，制造消沉，拉你堕落，教你挥霍，引人轻浮，教人浪荡的地方。任你有四海之心、摩天之志，在这里也要魂销骨铄，化作一团烂泥。但是柳永没有被化掉，他的才华在这里派上了用场。成语言：脱颖而出。锥子装在衣袋里总要露出尖来，宋仁宗嫌柳永这把锥子不好，“啪”的一声从皇宫大殿上扔到了市井底层，不想俗衣破袍仍然裹不住他闪亮的锥尖。这真应了柳永自己的那句话：“才子词人，自是白衣卿相”，寒酸的衣服裹着闪光的才华。有才还得有志，多少人进了红粉堆里也就把才沤了粪。也许我们可以责备柳永没有大志，同为词人不像辛弃疾那样“男儿到死心如铁，看试手，补天裂”，不像陆游那样“自许封侯在万里。有谁知，鬓虽残，心未死”。时势不同，柳永所处的时代当北宋开国不久，国家统一，天下太平，经济文化正复苏繁荣。京城汴京是当时世界上最大的都市，新兴市民阶层迅速形成，都市通俗文艺相应发展。恩格斯论欧洲文艺复兴时说，这是需要巨人而且产生了巨人的时代，市民文化呼唤着自己的文化巨人。这时柳永出现了，他是中国历史上第一个专业的市民文学作家。市井这块沃土堆拥着他，托举着他，他像田禾见了

作者坐拥丰厚的历史文化知识，笔如巨椽，纵横捭阖，古今中外，一收笔底。

水肥一样拼命地疯长，淋漓酣畅地发挥着自己的才华。

此段则为柳永志趣的转变。

柳永于词的贡献，可以说如牛顿、爱因斯坦于物理学的贡献一样，是里程碑式的。他在形式上把过去只有几十字的短令发展到百多字的长调。在内容上把词从官词解放出来，大胆引进了市民生活、市民情感、市民语言，从而开创了市民所歌唱着的是自己的词。在艺术上他发展了铺叙手法，基本上不用比兴，硬是靠叙述的白描的功夫创造出前所未有的意境。就像超声波探测，就像电子显微镜扫描，你得佩服他的笔怎么能伸入到这么细微绝妙的层次。他常常只用几个字，就是我们调动全套摄影器材也很难达到这个情景。比如这首已传唱900年不衰的名作《八声甘州》：

深入到柳永词作的艺术创新层面。

对潇潇暮雨洒江天，一番洗清秋。渐霜风凄紧，关河冷落，残照当楼。是处红衰翠减，苒苒物华休。惟有长江水，无语东流。

不忍登高临远，望故乡渺邈，归思难收。叹年来踪迹，何事苦淹留？想佳人，妆楼颙望，误几回天际识归舟。争知我，倚阑干处，正恁凝愁。

一读到这些句子我就联想到第一次置身于九寨沟山水中的感觉，那时照相根本不用选景，随便一抬手就是一幅绝妙的山水图。现在你对着这词，任裁其中一句都情意无尽，美不胜收。这种功夫，古今词坛能有几人。

艺术高峰的产生和自然界的名山秀峰一样是不以人的意志为转移的。柳永自己也没有想到他身后在中国文学史上会占有这样一个重要位置。就像我们现在作为典范而临摹的碑帖，很多就是死人墓里一块普通的刻了主人生平的石头，大部分连作者姓名也没有。凡艺术成就都是阴差阳错，各种条件交汇而成一个特殊气候，一粒艺术的种子就在这将一般道理与柳永个人的际遇结合起来。

种气候下自然地生根发芽了。柳永不是想当名作家而到市井中去的，他是怀着极不情愿的心情从考场落第后走向瓦肆勾栏，但是他身上的文学才华与艺术天赋立即与这里喧闹的生活气息、优美的丝竹管弦和多情婀娜的女子发生共鸣。他在这里没有堕落，他跳进了一个消费的陷阱，却成了一个创造的巨人。这再次证明成事成才的辩证道理。一个人在社会这架大算盘上只是一颗珠子，他受命运的摆弄；但是在自身这架小算盘上他却是一只拨着算珠的手，才华、时间、精力、意志、学识、环境统统变成了由你支配的珠子。

一个人很难选择环境，却可以利用环境，大约每个人都有他基本的条件，也有基本的才学，他能不能成才成事，原来全在他与外部世界的关系怎么处理。就像黄山上的迎客松，立于悬崖绝壁，沐着霜风雪雨，就渐渐干挺如铁，叶茂如云，游人见了都要敬之仰之了。但是如果当初这一粒松子有灵，让它自选生命的落脚地，它肯定选择山下风和日丽的平原，只是一阵无奈的山风将它带到这里，或者飞鸟将它衔到这里，托于高山之上寄于绝壁之缝。它哭天天不应，喊地地不灵，一阵悲泣（也许还有如柳永那样的牢骚）之后也就把那岩石拍遍，痛下决心，既活就要活出个样子。它拼命地吸天地之精华，探出枝叶追日，伸着根须找水，与风斗与雪斗，终于成就了自己。这时它想到多亏我留在了这里，要是生在山下将平庸一世。

此处对应于首段所言“做人成事的道理。”

生命是什么，生命就是创造，是携带着母体留下的那一点信息去与外部世界做着最大限度的重新组合，创造一个新的生命。为什么逆境能成大才，就是因为在逆境下你心里想着一个世界，上天却偏要给你另外一个世界。两个世界矛盾斗争的结果你便得到了一个超乎这两个之上的更新的更完美的世界。而顺境下，时时天遂人愿，你心里没有矛盾，没有企盼，没有一个理想中的新世界，当然也不会去为之斗争，为之创造，那就只有徒增马齿，虚掷一生了。柳永是经历了宋真宗、仁宗两朝四次大考才中了进士的，这四次共取士916人，其他915人都顺顺利利地当了官，有的或许还很显赫，但他们大都被历史忘得干干净净，而柳永至今还享此殊荣。

呜呼，人生在世，天地公心。人各其志，人各其才，无大无小，贵贱不分。只要其心不死，才得其用，就能名垂后世，就不算虚度生命。这就是为什么历史记住了秦皇汉武，也同样记住了柳永。

总结点明文章主旨，与首段遥相呼应。

《当代》1997年第2期

乱世中的美神

在梁衡所有写人物的文章中，只有两篇是写女性的，一为李清照，一为居里夫人。几千年中华历史，作者只选出李清照一人来写，确有殊见。此文读来荡气回肠，让人扼腕而叹，意味无穷。

李清照是因为那首著名的《声声慢》被人们所记住的。那是一种凄冷的美，特别是那句“寻寻觅觅，冷冷清清，凄凄惨惨戚戚”，简直成了她个人的专有品牌，彪炳于文学史，空前绝后，没有任何人敢于企及。于是，她便被当做了愁的化身。当我们穿过历史的尘烟咀嚼她的愁情时，才发现在中国三千年的古代文学史中，特立独行、登峰造极的女性也就只有她一人。而对她的解读又“怎一个愁字了得”。

从最为人们熟悉的地方切入一小口，却忽然带出一个大的惊叹。

其实李清照在写这首词前，曾经有过太多太多的欢乐。

第一次情绪转化。

李清照于宋神宗元丰七年（1084年）出生于一个官宦人家。父亲李格非进士出身，在朝为官，地位并不算低，是学者兼文学家，又是苏东坡的学生。母亲也是名门闺秀，善文学。这样的出身，在当时对一个女子来说是很可贵的。官宦门第及政治活动的濡染，使她视界开阔，气质高贵。而文学艺术的熏陶，又让她能更深切细微地感知生活，体验美感。因为不可能有当时的照片传世，我们现在无从知道她的相貌。但据这出身的推测，再参考她以后诗词所流露的神韵，她该天生就是一个美人胚子。李清照几乎一懂事，就开始接受中国传统文化的审美训练。又几乎是同时，她一边创作，一边评判他人，研究文艺理论。她不但会享受美，还能驾驭美，一下就跃上一个很高的起点，而这时她还是一个待字闺中的少女。

几种美集于一身，按常理是该享有万千宠爱了。

请看下面这三首词：

绣面芙蓉一笑开，斜飞宝鸭衬香腮。眼波才动被人猜。一面风情深有韵，半笺娇恨寄幽怀，月移花影约重来。（宝鸭，发型。）

《浣溪沙》

坦荡春光寒食天，玉炉沉水袅残烟，梦回山枕隐花钿。海燕未来人斗草，江梅已过柳生绵，黄昏疏雨湿秋千。（沉水，香名；斗草，一种游戏。）

《浣溪沙》

蹴罢秋千，起来慵整纤纤手。露浓花瘦，薄汗轻衣透。见客入来，袜刬金钗溜。和羞走，倚门回首，却把青梅嗅。（袜刬，不穿鞋。）

《点绛唇》

一个天真无邪的少女，秀发香腮，面如花玉，情窦初开，春心萌动，难以按捺。她躺在闺房中，或者傻傻地看着沉香袅袅，或者起身写一封情书，然后又到后园里去与女伴斗一会儿草。

寥寥数笔，却跃然纸上。

官宦人家的千金小姐，享受着舒适的生活，并能得到一定的文化教育，这在数千年封建社会中并不奇怪。令人惊奇的是，李清照并没有按常规初识文字，娴熟针绣，然后就等待出嫁。她饱览了父亲的所有藏书，文化的汁液将她浇灌得不但外美如花，而且内秀如竹。她在驾驭诗词格律方面已经如斗草、荡秋千般随意自如，而品评史实人物，却胸有块垒，大气如虹。

她没有停留在尘俗的“万千宠爱”层面，却更上层楼，使她的美更有内涵，更加独具一格、超凡脱俗。

唐开元天宝间的安史之乱及其被平定是中国历史上的一个大事件，后人多有评论。唐代诗人元结作有著名的《大唐中兴颂》，并请大书法家颜真卿书刻于壁，被称为“双绝”。与李清照同时的张文潜，是“苏门四学士”之一，诗名已盛，也算个大人物，曾就这道碑写了一首诗，感叹：

天遣二子传将来，高山十丈摩苍崖。

谁持此碑入我室，使我一见昏眸开。

苏轼词句转用。

这诗转闺阁，入绣户，传到李清照的耳朵里，她随即和一首道：

五十年功如电扫，华清花柳咸阳草。五坊供俸斗鸡儿，酒肉堆中不知老。胡兵忽自天上来，逆胡亦是奸雄才。勤政楼前走胡马，珠翠踏尽香尘埃。何为出战则披靡，传置荔枝多马死。尧功舜德本如天，安用区区记文字。著碑铭德真陋哉，乃令神鬼磨山崖。

你看这诗的气势哪像是出自一个闺中女子之手。铺叙场面，品评功过，慨叹世事，不让浪漫豪放派的李白、辛弃疾。李父格非初见此诗不觉一惊，这诗传到外面更是引起文人堆里好一阵躁动。李家有女初长成，笔走龙蛇起雷声。少女李清照静静地享受着娇宠和才气编织的美丽光环。

《长恨歌》名句转用。

由外在而内在，由闺中之乐而才华品格，作者一步步将李清照的美推向极致。

爱情是人生最美好的一章。它是一个渡口，一个人将从这里出发，从少年走向青年，从父母温暖的翅膀下走向独立的人生，包括再延续新的生命。因此，它充满着期待的焦虑、碰撞的火花、沁人的温馨，也有失败的悲凉。它能奏出最复杂，最震撼人心的交响，许多伟人的生命都是在这一刻放出奇光异彩的。

当李清照满载着闺中少女所能得到的一切幸福，步入爱河时，她的美好人生又更上层楼，为我们留下了一部爱情经典。她的爱情不像西方的罗密欧与朱丽叶，也不像东方的梁山伯与祝英台，不是那种经历千难万阻，要死要活之后才享受到的甜蜜，而是起步甚高，一开始就跌在蜜罐里，就站在山顶上，就住进了水晶宫里。夫婿赵明诚是一位翩翩少年，两人又是文学知己，情投意合。赵明诚的父亲也在朝为官，两家门当户对。更难得的是他们二人除一般文人诗词琴棋的雅兴外，还有更相投的事业结合点——金石研究。在不准自由恋爱，要靠媒妁之言、父母之意的封建时代，他俩能有这样的爱情结局，真是天赐良缘，百里挑一了。就像陆游的《钗头凤》为我们留下爱的悲伤一样，李清照为我们留下了爱情的另一端——爱的甜美。这个爱情故事，经李清照妙笔的深情润色，成了中国人千余年来的精神享受。

又通过爱情将其情感的满足幸福加于其美丽的人生中。

请看这首《减字木兰花》：

卖花担上，买得一枝春欲放。泪染轻匀，犹带彤霞晓露痕。

怕郎猜道，奴面不如花面好。云鬓斜簪，徒要教郎比比看。

这是婚后的甜蜜，是对丈夫的撒娇。从中也透出她对自己美丽的自信。

再看这首送别之作《一剪梅》：

红藕香残玉簟秋，轻解罗裳，独上兰舟。云中谁寄锦书来，雁字回时，月满西楼。

花自飘零水自流，一种相思，两处闲愁。此情无计可消除，才下眉头，却上心头。

离愁别绪，难舍难分，爱之愈深，思之愈切。另是一种甜蜜的偷偷地咀嚼。

更重要的是，李清照绝不是一般的只会叹息几句“贱妾守空房”的小妇人，她在空房里修炼着文学，直将这门艺术练得炉火纯青，于是这种最普通的爱情表达竟变成了夫妻间的命题创作比赛,成了他们向艺术高峰攀登的记录。

请看这首《醉花阴·重阳》：

薄雾浓云愁永昼，瑞脑销金兽。佳节又重阳，玉枕纱厨，半夜凉初透。东篱把酒黄昏后，有暗香盈袖。莫道不消魂，帘卷西风，人比黄花瘦。

这是赵明诚在外地时，李清照寄给他的一首相思词。彻骨地爱恋，痴痴地思念，借秋风黄花表现得淋漓尽致。史载赵明诚收到这首词后，先为情所感，后更为词的艺术力所激，发誓要写一首超过妻子的词。他闭门谢客，三日得词五十首，将李词杂于其间，请友人评点，不料友人说只有三句最好："莫道不消魂，帘卷西风，人比黄花瘦。"赵自叹不如。这个故事流传极广，可想他们夫妻二人是怎样在相互爱慕中享受着琴瑟相和的甜蜜，这也令后世一切有才有貌却得不到相应爱情质量的男女感到一丝的悲凉。李清照自己在《金石录后序》里追忆那段生活时说："余性偶强记，每饭罢，坐归来堂烹茶，指堆积书史，言某事在某卷第几页第几行，以中否胜负，为饮茶先后。中即举杯大笑，至茶倾覆怀中，反不得饮而起。"这是何等的幸福，何等的欢乐，怎一个"甜"字了得。这蜜一样的生活，滋养着她绰约的风姿和旺盛的艺术创造。

通过李的词作，将其生活的甜蜜、富有情趣描述出来，完成了作者对她自身的美和生活的美的铺陈、塑造，也将读者对李清照美的欣赏带到了一个巅峰状态。

但上天早就发现了李清照更博大的艺术才华，如果只让她这样去轻松地写一点闺怨闲愁，中国历史、文学史将会从她的身边白白走过。于是宇宙爆炸，时空激荡，新的人格考验，新的命题创作一起推到了李清照的面前。

至此转折，李清照的生活发生大变故，也让读者的情绪由大起而至大落。

宋王朝经过 167 年"清明上河图"式的和平繁荣之后，天降煞星，北方崛起了一个游牧民族。金人一锤砸烂了都城汴京（开封）的琼楼玉苑，还掠走了徽、钦二帝，赵宋王朝于公元1127年匆匆南逃，开始了中国历史上国家民族极屈辱的一页。李清照在山东青州的爱巢也树倒窝散，一家人开始过漂泊无定的生活。南渡第二年，赵明诚被任为京城建康的知府，不想就在这时发生了一件国耻又蒙家羞的事。一天深夜，城里发生叛乱，身为地方长官的赵明诚不是身先士卒指挥戡乱，而是偷偷用绳子缒城逃走。事定之后，他被朝廷撤职。李清照这个柔弱女子，在这件事上却表现出大节大义，很为丈夫临阵脱逃而羞愧。赵被撤职后夫妇二人继续沿长江而上向江西方向流亡，一路难免有点别扭，略失往昔的鱼水之和。当行至乌江镇时，李清照得知这就是当年项羽兵败自刎之处，不觉心潮起伏，面对浩浩江面，吟下了这首千古绝唱：

> 生当作人杰，死亦为鬼雄。至今思项羽，不肯过江东。
>
> 《夏日绝句》

丈夫在其身后听着这一字一句的金石之声，面有愧色，心中泛起深深的自责。第二年（1129年）赵明诚被召回京复职，但随即患急病而亡。

灾难来临，也是一重加一重。

人不能没有爱，如花的女人不能没有爱，感情丰富的女诗人就更不能没有爱。正当她的艺术之树在爱的汁液浇灌下茁壮成长时，上帝无情地斩断了她的爱河。李清照是一懂得爱就被爱所宠，被家所捧的人，现在一下被困在了干涸的河床上，她怎么能不犯愁呢？

愁的化身在此慢慢浮现。

失家之后的李清照开始了她后半生的三大磨难。

第一大磨难就是再婚又离婚，遭遇感情生活的痛苦。

赵明诚死后，李清照行无定所，身心憔悴。不久嫁给

前面有容颜美、内心美、诗词美、爱情生活美，多种美集于一身，此处则是三大磨难重重相加，叫人如何不扼腕，如何不感叹。

了一个叫张汝舟的人。对于李清照为什么改嫁，史说不一，但一个人生活的艰辛恐怕是主要原因。这个张汝舟，初一接触也是个彬彬有礼的君子，刚结婚之后张对她照顾得也还不错，但很快就露出原形，原来他是想占有李清照身边尚存的文物。这些东西李视之如命，而且《金石录》也还没有整理成书，当然不能失去。在张看来，你既嫁我，你的身体连同你的一切都归我所有，为我支配，你还会有什么独立的追求？两人先是在文物支配权上闹矛盾，渐渐发现志向情趣大异，真正是同床异梦。张汝舟先是以占有这样一个美妇名词人自豪，后渐因不能俘获她的心，不能支配她的行为而恼羞成怒，最后完全撕下文人的面纱，拳脚相加，大打出手。华帐前，红烛下，李清照看着这个小白脸，真是怒火中烧。曾经沧海难为水，心存高洁不低头。李清照视人格比生命更珍贵，哪里受得这种窝囊气，便决定与他分手。但在封建社会女人要离婚谈何容易。无奈之中，李清照走上一条绝路，鱼死网破，告发张汝舟的欺君之罪。

原来，张汝舟在将李清照娶到手后十分得意，就将自己科举考试作弊过关的事拿来夸耀。这当然是大逆不道。李清照知道，只有将张汝舟告倒治罪，自己才能脱离这张罗网。但依宋朝法律，女人告丈夫，无论对错输赢，都要坐牢两年。李清照是一个在感情生活上绝不凑合的人，她宁肯受皮肉之苦，也不受精神的奴役。一旦看穿对方的灵魂，她便表现出无情的鄙视和深切的懊悔。她在给友人的信中说："猥以桑榆之晚景，配兹驵侩之下材。"她是何等刚烈之人，宁可坐牢下狱也不肯与"驵侩"之人为伴。这场官司的结果是张汝舟被发配到柳州，李清照也随之入狱。我们现在想象李清照为了婚姻的自由，在大堂之上，扬首挺胸，将纤细柔弱的双手伸进枷锁中的一瞬，其坚毅安详之态真不亚于项羽引颈向剑时那勇敢的一刎。可能是李清

对于李清照的临难，作者选取这样一个瞬间来定格，浓缩进了太多耐人寻味的内容。

照的名声太大，当时又有许多人关注此事，再加上朝中友人帮忙，李只坐了9天牢便被释放了。但这在她心灵深处留下了重重的一道伤痕。

今天男女之间分离结合是合法合情的平常事，但在宋代一个女人，尤其是一个读书女人的再婚又离婚就要引起社会舆论的极大歧视。在当时和事后的许多记载李清照的史书中都是一面肯定她的才华，同时又无不以“不终晚节”、“无检操”、“晚节流荡无归”记之。节是什么？就是不管好坏，女人都得跟着这个男人过，就是你不许有个性的追求。可见我们的女诗人当时是承受了多么大的心理压力。但是她不怕，她坚持独立的人格，坚持高质量的爱情，她以两个月的时间快刀斩乱麻，甩掉了张汝舟这个“驵侩”包袱，便全身心地投入到《金石录》的编写中去了。现在我们读这段史料，真不敢相信是发生在近千年以前宋代的事，倒像是一个“五四”时代反封建的新女性。

如果李清照屈服于当时的流俗，不坚持，大概也不会让人有这么多的感叹了。

生命对人来说只有一次，那么爱情对一个人来说有几次呢？大概最美好的、最揪心彻骨的也只有一次。爱情是在生命之舟上做着的一种极危险的实验，是把青春、才华、时间、事业都要赌进去的实验。只有极少的人第一次便告成功，他们像中了头彩的幸运者一样，一边窃喜着自己的侥幸，美其名曰“缘”；一边又用同情、怜悯的目光审视着其余芸芸众生们的失败，或者半失败。李清照本来是属于这一类型的，但上苍欲成其名，必先夺其情，苦其心，于是就把她赶出这幸福一族，先是让赵明诚离她而去，再派一个张汝舟来试其心志。她驾着一叶生命的孤舟迎着世俗的恶浪，以破釜沉舟的胆力做了好一场恶斗。本来爱情一次失败，再试成功，甚而更加风光者大有人在，司马相如与卓文君就是。李清照也是准备再攀爱峰的，但可惜没有翻过这道山梁。这是一个悲剧。一个女人心中爱的火花

又有愁袭来，文章的后半部分，“愁”成为一根始终贯穿的线索。

就这样永远地熄灭了，这怎么能不令她沮丧，叫她犯愁呢？

李清照的第二大磨难是，身心颠沛流离，四处逃亡。

1129年8月，丈夫赵明诚刚去世，9月就有金兵南犯。李清照带着沉重的书籍文物开始逃难。她基本上是追随着皇上逃亡的路线，国君是国家的代表啊。但是这个可怜可恨的高宗赵构并没有这个觉悟，他不代表国家，就代表他自己的那条小命。他从建康出逃，经越州、明州、奉化、宁海、台州，一路逃下去，一直漂泊到海上，又过海到温州。李清照一孤寡妇人眼巴巴地追寻着国君远去的方向，自己雇船，求人，投亲靠友，带着她和赵明诚一生搜集的书籍文物，这样苦苦地坚持着。赵明诚生前有托，这些文物是舍命也不能丢的，而且《金石录》也还没有出版，这是她一生的精神寄托。她还有一个想法就是这些文物在战火中靠她个人实在难以保全，希望追上去送给朝廷，但是她始终没能追上皇帝。她在当年11月流浪到衢州，第二年3月又到越州。这期间，她寄存在洪州的两万卷书、两千卷金石拓片又被南侵的金兵焚掠一空。而到越州时随身带着的五大箱文物又被贼人破墙盗走。1130年11月，皇上看到身后跟随的人太多不利逃跑，干脆就下令遣散百官。李清照望着龙旗龙舟消失在茫茫大海中，就更感到无限的失望。按封建社会的观念，国家者国土、国君、百姓。今国土让人家占去一半，国君让人家撵得抱头鼠窜，百姓四处流离。国已不国，君已不君，她这个无处立身的亡国之民怎么能不犯愁呢？李清照的身心在历史的油锅里忍受着痛苦的煎熬。

流离的生活，无奈的愁绪，煎熬的身心。

大约是在避难温州时，她写下这首《添字采桑子》：

窗前谁种芭蕉树？阴满中庭。阴满中庭，叶叶心心舒卷有余情。伤心枕上三更雨，点滴霖霪。点滴霖霪，愁损北人不惯起来听。

“北人”是什么样人呢？就是流浪之人，是亡国之民，李清照正是这其中的一个。中国历史上的异族入侵多是由北而南，所以“北人”逃难就成了一种历史现象，也成了一种文学现象。“愁损北人不惯起来听”，我们听到了什么呢？听到了祖逖中流击水的呼喊，听到了陆游“遗民泪尽胡尘里，南望王师又一年”的叹息，听到了辛弃疾“可堪回首，佛狸祠下，一片神鸦社鼓”的无奈，更又仿佛听到了“我的家在松花江上”那悲凉的歌声。

祖逖，东晋初著名将领，曾率军北伐收复中原，抗击匈奴。著名的“闻鸡起舞”和“中流击楫”就是关于他的故事。

1134年，金人又一次南侵，赵构又弃都再逃。李清照第二次流亡到了金华。国运维艰，愁压心头。有人请她去游附近的双溪名胜，她长叹一声，无心出游。

风住尘香花已尽，日晚倦梳头。物是人非事事休，欲语泪双流。闻说双溪春尚好，也拟泛轻舟。只恐双溪舴艋舟，载不动许多愁。

《武陵春》

李清照在流亡途中行无定所，国家支离破碎，到处物是人非，这愁就是一条船也载不动啊。这使我们想起杜甫在逃难中的诗句“感时花溅泪，恨别鸟惊心”。李清照这时的愁早已不是“一种相思，两处闲愁”的家愁、情愁，现在国已破，家已亡，就是真有旧愁，想觅也难寻了。她这时是《诗经》的《离黍》之愁，是辛弃疾“而今识尽愁滋味”的愁，是国家民族的大愁，她是在替天发愁啊。

从个人小愁到家国大愁，大愁在身，何能轻易去除。

李清照是恪守“诗言志，歌永言”古训的。她在词中所歌唱的主要是一种情绪，而在诗中直抒的才是自己的胸怀、志向、好恶。因为她的词名太甚，所以人们大多只看到她愁绪满怀的一面。我们如果参读她的诗文，就能更好一般人只闻李之词名，作者却能注意到其诗、文的魅力，自然高出一格了。

地理解她的词背后所蕴含的苦闷、挣扎和追求，就知道她到底愁为哪般了。

1133年，高宗忽然想起应派人到金国去探视一下徽、钦二帝，顺便打探有无求和的可能。但听说要入虎狼之域，一时朝中无人敢应命。大臣韩肖胄见状自告奋勇，愿冒险一去。李清照日夜关心国事，闻此十分激动，满腹愁绪顿然化作希望与豪情，便作了一首长诗相赠。她在序中说："有易安室者，父祖皆出韩公门下，今家世沦替，子姓寒微，不敢望公之车尘。又贫病，但神明未衰弱。见此大号令，不能忘言，作古、律诗各一章，以寄区区之意。"当时她是一个贫病交加，身心憔悴，独身寡居的妇道人家，却还这样关心国事。不用说她在朝中没有地位，就是在社会上也轮不到她来议论这些事啊。但是她站了出来，大声歌颂韩肖胄此举的凛然大义："愿奉天地灵，愿奉宗庙威。径持紫泥诏，直入黄龙城。""脱衣已被汉恩暖，离歌不道易水寒。"她愿以一个民间寡妇的身份临别赠几句话："闾阎嫠妇亦何知，沥血投书干记室"，"不乞隋珠与和璧，只乞乡关新信息"，"子孙南渡今几年，飘零遂与流人伍。欲将血泪寄山河，去洒东山一抔土。"

浙江金华有因南北朝时沈约曾题《八咏诗》而得名的一座名楼。李避难于此，登楼遥望这残存的南国半壁江山，不禁临风感慨：

千古风流八咏楼，江山留与后人愁。水通南国三千里，气压江城十四州。

《题八咏楼》

我们单看这诗的气势，这哪里像一个流浪中的女子所写啊。倒像一个亟待收复失地的将军或一个忧国伤时的臣子。那一年我到金华特地去凭吊这座名楼。时日推移，楼已被后起的民房拥挤在一处深巷里，但亦然鹤立鸡群，风骨不减当年。一位看楼的老人也是个李清照迷，他向我讲了几个李清照故事的民间版本，又拿出几页新搜集的手抄的李词送给我。我仰望危楼，俯察巷陌，深感词人英魂不去，长在人间。李清照在金华避难期间，还写了一篇《打马赋》。“打马”本是当时的一种赌博游戏，李却借题发挥在文中大量引用历史上名臣良将的典故，状写金戈铁马，挥师疆场的气势，谴责宋室的无能。文末直抒自己烈士暮年的壮志：

千年之后，还有故事在民间流传，有“粉丝”在民间，是李清照词作的魅力还是人格的魅力？

木兰横戈好女子，老矣不复志千里。但愿相将过淮水！

从这些诗文中可以看见，她真是“位卑不敢忘忧国”，何等地心忧天下，心忧国家啊。“但愿相将过淮水”，这使我们想起祖逖闻鸡起舞，想起北宋抗金名臣宗泽病危之时仍拥被而坐大喊：过河！这是一个女诗人，一个“闾阎嫠妇”发出的呼喊啊！与她早期的闲愁闲悲真是相差十万八千里。这愁中又多了多少政治之忧，民族之痛啊。

已是愁中带痛了。

后人评李清照常常观止于她的一怀愁绪，殊不知她的心灵深处，总是冒着抗争的火花和对理想的呼喊，她是为看不到出路而愁啊！她不依奉权贵，不违心做事。她和当朝权臣秦桧本是亲戚，秦桧的夫人是她二舅的女儿，亲表姐。但是李清照与他们概不来往，就是在她的婚事最困难的时候，她宁可去求远亲也不上秦家的门。秦府落成，大宴亲朋，她也拒不参加。她不满足于自己“学诗漫有惊人句”，而“欲将血泪寄山河”，她希望收复失地，“径持紫泥诏，直入黄龙城”。但是她看到了什么呢？是偏安都城的虚假繁荣，是朝廷打击志士、迫害忠良的怪事，是主战派和民族义士们血泪的呼喊。1142年，也就是李清照58岁这一年，岳飞被秦桧下狱害死。这件案子惊动京城，震动全国，乌云压城，愁结广宇。李清照心绪难宁，我们的女诗人又陷入更深的忧伤之中。

李清照遇到的第三大磨难是超越时空的孤独。

磨难一重更比一重，直将人逼到生命的最边缘，其苦何堪。

感情生活的痛苦和对国家民族的忧心，已将她推入深深的苦海，她像一叶孤舟在风浪中无助地飘摇。但如果只是这两点，还不算最伤最痛，最孤最寒。本来生活中婚变情离者，时时难免；忠臣遭弃，也是代代不绝。更何况她一柔弱女子又生于乱世呢？问题在于她除了遭遇国难、情愁，就连想实现一个普通人的价值，竟也是这样的难。已渐入暮年的李清照没有孩子，守着一孤清的小院落，身边没有一个亲人，国事已难问，家事怕再提，只有秋风扫着黄叶在门前盘旋，偶尔有一两个旧友来访。她有一孙姓朋友，其小女10岁，极为聪颖。一日孩子来玩时，李清照对她说，你该学点东西，我老了，愿将平生所学相授，不想这孩子脱口说道：“才藻非女子事也。”李清照不由得倒抽一口凉气，她觉得一阵晕眩，手扶门框，才使自己勉强没有摔倒。童言无忌，原来在这个社会上有才有情的女子是真正多余啊！而她却一直还奢想什么关心国事、著书立说、传道授业。她收集的文物汗牛充栋，她学富五车，词动京华，到头来却落得个报国无门，情无所托，学无所传，别人看她如同怪物。

她本来一身集多重美，现在却只落得这几重“无”。

李清照感到她像是落在四面不着边际的深渊里，一种可怕的孤独向她袭来，这个世界上没有一个人能读懂她的心。她像祥林嫂一样茫然地行走在杭州深秋的落叶黄花中，吟出这首浓缩了她一生和全身心痛楚的，也确立了她在中国文学史上地位的《声声慢》：

寻寻觅觅，冷冷清清，凄凄惨惨戚戚。乍暖还寒时候，最难将息。三杯两盏淡酒，怎敌它，晚来风急。雁过也，正伤心，却是旧时相识。

满地黄花堆积，憔悴损，如今有谁堪摘。守着窗儿，独自怎生得黑。梧桐更兼细雨，到黄昏，点点滴滴。这次第，怎一个愁字了得！

满身愁思，几欲载不动了。

是的，她的国愁、家愁、情愁，还有学术之愁，怎一个愁字了得！

李清照所寻寻觅觅的是什么呢？从她的身世和诗词文章中，我们至少可以看出，她在寻觅三样东西。一是国家民族的前途。她不愿看到山河破碎，不愿“飘零遂与流人伍”，“欲将血泪寄山河”。在这点上她与同时代的岳飞、陆游及稍后的辛弃疾是相通的。但身为女人，她既不能像岳飞那样驰骋疆场，也不能像辛弃疾那样上朝议事，甚至不能像陆、辛那样有政界、文坛朋友可以痛痛快快地使酒骂座，痛拍栏杆。她甚至没有机会和他们交往，只能独自一人愁。二是寻觅幸福的爱情。她曾有过美满的家庭，有过幸福的爱情，但转瞬就破碎了。她也做过再寻真爱的梦，但又碎得更惨，甚至身负枷锁，锒铛入狱。还被以“不终晚节”载入史书，生前身后受此奇辱。她能说什么呢？也只有独自一人愁。三是寻觅自身的价值。她以非凡的才华和勤奋，又借着爱情的力量，在学术上完成了《金石录》巨著，在词艺上达到了空前的高度。但是，那个社会不以为奇，不以为功，连那10岁的小女孩都说“才藻非女子事”。甚至后来陆游为这个孙姓女子写墓志时都认为这话说得好。以陆游这样热血的爱国诗人，也认为“才藻非女子事”，李清照还有什么话可说呢？她只好一人咀嚼自己的凄凉，又是只有一个愁。

如此说来，李清照的愁，愁在骨中，愁在穿越历史时空，件件都是难去之愁。

李是研究金石学、文化史的，她当然知道从夏商到宋，女人有才藻、有著作的寥若晨星，而词艺绝高的也只有她一人。都说物以稀为贵，而她却被看做是异类，是叛逆，是多余。她环顾上下两千年，长夜如磐，风雨如晦，相知有谁？鲁迅有一首为歌女立照的诗："华灯照宴敞豪门，娇女严妆侍玉尊。忽忆亲情焦土下，佯看罗袜掩啼痕。"李清照是一个被封建社会役使的歌者，她本在严妆靓容地侍奉着这个社会，但忽然想到她所有的追求都已失落，她所歌唱的无一实现，不由得一阵心酸，只好"佯说黄花与秋风"。

以历史的眼光来剖析李的悲剧。

李清照的悲剧就在于她是生在封建时代的一个有文化的女人。作为女人，她处在封建社会的底层，作为一个知识分子，她又处在社会思想的制高点，她看到了许多别人看不到的事情，追求着许多别人不追求的境界，这就难免有孤独的悲哀。本来，三千年封建社会，来来往往有多少人都在心安理得，随波逐流地生活。你看，北宋仓皇南渡后不是又夹风夹雨，称臣称儿地苟延了152年吗！尽管与李清照同时代的陆游愤怒地喊道："公卿有党排宗泽，帷幄无人用岳飞"，但朝中的大人们不是照样做官，照样花天酒地吗？你看，虽生乱世，有多少文人不是照样手摇折扇，歌咏风月，琴棋书画了一生吗？你看，有多少女性，就像那个孙姓女子一般，不学什么辞藻，不追求什么爱情，不是照样生活吗？但是李清照却不，她以平民之身，思公卿之责，念国家大事；以女人之身，求人格平等，爱情之尊。无论对待政事、学业还是爱情、婚姻，她决不随波，决不凑合，这就难免有了超越时空的孤独和无法解脱的悲哀。她背着沉重的十字架，集国难、家难、婚难和学业之难于一身，凡封建专制制度所造成的政治、文化、道德、婚姻、人格方面的冲突、磨难，都折射在她那如黄花般瘦弱的身子上。一如她的名字所昭示的，"明月松间照，清泉石上流"。

李清照骨子里所追求的是一种人格的超群脱俗，这就难免像屈原一样“众人皆醉我独醒”，难免有超现实的理想化的悲哀。有一本书叫《百年孤独》，李清照是千年孤独，环顾女界无同类，再看左右无相知，所以她才上溯千年到英雄霸王那里去求相通，“至今思项羽，不肯过江东”。还有，她不可能知道，千年之后，到封建社会气数将尽时，才又出了一个与她相知相通的女性——秋瑾，那秋瑾回首长夜三千年，也长叹了一声：“秋雨秋风愁煞人！”

在作者笔下，相距千年的孤独的人物，终于穿越历史而相会了。

如果李清照像那个孙姓女孩或者鲁迅笔下的祥林嫂一样，是一个已经麻木的人，也就算了；如果李清照是以死抗争的杜十娘，也就算了。她偏偏是以心抗世，以笔唤天。她凭着极高的艺术天赋，将这漫天愁绪又抽丝剥茧般地进行了细细地纺织，化愁为美，创造了让人们永远享受无穷的词作珍品。李词的特殊魅力就在于它一如作者的人品，于怨艾缠绵之中有执著坚韧的阳刚之气，虽为说愁，实为写真情大志，所以才耐得人百年千年地读下去。郑振铎在《中国文学史》中评价说：“她是独创一格的，她是独立于一群词人之中的。她不受别的词人的什么影响，别的词人也似乎受不到她的影响。她是太高绝一时了，庸才的作家是绝不能追得上的。无数的词人诗人，写着无数的离情闺怨的诗词，他们一大半是代女主人翁立言的，这一切的诗词，在清照之前，直如粪土似的无可评价。”于是，她一生的故事和心底的怨愁就转化为凄清的悲剧之美，她和她的词也就永远高悬在历史的星空。

随着时代的进步，李清照当年许多痛苦着的事和情都已有了答案，可是当我们偶然再回望一下千年前的风雨时，总能看见那个立于秋风黄花中的寻寻觅觅的美神。

全文洋洋万言，结尾时，作者留下了这样一个形象：“立于秋风黄花中的寻寻觅觅的美神”，成为这篇文章最后的背影。

《十月》2003 年第 3 期

最后一位戴罪的功臣

第一句话就将林则徐树立在了历史的节点上。

既然中国近代史是从1840年鸦片战争算起，禁烟英雄林则徐就是近代史上第一人。可惜这个第一英雄刚在南海点燃销烟烈火，就被发往新疆接受朝廷给他的处罚。功与罪在瞬间便交织在一个人身上，将其扭曲再造，像原子裂变一样，产生出一个意想不到的结果。

封建皇帝作为最大的私有者，总是以天下为私。道光帝在禁烟问题上本来就犹豫，大臣中也分两派。我推想，是林则徐那篇著名的奏折，指出若再任鸦片泛滥，几十年后中原将“无可以御敌之兵”，“无可以充饷之银”，狠狠地击中了他的私心。他感到家天下难保，所以就鞭打快牛，顺手给了林一个禁烟钦差。林眼见国危民弱，就出以公心，勇赴重任，表示“若鸦片一日未绝，本大臣一日不回，誓与此事相始终”。他太天真，不知道自己“回不回”，鸦片“绝不绝”，不是他说了算，还得听皇上的。果然他上任只有一年半，1840年9月，就被革职贬到镇海。第二年7月，又被“从重发往伊犁效力赎罪”。就在林赴疆就罪的途中，黄河泛滥，在军机大臣王鼎的保荐下，林则徐被派赴黄河戴罪治水。他是一个见害就除，见民有难就救的人，不管是烟害、夷害还是水害都挺着身子去堵。半年后治水完毕，所有的人都论功行赏，唯独他得到的却是“仍往伊犁”的谕旨。众情难平，须发皆白的王鼎伤心得泪如滂沱。林则徐就是在这样一而再、再而三的打击下西出玉门关的。他以诗言志：“苟利国家生死以，岂因祸福避趋之，谪居正是君恩厚，养拙刚于戍卒宜。”这诗前两句刻画出

写功臣戴罪，先很简短地交代其建功，然后就是漫长的戴罪过程。

他的铮铮铁骨，刚直不阿，后两句道出了他的牢骚与无奈。给我一个谪贬休息的机会，这是皇上的大恩啊，去当一名戍卒正好养拙。你看这话是不是有点像柳永的“奉旨填词”和辛弃疾的“君恩重，且教种芙蓉”。但不同的是，柳被弃于都城闹市，辛被闲置在江南水乡，林却被发往大漠戈壁。辛柳只是被弃而不用，而林则徐却被钦定为一个政治犯。

但是，自从林则徐开始西行就罪，随着离朝廷渐行渐远，朝中那股阴冷之气也就渐趋淡弱，而民间和中下层官吏对他的热情却渐渐高涨，如离开冰窖走进火炉。这种强烈的反差不仅是当年的林则徐没有想到，就是150年后的我们也为之惊喜。

“功”与“罪”，在朝堂和民间有着不同的理解，也成了本文议论嗟叹的所在。

林则徐在广东和镇海被革职时，当地群众就表达出了强烈的愤懑。他们不管皇帝老子怎样说，怎样做，纷纷到林则徐的住处慰问，人数之众，阻塞了街巷。他们为林则徐送靴，送伞，送香炉、明镜，还送来了52面颂牌，痛痛快快地表达着自己对民族英雄的敬仰和对朝廷的抗议。林则徐治河有功之后又一次遭贬，中原立即发起援救高潮，开封知府邹鸣鹤公开宣示：“有人能救林则徐者酬万金。”林则徐自中原出发后，一路西行，接受着为英雄壮行的洗礼。不论是各级官吏还是普通百姓都争着迎送，好一睹他的风采，都想尽力为他做一点事，以减轻他心理和身体上的痛苦。山高皇帝远，民心任表达。1842年8月21日，林离开西安，“自将军、院、司、道、府以及州、县、营员送于郊外者三十余人”。抵兰州时，督抚亲率文职官员出城相迎，武官更是迎出10里之外。过甘肃古浪县时，县知事到离县30里外的驿站恭迎。林则徐西行的沿途茶食住行都安排得无微不至。进入新疆哈密，办事大臣率文武官员到行馆拜见林，又送坐骑一匹。到乌鲁木齐，地方官员不但热情接待，还专门为他雇了大车五辆、太平车一辆、轿车两辆。1842

以时间为序，概写其经历，也在同时展示出其得民心、受尊重的一面。

年12月11日，经过四个月零三天的长途跋涉，林则徐终于到达新疆伊犁。伊犁将军布彦泰立即亲到寓所拜访，送菜、送茶，并委派他掌管粮饷。这哪里是监管朝廷流放的罪臣啊，简直是欢迎凯旋的英雄。林则徐是被皇帝远远甩出去的一块破砖头，但这块砖头还未落地就被中下层官吏和民众轻轻接住，并以身相护，安放在他们中间。

现在等待林则徐的是两个考验。

一是恶劣环境的折磨。从现存的资料看，我们知道林则徐虽有民众呵护，还是吃了不少苦头。由于年老体弱，路途颠簸，林一过西安就脾痛，鼻流血不止。当他从乌鲁木齐出发取道果子沟进伊犁时，大雪漫天而落，脚下是厚厚的坚冰，无法骑马坐车，只好徒步，踏雪而行。陪他进疆的两个儿子，于两旁搀扶老爹，心痛得泪流满面，遂跪于地上对天祷告：若父能早日得赦召还，孩儿愿赤脚蹚过此沟。林则徐到伊犁后，“体气衰颓，常患感冒”，“作字不能过二百，看书不能及三十行”。历史上许多朝臣就是这样死在被发配之地，这本来也是皇帝的目的之一。林则徐感到一个无形的黑影向他压来，他在日记中写道：“深觉时光可惜，暮景可伤！”“频搔白发惭衰病，犹剩丹心耐折磨。”他是以心力来抵抗身病的啊。

还是前面的行程，但从另一个角度展开，写其劳顿之苦。

二是脱离战场的寂寞。林是一步一回头离开中原的。当他走到酒泉时，听到清政府签订《南京条约》的消息，痛心疾首，深感国事艰难。他在致友人书中说：“自念一身休咎死生，皆可置之度外，惟中原顿遭蹂躏，如火燎原，侧身回望，寝馈皆不能安。”他赋诗感叹：“小丑跳梁谁殄灭，中原揽辔望澄清，关山万里残宵梦，犹听江东战鼓声。”他为中原局势危机，无人可用而急。果然是中原乏人吗？人才被一批一批地撤职流放。这时和他一起在虎门销烟的邓廷桢，已早他半年被贬新疆。写下名句“我劝天公重抖擞，不拘一格降人才”的龚自珍，为朝廷提出许多御敌方略，但就是不为采用。本来封建社会一切有为的知识分子，都希望能被朝廷重用，能为国家民族做一点事，这是有为臣子的最大愿望，是他们人生价值观的核心。现在剥夺了这个愿望就是剥夺了他的生命，就是用刀子慢慢地割他的肉。虎落平川，马放南山，让他在痛苦和寂寞中毁灭。

再写其一路走来，心忧之苦。

“羌笛何须怨杨柳”，“西出阳关无故人”。玉门关外风物凄凉，人情不再，实在是天设地造的折磨罪臣身心的好场所。当我们现在行进在大漠戈壁时，我真感叹于当年封建专制者这种“流放边地”的发明。你走一天是黄沙，再走一天还是黄沙；你走一天是冰雪，再走一天还是冰雪。不见人，不见村，不见市。这种空虚与寂寞，与把你关在牢中目徒四壁，没有根本区别。马克思说，“人是各种社会关系的总和”。把你推到大漠戈壁里，一下子割断你的所有关系，你还是人吗？呜呼，人将不人！特别是对一个博学而有思想的人，一个曾经有作为的人，一个有大志于未来的人。

笔锋一转，进入到另一个时空场景之中。

腊雪频添鬓影皤，春醪暂借病颜酡。三年漂泊居无定，百岁光阴已去多。

新韶明日逐人来，迁客何时结伴回？空有灯光照虚耗，竟无神诀卖痴呆。

《除夕书怀》

他一人这样过除夕：

雪月天山皎夜光，边声惯听唱伊凉。

孤村白酒愁无赖，隔院红裙乐未央。

《中秋感怀》

他一个人这样过中秋：

谪居权作探花使。忍轻抛，韶光九十，番风二十四。寒玉未消冰岭雪，毳幕偏闻花气。算修了，边城春禊。怨绿愁红成底事，任花开花谢皆天意。休问讯，春归来。

《金缕曲·春暮看花》

以林的诗词来表现其心境情感。

他在季节变换中咀嚼着春的寂寞。

当权者实在聪明，他就是要让你在这个环境里无事可做，消磨掉理想意志，不管你怎样地怒吼、狂笑、悲歌，那空旷的戈壁瞬间就将这一切吸收得干干净净，这比有回音的囚室还可怕。任你是怎样的人杰，在这里也要成为常人、庸人、废人，失魂落魄。林则徐是一个有经天纬地之才的良臣，是可以作为历史坐标点的人物。禁烟的烈火仍在胸中燃烧，南海的涛声还在耳边回响，万里之外朝野上下还在与英国人作无奈的抗争，而他只能面对这大漠的寂寞。兔未死而狗先烹，鸟未尽而弓先藏。“何日穹庐能解脱，宝刀盼上短辕车。”他是一个被捆绑悬于壁上的壮士，心急如焚，而无可用力。

“捆绑悬于壁上的壮士”是作者为此时的林则徐设定的一个传神形象。

怎么摆脱这种状况？最常规的办法是得过且过，忍气苟安，争取朝廷早点召回。特别是不能再惹是非，自加其罪。一般还要想方设法讨好皇帝，贿赂官员。像韩愈当年发配南海，第一件事就是向皇帝上一篇谢恩表，不管心中服不服，嘴上先要讨个好。这时内地林的家人和朋友正在筹措银两，准备按清朝法律为他赎罪。林则徐却断然拒绝，他写信说：“获咎之由，实与寻常迥异”，“此事定须终止，不可渎呈”。他明确表示，我没有任何错，这样假罪真赎，是自认其咎，何以面对历史？如今这些信稿还存在伊犁的纪念馆里，翰墨淋漓，正气凛然。当我以十二分的虔诚拜读文物柜中的这些手稿时，顿生一种仰望泰山、遥对长城的肃然之敬，不觉想起林公那句座右铭：“海纳百川，有容乃大；壁立千仞，无欲则刚。”他没有一点私欲，不必向任何人低头，为了自己抱定的主义，他能容得下一切不公平。他选择了上对苍天，下对百姓，我行我志，不改初衷，继续为国尽力。

临大事而见风骨。

一个爱国臣子和封建君王的本质区别是，前者爱国爱民，以天下为己任；后者爱自己的权位，以天下为己有。当这两者暂时统一，就表现为臣忠君贤，上下一心，并且在臣子一方常将爱国统一于忠君。当这两者不能一致时，就表现为忠臣见逐，弃而不用。在臣子一方或谨遵君命，孤愤而死，如贾谊、岳飞；或暂置君于一旁，为国为民办点实事，如韩愈、辛弃疾、林则徐。他们能摆脱权力高压和私利荣辱，直接对历史负责，所以也被历史所接受，所记录。

眼前之物，人人可见，而能否穿透世俗云烟，超越私心私利，就可衡量出一个人的大小。

林则徐看到这里荒地遍野，便向伊犁将军建议屯田固边，先协助将军开垦城边的20万亩荒地。垦荒必先兴水利，但这里向无治水习惯与经验，林带头示范，捐出自己的私银，承修了一段河渠。历时四个月，用工210万人。这被后人称为“林公渠”的工程，一直使用了120多年，直到1967年新渠建成才得以退役。就像当年韩愈发配南海之滨带去中原先进耕作技术一样，林则徐也将内地的水利种植技术推广到清王朝最西北的边陲。他还发现并研究了当地人创造的特殊水利工程“坎儿井”，并大力推广。皇帝本是要用边地的恶劣环境折磨他，他却用自己的意志和才能改造了环境；皇帝要用寂寞和孤闷郁杀他，他却在这亘古荒原上爆出一声惊雷。自古罪臣被流放边地的结局有两种，这里作者简单勾勒出中国历史上于逆境中不屈抗争的人物脉络，此为大概，读者可以有更丰富的想象。

大部分屈从命运，于孤闷中凄惨地死于流放地；只有少数人能挽命运狂澜于既倒，重新放出生命和事业的光芒。从周文王被拘羑里而演《周易》，到越王勾践被吴所俘后卧薪尝胆，直至邓小平“文革”被贬江西而思考中国特色的社会主义，这是生命交响曲中最强的一支，林则徐就属此支此脉。

林则徐在北疆伊犁修渠垦荒卓有成效，但就像当年治好黄河一样，皇帝仍不饶他，又派他到南疆去勘察荒地。北疆虽僻远，但雨量较多，农业尚可。南疆沙海无垠，天气燥热，人烟稀少，语言不通。且北疆南疆天山阻隔，雪峰摩天。这无疑又是对林则徐的一场更大更苦的折磨。现在南北疆已有公路可行，汽车可乘，去年 8 月盛夏我过天山时，仍要爬雪山，穿冰洞。可想当年林则徐是怎样以羸弱之躯担当此苦任的。对皇帝而言，这是对他的进一步惩罚，而在他，则是在暮年为国为民再尽一点力气。

所受之苦更进一层，其作为也更进一层。作者通过这种递进，将林的精神、人格又推高一层。

1845 年 1 月 17 日，林则徐在三儿聪彝的陪伴下，由伊犁出发，在以后一年内，他南到喀什，东到哈密，勘遍东、南疆域。他经历了踏冰而行的寒冬和烈日如火的酷暑，走过“车箱簸似箕中粟”的戈壁，住过茅屋、毡房、地穴，风起时“彻夕怒号”，“毡庐欲拔”，“殊难成眠”，甚至可以吹走人马车辆。林则徐每到一地，三儿与随从搭棚造饭，他则立即伏案办公，“理公牍至四鼓”，只能靠第二天在车上假寐一会儿；其工作紧张、艰辛如同行军作战。对垦荒修渠工程他必得亲验土方，察看质量，要求属下必须“上可对朝廷，下可对百姓，中可对僚友”。别人十分不理解，他是一戍边的罪臣啊，何必这样认真，又哪来的这种精神。说来可怜，这次受旨勘地，也算是“钦差”吧，但这与当年南下禁烟已完全不同。这是皇帝给的苦役，活得干，名分全无。他的一切功劳只能记在当地官员的名下，甚至连向皇帝写奏折、汇报工作、反映问题的权力也没有，只能拟好文稿，以别人的名义上奏，这和治黄有功而不上褒奖名单同出一辙。林则徐在诗中写道:“羁臣奉使原非分”，“头衔笑被旁人问”，这是何等的难堪，又是何等的心灵折磨啊！但是他忍了，他不计较，只要能工作，能为国出力就行。整整一年，他为清政府新增69万亩耕地，极大地丰盈了府库，巩固了边防。林则徐真是干了一场“非分”之举。他以罪臣之分，而行忠臣之事。

而历史与现实中也常有人干着另一种“非分”的事，即凭着合法的职位，用国家赋予的权力去贪赃营私。如王莽、杨国忠、秦桧直至林彪、康生、成克杰。原来社会上无论是大奸、巨贪还是小人，都是以合法的名分而行分外之奸、分外之贪、分外之私的。当然，他们最后也被历史所记录。陈毅有诗："手莫伸，伸手必被捉”，他们被历史捉来，钉在了耻辱柱上。可知，世上之事，相差之远者莫如人格之分了。有人以罪身而忍辱负重，建功立业，有人以功位而鼠窃狗盗，自取其耻，自取其罪。确实，“分”这个界限就是“人”这个原子的外壳，一旦外壳破而裂变，无论好坏，其力量都特别的大。

此处又推进一步。

林则徐还有一件更加“分外”的事，就是大胆进行了一次“土地改革”。当勘地工作将结束，返回哈密时，路遇百余官绅商民跪地不起，拦轿告状。原来这里山高皇帝远，哈密土王将辖区所有土地及煤矿、山林、瓜园、菜圃等皆霸为己有。汉、维群众无寸土可耕，就是驻军修营房拉一车土也要交几十文钱，百姓埋一个死人也要交银数两。土王大肆截留国家税收，数十年间如此横行竟无人敢管。林则徐接状后勃然大怒："此咽喉要地，实边防最重之区，无田无粮，几成化外”，立判将土王所占一万多亩耕地分给当地汉、维农民耕种。并张出布告："新疆与内地均在皇舆一统之内，无寸土可以自私。民人与维吾尔人均在圣恩并育之中，无一处可以异视。必须互相和睦，畛域无分。”为防有变，他还将此布告刻制成碑，“立于城关大道之旁，俾众目共瞻，永昭遵守”。布告一出，各族人民奔走相告，不但有了生计，且民族和睦，边防巩固。要知道他这是以罪臣之身又多管了一件“闲事”啊！恰这时清廷赦令亦下，林则徐在万众感激和依依不舍的祝愿声中向关内走去。

150年后，我又来细细寻觅林公的踪迹。当年的惠远城早已毁于沙俄的入侵，在惠远城里我提出一定要谒拜一下当年先生住的城南东二巷故居。陪同说，原城已无存，现在这个城是清1882年，比原城后撤了7公里重建的。这没有关系，我追寻的是那颗闪耀在中国近代史上空的民族魂，至于其载体为何无关本质。共产党夺天下前的最后一个农村指挥部，我们现在瞻仰的西柏坡村，不也是从山下上撤几十里重建的吗？我小心地迈进那条小巷，小院短墙，瓜棚豆蔓。旧时林公堂前燕，依然展翅迎远客。我不甘心，又驱车南行去寻找那个旧城。穿过一个村镇，沿着参天的白杨，再过一条河渠，一片茂密的玉米地旁留有一堵土墙，这就是古惠远城。夕阳下沉重的黄土划开浩浩绿海，如一条大堤直伸到天际。我感到了林公的魂灵充盈天地，贯穿古今。

“民族魂”是对林则徐身上所具有的精神的又一重升华。

林则徐是皇家钦定的、中国古代最后的一位罪臣，又是人民托举出来的、近代史开篇的第一位功臣。

这句话是本文的立意所在，又回到题目上来，极有气魄。

《人民文学》2001年第9期

百年革命，三封家书

今年是辛亥革命100周年，中国共产党成立90周年。纪念活动少不了拜谒故地，披览文物。

此文成于辛亥革命百周年之时，开首两句话，点出由头，又带出下文。

3月，我有事去福州，公余又去拜谒了一次林觉民故居。林觉民的《与妻书》是辛亥革命的重要文物。黄花岗72烈士，其事迹大多湮灭，幸有这篇美文让我们能窥见他们的心灵。广州黄花岗烈士碑上72人名单（随着后来的发掘，实际上已超过72人）中，林觉民三字人们抚摸最多，色亦最重。《与妻书》早已选入中学课本和各种文学的、政治的读本，我亦不知读了多少遍。印象最深的是“即此爱汝一念，使吾勇于就死”，“当亦乐牺牲吾身与汝身之福利，为天下人谋永福”。他反复给妻子解释，我很愿与你相守到老，但今日中国，百姓水深火热，我能眼睁睁看他们受苦、等死吗？我要把对你的爱扩展到对所有人的爱，所以才敢去你而死。林家福州故居我过去也是去过的。这次去新增的印象有二。一是书信的原物。在广州起义前三天，1911年4月24日，林知自己必死，就随手扯来一方白布，给妻子陈意映写下这封信，竖书，29行。其笔墨酣畅淋漓，点划如电闪雷劈，走笔时有偏移，可知其时“泪珠与笔墨齐下”，心情激动，不能自已。其挥墨泣血之境，完全可与颜真卿的《祭侄稿》相媲美。二是牺牲前后之事。起义失败，林受伤被捕。审讯时，林痛斥清廷腐败，慷慨陈词，宣传革命，说到激动处撕去上衣，挺胸赴死。敌审讯官都不由敬畏，下令去其镣铐，给以座位。两广总督张鸣岐，不得已下令枪决，后惋惜道：“惜哉，林觉民！面貌如玉，肝肠如铁，

三封家书，先从最有名的、也是最早的一封写起。

这两句也是《与妻书》中的名句，《与妻书》被梁衡先生选为“影响中国历史的十篇政治美文”之一。

两个印象，将《与妻书》的传奇惊人之处都表现出来。

心地光明如雪，真算得奇男子。” 某日晨，家人在门缝里发现有人塞进来的《与妻书》，同时还有给父亲的一封信，只有39个字：“不孝儿叩禀父亲大人：儿死矣，惟累大人吃苦，弟妹缺衣食耳，然大有补于全国同胞也。大罪乞恕之。”其壮烈而平静之举概如此。

福州之后又两月，有事去重庆之江津，才知道这是聂荣臻元帅的家乡，便去拜谒纪念馆并故居。聂帅抗日时主持晋察冀根据地建设，被中央称为“模范根据地”，解放后主持“两弹一星”研究，为国防建设立了大功。总其一生都是在默默地干大事。他在20岁那年离开家乡去法国勤工俭学，开始了探求真理，苦学报国的革命生涯。与周恩来、朱德、邓小平、陈毅等同为我党领导集体中的早期留欧人员。聂帅留法时期的家书保存完好，现在收书出版的就有13封，且都有手迹原件，从中可以看到这批革命家的少年胸怀（去法国时聂20岁，周22岁，邓16岁）。现在故居前庭的正墙上有一封放大的家书手迹，是聂荣臻1922年6月3日写给父母的：

父母亲大人膝下：

不得手谕久矣。海外游子，悬念何如？又闻川战复起，兵自增而匪复狂！水深火热之家乡，父老苦困也何堪？狼毒野心之列强无故侵占我国土。二十一条之否认被拒绝，而租地期满又故意不肯交还。私位饱囊之政府，只知自争地盘，拥数十万之雄兵，无非残杀同胞。热血男儿何堪睹此？男也，虽不敢以天下为己任，而拯父老出诸水火，争国权以救危亡，是青年男儿之有责！况男远出留学，所学何为？决非一衣一食自为计，而在四万万同胞之均有衣食也。亦非自安自乐自足，而在四万万同胞之均能享安乐也。此男素抱之志，亦即男视为终身之事业也！……

叩禀

金玉安

男荣臻跪禀六月三号

我拜读这封90年前（中国共产党建党之第二年）海外游子的家书不觉肃然起敬。那个时代的有为青年留学到底为了什么？“决非一衣一食自为计，而在四万万同胞之均有衣食也。亦非自安自乐自足，而在四万万同胞之均能享安乐也。”这与林觉民“当亦乐牺牲吾身与汝身之福利，为天下人谋永福”何其相通。

点出第二封家书中的核心观点，并对比，为后面讨论做好准备。

要考察一个人的思想，家书大概是最可靠的。因为对亲人可以说真话，而且他也想不到日后会发表这信件。看了林、聂的两封家书又使我联想到5年前在河北涉县参观八路军129师师部旧址时见到的另一封家书。那是一个不知名的普通八路军战士（或是干部）在大战前夕写给妻子的一封短信，是一个共产党员的《与妻书》。从重庆回来我就赶快翻检所存资料，终于找出那张发黄的照片，但手迹还清晰可辨，全信如下：

插入这一句议论，既是过度衔接，又深化对家书的理解。

喜如妹：

我俩要短期之分开了。这是我们的敌人给我们的分开之痛苦，只有消灭了我们的敌人，才能消灭这个痛苦。

我的病暂时也没有什么要谨（紧），因病得的很长，一时亦难除根。我很高兴在党和上级爱护之下给我这五个月的时间休养很不错。我这此（次）决心到前方要与我们当前的敌人搏斗，拿出最大决心和牺牲精神与人民立功。我第二个高兴是你很好，特别是对我尽到一切的关心和爱护。同时我有两个很天真活泼的小孩，又有男又有女。你想这一切都使我很满足，永远是我高兴的地方。

战斗是比不得唱戏，不是开玩笑，是有牺牲的精神才能打垮和消灭敌人。趟（倘）我这次到前方或负伤牺牲都不要难过，谨记我如下之言：

无产阶级的革命一定会成功的，只是时间之长短，但也不是很长的。家人一定要翻身。要求民主与独立，这是全世界劳苦大众都走革命这条道路，苏联革命成功是我们的好榜样。

就是我牺牲了也是很光荣的，是为革命而牺牲，是有价值。在任何情况下我是不屈不挠，坚决□□□部队与敌人战斗到底。一直把敌人消灭尽尽为止。望你好好保重身体，多吃饭，不生病，我就死前方放心。同时希你好好教育丰丰小儿、小女雪雪，长大完成我未完成之事。一直完成社会主义革命到共产主义社会。谨记谨记。

我生于一九一九年十月（即民国八年十二月二十四日）家居安徽省霍山县石家河保瓦嘴□。

茂德

一九四七·四·二·□于魏□

临别之写

对这封家书的点评和背景交代。

这封信写得很镇静、乐观又有几分悲壮。作者和林觉民一样也是抱定必死的决心，但其悲剧气氛要少些，更多的是充满胜利的信心。刘、邓领导的 129 师 1940 年 6 月进驻涉县时不足 9000 人，到 1945 年 12 月挥师南下时已发展到30万正规军，40万地方部队。这个署名“茂德”的作者，就是这支大军中的普通一员。也许他真的已经在战火中牺牲，那一双可爱的小儿女丰丰、雪雪现在也该是古稀老人。这封上战场前匆匆写给妻子的信，让我们看到了那个时代的人的真实生活。

我把三封家书的手稿影印件放在案头，轻抚其面，细辨字迹，目既往还，心亦吐纳，感慨良多。这三件文物，都是用毛笔书写，所书之物，一件是临时扯的一块白布，一件是异国他乡的信纸，一件是随手撕下来的五小张笔记本纸页，皆默默地昭示着其人、其地、其时的特定背景。论时间，从第一封信算起已经整整100年，恰是辛亥革命百年祭；第二封已经89年，与共产党党龄相仿；第三封也已64年，比共和国还长两岁。而写信者当时都是热血青年，都是为自己的理想而奋斗，准备牺牲的普通的战士。其结果，一个成了名垂青史的烈士，一个成了共和国的元帅，一个没入历史的烟尘，代表着那些无数的无名英雄。细看就会发现，这三封跨越百年，不同时代的家书中却有一条红线一以贯之，就是牺牲个人，献身革命，为国家、为民族不计自己并家庭的得失。林信说：当牺牲吾身与汝身之福利，为天下人谋永福；聂信说：决非为一衣一食，而为四万万同胞之均有衣食；茂信说：我或负伤牺牲你都不要难过，是为革命而牺牲，是光荣的，有价值。百年革命，三封家书，一条红线，舍己为国。我们还可由此上推一千年，政治家范仲淹说“先天下之忧而忧，后天下之乐而乐”；再上推两千年，思想家司马迁说，“人固有一死。死，有重于泰山，或轻于鸿毛，用之所趋异也（目的不同）”。其一脉相承的都是这种牺牲精神——为理想、为事业、为进步而牺牲。国歌唱道“把我们的血肉筑起新的长城”，还有一首歌唱道：“为什么战旗美如画，英雄的鲜血染红了她；为什么大地

这是全文的立论支点，精气神所在。

一般行文议论，或到此即告结束。作者却有更深入的思考，从而将文章的高度、厚度又增添一层。

春常在，英雄的生命开鲜花。”正是这一代代的前赴后继，不计牺牲才铸就我们这个民族，铸就中华文明。这是一种伟大的民族精神、历史精神，而它在革命，特别是战争时期更见光辉，又由代表人物所表现。唯此，历史才进步，人类才进步。

再回到家书本身，最后默默一语。

我从百年历史的烟尘中检出这三封革命家书，束为一札，献给祖国，并祭先烈。这是一束永不凋谢的历史之花。

（本文见报后有热心读者多方查找，终于弄清茂德姓查名茂德，在写这封遗书的第二年牺牲于南阳战役，牺牲时为副旅长。）

《人民日报》2011年6月23日

宋子文怒辞外长

民国时期宋子文在蒋政权里任外交部长。国民党政府从成立到垮台几乎都是在风雨飘摇中，内忧外患，焦头烂额。弱国无外交，在这样的时候出任外长，应该说没有什么故事，但故事恰恰在他的身上发生。

1945 年世界反法西斯战争接近尾声，美、英、法三巨头在雅尔塔开会，决定俄出兵东北，同时默许外蒙古独立，实际是投入苏联的怀抱。国民党政府大惊，派宋子文带团赴苏交涉。斯大林态度蛮横，绝不让步。蒋只得去电指示，以苏支持国民党，不支持共产党等为条件，同意外蒙独立。1945 年 8 月 14 日《中苏友好同盟条约》在莫斯科签字。宋子文认为，日寇未退，外蒙又失，怎么向国人交待？拒不签字，并提出辞职。后来这个条约由新接任的外长王世杰代表中国签字。

极简练地叙述事情经过。

弱国无外交，但不一定没有硬臣。当一国之势较弱又无法立即扭转时，吃点亏是没有办法的。但至少在外交上要伸张正义，要有人来出来表现一股正气，以存民族精神的火种。楚虽三户能亡秦，只要这口气在，国失亦可复得。历史上也有许多弱国强臣的例子，最著名的是蔺相如使秦。秦强赵弱，秦王以势压人，既想要和氏璧又不给土地，蔺就作持璧撞柱状说："你不践约，我人玉俱碎！" 秦王无法，蔺完璧归赵。当此时也，席前柱下，已与秦强赵弱无关，只有正邪之辨、曲直之别和使者的胆量大小、人格高低之分了，这时赢的是一口气。其他如文天祥使元，曾纪泽使俄莫不如此。外交上有一句话："不辱使命"。就是不辜

先竖起论点，讲明道理。

很精彩的分析。

负重托，不丢国格。相反，有时强国也有懦臣，虽理在势在，还是要奴颜婢膝。儒家修养中有一句话：达则兼顾天下，穷则独善其身。这个“独善其身”不是保官、保命、保妻子、保既得利益，而是保住人格的底线。宋子文在外长任上没有签这个条约，虽没有保住疆土，但保住了正气，保住了外交的面子。当然，形格势禁，作为弱国总得有人去低头来签字。但让别人去签好了，我这个外长不能签，而且立即就辞，羞于留任其职。相信他做出这个决定是仔细权衡过的，辞去外长是件大事，这一要冒舆论压力，二要得罪蒋和政府，三要丢了饭碗。但这对个人来说是一种守节，对国家来说也是一种对外的抗议。高官、厚禄、大权，苟非吾意之所合，一刻而不留。虽然，宋子文完全可以不这样做，他已尽了力，又是受命而为，不辞职也没有人指责，但是他良心上过不去。

宋子文辞去外长，正是悟得了这些道理。

在民国精神中有一个亮点，就是人格精神的独立，不合我意就辞职而去。这在此前的封建社会不多，君臣纲纪甚严，还没有这个氛围；在之后的新中国也不多，先是无限服从，驯服工具，后又跑官保官，保既得利益。民国正当旧专制之打破，如“文革”之新专制还未成，大局虽乱，精英层的人格精神却还颇有几分靓丽。1929年，刘文典任安徽大学校长，恰逢学潮，蒋介石招见却不让座，问：“你是刘文典么？”刘怒：“‘文典’是长辈叫的，不是哪个都有资格叫的。”蒋拍桌子道：“无耻文人！你怂恿赤党分子闹事，该当何罪？”刘大喊：“宁以义死！不苟且生！”欲向蒋介石撞去，幸被侍卫挡住。那时，无论是政界还是学界一言不合便辞职而去是平常事。本来，人一落地就有了生命，以后为了生活又谋一份职业，对官员来说这就是政治生命，一个官原来有两条“命”！但是人在官场身不由己，矛盾复杂，诸事纷繁，常逆我心。为表明心迹，到

一般行文可能到此结束，本文高出一筹之处，正在于跳出个例，纵观古今的论述。

淹没在历史中的小掌故，作者将其悉心拣出，读来颇有趣味。

这个立论很有新意，为后面的议论提供分析武器。

关键时刻除申明立场，据理力争外，有两个极端之法：一是辞职，自绝政治生命；二是自杀，宁死不从。一不要官，二不要命，还我清白，守住人格。“文化大革命”中自杀的多，辞职的却没有。因为政治生命这张牌早被人收走，你连以职相拼、相抵的资本也没有了，只剩下以死明志。刘少奇在被斗之初就提出带着家人回湖南或延安种地，但不得批准。政治猛于虎，宦海难自主。一个人，当你能自由表达意见时，你不表达，就被绑上了战车；当你还能辞职跳车时你不跳，就被紧紧挟裹；当你连自杀的可能都没有时，就只有任人折磨了。本来，这做官与做人说是一回事，又不是一回事。当官职之事符合自己的做人标准时就做官，这时官是实现人格精神的道具，做人做官是一回事；当官职之事有碍个人的做人底线时就去官辞职，保持人格独立，这时做人与做官就是两回事。而人格精神总是超时空的，它会大大超越官职这个道具，而永留史册，任人评说。宋子文是曾跟着蒋政权反共反人民的，也曾留下骂名，但他绝不卖国，一事不合就愤而辞职，不保官求荣，只这一点就振聋发聩，足可存于青史了。试看现在的官员，虽然嘴上常发着牢骚，可有哪一个肯辞职明志？当然也有“辞职”的，但多是因贪污、失职的“被辞职”，真正坚守自己的做人操守有思想而主动辞职的鲜有所闻。可见官风日下，独立人格精神之式微。

又阐述出一层哲理。

将一些容易混淆的问题分析清楚，再阐述出一层哲理。

联系现实，结尾之语颇有“直言”之味，却又合情合理。

2012 年 4 月 6 日，《文史参考》2012 年第 8 期

嘉兴南湖红船之铭

红船者，嘉兴南湖上一普通小船，为当年中共“一大”会场。以一条小船而造就大党八千万，吞吐岁月90年，古今中外唯此一船。

前两段总说红船特征，言辞简练，铿锵有力，韵脚精巧，富有节奏感。

红船为建党之证，本该尊为文物，储于庙堂；受专人之呵护，享国宝之典藏。然栉风沐雨，置于湖畔，广接游人，敞对青天，是别有深意，寄情悠长。

船之名红，不在其色而在其意，借物言志，别有期盼。当年长夜如磐，红烛此处破黑暗，更燃火炬上井冈。从此，红色象征革命、象征进步，代表民心、代表希望。今革命虽已成功，然兴邦还不敢轻言，社会主义最少还要一百年。风帆正举，飞舟破浪，红色精神，更待发扬。

述红色革命历程。

船置水上，是为不忘古训：水可载舟，亦可翻船。今登舟望湖，叹烟波之浩渺；抚舷临风，见远山之苍茫。想千帆齐发，金戈铁马曾渡江；如履薄冰，船大掉头改革难。建党如同造船，聚中坚而精诚，已属不易；治国又如远航，得民心而永葆，更是艰难。90年，几多胜利，几多忧伤，善待吾民，谨行吾船。

叹、见、想，论建党治国之难。

船泊湖心岛旁，风雨楼前，是为居安思危，远瞩高瞻。南湖虽小，映照古今，不让八百里洞庭；小船如苇，一箭光阴，射穿两千年画卷。贾谊过秦，魏征谏唐，毛泽东延安窑洞答客问，如数家珍说民主；陈胜揭竿，天朝末路，五领袖西柏坡下去赶考，相约不做李闯王。小舟一叶，窗明几净，仰望楼头，细思默想。

思历史经验，论忧患意识。

呜呼，树高有根，水长有源。今党拥众十数亿，国有版图九百万，不敢忘我九尺小船。于是泊于南湖，永存嘉兴，年年拜祭，岁岁观瞻。不忘宗旨，更写新篇。唯愿事业皇皇，国泰民安。

全文一韵到底，一气呵成。

《人民日报》2011年7月1日

红毛线，蓝毛线

政治者，天下之大事，人心之向背也。向来政治家之间的斗争就是天下之争，人心之争。孙中山说："天下为公。"一个政治家总是以他为公的程度，以他对社会付出的多少来换取人民的支持度，换取社会的承认度。有人得天下，有人失天下。中国从有纪年的公元前841年算起，不知有多少数得上名的君臣、政客，他们也讲操守，也讲牺牲，以换取人心，换取天下。唐太宗爱玩鹞子，魏征来见，忙捏在手里背在身后，话谈完了，鹞子也死在手中；王莽篡位前为表明不徇私情，甚至将自己的儿子处死；汪精卫年轻时也曾有行刺清廷大臣的壮举。人来人去，政权更替，这种戏演了几千年，但真正把私心减到最小最小，把公心推到最大最大的只有共产党和他的领袖们。当历史演进到20世纪40年代末，又将有一次政权大更替时，河北平山县西柏坡这个小山村，再次为我们提供了这个证明。

很典型的以"说理"开头，点明主题：人心之争。题目"红毛线，蓝毛线"作为一个意象，从字面看，本与文章主旨无关，先造成一种反差和悬念。

从大的历史背景又一下子落脚到具体的时间地点，收放自如。

如今，在西柏坡村口立着五位伟人的塑像，他们是当时党的五大书记：毛泽东、刘少奇、周恩来、朱德、任弼时。五大领袖刚从村里走出来，正匆匆忙忙像是要到哪里去。这时中国革命已到了最关键的时候。曾经将中国的河山觊觎并蹂躏达半个世纪之久的日寇终于心衰力竭，无可奈何地举手投降了，中国大地上突然又只剩下两大势力集团：毛泽东为首的共产党和蒋介石为首的国民党。20年前，蒋介石就“剿共”，现在日本人走了，蒋介石又重做这个梦，你看“东北剿总”、“华北剿总”，又到处扯起“剿”字旗，他想在北方重演一场当年在江西的戏。但这时，早已南北易位，时势相异。毛泽东从从容容地将五位书记一分为二，他说，我和恩来、弼时在陕北拖住胡宗南，少奇和朱老总可先到河北平山去组织一个工作班子。平山者，晋陕与北平间一块过河的踏石，此时一收天下之势已明矣。

交代历史背景，分析天下大势。

虽然已经有人马数百万，土地数千里，就要开国进京了，但是当五大领袖住进这个小村时，并没有什么金银细软。他们和其他所有的干部一样只有一身灰布棉制服。刘少奇带着那只跟随了他多年的文件箱，那是一个如农家常用的小躺柜，粗粗笨笨，一盖上盖子就可以坐人。这箱子后来进了北京，在文化大革命抄家中，幸亏保姆在上面糊了一层花纸才为我们保存了这件文物。现在这小木箱又按原样放在少奇同志房间的右角，而左角则是一个只有二尺宽、齐膝高的小桌，这是当时从老乡家借来的。少奇同志就是伏在这个小桌上起草了《中国土地法大纲》。他写好《大纲》后，就去村口召开全国土改工作会。露天里搭了一个白布棚算是主席台，从各边区来的代表就搬些石头块子散坐在棚前。座中一位最年轻的代表，是毛泽东的长子毛岸英。这将是一次要把全国搅得天翻地覆，有里程碑意义的大会啊。会场没有沙发，没有麦克风，没有茶水，更没有热毛巾。这是一个真正的会议，一个舍弃了一切形式，只剩下内容，只剩下思想的会议。今天，当我们看这个小桌，这个会场时，才顿然悟到，开会本来只有一个目的，那就是工作，大家来到一起是为了接受新思想，通过交流碰撞产生新思想，其他都是多余的，都是附加上去的。可惜后来这种附加越

进入到本文的核心部分，通过具体的细节来表现当时的艰苦朴素等优良作风。

很生动的场景再现。

历史的细节。

夹叙夹议，联系现实。

来越多。

这个朴素的会议讲出了中国农民一千多年来一直压在心里的一句话——平分土地。这话经太行山里的风一吹，便火星四溅，燃遍全国。而全国早已是布满了干柴，这是已堆了一千多年的干柴啊，从陈胜吴广到洪秀全，这场火着了又熄，熄了又着，总没有着个透。现在终于大火熊熊，铺天盖地。土改极大地调动了农民的积极性。三大战役中民工支前参战就达886万人，800多万啊，相当于国民党的全部陆海空军。陈毅说淮海战役是农民用小推车推出来的。只平山县，土改后，王震同志振臂一呼，保卫胜利果实！一次就参军1500人，组成著名的三五九旅平山团，这个团一直打到新疆，现在还驻扎在阿克苏。解放战争实质上是10年土地革命的继续，是中国农民一千多年翻身闹革命的总胜利，而土改则是开启这股洪流的总闸门。但开启这个闸门的仪式竟是这样的平静，没有红绸金剪的剪彩，没有鼓乐，没有宴会，摆在我们面前的只是这个木柜，这张二尺小桌，和河滩里这一片曾作为会场的光秃秃的石头。

以对比等艺术手法，展现出其中的落差，揭示出意义。小柜、小桌、石头成为这一段中主要的表现对象。

1948年5月，毛泽东和周恩来、任弼时在陕北转战一年，拖垮了胡宗南后也来到了这里。五位书记又重新会合了。毛泽东决定在这里摆两着棋。第一着是打三大战役。他在隔壁的院子里布置了一间作战室，国共两党已经斗了20年，他要在这里再最后斗一斗蒋介石。这是一间普通的农家房舍，大约不到30平方米，里面摆着三张大桌子，一张作战科用，一张情报科用，一张资料科用。大屋子里彻夜灯火通明（那时已开始有电灯，但又常离不开油灯）。来自全国各战场的电报汇集到这里，参谋们紧张地分析、研究、报告。讲解员说当时很难买到红蓝铅笔，为了节省使用，参谋们就用红毛线、蓝毛线在地图上标识敌我势态。虽然我们这时已在进行着百万大军的总决战了，但其实还穷得很呢。

到此才知红毛线、蓝毛线的意象原来承担着这样的功能。

这时南京国防部的大楼里呢绒大桌，真皮沙发，咖啡香烟，他们也绝对想不到共产党会这样穷。其实到这时共产党还从来没有富过，尤其是党中央最不富。当年中央红军走到陕北时只剩万数人马，1000元钱，人均一毛钱。毛泽东只好向红二十五军去借，徐海东也没有想到中央会这么困难，忙从全军7500元的积蓄中抽出5000元。毛、周留在陕北，晋察冀吃穿用都比陕北强。贺龙过河来看毛泽东，毛的警卫员看着贺老总警卫员身上的枪直眼馋。贺胡子也大吃一惊，他无论如何想不到中央机关会这么苦，赶快对警卫说："换一下。"共产党是穷惯了，党的最高层是穷惯了。不是他们爱穷，他们守一个原则：只要中国的老百姓还穷，党就耻于高过百姓；只要党还穷，第一线还穷，中央机关、党的领袖就决不肯优于他们。这种生活的清贫，工作条件的清苦，清澈见底地表示着他们的一片心，这就是只有解放全人类才能最后解放自己。

900年前封建名臣范仲淹就提出"先天下之忧而忧，后天下之乐而乐"，但真正实现了这句名言的只有共产党。现在毛泽东和他的参谋班子就是在这间最简陋的指挥部里和蒋介石斗法。这反倒生出一种神秘，就像武侠小说上写的，突然有一个貌不惊人的高手随便抽出一把扇子或者一根旱烟管就挑飞了对方手中的七星宝刀。作战室旁那个有一盘小石磨的小院子里，毛泽东在石磨旁抽烟、踱步，不分日夜地草拟电报，据统计，三大战役毛泽东亲手写了190封电报。电报发出了，作战参谋们就在地图上用红毛线一圈一圈地去拴，先是拴住了沈阳，接着又套住了徐州、淮海，最后红毛线干脆套到了平津的脖子上。三大战役共歼敌154万。共产党的每个普通干部在延安大生产时就学会了纺毛线，想不到这毛线今天派上了这个大用场。黄维在淮海战役被俘，改造出狱后坚持要来西柏坡看一看，当他

真有"谈笑间，樯橹灰飞烟灭"的味道。红毛线、蓝毛线意象功能的又一层阐发。

看到这间简陋的作战室时，感慨欷歔，连呼：“蒋先生当败！蒋先生当败！”蒋介石怎么能不败呢？共产党克己为民，其公心弥盖天下，已经盖住并熔化了敌人的营垒，连蒋介石派来的谈判代表邵力子、张治中都服而不归了。

作战室简陋的背后是共产党人的公心。

一着武棋下完，再下一着文棋。1949年3月5日，著名的七届二中全会在中央机关的一间大伙房里召开了。现在会议室里还保留着原来主席台上的样子。说是主席台，其实没有台，就是在伙房一头的墙上挂一面党旗，旗下摆一张长方桌，后面放一把旧藤椅。台两侧各有一张桌子是记录席。会场没有麦克风，更没有录音机。出席会议的共34名中央委员，19名候补中央委员，毛主席坐在长桌后面，其余的人都坐在台下。台下也没有固定的椅子，开会时每个人就从自己的家里或办公室带个凳子。会议开了8天，委员们仔细地讨论军事、政治、党务、政权接收等大事。轮到谁发言时就走到那张长桌旁面向大家站着讲话，讲完后又回到自己的凳子上。毛泽东亲自记录，不时插话。领袖与代表咫尺之近，寸许之间。其实这已是老习惯了，许多人都见过一张照片，毛泽东在延安窑洞前站着作报告，黄土地上摆一个小凳子，凳子上放一只大瓷缸子。大家在木凳前席地而坐，据说前排的人口渴了，就端起毛泽东的茶缸喝一口水。不但是党内，就是领袖和百姓也亲密无间。西柏坡坡下有水，有稻田，毛泽东是从小干惯了稻田活的，工作之余就挽起裤腿去和农民插秧。朱老总一脸敦厚，在村头背着手散步，常被误认为是下地回来的老乡。任弼时全家人睡的土炕上至今还放着一架纺车。五大领袖走过雪山草地，到过东洋西洋，统率千军万马，熟悉中国的经济，遍读经史子集和马恩列斯，有的还坐过国民党的大牢，他们知识渊如海，业绩高如山，但是他们却这样自自然然地融在革命队伍中，作为普普通通的一分子。伟人者，其思想、

另一个重点表现对象：大伙房

通过一系列历史细节，表现出党和人民的关系，党的领袖和人民、和普通干部的关系。

这一段议论文辞优美、思想深入。

作风、境界、业绩已经自然地达到了一个高度，如日升高，如木参天，如水溢岸，你想让他降都降不下来，他当然不会再另外摆什么样子。

1949年春的中国共产党，他的五大领袖，他的34名中央委员就这样平平静静地坐在北方小山村的这间旧伙房里决定着中国的命运，也决定着党在历史的转折关头该怎么办。住了20年山沟，现在要进城了，党没有忘记存在决定意识这条哲学的基本原理，没有忘记党员在改造客观世界的同时也要改造主观世界这个准则。在这间简陋的会议室里，共产党通过了自己的“陋室铭”。毛泽东说，要警惕“糖衣炮弹”，“夺取全国胜利，这只是万里长征走完了第一步”，“务必使同志们继续地保持谦虚、谨慎、不骄、不躁的作风，务必使同志们继续地保持艰苦奋斗的作风”。本来会议开始时主席台上并排挂着马恩列斯毛的像，到闭幕时就不这样挂了。会议过程中渐渐形成了一个共识，并通过五项决定：不以人名命名，不祝寿，中国同志不与马恩列斯并列，少拍巴掌，少敬酒。这真让人吃惊了，党的中央全会竟决定如此细小的事。战战兢兢，如履薄冰，其心之诚，其行之洁，天地可鉴。当年袁世凯筹备登基，光龙袍上的两颗龙眼珠就值30万大洋，而共产党为新共和国奠基却只借用了一间旧伙房。我们常说像真理一样朴素，只要道理是真的，裹着这道理的形式是不需多讲究的，这话是用镀金的话筒说出来的还是扯着嗓子喊出来的，关系并不大。真理不要过多的形式来打扮，不要端着架子来公布，它只要客观真实，只要朴素。清皇室册封嫔妃是用金页写成，每页就用16两黄金。可她们的名字有哪一个被后人记住了呢？红毛线、蓝毛线、二尺小桌、石头会场、小石磨、旧伙房，谁能想到在两个政权最后大决战的时刻，共产党就是祭起这些法宝，横扫江北，问鼎北平的。真是撒豆成

将西柏坡发生的重要历史事件一一展现出来。

兵，指木成阵，怎么打怎么顺了。其实那时使用什么都已无关紧要了，因为我们的心早已到了，任何一件普通东西上都附着我们的理想、信念和为人民服务的宗旨，心诚则灵，天下来归，传檄而定，望风披靡。而蒋政权人心已去，好比一株树，水分跑光了，叶子早已枯黄，不管谁来轻轻摇一下都会枝折叶落。

最后一段议论，直抒胸臆，读来使人心情澎湃。

当参观结束后，几乎每一个人都要到村口和五大领袖合影一张。五位书记昂首向前，似将远行。到哪里去？当年在村口毛泽东说了一句风趣的话，我们上京赶考去，要考好，不要做李自成。周恩来说，要及格，不要被退回来。

一个宏大的历史题材，开始以毛线作比，收尾以风趣的对话收。举重若轻是作者特有的风格。

1996年11月20日写于西柏坡

《人民日报》1997年1月23日

觅渡，觅渡，渡何处？

在常州瞿秋白纪念馆，此文被全文刻于一巨幅石碑上，被誉为写瞿秋白最好的文章。

以平静的叙述开始，融背景、情感、悬念等为一体。

点出瞿秋白的几个特征，但又有更深入的思考，留下进一步行文的由头。

“觅渡”实在是本文一个堪称完美的意象，有佳作天成的意味，但这种意象的发现，却是需要创作者内在的条件准备的。

这样的剖析，振聋发聩。

对瞿秋白人生剖析的第一个假设。

常州城里那座不大的瞿秋白纪念馆我已经去过三次。从第一次看到那个黑旧的房舍，我就想写篇文章。但是6个年头过去了，还是没有写出。瞿秋白实在是一个谜，他太博大深邃，让你看不清摸不透，无从写起但又放不下笔。去年我第三次访瞿秋白故居时正值他牺牲60周年，地方上和北京都在筹备关于他的讨论会。他就义时才36岁，可人们已经纪念了他60年，而且还会永远纪念下去。是因为他当过党的领袖？是因为他的文学成就？是因为他的才气？是，又不全是。他短短的一生就像一幅永远读不完的名画。

我第一次到纪念馆是1990年。纪念馆本是一间瞿家的旧祠堂，祠堂前原有一条河，河上有一桥叫觅渡桥。一听这名字我就心中一惊，觅渡，觅渡，渡在何处？瞿秋白是以职业革命家自许的，但从这个渡口出发并没有让他走出一条路。“八七会议”他受命于白色恐怖之中，以一副柔弱的书生之肩，挑起了统帅全党的重担，发出武装斗争的吼声。但是他随即被王明，被自己的人一巴掌打倒，永不重用。后来在长征时又借口他有病，不带他北上。而比他年纪大身体弱的徐特立、谢觉哉等都安然到达陕北，活到了建国。他其实不是被国民党杀的，是为“左”倾路线所杀。是自己的人按住了他的脖子，好让敌人的屠刀来砍。而他先是仔细地独白，然后就去从容就义。

如果瞿秋白是一个如李逵式的人物，大喊一声：“你朝爷爷砍吧，20年后又是一条好汉。”也许人们早已把他忘掉。他是一个书生啊，一个典型的中国知识分子，你看他的照片，一副多么秀气但又有几分苍白的面容。他一开始就不是舞枪弄刀的人。他在黄埔军校讲课，在上海大学讲课，他的才华熠熠闪光，听课的人挤满礼堂，爬上窗台，甚至连学校的老师也挤进来听。后来成为大作家的丁玲，这时也在台下瞪着一双稚气的大眼睛。瞿秋白的文才曾是怎样折服了一代人。后来成为文化史专家、新中国文化部副部长的郑振铎，当时准备结婚，想求秋白刻一对印，秋白开的润格是50元。郑付不起转而求茅盾。婚礼那天，秋白手提一手绢小包，说来送礼金50元，郑不胜惶恐，打开一看却是两方石印，可想他当时的治印水平。秋白被排挤离开党的领导岗位之后，转而为文，短短几年他的著译竟有500万字。鲁迅与他之间的敬重和友谊，就像马克思与恩格斯一样的完美。秋白夫妇到上海住鲁迅家中，鲁迅和许广平睡地板，而将床铺让给他们。秋白被捕后鲁迅立即组织营救，他就义后鲁迅又亲自为他编文集，装帧和用料在当时都是第一流的。

沿着假设的逻辑，论述展示瞿秋白的文才。

秋白与鲁迅、茅盾、郑振铎这些现代文化史上的高峰，也是齐肩至顶的啊。他应该知道自己身躯内所含的文化价值，应该到书斋里去实现这个价值。但是他没有，他目睹人民沉浮于水火，目睹党濒于灭顶，他振臂一呼，跃向黑暗。只要能为社会的前进照亮一步之路，他就毅然举全身而自燃。他的俄文水平在当时的中国是数一数二了，他曾发宏愿，要将俄国文学名著介绍到中国来，他牺牲后鲁迅感叹说，本来《死魂灵》由秋白来译是最合适的。这使我想起另一件事。和秋白同时代的有一个人叫梁实秋，在抗日高潮中仍大写悠闲文字，被左翼作家批评为“抗战无关论”。他自我辩解说，人在情急时固然可以操起菜刀杀人，但杀人毕竟不是菜刀的使命。他还是一直弄他的“纯文学”，后来确实也成就很高，一人独立译完了《莎士比亚全集》。

现在，当我们很大度地承认梁实秋的贡献时，更不该忘记秋白这样的，情急用菜刀去救国救民，甚至连自己的珠玉之身也扑上去的人。如果他不这样做，留把菜刀作后用，留得青山来养柴，在文坛上他也会成为一个、甚至十个梁实秋。但是他没有。

继续以假设的方式，表现瞿秋白令人惋惜之处。

如果瞿秋白的骨头像他的身体一样的柔弱，他一被捕就招供认罪，那么历史也早就忘了他。革命史上有多少英雄就有多少叛徒。曾是共产党总书记的向忠发、政治局委员的顾顺章，都有一个工人阶级的好出身，但是一被逮捕，就立即招供。此外像陈公博、周佛海、张国焘等高干，还可以举出不少。而秋白偏偏以柔弱之躯演出了一场泰山崩于前而不惊的英雄戏。他刚被捕时敌人并不明他的身份，他自称是一名医生，在狱中读书写字，连监狱长也求他开方看病。其实，他实实在在是一个书生、画家、医生，除了名字是假的，这些身份对他来说一个都不假。这时上海的鲁迅等正在设法营救他。但是一个听过他讲课的叛徒终于认出了他。特务乘其不备突然大喊一声："瞿秋白！"他却木然无应。敌人无法只好把叛徒拉出当面对质。这时他却淡淡一笑说："既然你们已认出了我，我就是瞿秋白。过去我写的那份供词就权当小说去读吧。"蒋介石听说抓到了瞿秋白，急电宋希濂去处理此事。宋在黄埔时听过他的课，执学生礼，想以师生之情劝其降，并派军医为之治病。他死意已决，说："减轻一点痛苦是可以的，要治好病就大可不必了。"当一个人从道理上明白了生死大义之后，他就获得了最大的坚强和最大的从容。这是靠肉体的耐力和感情的倾注所无法达到的，理性的力量就像轨道的延伸一样坚定。一个真正的知识分子向来是以理行事，所谓士可杀而不可辱。文天祥被捕，跳水、撞墙，唯求一死。鲁迅受到恐吓，出门都不带钥匙，以示不归之志。毛泽东

对瞿秋白人生剖析的第二个假设。

剖析瞿秋白身上所具有的超越平常人的理性的力量。

赞扬朱自清宁饿死也不吃美国的救济粉。秋白正是这样一个典型的已达到自由阶段的知识分子。蒋介石见威胁利诱实在不能使之屈服，遂下令枪决。刑前，秋白唱《国际歌》，唱红军歌曲，泰然自行至刑场，高呼“中国共产党万岁”，盘腿席地而坐，令敌开枪。从被捕到就义，这里没有一点死的畏惧。

如果瞿秋白就这样高呼口号为革命献身，人们也许还不会这样长久地怀念他研究他。他偏偏在临死前又抢着写了一篇《多余的话》，这在一般人看来真是多余。我们看他短短的一生斗争何等坚决：他在国共合作中对国民党右派的批驳，在党内对陈独秀右倾路线的批判何等犀利；他主持八七会议，决定武装斗争，永远功彪史册；他在监狱中从容斗敌，最后英勇就义，泣天地动鬼神。这是一个多么完整的句号。但是他不肯，他觉得自己实在渺小，实在愧对党的领袖这个称号，于是用解剖刀，将自己的灵魂仔仔细细地剖析了一遍。别人看到的他是一个光明的结论，他在这里却非要说一说这光明之前的暗淡，或者光明后面的阴影。这又是一种惊人的平静。就像敌人要给他治病时，他说，不必了。他将生命看得很淡。现在为了做人，他又将虚名看得很淡。他认为自己是从绅士家庭，从旧文人走向革命的，他在新与旧的斗争中受着煎熬，在文学爱好与政治责任的抉择中受着煎熬。他说以后旧文人将再不会有了，他要将这个典型，这个痛苦的改造过程如实地录下，献给后人。他说过：“光明和火焰从地心里钻出来的时候，难免要经过好几次的尝试，试探自己的道路，锻炼自己的力量。”他不但解剖了自己的灵魂，在这《多余的话》里还嘱咐死后请解剖他的尸体，因为他是一个得了多年肺病的人。这又是他的伟大，他的无私。我们可以对比一下，世上有多少人都在涂脂抹粉，挖空心思地打扮自己的历史，

对瞿秋白人生剖析的第三个假设。

对《多余的话》，长期以来存在着多种解读，是围绕着瞿秋白的一个争论焦点。

极力隐恶扬善。特别是一些地位越高的人越爱这样做，别人也帮他这样做，所谓为尊者讳。而他却不肯。作为领袖，人们希望他内外都是彻底的鲜红，而他却固执地说，不，我是一个多重色彩的人。在一般人是把人生投入革命，在他是把革命投入人生，革命是他人生实验的一部分。当我们只看他的事业，看他从容赴死时，他是一座平原上的高山，令人崇敬；当我们再看他对自己的解剖时，他更是一座下临深谷的高峰，风鸣林吼，奇绝险峻，给人更多的思考。他是一个内心既纵横交错，又坦荡如一张白纸的人。

我在这间旧祠堂里，一年年地来去，一次次地徘徊。我想象着当年门前的小河，河上来往觅渡的小舟。秋白就是从这里出发，到上海办学，去会鲁迅；到广州参与国共合作，去会孙中山；到苏俄去当记者，去参加共产国际会议；到汉口去主持八七会议，发起武装斗争；到江西苏区去，主持教育工作。他生命短促，行色匆匆。他出门登舟之时一定想到“野渡无人舟自横”，想到“轻解罗裳，独上兰舟”。那是一种多么悠闲的生活，多么美的诗句，是一个多么宁静的港湾。他在《多余的话》里一再表达他对文学的热爱，他多么想靠上那个码头。但他没有，直到临死的前一刻他还在探究生命的归宿。他一生都在觅渡，可是到最后也没有傍到一个好的码头，这实在是一个悲剧。但正是这悲剧的遗憾，人们才这样以其生命的一倍、两倍、十倍的岁月去纪念他。如果他一开始就不闹什么革命，只要随便拔下身上的一根汗毛，悉心培植，他也会成为著名的作家、翻译家、金石家、书法家或者名医。梁实秋、徐志摩现在不是尚享后人之飨吗？如果他革命之后，又拨转船头，退而治学呢，仍然可以成为一个文坛泰斗。与他同时代的陈望道，本来是和陈独秀一起筹建共产党的，后来退而研究修辞，著《修辞学发凡》，成了中国修辞第一人，人们也记住了他。

这是作者对瞿秋白人生剖析的答案，与前文呼应，也是对觅渡这个意象和瞿秋白的人生相结合的阐释。

可是秋白没有这样做。就像一个美女偏不肯去演戏，一个高个儿男子偏不肯去打篮球。他另有所求，但又求而无获，甚至被人误会。一个人无才也就罢了，或者有一分才干成了一件事也罢了。最可惜的是他有十分才只干成了一件事，甚而一件也没有干成，这才叫后人惋惜。你看岳飞的诗词写得多好，他是有文才的，但世人只记住了他的武功。辛弃疾是有武才的，他年轻时率一万义军反金投宋，但南宋政府不用他，他只能“醉里挑灯看剑，梦回吹角连营”，后人也只知他的诗才。瞿秋白以文人为政，又因政事之败而反观人生。如果他只是慷慨就义再不说什么，也许他早已没入历史的年轮。但是他又说了一些看似多余的话，他觉得探索比到达更可贵。当年项羽兵败，虽前有渡船，却拒不渡河。项羽如果为刘邦所杀，或者他失败后再渡乌江，都不如临江自刎这样留给历史永远的回味。项羽面对生的希望却举起了一把自刎的剑，秋白在将要英名流芳时却举起了一把解剖刀，他们都把行将定格的生命的价值又推上了一层。

哲人者，宁肯舍其事而成其心。

这句话也已成为经典。

秋白不朽。

1996 年 6 月 25 日，《中华儿女》1996 年第 8 期

这思考的窑洞

给窑洞以拟人化的修辞处理，相比于“红毛线，蓝毛线”和“觅渡桥”，此文是在天然意象的基础上做了一定延伸意义的处理。

我从延安回来，印象最深的是那里的窑洞。

照理说我对窑洞并不陌生，我是在窑洞里生、窑洞里长的。我对窑洞的熟悉，就像对一件穿旧了的衣服，已经忘记了它的存在。但是，当三年前，我初访延安时，这熟悉的土窑洞却让我的心猛然一颤，以至于三年来如魔在身，萦绕不绝。因为这普通的窑洞里曾住过一位伟大的人，而那些伟大的思想也就像生产土豆、小米一样在这黄土坡上的土洞洞里奇迹般地生产了出来。

写窑洞其实是写伟人，窑洞的思考实际是伟人的思想。

延安是中国共产党领导全国人民进行民族革命和民主革命斗争的心脏，是艰苦岁月的代名词。在大多数人的脑海里，延安的形象是战争，是大生产，是生死存亡的一种苦挣。但是当我见到延安时，历史的硝烟已经退去，眼前只有几排静静的窑洞，而每个窑洞门口又都钉有一块木牌，上面写明某年某月，毛泽东同志居住于此，著有哪几本著作。有的只有几十天，仍然有著作产生。这时，仿佛墙上的钉子不是钉着木牌，而是钉住了我的双脚，我久久伫立，不能移步。院子里扫得干干净净，几棵柳树轻轻地垂着枝条，不远处延水在静静地流。我几乎不能想象，当年边区敌伪封锁，无衣无食，每天都在流血牺牲，每天都十万火急，毛泽东同志却稳稳地在这里思考、写作，酿造他的思想，他的与中国实际相结合的马克思主义。

干净、轻轻、静静，与后面的“稳稳地”相对应，营造出一种环境。

宏观地勾画出当时的背景。

我看着这一排排敞开的窑洞，突然觉得它就是一排思考的机器。在中国，有两种窑洞，一种是给人住的，一种是给神住的。你看敦煌、云冈、龙门、大足石窟存了多少

文章的整体内容都是面对延安的环境、这些窑洞的所思、所感。此处展开第一层感受。

佛祖，北岳恒山上的石洞里甚至还并供着孔子、老子和释迦牟尼。这实际上是老百姓在假托一个神贮存自己的思想、自己的信仰。彻底的唯物主义者不需要偶像，眼前这土窑洞里甚至连一张毛泽东的画像也没有，但是50年了，来这里的人络绎不绝，因为这窑洞里的每一粒空气分子中都充满着思想。我仿佛看见每个窑门上都刻着“实事求是”，耳边总是响着毛泽东在延安整风时讲的那句话：“‘实事’就是客观存在着的一切事物，‘是’就是客观事物的内部联系，即规律性，‘求’就是我们去研究。”

是伟人的气场？还是伟人的丰功伟绩？产生了这样的影响。

自党中央1938年1月由保安迁到延安，毛泽东同志在延安先后住过四处窑洞。这窑洞首先是一个指挥部，毛泽东和他的战友在这里运筹帷幄，决胜千里。但为了这些决策的正确，为了能给宏伟的战略找到科学的理论根据，毛泽东在这里于敌机的轰炸声中，于会议的缝隙中，拼命地读书写作，所以更确切点说这窑洞是毛泽东的书房。当我在窑洞前漫步时我无法掂量，是从这里发出的电报、文件作用大，还是从这里写出的文章、著作作用大。马克思当年献身工人运动，当他看到由于理论准备不足，工人运动裹足不前时，就宣布要退出会议，走进书斋，终于写出了《资本论》这本远远超出具体决定，跨越时空，震撼地球，推动历史的名著。但是，当时毛泽东无法退出会议，甚至无法退出战斗和生产，他在延安期间每年还有300斤公粮的生产任务。他的房子里也不能如马克思一样有一条旧沙发，他只有一张旧木床，也没有咖啡，只有一杯苦茶。他只能将自己分身为二，用右手批文件，左手写文章。他是一个中国式的民族英雄，像古代小说里的那种武林高手，挥刀逼住对面的敌人，又侧耳辨听着背后射来的飞箭，再准备着下一步怎么出手。当我们与对手扭打在一起，急得用手去撕，用脚去踢，用嘴去咬时，他却暗暗凝神，调动内功，

进入到当时的历史环境中。

再以文学的方式展现毛泽东当时的状态。

然后轻轻吹一口气，就把对手卷到九霄云外。他是比一般人更深一层，更早一步的人。他是领袖，更是思想家。随着时间的推移，他这些文章的力量已经大大超过了当时的文件、决定。像达摩面壁一样，这些窑洞确实是毛泽东和他的战友修炼真功的地方，是蒋介石把他们从秀丽的南方逼到这些土窑洞里。

四壁黄土，一盏油灯，这里已经简陋到不能再简陋。但是唯物质生活的最简最陋，才激励共产党的领袖们以最大的热忱，最坚忍的毅力，最谦虚的作风，去作最切实际的思考。毛泽东从小就博览群书，但是为了救国救民，他还在不停地武装自己。对艾思奇这个比他小 16 岁的一介书生，毛泽东写信说："你的《哲学与生活》是你的著作中更深刻的书，我读了得益很多，抄录了一些，送请一看是否有抄错的。其中有一个问题略有疑点(不是基本的不同)，请你再考虑一下，详情当面告诉。今日何时有暇，我来看你。"记得在艾思奇同志逝世 20 周年时，在中央党校的展柜里我还见到过毛泽东同志的另一封亲笔信，上有"与您晤谈，受益匪浅，现整理好笔记送上，请改"等字样。这不是对哪个人的谦虚，是对规律、对真理的认同。中国历史上曾有许多礼贤下士的故事，刘备三顾茅庐，刘邦正在洗脚听见有人来访，就急得倒拖着鞋出迎。他们只不过是为了成自己的大事。而毛泽东这时是真正的在穷社会历史的规律，他将一切有志者引为同志，把一切有识者奉为老师。蒋介石，这个中国历史上的最后一个地主阶级的最高统治者，他何曾想到现时延安窑洞里这一批人的厉害。他以为这又是陈胜揭竿，刘邦斩蛇，朱元璋起事，他万没有想到毛泽东早就跳出了那个旧圈子而直取历史唯物主义和辩证唯物主义。

以一个小故事具体表现毛当时的工作学习的状态。

做历史的对比，体现毛的伟大。

我在窑洞里徘徊，看着这些绵软的黄土，感受着这暖融融、湿润润的空气，不觉勾起一种遥远的回忆。我想起小时躺在家乡的窑洞里，身下是暖呼呼的土炕，仰脸是厚墩墩的穹顶，炕边坐着做针线的母亲，一种说不出的安全和温馨。窑洞在给神住以前，首先是给人住的，它体现着人与大地的联系。希腊神话里的英雄安泰只要脚不离地就力大无穷，任何敌人休想战胜他，而在一次搏斗中他的敌人就先设法使他脱离地面，然后击败了他。斯大林曾用这个故事来比喻党与人民的关系。延安岁月是毛泽东及我们党与土地、与人民联系最紧密的时期。他住在窑洞里，上下左右都是纯厚的黄土，大地紧紧地搂抱着他，四壁上下随时都在源源不断地向他输送着力量。他眼观六路，成竹在胸。

徘徊、感受、回忆，作者的思想在历史与现实间切换。

窑洞在这里成了党和人民相联系的象征。

在一孔窑洞前的木牌上注明毛泽东在这里完成了《论持久战》。依稀在孩童时我就听父亲讲过这本书的传奇，那时他们在边区，眼见河山沦陷，寇焰嚣张，愁云压心。一天发下了几本麻纸本的《论持久战》，几天后村内外便到处是歌声笑声，有如春风解冻一般。这个小册子在我家一直珍藏到文化大革命。后来读党史才知道当时连蒋介石都喜的如获至宝，发至全军每个军官一本。同时这本书很快又在美国出版。毛泽东为写这篇文章在窑洞里伏案工作9个日夜，连炭火烧了棉鞋也全然不知。第九天早晨，当他推开窑门，让警卫员把稿子送往清凉山印刷厂时，我猜想他的心情就像罗斯福签署了原子弹生产批准书一样激动。以后战局的发展果然都在他的书本之中。

一个典型的生产思想的过程。

一个伟人的思想是什么，是客观存在的规律，是事物间本来的联系，所以真理最朴素，伟人其实与我们最接近。一次，在延安雷电击死一头毛驴，驴主人说："老天无眼，咋不打死毛泽东。"有人要逮捕这个农民，消息传到窑洞里，毛泽东说骂必有因，一了解，是群众公粮负担太重。于是他下令每年由20万担减到16万担，又听从李鼎铭的建议精兵简政。毛泽东在这窑洞里领导了著名的延安整风，他的许多深刻的论述挽救了党，挽救了多少干部，但是当他知道有人被伤害时，就到党校礼堂作报告，说，今天我是特意来向大家检讨错误的，向大家赔个礼！并恭恭敬敬地把手举到帽檐下。1942年，华侨领袖陈嘉庚访问延安，他刚在重庆吃过800元一桌的宴席，这时却在毛泽东的窑洞里吃两毛钱的客饭，但他回去后写文章说中国的希望在延安。1945年黄炎培访问延安，他看到边区的兴旺，想到以后的中国，问一个政权怎样才能永葆活力。毛泽东说，办法就是讲民主，就是让人民来监督。我想他说这话时一定仰头环视了一下四周厚实的黄土。“七大”前后很多人主张提毛泽东思想，他坚决不同意。他说：“这不是我个人的思想，是千百万先烈用鲜血写出来的，是党和人民的智慧。”“我这个人思想是发展的，我也会犯错误。”作家萧三要为他写传，他说还是去多写群众。他是何等的清醒啊！政局、形势、作风、对策，都装在他清澈如水的思想里。胡宗南进犯，他搬出了曾工作9年的延安窑洞，到米脂县的另一孔窑洞里设了一个沙家店战役指挥部。古今中外有哪一孔窑洞配得上这份殊荣啊，土墙上挂满地图，缸盖上摊着电报，土炕上几包烟，一个大茶缸，地上一把水壶，还有一把夜壶。中外军事史上哪有这样的司令部，哪有这样的统帅。毛泽东三天两夜不出屋，不睡觉，不停地抽烟、喝茶、吃茶叶、撒尿、签发电报，一仗俘敌6000余。他是有神助啊！这神就是默默的黄土，就是拱起高高的穹庐、瞪着眼睛思考的窑洞。大胜之后他别无奢求，推开窑门对警卫说，只要吃一碗红烧肉。

通过一系列事情说明思想以及思想指导下的行为的作用。

对窑洞很生动的形象展示。

当你在窑洞前徘徊默想时，耳边会响起黄河的怒吼，眼前会飘过往日的硝烟。但是你一眨眼，面前仍只有这一排静静的窑洞。自古都是心胜于兵，智胜于力。中国革命的胜利实在是一种思想的胜利，是毛泽东思想的胜利，是毛泽东那几篇文章的胜利。延安的这些窑洞真不愧为毛泽东思想的生产车间，延安时期是毛泽东展示才华思考写作的辉煌时期，收入《毛泽东选集》(四卷本)的156篇文章，有112篇是在这个时期写成的。毛泽东离开延安在陕北又转战了一年，胡宗南丢盔弃甲，哪里是他的对手。1947年12月的一天，毛泽东在陕北米脂的一个窑洞里展纸研墨，他说："我好久没有写文章了，写完这一篇就要等打败蒋介石再写了。"他大笔一挥，写了《目前形势和我们的任务》，说我们要打正规战，要进攻大城市了。这是他在陕北窑洞里写的最后一篇文章，写罢掷笔，便挥师东渡黄河，直捣黄龙，为人民政权定都北京去了。他再没有回延安，只是在宝塔山下留下了这一排永远思考的窑洞。思想这面铜镜总是靠岁月的擦磨来现其光亮，半个世纪过去了，作为政治家、军事家的毛泽东离我们渐走渐远，而作为思想家的毛泽东却离我们越来越近。

将思想的境界又提升一层。

笔锋轻点，窑洞定格在历史背景中。

思想的光辉更能穿透历史。

1996年10月12日《散文》1997年第1期

假如毛泽东去骑马

一

一句话点出要点，带出具体的史实。

毛泽东智慧超群，胆识过人，一生无论军事、政治都有出其不意的惊人之笔，让人玩味无穷。但有一笔更为惊人，只是惜未能实现。

详细介绍第一则史实，将毛泽东的规划想法通盘端出。

1959年4月5日在上海召开的中共八届七中全会上，毛说："如有可能，我就游黄河、游长江。从黄河口子沿河而上，搞一班人，地质学家、生物学家、文学家，只准骑马，不准坐卡车，更不准坐火车，一天走60里，骑马30里，走路30里，骑骑走走，一路往昆仑山去。然后到猪八戒去过的那个通天河，从长江上游，沿江而下，从金沙江到崇明岛。国内国际的形势，我还可以搞，带个电台，比如，从黄河入海口走到郑州，走了一个半月，要开会了我就开会，开了会我又从郑州出发，搞它四五年就可以完成任务。我很想学明朝的徐霞客。"

1960年，毛的专列过济南，他对上车看他的舒同、杨得志说："我就是想骑马沿着两条河走，一条黄河，一条长江。如果你们赞成，帮我准备一匹马。"1961年3月23日毛在广州说："在下一次会议或者什么时候，我要做点典型调查，才能交账。我很想恢复骑马的制度，不坐火车，不坐汽车，想跑两条江。从黄河的河口，沿河而上，到它的发源地，然后跨过山去，到扬子江的发源地，顺流而下。不要多少时间，有三年时间就可以横过去，顶多五年。"1962年，他的一个秘书调往陕西，他说："你先打个前站，我随后骑马就去。”1972年，毛大病一场，刚好一点，他就说：“看来，我去黄河还是有希望的。”可见他对两河之行向往的热切。

毛五次提及这一想法，但却一直被淹没在历史中，作者一一将这些史料收集展示出来，成为本文立论的基础。

自从看到这几则史料，我就常想，要是毛泽东真的实现了骑马走江河，该是什么样子？

这个计划本已确定下来，大约准备1965年春成行。1964年夏天从骑兵部队调来的警卫人员也开始在北戴河训练。也已为毛泽东准备了一匹个头不太大的白马，很巧合，他转战陕北时骑的也是一匹白马。整个夏天，毛的运动就是两项，游泳和骑马。

但是，1964年8月5日，突发“北部湾事件”，美国入侵越南。6日晨，毛遗憾地说：“要打仗了，我的行动得重新考虑。黄河这次是去不成了。”

历史往往是由很多偶然和必然组成的。

这实在是太遗憾了，是一个国家的遗憾，民族的遗憾，中国历史失去了一次改写的机会。按毛的计划是走3到5年，就算4年吧，两河归来，已是1969年，那个对国家民族损毁至重的文化大革命至少可以推迟发生，甚至避免。试想一个最高领袖深入民间4年，将会有多少新东西涌入他的脑海，又该有什么新的政策出台，党史、国史将会有一个什么样的新版本？一个伟大的诗人，用双脚丈量祖国的河山，“目既往还，心亦吐纳”，又该有多少气势磅礴的诗作？

我们再看一下1965年的形势，那是新中国建国后最好的年份。正是成绩已有不少，教训也有一些，党又一次走在将更加成熟的十字路口。当时我们已犯过的几个大错误是：1957年的反右，1958年的大跃进、人民公社，1959年的反右倾，1959年到1961年的三年困难。这时全党已经开始心平气和地看问题，在1962年的七千人大会上，中央承认了“三分天灾，七分人祸”的错误，毛泽东也做了自我批评。形势已有了明显好转。原子弹爆炸，全国学大寨、先总体上评价未能成行的遗憾损失，再对当时的宏观背景予以交代，为后面详细深入地展开全文做好了准备。

学大庆、学雷锋、学焦裕禄，国力增强，民心向上。但是从深层来看，对这些错误的根源还没有从思想上彻底解决。就像遵义会议时，从行动上和组织上已停止了“左倾”的错误，但真正从思想和路线上解决问题，还得等到延安整风。急病先治标，症退再治本。当时党和国家正是“症”初退而“本”待治之时。

毛泽东就在这样的背景下深入基层调查研究，骑马走两河的。

二

农业是基础，农村是当时中国社会最主要的组成部分，将农业方面的内容放在第一部分。

我们设想着，当毛泽东骑马走江河时，对他触动最深的是中国农业的落后和农村发展的缓慢。

毛是农民的儿子，他和农民天然地血脉相通。他最初的秋收起义，10年的土地革命是为农民翻身。他穿草鞋，住窑洞，穿补丁衣服，大口吃茶叶叶子，拣食掉在桌子上的米粒，趴在水缸盖上指挥大战役，在延安时还和战士一起开荒，在西柏坡时还下田插秧。还有包括江青看不惯的大口吃红烧肉、吃辣椒，他简直就是一个农民，一个读了书，当了领袖的农民。毛泽东一生的思维从没有离开过农民，只不过命运逼得他建国前大部分时间在研究战争。建国后，又急于振兴工业，以至于1953年发生了与梁漱溟的争吵，被梁误以为忘了农民。他在1958年发起的大跃进、人民公社运动，也是为了农业的尽快翻身，有点空想，有点急躁，被彭德怀说成“小资产阶级狂热性”。那一句话真的刺伤了他的心，但没有人怀疑他不是为了农民。

还是先交代背景：毛泽东与农民的渊源。

他打马上路了，行行走走，一个半月后到达郑州。因为是马队，不能进城住宾馆，便找一个依岸傍河的村庄宿营，架好电台，摊开文件、书籍。一如战争时期那样，有亲热的房东打水、烧炕，有调皮的儿童跑前跑后，饭后他就挑灯读书、办公。但我猜想毛这天在郑州的黄河边肯定度过了一个不眠之夜。

作者的构想大致基于这样的逻辑：以既有事实和当时的形势为基础，以毛泽东的思想及内心活动的重要程度来选择和裁剪内容。

河南这个地方是当年人民公社运动的发祥地。这里诞生了全国第一个人民公社——信阳地区遂平县的“嵖岈山卫星人民公社”。7年前，1958年8月6日晚，他到郑州，7日晨就急着听汇报，当他看到《嵖岈山卫星人民公社试行章程》时，如获至宝，连说：“这是个好东西！”便喜而携去。接着又去视察山东，8月底就在北戴河主持政治局扩大会议，正式通过了《关于建立农村人民公社问题的决议》。公社遍行全国，河南首其功，信阳首其功。但是全国第一个饿死人的“信阳事件”也是发生在这里，成了三年困难时期的一个标志性事件。刘少奇说，饿死人这是要上史书的啊。毛不得不在1960年10月23日到26日专门听取信阳事件的汇报，全国急刹车，实行“调整、巩固、充实、提高”的方针，才渡过难关。

先交代背景。

这次，毛沿途一路走来，看到了许多1958年大跃进留下的半截子工程，虽经调整后，农村情况大有好转，但社员还是出工不出力。房东悄悄地对他说“人哄地皮，地哄肚皮”。这使他不得不思考大跃进和人民公社这种形式，对农村生产力到底是起了解放作用还是破坏作用。为什么农民对土地的热情反倒下降了呢？想解放战争时期，边打仗边土改，农民一分到地就参军、支前，热情何等的高。

抓住核心问题，简单几笔，答案也不言自明。

离开郑州之后，毛溯流而上，他很急切地想知道1960年完工的大工程三门峡水库现在怎么样了。这工程当时是何等地激动人心啊，诗人贺敬之的《三门峡梳妆台》曾传唱全国：“展我治黄河万里图，先扎黄河腰中带——责令李白改诗句：黄河之水手中来！银河星光落天下，清水清风走东海。”这些句子直到现在我还能背得出，那真是一个充满着革命浪漫主义的时代。毛很想看看这万年的黄河，是不是已“清水清风走东海”，很想看看他日思夜想的黄河现在变成什么样子。他立马高坡，极目一望时，这里却不是他想象中的高原明镜，而是一片湿地，但见水雾茫茫，芦花荡荡。原先本想借这座水库拦腰一斩，根治黄河水害，但是才过几年就已沙淤库满，下游未得其利，上游反受其害，关中平原和西安市的安全受到威胁。他眉头一皱，问黄河上游每年来沙多少，随行专家答：“16亿吨。”又问：“现库内已淤沙多少？”答：“50亿吨。”这就是再修10个水库也不够它淤填的啊！当初上上下下热情高涨，又相信苏联专家的话，并没有精细地测算和科学地论证，就匆匆上马。看来建设和打仗一样，也是要知己知彼啊。不，它比战争还要复杂，战场上可立见胜负，而一项大的经济建设决策，牵涉的面更广，显示出结果的周期更长。

作者对这些具体情况了然于胸。

毛打马下山，一路无言。他想起了一个人，就是黄炎培的儿子黄万里，水利专家，清华大学教授。当年三门峡工程上马上下叫好，只有一人坚决反对，这就是黄万里。1955年4月周恩来主持70多人的专家论证会，会开了7天，他一人舌战群儒大呼：不是怎么建，而是三门峡根本就不宜建坝！下游水清，上游必灾啊。果然，大坝建成第二年，上游受灾农田就达80万亩。黄的意见没人听，他就写了一首小词，内有“春寒料峭，雨声凄切，静悄悄，微言绝”句。1957年6月19日的《人民日报》第六版登出了这首词，黄一夜之间就成了大右派。毛泽东记起自己说过的一句话：“真理有时在少数人手中。”不觉长叹了一口气。

科学理性淹没在政治面前。

我猜想毛这次重到西北，亲见水土流失，一定会让他重新考虑中国农业发展的大计。解放后毛大多走江南，再没有到过黄河以西。但他阅读了大量史书，无时不在做着西行考察的准备。1958年在成都会议上，山西省委书记陶

以“猜想”开头，统领整段，将诸多史料、多个头绪整合在一起。

鲁笳向他汇报引黄济晋的雄心壮志，他说："你这算什么雄心壮志，你们查一下《汉书》，那时就有人建议从包头引黄河过北京东注入海。当时水大，汉武帝还能坐楼船在汾河上航行呢，现在水都干了，我们愧对晋民啊。"上世纪 80 年代，赵紫阳任总理时到山西视察，山西领导又重提引黄之事，当时我以记者身份在场，听到赵又转述毛的这番话。大约 1958 年成都会议毛、陶对话时，赵亦在场。多年来，我们愧对的岂止是晋民，陕、甘、宁之民也都很愧对啊。这块中国西北角的红色根据地，当年曾支撑了中共领导的全民抗战，支持了解放战争的胜利，但是自解放以后就再也摆不脱黄风、黄沙、黄水的蹂躏。晋陕之间的这一段黄河，毛泽东曾经两次东渡。第一次是 1936 年由绥德过河东征抗日，留下了那首著名的《沁园春·雪》，第二次是由吴堡过河到临县，向西柏坡进发，定都北京。当时因木船太小，跟他多年的那匹老白马只好留在河西。他登上东岸，回望滔滔黄水，激动地讲了那名言："你可以藐视一切，但不能藐视黄河。"据他的护士长回忆，毛进城后至少九次谈起黄河，他说："这条河与我共过患难"，"每次看黄河回来心里就不好受"，"我们欠了黄河的情"，"我是个到了黄河也不死心的人"。

这次毛重访旧地，我猜想米脂县杨家沟是一定要去的。1947 年 11 月 22 日到 1948 年 3 月 21 日他一直住在这里，这是他转战陕北期间住得最长的一个村子，并在这里召开了有里程碑意义的准备打倒蒋介石，建立新中国的"十二月会议"。但现在这里还是沟深路窄，仅容一马，道路泥泞，一如 20 年前。农民的住房，还没有一间能赶上过去村里地主的老房子。而当年毛的指挥部，整个党中央机关就借住在杨家沟一家马姓地主的宅院里，他就是在这里胜利指挥了全国的战略大转折啊。我去看过，这处院子就是现在也

又一个"我猜想"。

十分完好，村里仍无其他民房能出其右。这次毛重回杨家沟还住在当年他的那组三孔相连的窑洞里，心中感慨良多。当年撤出延安，被胡宗南追得行无定所，但借得窑洞一孔，弹指一挥，就横扫蒋家百万兵。现在定都北京已十多年了，手握政权，却还不能一扫穷和困，给民饱与暖。可怜20年前边区月仍照今时放羊人。发展迟缓的原因到底何在？

深刻的剖析，犀利的观点。

向最基层的普通人学习，是毛一向所提倡的。调查研究成了毛政治品德和工作方法中最鲜明的一条。斯诺在他的《西行漫记》里曾写到对毛的第一印象是：“毛泽东光着头在街上走，一边和两个年轻的农民谈话，一边认真地在做手势。”毛曾说：“当年是一个监狱的小吏让我知道了旧中国的监狱如何黑暗。”毛在1925年到1933年曾认真作过农村调查，1941年又将其结集出版，他在《农村调查》序言里写道：“实际工作者须随时去了解变化着的情况，这是任何国家共产党人也不能靠别人预备的。所以，一切实际工作者必须向下作调查。”那时他十分注意倾听基层呼声。有一个很有名的故事，延安一个农民，天打雷劈死了他的毛驴，就说：“为何不劈死毛泽东？”边区保卫部门要以反革命罪逮捕这个农民。毛说，他这样说必有他的理由。一问是边区农民负担太重。毛就让减税。所以，当时边区地域虽小，生活虽苦，但领袖胸如海，百姓口无忌，上下一条心，共产党终得天下。

引出另一条线，跳出前面的直接以“地缘”为脉络的叙述方式。

这次，毛一路或骑马或步行又重新回到百姓中间，所见所闻，隐隐感到民间积怨不少。他想起1945年在延安与黄炎培的“窑洞对”谈话，那时虽还未得天下，但黄已问到他将来怎样治天下。他说：“只要坚持民主，让老百姓监督政府，政权就能永葆活力。”想到让人民监督，毛忽然忆起一个人，此人就是户县农民杨伟名。杨是一普通农民，在村里任大队会计，他关心政治，以一点私塾的文化

“了解民情、倾听民怨”成为这一部分叙述的内在逻辑。

底子，苦学好读，“处江湖之远则忧其君”。在1962年曾向中央写万言书，系统分析农村形势，提出许多尖锐而又中肯的意见，如允许单干；敞开自由市场；不要急于过渡，再坚持一段新民主主义；要防止报喜不报忧；等等。现在看来，这些话全部被不幸言中。这篇文章的题目叫《一叶知秋》，意即，从分析陕西情况即可知全国农村形势之危。其忠谏之情溢于言表。当时毛正热心于大跃进、人民公社，这些意见当然听不进去，便愤而批曰：“什么一叶知秋，是一叶知冬。”

其时，党内也早有一部分同志看到了危机，并提出了对策，比较有名的就是邓小平的“白猫黑猫”论。这篇文章在1962年的北戴河会议上被毛点名批评。从此，逆耳忠言渐少，继而鸦雀无声。邓小平推说耳聋再不主动问政，陈云则经常称病住院。而黄河之滨这个朴素的农民思想家杨伟名则被大会批、小会斗，后在“文革”中自杀。（2002年，陕西曾开研讨会纪念杨伟名，并为他出版文集。2005年，我曾访其故居，秋风小院在，柿树叶正红。这是后话。）这次毛重走黄河，又到陕西，看到当年的许多问题依旧没有结果，就想起这个躬耕于关中的奇才，便着人把他接来，做彻夜之谈。毛像当年向小狱吏请教狱情，在延安街头光着头向农民恭问政情一样，向这个农民思想家问计于国是。这是20世纪60年代中共领袖与一位普通农民的对话。不是《三国演义》中卧龙冈的“隆中对”，也不是1945年延安的“窑洞对”，而是在黄河边的某一孔窑洞里的“河边对”。杨伟名一定侃侃而谈，细算生产队的家底，纵论国家大势。毛会暗暗点头，想起他自己常说的“群众是真正的英雄，而我们自己则往往是幼稚可笑的”，又想起1948年他为佳县县委题的字“站在最大多数劳动人民的一面”。当时他转战到这里，部队要打佳县，仗要打三天，需12万斤粮，但粮食早让胡宗南抢掠一空。他问佳县县长张俊贤有没有办法，张说："把全县坚壁的粮挖出来，够部队吃上一天；把全县地里未成熟的玉米、谷子收割了，还可吃一天；剩下的一天，把全县的羊和驴都杀了！"战斗打响，群众拉着粮、驴、羊支前，自己吃树叶、树皮。战后很长时间，这个县见不到驴和羊。那时候，政府和百姓，真是鱼水难分啊。看来这些年离群众是远了一点。（毛是性情中人，他或许还会当场邀杨到中央哪个政策研究部门去工作，就像后面要谈到的，他听完就三峡问题的御前辩论后，当场邀李锐做他的秘书。何况杨本来就一直是西北局的特聘编外政策研究员。而以杨的性格则会说，臣本布衣，只求尽心，不求闻达，还是躬耕关中，位卑不敢忘国，不时为政府上达一点实情。）送走客人，他点燃一支烟，仰卧土炕，看着窑洞穹顶厚厚的黄土，想起自己1945年在延安说过的那句话："我们共产党人好比种子，人民好比土地。我们到了一个地方，就要同那里的人民结合起来，在人民中间生根、开花。"现在早已生根开花，但却要将忘其土啊。

真实的历史具有最强大的力量。

总之，还不等走完黄河全程，在晋、陕、宁、甘一线，毛的心情就沉重复杂起来。在这里，当年的他曾是"六盘山上高峰，红旗漫卷西风"，"原驰蜡象，欲与天公试比高"。可现在毛无论如何也高兴不起来，他立马河边，面对滔滔黄水，透过阵阵风沙，看远处那沟沟坡坡、梁梁峁峁、塄塄畔畔上俯身拉犁，弯腰点豆，背柴放羊，原始耕作的农民，不禁有一点心酸。大跃进、人民公社运动这样轰轰烈烈，怎么就没能解放出更多的生产力，改善农民的生活，改变他们的境遇呢？

夹叙夹议是本文总体的行文方式，本段在前面侧重叙事的基础上，整段发感叹之情，使文章的节奏有所调节。

毛继续沿黄河前行，北上河套，南取宁夏，绕了一个大弯后西到兰州。在这里向北沿祁连山麓就是通往新疆的河西走廊，向南沿黄河就将进入上游的青海、四川。他决

详略处理明显。

定在兰州休整一周。这兰州以西是历代流放钦犯和谪贬官员的地方。他想起林则徐虎门销烟之后就是经过这里而贬往新疆的。毛泽东出行，电台、文件、书籍三件宝，常读之书和沿途相关之书总要带足。现在韶山的“毛泽东遗物馆”里存有他出行的书箱，足有一米见方。林则徐是他敬仰的人物，长夜难眠，他便命秘书找出林的《云左山房诗钞》挑灯阅读，卷中有不少是林则徐在河南奉旨治完黄河后又一路继续戴罪西行，过兰州，出玉门的诗作，多抒发他的报国热情和记述西部的山川边情。林诗豪放而深沉，毛性刚烈而浪漫，把卷在手，戈壁古道长无尽，窗外黄河鸣有声。此时，两个伟人跨越时空，颇多共鸣。毛有抄录名人诗作练字的习惯，他读得兴起，便再披衣下床，展纸挥毫，抄录了林的一首《出嘉峪关感赋》：

行万里路，读万卷书。中国古人还有“游学”之说，是很好的学习方法。

东西尉候往来通，博望星槎笑凿空。
塞下传笳歌敕勒，楼头倚剑接崆峒。
长城饮马寒宵月，古戍盘雕大漠风。
除是卢龙山海险，东南谁比此关雄！①

这幅书法，借原诗的气势，浓墨酣情，神采飞扬，经放大后至今仍高高挂在人民大会堂甘肃厅的东墙上。书罢林诗毛推窗北望，想这次只能按原计划溯黄河而上，祁连山、嘉峪关一线是去不了啦，不觉有几分惆怅。新疆是他的胞弟毛泽民牺牲的地方。那个方向还有两件事让他心有所动。一是当年西路军在这里全军覆没，徐向前只身讨饭走回延安，这是我军史上的极悲惨的一页。二是，1957年反右之后一大批右派发配西部，王震的兵团就安排了不少人，这其中就有诗人艾青等不少文化人。现时已10年，这些人中似可起用一些，以示宽慰。他在这里休整一周，接见了一

一武一文，一是当年红军最精锐的部队，一是一代文化精英，都为这戈壁大漠、飞沙狂风所吞噬、消磨。

些仍流散在河西走廊的老红军，听取了右派改造工作的汇报，嘱咐地方上调研后就这两事提出相应的政策上报。

离开兰州，毛一行逆黄河而上，又经月余到达青、甘、川三省交界处的黄河第一弯。他登上南岸四川阿坝境内的一座小山，正是晚霞压山，残阳如血，但见黄河北来，蜿蜒九曲，明灭倏忽，如一道闪电划过高原，不禁诗兴大发，随即吟道：

九曲黄河第一弯，长河落日此处圆。
从来豪气看西北，涛声依旧五千年。

一条黄河，容纳了多少民生民情、历史兴衰和政治波澜。

他想，我们一定要对得起黄河，对得起黄河儿女。

这里已近黄河源头，海拔4000米以上，他们放慢速度，缓缓而行，数十天后终于翻过巴颜喀拉山，到达长江的源头大通河，这便进入长江流域。

三

接下来，毛泽东走长江与走黄河的心境不同。在黄河流域，主要是勾起了他对战争岁月的回忆和对老区人民的感念，深感现在民生建设不尽如人意，得赶快发展经济。而走长江一线更多的是政治反思，是关于在这里曾发生过的许多极“左”错误的思考。

第二部分写黄河，第三部分写长江，此段过渡，并点明后面叙事主旨。

顺沱沱河、通天河而下，入金沙江，便进入贵州、四川界。这里是中央部署的大三线基地。毛泽东不愧为伟大的战略家，他从战争中走来，总担心天下不稳，国家遭殃。在原子弹研制成功后，他又力主在长江、黄河的上游，建设一个可以支持原子战争的大三线基地。他还把自己的老战友、新冤家彭德怀派来任基地三把手。毛彭关系，可以说是合不来又离不开。历史上许多关系到党的命运和毛的威信的大战、硬战，都是彭帮毛来打。最关键的有三次，红军长征出发过湘江、解放战争时的转战陕北和刚建国时的朝鲜战争。尤其是出兵朝鲜，中央议而不决，彭从西北赶回，投了支持毛的关键一票。而在林彪不愿挂帅出征的情况下，彭又挺身而出，实现了毛的战略。但是自从进城之后，毛彭之间渐渐生分。战争时期，大家都称毛为“老毛”，进了北京，渐渐改称“主席”。有一天，彭突然发现中南海里只有他一人还在叫“老毛”，便很不好意思，也悄悄改口。这最后一位称“老毛”的角色由彭来扮演，从中也可以看出他们的交往之深和彭性格的纯真率直。但1959年在庐山上，两个战友终于翻脸。其时毛正醉心于大跃进、人民公社，雄心勃勃，自以为找到了迈向共产主义的好办法。彭却发现农村公共食堂里农民吃不饱，老百姓在饿肚子，大跃进破坏了生产力。“谷撒地，禾叶枯，青壮炼钢去，收禾童与姑，来年日子怎么过”，他要为民鼓与呼。这场争论其实是空想与实事求是之争。结果是彭被打为右倾机会主义，并又扩大为“彭、黄、张、周”反党集团，全国大反右倾，株连500多万人。后来黄克诚说：“这件事对我国历史的发展影响巨大深远，从此党内失去了敢言之士，而迁就逢迎之风日盛。”但是，直到下山时毛还说，我要写一篇大文章《人民公社万岁》，向全世界宣布中国的成就。并已让《人民日报》和新华社为他准备材料。但还不到年底，农村就败象渐露，这篇文章也就胎死腹中。1965年9月，毛对彭说：“也许真理在你那边。”便派他到三线来工作。

通过称呼这一细微之处，总体表现两人之间的关系。

未想，两位生死之交的战友，庐山翻脸，北京一别，今日却相会在金沙江畔，在这个30年前长征经过的地方，多少话真不知从哪里说起。明月夜，青灯旁，白头搔更短，往事情却长。毛泽东盖世英雄，向来敢翻脸也敢认错。他在延安整风时对“抢救运动”中被错整的人脱帽道歉；1959年感谢陈云、周恩来在经济工作方面的冷静，说“家贫思贤妻，国难识英雄”；1962年在七千人大会上对大跃进的错误认错。现在毛经三年来的沿河考察，深入民间，所见所闻，许多争论已为历史所印证，他也许会说一声：“老彭，看来是你对了！”

前后几个“也许”体现出措辞的准确。

行至四川境内，毛还会想起另一个人，即他的秘书田家英。庐山会议前，毛提倡调查研究，便派身边的人下去了解情况，田家英被派到四川。田回京后给他带去一份农民吃不饱、农业衰退的实情报告，他心有不悦。加之四川省委投毛之好又反告田一状，田在庐山上也受到了批评，从此就再不受信任（“文革”一起，田即自杀，这是后话）。这时他一定会想起田家英为他拟的那篇很著名的中共八大开幕词：“虚心使人进步，骄傲使人落后”，不觉怅然若失。看来自己过去确实是有点好大喜功，下面也就报喜不报忧，以致造成许多失误。长夜静思，山风阵阵，江水隆隆。他推窗望月，金沙水拍云崖暖，惊忆往事心犹寒。

田家英是毛的秘书，与毛岸英的关系也很密切，最后却以自杀的方式结束生命，实在令人唏嘘感叹！

解放后毛出京工作，少在北方，多在南方，所以许多做出重要决策的，在党史上有里程碑意义的会议多在长江一线。如1958年3月毛坚持大跃进，周恩来、陈云被迫作检讨的成都会议；4月再次确立了大跃进思路的武汉会议；1959年4月检讨大跃进的上海会议（就是在这次会上，他第一次提出骑马走两河）；1959年7月反右倾的庐山会议，1961年纠正“左”的错误的第二次庐山会议等。总的来讲，这些会议上都是毛说了算，反面意见听得很少。

党史在作者心中。

但有一次毛是认真听了不同意见，并听了进去。这就是关于建三峡水库的争论。自孙中山时，就有修三峡的设想，毛也曾畅想“高峡出平湖”，但到底是否可行，毛十分慎重。1958年1月他曾在南宁组织了后来被称为“御前辩论”

的两派大对决，也就在这次他很欣赏反对派李锐，当场点名要李做他的秘书。毛曾在1958年3月29日自重庆上船，仔细考察了长江三峡，至4月1日到武汉上岸。他对修三峡一直持慎重态度，他说："最后下决心准备修建及何时修建，要待各个方面的准备工作基本完成之后，才能做出决定。" 这次毛骑马从陆路过三峡一定会联想到那个当年轻易上马，现已沙淤库满的三门峡水库。幸亏当时听了不同意见，三峡才成为大跃进中唯一没有头脑发热、轻易上马的大工程。现在想来都有点后怕。看来科学来不得半点虚假。（24年后，1992年4月七届全国人大五次会议通过兴建三峡工程的决议。在这个长过程中因为有反对意见，才有无数次的反复论证，人们说三峡工程上马，反对派的功劳比支持派还大。）

毛从四川入湖北，过宜昌到武汉。这次因是带着马队出行，当然不住上次毛住过的东湖宾馆，他就选一依山靠水之处安营扎寨，这倒有了一点饮马长江的味道。毛不禁想起他1956年在这里的诗作："才饮长沙水，又食武昌鱼，万里长江横渡，极目楚天舒。不管风吹浪打，胜似闲庭信步，今日得宽余。"又想起1958年4月在这里召开的武汉会议，在鼓动大跃进的同时，毛给那些很兴奋的省委书记们也泼了一点冷水。但全党的狂热已被鼓动起来，想再压下去已不容易。他想，那时的心态要是"不管风吹浪打，胜似闲庭信步"，再从容一点，继续给他们降降温，后果也许会好一点。

连续几段，均以毛泽东的思想和心理变化为落脚点。

离开湖北进入江西不久就到了庐山。这庐山堪称是中国现代政治史上的一个坐标点。1886年英国传教士李德立在这里首先买地盖房，开发庐山。从1928年到1947年，前后20年，蒋介石在这里指挥"剿共"、抗日。1927年，瞿秋白在这里起草"八一"起义提纲。1937年卢沟桥枪声骤响，正在山上举办的国民党庐山军官训练团提前结业，直接奔赴抗日前线。1948年蒋介石败退大陆，泪别庐山。蒋离去10年后，1959年毛第一次登上庐山，住在蒋介石和宋美龄住过的美庐别墅，看见工人正要凿掉“美庐”二字，忙上前制止，说这是历史。就是这一次在山上召开了给党留下巨大伤痛的庐山会议。1961年，毛欲补前会之错，又上山召开第二次庐山会议。他借用《礼记》里的一句话：“未有先学养子而后嫁者也”，痛感革命事业不可能有人先给你准备好成熟的经验。这一次毛在山上说，他此生有三愿：一是下放，搞一年工业，一年农业，半年商业；二是骑马走一次长江、黄河；三是写一本书，把自己的缺点、错误统统写入，让世人评说。他认为自己好坏七三开就满足了。1970年毛又三上庐山召开九届二中全会，敲山震虎，与林彪已初显裂痕。还有一件事少有人知，蒋介石去台多年，自知反攻无望，愿意谈判回归。1965年7月已初步达成六项协议，其中有一条：蒋回大陆后所选的“汤沐之地”（封地）就是庐山。惜“文革”一起，此事告吹。

隐秘的历史细节。庐山不仅是风景名胜之所，更是中国一处重要的政治活动场所，是一座“政治山”。

到了庐山，毛的两河之行已完成四分之三。他决定在这里修整数日，一上山便放马林间，让小白马也去自由自在地轻松几日。他还住美庐，饭后乘着月色散步在牯岭小街上，不远处就是当年庐山会议时彭德怀、黄克诚合住的176号别墅，往西30米是张闻天的别墅，再远处是周小舟的别墅，所谓“彭黄张周”反党集团。在此方寸之地，却曾矗立过中共党史上的几个巨人。除周小舟资格稍差外，彭、黄、张都是井冈山时期和毛一起的“绿林好汉”，想不到掌权之后他们又到这座山上来吵架。毛忆想那次论争，虽然剑拔弩张，却也热诚感人，大家讲的都是真话。他自己也实在有点盛气压人。现在人去楼空，唯余这些石头房子，门窗紧闭，苔痕满墙，好一种历史的空茫。如果当时这庐山之争也能像三峡工程之争一样，允许发表一点不同意见，后果也不会这样。后来虽有1961年二次庐山会议的补救之举，但创痛实深，今天想来，他心中生起一种隐隐的自责。回到美庐，刚点燃一支烟，一抬头看见墙上挂着1959年他一上庐山时的那首豪迈诗作：

一山飞峙大江边，跃上葱茏四百旋。冷眼向洋看世界，热风吹雨洒江天。云横九派浮黄鹤，浪下三吴起白烟。陶令不知何处去，桃花源里可耕田。

他在自己的这幅放大的手迹前伫立良久，光阴似箭，不觉就是10年啊。他沉思片刻口中轻轻吟道：

作者揣度比附毛的心境，在本文中先后替毛作诗两首。

安得倚天转斗柄，挽回银河洗旧怨。
二十年来是与非，重来笔底化新篇。

这诗，虽是自责，却椽笔墨海，隐隐雷鸣，仍不失雄霸之气。他抽完一支烟，又翻检了一下当日收到的电报、文件，办了一会儿公，便用铅笔将这首诗抄在一张便笺上，题为《三上庐山》，放入上衣口袋，准备明天在马背上再仔细推敲，然后就上床歇息。（毛二上庐山时也写有诗，就是那首为江青所拍的仙人洞题照。）毛泽东下山后，一路过安徽，下江苏，走扬子江、黄浦江，直往长江的出海口上海市而去。

将一路走来、几年反思的结果，上升到中央决议的高度，作者以这样巧妙的安排，对前面作出总结。

两河之行结束，大约是1969年的9月，正是国庆29周年的前夕。毛泽东回顾整理了一下四年来两河调查的思绪，便将中央政治局的委员们召集到上海，开了一次扩大的中央工作会议，通过了三项决议。一是今后一段时间内要重点抓一下经济建设，暂不搞什么政治运动（这比后来1978年底十一届三中会通过的党的中心工作的转移早9

年）；二是转变党的作风，特别戒假话、空话，加强调查研究和党内民主（这是1942年延安整风之后的又一次的全党思想大整顿）；三是总结教训，对前几年的一些重大问题统一认识（这比1981年十一届六中全会通过的《关于建国以来党的若干历史问题的决议》早12年）。三个决议通过，局面一新，当然也就没有什么文化大革命，没有彭德怀等一批老干部的损失，也没有田家英等一批中年精英的夭折。如果再奢望一点，还可能通过一个关于党的领导干部退休的决议（这比1982年中央《关于建立老干部退休制度的决定》早13年）。因为到这年年底毛就满76岁，两河之行，四年岁月，一万里路云和月，风餐露宿，鞍马劳顿。他一定感到身体和精力大不比当年长征之时，毕竟年龄不饶人。而沿途，考察接谈，视事阅人，发现无数基层干部，有经验，有知识，朝气向上，正堪大任。要放手起用新人。这几个决议通过，全党欢呼，全民振奋。国家、民族又出现新的机遇。真如这样，历史何幸，国家何幸，民族何幸！

可惜时光不能倒流，历史不能重演。

四

2009年10月1日，建国60周年，万民同庆，举国欢腾。时我在天安门阅兵庆典的观礼台上，手机响了，收到这样一条信息：

手机短信成为一种重要的新的传播方式，用其内容，是对传统文学内容的丰富。

中国医学科学院成功克隆毛泽东，各项生理指标处于其50岁水平。新闻发布后引起强烈反响。奥巴马立即声明：美国在3天之内废除与台湾关系，并撤走在亚洲的一切军事力量。日本首相于当天下令炸毁靖国神社，承认钓鱼岛是中国领土。

国内24小时县级以上干部退缴赃款980万亿，全国股市一片红，房价下跌60%；13亿中国人民再次唱起了：东方红，太阳升，中国出了个毛泽东。

祝大家节日快乐！

一条短信内容将文章拉回到现在。

这是一个善意的调侃，红色的幽默，也包含着一种社会思考，一种对过去美好一面的怀念和对现在腐败一面的批判。过节了，而且不是一般的节庆，是共和国的生日，60岁的生日啊！人们忘不了开国领袖。他老人家要是还在多好啊，这天安门城楼本来就是他当年宣布中华人民共和国成立的地方。虽然他老人家后期搞“文革”也曾犯有大错，但前期对民族确有大功，所以人们总希望他还能一如前期那样的英明。这善良的愿望，反映了人们对那个美好时代的怀念，对未竟之业的遗憾。如果斗柄能够倒转，如果历史能够重写，如果那次骑马走两河能够成行，如果毛泽东在60年代能反思自己的错误，晚年不犯或少犯错误，这该多好。这一切当然都不可能，我们也知道这永不可能。但是后人想一想还不行吗？这样的假想，是对历史的复盘，也是对再后之人的提醒。历史不能重复，但是可以思考，在思考中寻找教训，捕捉规律，再创造新的历史。一个没有英雄的民族是悲哀的民族，一个犯了错误而又不知反思的民族是更悲哀的民族，一个学会在失败中思考的民族才是真正了不起的民族。不要忘了，正是“文革”浩劫之后的大思考才成就了今天的复兴。

这正是作者对写作此文目的的阐明。

毛泽东是一本我们永远读不完的书。

注：①尉侯，汉代设在西域的官。博望，张骞通西域，封博望侯。星槎，神话中来往于海上或天上的木筏。崆峒，甘肃东部的名山。卢龙，长城东部古要塞，在河北喜峰口。

山海，山海关。这首诗的大意是：自从张骞凿通遥远的西域之路后，东西古道上的官员就往来不断。笳歌声中，我倚剑遥望，嘉峪关连绵直接崆峒山。长城下将士乘着月色去饮马，戍楼上苍鹰在盘旋。除了卢龙、山海两关，在这以东还有何处能比得上雄伟的嘉峪关。

主要参考书目：

《毛泽东传》，中共中央文献研究室编，文献出版社，2003 年 12 月版。

《毛泽东诗词集》，中共中央文献出版社，1996 年 9 月版。

《毛泽东戎马生涯》，秦焰著，河南人民出版社，1993 年 10 月版。

《中国共产党 80 年》，中央档案馆编，中国档案出版社，2001 年 5 月版。

《彭德怀自述》，人民出版社，1981 年 12 月版。

《一个真正的人——彭德怀》，人民出版社，1994 年 10 月版。

《庐山会议实录》，李锐著，河南人民出版社，1999 年 1 月第三版。

《解放战争》，王树增著，人民文学出版社，2009 年版。

《林则徐诗选注》，周轩著，新疆大学出版社，1997 年 4 月版。

《到庐山看老别墅》，方方著，湖北美术出版社，2001 年 10 月版。

《一叶知秋——杨伟名文存》，社会科学文献出版社，2004 年 2 月版。

《我很想学徐霞客》，陈晋著，《党的文献》2006 年第 3 期。

《文献与研究》，中共中央文献研究室，2010年第14期。

《学习时报》2010年4月26日、5月10日、17日、24日

《新华文摘》2010年第15期

大无大有周恩来

此文一经发表，即引起强烈反响，得到各种好评，成为纪念周恩来的代表作品。作者一直提倡写“大事大情大理”，此文以“大无大有”入题，也是此类文章的代表作之一。

今年是周恩来诞辰百年，他离开我们也已经22年。但是他的身影却时时在我们身边，至今，许多人仍是一提总理双泪流，一谈国事就念总理。陆放翁诗:“何方可化身千亿，一树梅前一放翁。”是什么办法化作总理身千亿，人人面前有总理呢？难道世界上真的有什么灵魂的永恒？伟人之魂竟是可以这样地充盈天地，浸润万物吗？就像老僧悟禅，就如朱子格物，自从1976年1月国丧以来，我就常穷思默想这个费解的难题20多年了，终于有一天我悟出了一个理:总理这时时处处的“有”，原来是因为他那许许多多的“无”，那些最不该，最让人想不到、受不了的“无”啊。

通过一连串的设问，来引出和确立本文的主题。

此文共一万二千余字，作者酝酿思考的时间却达22年，以这样严谨认真的态度为文，即使遍览古今中外，也极鲜矣。

总理的惊人之无有六。

总理的一无是死不留灰。

周恩来是中国历史上第一个提出死后不留骨灰的人。当总理去世的时候，正是中国政治风云变幻的日子，林彪集团刚被粉碎，江青“四人帮”集团正自鸣得意，中国上空乌云压城，百姓肚里愁肠百结。1976年新年刚过，一个寒冷的早晨突然广播里传出了哀乐。人们噙着泪水，对着电视一遍遍地看着那个简陋的遗体告别仪式。突然江青那副可憎的面孔出现了，她居然不脱帽鞠躬，许多电视机旁都发出了怒吼：江青脱掉帽子！过了几天，报上又公布了

这一细节在当时人们的心中留下了深刻的印象，作者选取这一情节，恰在于表明了当时的政治环境。

遗体火化，并且根据总理遗嘱不留骨灰。许多人都不相信这个事实，一定是江青这个臭婆娘又在搞什么阴谋。直到多少年后，我们才清楚，这确实是总理遗愿。1月15日下午追悼会结束后，邓颖超就把家属召集到一起，说总理在十几年前就与她约定死后不留骨灰，灰入大地，可以肥田。当晚，邓颖超找来总理生前党小组的几个成员帮忙，一架农用飞机在北京如磐的夜色中冷清地起飞，飞临天津，这个总理少年时代生活和最早投身革命的地方，又沿着渤海湾飞临黄河入海口，将那一捧银白的灰粉化入海空，也许就是这一撒，总理的魂魄就永远充满人间，贯通天地。

“如磐的夜色”、“冷清”，在平静的叙述中融入了情感。

但人们还是不能接受这一事实。多少年后还是有人提问，难道总理的骨灰就真的一点也没有留下吗？中国人和世界上大多数民族都习惯修墓土葬，这对生者来说，以备不时之念，对死者来说则希望还能长留人间。多少年来越有权的人就越下力气去做这件事。许多世界上著名的陵寝，中国的十三陵，印度的泰姬陵，埃及的金字塔，还有一些埋葬神父的大教堂，我都看过。共产党是无神论，又是以解放全人类为己任，当然不会为自己的身后事去费许多神。所以一解放，毛泽东就带头签名火葬，以节约耕地，但彻底如周恩来这样连骨灰都不留却还是第一次。你看一座八宝山上，还不就是存灰为记吗？历史上有多少名人，死后即使无尸人们也要为他修一个衣冠冢。老舍先生的追悼会上，骨灰盒里放的是一副眼镜，一支钢笔。纪念死者总得有个念物，有个引子啊。

与文章开首的设问相扣。

没有灰，当然也谈不上埋灰之处，也就没有碑和墓，欲哭无泪，欲祭无碑，魂兮何在，无限相思寄何处？中外文学史上有许多名篇都是碑文、墓志和在名人墓前的凭吊之作，有许多还发挥出炽热的情和永恒的理。如韩愈为柳宗元写的墓志痛呼“士穷乃见节义”，如杜甫在诸葛亮祠

“死不留灰”所带来的情感波澜。

中所叹“出师未捷身先死，长使英雄泪满襟”，都成了千古名言。明代张溥著名的《五人墓碑记》“扼腕墓道，发其志士之悲”，简直就是一篇正义对邪恶的檄文。就是空前伟大如马克思这样的人，死后也有一块墓地，恩格斯在他墓前的演说也选入马恩文选,成了国际共运的重要文献。马克思的形象也因这篇文章更加辉煌。为伟人修墓立碑已成为中国文化的传统，中国百姓的习惯，你看明山秀水间，市井乡村里,还有那些州县府志的字里行间,有多少知名的、不知名的故人墓、碑、庙、祠、铭、志，怎么偏偏轮到总理,这个前代所有的名人加起来都不足抵其人格伟大的人，就连一个我们可以为之扼腕、叹息、流泪的地方也没有呢？于是人们难免生出一丝丝的猜测，有的说是总理英明，见“四人帮”猖狂，政局反复，不愿身后有伍子胥鞭尸之事；有的说是总理节俭,不愿为自己的身后事再破费国家钱财。但我想，他主要的就是要求一个干净：生时鞠躬尽瘁，死后不留麻烦。他是一个只讲奉献，献完转身就走的人，不求什么纪念的回报和香火的馈饷。也许隐隐还有另一层意思。以他共产主义者的无私和中国传统文化的忠君，他更不愿在身后出现什么“僭越”式的悼念，或因此又生出一些政治上的尴尬。果然,地球上第一个为周恩来修纪念碑的，并不是在中国,而是在日本。第一个纪念馆也不是建在北京，而是在他的家乡。日本的纪念碑是一块天然的石头，上面刻着他留学日本时写的那首《雨中岚山》。1994 年，我去日本时曾专门到樱花丛中去寻找过这块诗碑。我双手抚石，西望长安，不觉泪水涟涟。天力难回，斯人长逝已是天大的遗憾，而在国内又无墓可寻，叫人又是一种怎样的惆怅？一个曾叫世界天翻地覆的英雄，一个为民族留下了一个共和国的总理，却连一点骨灰也没有留下，这强烈的反差，让人一想，心里就有如坠落千丈似的空茫。

对周恩来人格的历史评价。

作者的两层解读。

延伸段首的情感波澜，为“死不留灰”作注、作结。

总理的二无是生而无后。

中国人习惯续家谱，重出身，爱攀名人之后也重名人之后。刘备明明是个编席卖履的小贩，却攀了个皇族之后，被尊为皇叔，诸葛亮和关、张、赵、马、黄等一批文武，就捧着这块招牌，居然三分天下。一般人有后无后，还是个人和家族的事，名人无后却成了国人的遗憾。不孝有三，无后为大。纪念故人也有三：故居、墓地、后人，后人为大。虽然后人不能尽续其先人的功德才智，但对世人来说，有一条血缘的根传下来，总比无声的遗物更惹人怀旧。要不我们现在的政协委员中为什么要安排一些名人之后呢？连孔子这个两千多年前的老名人，也要一代代地去细寻其脉，找出几个世孙来去做人大、政协的代表委员。人们尊其后，说到底还是尊其人。这是一种纪念，一种传扬，否则怎么不去找出个秦桧的几世孙呢？清朝乾隆年间有位叫秦大士的名士过岳坟，不由感叹道：“人从宋后羞名桧，我到坟前愧姓秦。”可见前人与后人还是大有关系，名人之后更是关系重大。对越是功高德重为民族做出牺牲的逝者，人们就越尊重他们的后代，好像只有这样才能表达对他们的感激，赎回生者的遗憾。总理并不脱俗，也不寡情。我在他的绍兴祖居，亲眼见过抗战时期他和邓颖超回乡动员抗日时，恭恭敬敬地续写在家谱上的名字。他在白区经常做的一件事，就是寻找烈士遗孤，安排抚养。他常说：“不这样，我怎么能对得起他们的父母？”他在延安时亲自安排将瞿秋白、蔡和森、苏兆征、张太雷、赵世炎、王若飞等烈士之子女送到苏联好生教育、看护，并亲自到苏联去与斯大林谈判，达成了一个谁也想不到的协议：这批子弟在苏联只求学，不上前线（而苏联国际儿童院中其他国家的子弟，在战争中上前线共牺牲了 21 名）。这恐怕是当时世界上两个最大的人物，达成的一个最小的协议。总理何

开段先写理，写“后人”、“传后”在中国传统观念和情感中的重要性。

等苦心，他是要为烈士存孤续后啊。20世纪六七十年代，中日民间友好往来，日本著名女运动员松崎君代，多次受到总理接见。当总理知道她婚后无子时，便关切地留她在京治病，并说有了孩子可要告诉一声啊。1976年总理去世，她悲呼道：“周先生，我们已经有了孩子，但还没有来得及告诉您！”

连续用三个历史的细节，说明周恩来重视“传后”的思想。

确实，子孙的繁衍是人类最实际的需要，是人最基本的情感。但是天何不公，轮到总理却偏偏无后，这怎么能不使人遗憾呢？是残酷的地下斗争和战争夺去邓颖超同志腹中的婴儿，以后又摧残了她的健康。但是以总理之权、之位、之才和倾倒多少女性的风采，何愁不能再建家室，传宗接代呢？这在解放初党的中高级干部中不乏其人，并几乎成风。但总理没有，他以倾国之权而坚守平民之德。后来有一个厚脸皮的女人写过一本书，称她自己就是总理的私生女，这当然经不起档案资料的核验。举国一阵哗然之后，如风吹黄叶落，复又秋阳红。但人们在愤怒之余心里仍然隐隐存着一丝的惆怅。特别是眼见和总理同代人的子女，或又子女的子女，不少都官居高位名显于世，不禁又要黯然神伤。中国人的传统文化是求全求美的，如总理这样的伟人该是英雄美人、父英子雄、家运绵长的啊。然而，这一切都没有。这怎么能不在国人心中凿下一个空洞呢？人们的习惯思维如列车疾驶，负着浓浓的希望，却一下子冲出轨道，跌入了一个无底的深渊。

情感变化的用词：遗憾、惆怅、黯然神伤。

总理的三无是官而不显。

千百年来，官和权是连在一起的。官就是显赫的地位，就是特殊的享受，就是人上人，就是福中福，官和民成了一个对立的概念，也有了一种对立的形象。但周恩来作为一国总理则只求不显。在外交、公务场合他是官，而在生活中，在内心深处，他是一个最低标准甚至不够标准的平

前面两个“无”，是明显的表观，此处开始进入深层次的挖掘。

民。他是中国有史以来的第一个平民宰相，是世界上最平民化的总理。一次他出国访问，内衣破了送到我驻外使馆去补，去洗。当大使夫人抱着这一团衣服回来时，伤心得泪水盈眶，她怒指着工作人员道："原来你们就这样照顾总理啊！这是一个大国总理的衣服吗？"总理的衬衣多处打过补丁，白领子和袖口是换过几次的，一件毛巾睡衣本来白底蓝格，但早已磨得像一件纱衣。后来我见过这件睡衣，瞪大眼睛也找不出原来的纹路。这样寒酸的行头，当然不敢示人，更不敢示外国人。所以总理出国总带一只特殊的箱子，不管住多高级的宾馆，每天起床，先由我方人员将这一套行头收入箱内锁好，才许宾馆服务生进去整理房间。人家一直以为这是一个最高机密的文件箱呢。这专用箱里锁着一个贫民的灵魂。而当总理在国内办公时就不必这样遮挡"家丑"了，他一坐到桌旁，就套上一副蓝布袖套，那样子就像一个坐在包装台前的工人。许多政府工作报告、国务院文件和震惊世界的声明，都是在这蓝袖套下写出的啊。只有总理的贴身人员才知道他的生活实在太不像个总理。总理一入城就在中南海西花厅办公，一直住了25年。这座老平房又湿又暗，多次请示总理都不准维修，终于有一次工作人员趁总理外出时将房子小修了一下。《周恩来年谱》记载：1960年3月6日，总理回京，发现房已维修，当晚即离去暂住钓鱼台，要求将房内的旧家具（含旧窗帘）全部换回来，否则就不回去住。工作人员只得从命。一次，总理在杭州出差，临上飞机时地方上送了一筐南方的时鲜蔬菜，到京时被他发现，严厉批评了工作人员，并命令折价寄钱去。一次，总理在洛阳视察，见到一册碑帖，问秘书身上带钱没有。没有钱，总理摇摇头走了。总理从小随伯父求学，伯父的坟迁移，他不能回去，先派弟弟去，临行前又改派侄儿去，为的是尽量不惊动地方。一国总理啊，

一个作为大国总理的"平民"的灵魂。

他理天下事，管天下财，住一室，食一蔬，用一物，办一事算得了什么？

通过六件事情，写总理在衣、住、食、行等方面的简朴。

多少年来，在人们的脑子里，做官就是显耀。你看，封建社会的官帽，不是乌纱便是红顶；官员的出行，或鸣锣开道，或静街回避，不就是要一个“显”字！这种显耀或为显示权力，或为显示财富，总之是要显出高人一等。古人一考上进士就要鸣锣报喜，一考上状元就要骑马披红走街，一当上官就要回乡到父老面前转一圈，所谓衣锦还乡，就为的是显一显。刘邦做了皇帝后，曾痛痛快快地回乡显示过一回，元散曲中专有一篇著名的《高祖还乡》挖苦此事。你看那排场：“红漆了叉，银铮了斧。甜瓜苦瓜黄金镀。明晃晃马镫枪尖上挑，白雪雪鹅毛扇上铺。这几个乔人物，拿着些不曾见的器仗，穿着些大作怪的衣服。”西晋时有个石崇官做到个荆州刺史，也就是地委书记吧，就敢于同皇帝司马昭的小舅子王恺斗富。他平时生活“丝竹尽当时之精，庖膳穷水陆之珍”，招待客人，以锦围步幛五十里，以蜡烧柴做饭，王恺自叹不如。现在这种显弄之举更有新招，比座位，比上镜头，比好房，比好车，比架子。一次一位县级小官到我办公室，身披呢子大衣，刚握完手，突然后面窜上一小童，双手托举一张名片，原来这是他的跟班。连递名片也要秘书代劳，这个架子设计之精，我万没有想到。刚说几句话又抽出“大哥大”（第一代手机），向千里之外的穷乡僻壤报告他现已到京，正在某某办公室，连我也被他编入了显耀自己的广告词。我不知他在地方上有多大政绩，为百姓办了多少实事，看这架子心里只有说不出的苦和酸。想总理有权不私，有名不显，权倾一国却两袖清风，这种近似残酷的反差随着岁月的增加倒叫人更加十分的不安和不忍了。

有成语“石崇斗富”流传后世。

总理的四无是党而不私。

列宁讲，人是分为阶级的，阶级是由政党来领导的，政党是由领袖来主持的。大概有人类就有党，除政党外还有朋党、乡党等小党。毛泽东同志就提到过党外有党，党内有派。同好者为党，同利者为党。在私有制的基础上，结党为了营私，党成了求权、求荣、求利的工具。项羽、刘邦为楚汉两党，汉党胜，建刘汉王朝；三国演义就是曹、吴、刘三党演义；朱元璋结党扯旗，他的对立面除元政权这个执政党外，还有张士诚、陈友谅各在野党，结果朱党胜而建朱明王朝。只有共产党成立以后才宣布，它是专门为解放全人类而做牺牲的党，除了人民利益，国家民族利益，党无私利，党员个人无私求。无数如白求恩、张思德、雷锋、焦裕禄这样的基层党员，都做到了入党无私，在党无私。但是当身处要位甚至领袖之位，权握一国之财，而要私无一点，利无一分，却是最难最难的。权用于私，权大一分就私大一丈，失之毫厘差之千里。做无私的战士易，做无私的官员难，做无私的大官更难。像总理这样军政大权在握的人，权力的砝码已经可以使他左偏则个人为党所用，右偏则党为个人所私，或可为党员，或可为党阀了。王明、张国焘不都是这样吗？而总理的可贵正在党而不私。

开段还是先写“理”。

连续递进以析理。

1974 年，康生被查出癌症住院治疗。周恩来这时也有绝症在身，还是拖着病体常去看康。康一辈子与总理不和，总理每次一出病房他就在背后骂。工作人员告诉总理，说既然这样您何必去看他。但总理笑一笑，还是去。这种以德报怨，顾全大局，委曲求全的事，在他一生中举不胜举。周总理同胞兄弟三人，他是老大，老二早逝，他与三弟恩寿情同手足。恩寿解放前经商为我党提供过不少经费，解放后安排工作到内务部，总理指示职务要安排得尽量低些，因为他是自己的弟弟。后恩寿有胃病，不能正常上班，总理又指示要办退休，说不上班就不能领国家工资。曾山部长执行得慢了些，总理又严厉批评说：“你不办，我就要给你处分了。”文化大革命中，总理尽全力保护救助干部，一次范长江的夫人沈谱（著名民主人士沈钧儒之女）找到总理的侄女周秉德，希望能向总理转交一封信，救救长江。周秉德是沈钧儒长孙媳妇，沈谱是她丈夫的亲姑姑。范长江是我党新闻事业的开拓者，又是沈老的女婿，总理还是他的入党介绍人。以这样深的背景，周秉德却不敢接这封信，因为总理有一条家规：任何家人不得参与公事。

如果说总理要借党的力量谋大私，闹独立，闹分裂，篡权的话，他比任何人都有更多的机会，更好的条件。但是他恰恰以自己坚定的党性和人格的凝聚力，消除了党内的多次摩擦和四次大的分裂危机。50 年来他是党内须臾不可缺少的凝固剂。第一次是红军长征时，当时周恩来身兼五职，是中央三人团（博古、李德、周恩来）之一、中央政治局常委、书记处书记、军委副主席、红军总政委。在遵义会议上，只有他才有资格去和博古、李德争吵，把毛泽东请了回来。王明派对党的干扰基本排除了（彻底排除要到延安整风以后），红一、四方面军会师后又冒出个张国焘。张兵力远胜中央红军，是个实力派。有枪就要权，不给权就翻脸，党和红军又面临一次分裂。这时周恩来主动将自己担任的红军总政委让给了张国焘。红军总算统一，得以继续北上，扎根陕北。

如果说“无灰”、“无后”、“不显”，更多的是在个人层面的话，“党而不私”则是更高一层的政治修养，具有更大的政治价值。

第二次是大跃进和三年困难时期。1957 年底，冒进情绪明显抬头，周恩来、刘少奇、陈云等提出反冒进，毛泽东大怒，说不是冒进，是跃进，并多次让周恩来检讨。甚至说到党的分裂。周恩来立即站出来将责任全部揽到自己身上，几乎逢会就检讨，目的只有一个，就是保住党的团结，保住一批如陈云、刘少奇等有正确经济思想的干部，留得青山在，为党渡危机。而他在修订规划时，又小心地坚持原则，实事求是。他藏而不露地将“15 年赶上英国”，改为“15 年或者更多的一点时间”，加了 9 个字。将“在今后 10 年或者更短的时间内实现全国农业发展纲要”一句删去了“或者更短的时间内”8 个字。不要小看这一加一减八九个字，果然一年以后，经济凋敝，毛泽东说：国难思良将，家贫思贤妻。搞经济还得靠恩来、陈云，多亏恩来给我们留了三年余地。

林彪是黄埔四期的毕业生。

第三次是文化大革命中，林彪骗取了毛主席信任。这时作为二把手的周恩来再次让出了自己的位置。他这个当年黄埔军校的主任，毕恭毕敬地向他当年的学生，现在的“副统帅”请示汇报，在天安门城楼上，在大会堂等公众场合为之领座引路。林彪的威望，或者就以他当时的投机表现、身体状况，总理自然知道他是不配接这个班的，但主席同意了，党的代表大会通过了，总理只有服从。果然，九大之后只有两年多，林彪自我爆炸，总理连夜坐镇大会堂，弹指一挥，将其余党一网打尽，为国为党再定乾坤。让也总理，争也总理，一屈一伸又弥合了一次分裂。

第四次，林彪事件之后总理威信已到绝高之境，但“四人帮”的篡权阴谋也到了剑拔弩张的境地。这时已经不是拯救党的分裂，而是拯救党的危亡了。总理自知身染绝症，一病难起，于是他在抓紧寻找接班人，寻找可以接替他与“四人帮”抗衡的人物，他找到了邓小平。1974 年 12 月，他不顾危病在身飞到长沙与毛泽东商量邓小平的任职。小平一出山，双方就展开拉锯战，这时总理躺在医院里，就像诸葛亮当年卧病军帐之中，仍侧耳静听着帐外的金戈铁马声。“四人帮”唯一忌惮的就是周恩来还在世。这时主席病重，全党的安危系于周恩来一身，他生命延缓一分钟，党的统一就能维持一分钟。现在他躺在床上，像手中没有了弹药的战士，只能以重病之躯扑上去堵枪眼了。癌症折磨得他消瘦、发烧，常处在如针刺刀割般的疼痛中，后来连大剂量的镇痛、麻醉药都已不起作用。但是他忍着，他知道多坚持一分钟，党的希望就多一分。因为人民正在觉醒，叶帅他们正在组织反击。他已到弥留之际，当他清醒过来时，对身边的人员说：“你去给中央打一个电话，中央让我活几天，我就活几天！”就这样一直撑到1976年1月8日。这时消息还未正式公布，但群众一看医院内外的动静就猜出大事不好。这天总理的保健医生外出办事，一个熟人拦住问：“是不是总理出事了，真的吗？”他不敢回答，稍一迟疑，对方转身就走，边走边哭，终于放声大哭起来。9个月后，百姓心中的这股怨气，一举掀翻了“四人帮”。总理在死后又一次救了党。

通过这四次大的事件，实际上也写出了周恩来在党史中的独特的政治作用和贡献。

宋代欧阳修写过一篇著名的《朋党论》，指出有两种朋党：一种是小人之朋，“所好者禄利，所贪者财货”；一种是君子之朋，“所守者道义，所行者忠信，所惜者名节”。而只有君子之朋才能万众一心，“周武王之臣，三千人成一大朋”，以周公为首。这就是周灭商的道理。周恩来在重庆时就被人称周公，直到晚年，他立党为公，功同周公的形象更加鲜明。“周公吐哺，天下归心”。周公不过是“一饭三吐哺”，而我们的总理在病榻上还心忧国事，“一次输液三拔针”啊。如此忧国，如此竭诚，怎么能不天下归心呢？

又对应到文章开始时的设问。

总理的五无是劳而无怨。

直接下断语，再进行论证。

周总理是中国革命的第一受苦人。上海工人起义，“八一”起义，万里长征，三大战役，这种真刀真枪的事他干；地下特科斗争，国统区长驻虎穴，这种生死度外的事他干；解放后政治工作、经济工作、文化工作，这种大管家的烦人杂事他干；文化大革命中上下周旋，这种在夹缝中委曲求全的事他干。他一生的最后一些年头，直到临终，身上一直佩着的一块徽章是“为人民服务”。如果计算工作量，他真正是党内之最。周恩来是1974年6月1日住进医院的，而据资料统计，1~5月共139天，他每天工作12~14小时有9天；14~18小时有74天；19~23小时有38天；连续24小时有5天。只有13天工作在12小时之内。而从3月中旬到5月底，两个半月，日常工作之外，他又参加中央会议21次，外事活动54次，其他会议和谈话57次。他像一头牛，只知道负重，没完没了地受苦，有时还要受气。

这样高强度的工作普通人根本无法完成，而这时的周恩来已是一位76岁的身患重症的病人。

1934年，因为王明的"左"倾路线和洋顾问李德的指挥之误，红军丢了苏区，血染湘江，长征北上。这时周恩来是军事三人团之一，他既要负失败之责，又要说服博古恢复毛泽东的指挥权，惶惶然，就如《打金枝》中的皇后，劝了金枝，回过头来又劝驸马。1938年，他右臂受伤，两次治疗不愈，只好赴苏联求医。医生说为了彻底好，治疗时间就要长一些。他却说时局危急，不能长离国内，只短住了6个月，最后还是落下个臂伸不直的残疾。而林彪也是治病，也是这个时局，却在苏联从1938年住到了1941年。

对比。

文化大革命中，周恩来成了救火队长，他像老母鸡以双翅护雏防老鹰叼食一样，尽其所能保护干部。红卫兵要揪斗陈毅，周恩来苦苦说服无效，最后震怒道："我就站在大会堂门口，看你们从我身上踩过去！"这时国家已经瘫痪，全国人除少数造反派外大多数都成了逍遥派，就只剩下周恩来一个苦撑派，一个苦命人。他像扛着城门的力士，放不下，走不开。每天无休止地接见，无休止地调解，饭都来不及吃，服务员只好在茶杯里调一点面糊。当时干部一层层地被打倒，他周围的战友、副总理、政治局委员已被打倒一大片，连国家主席刘少奇都被打倒了，但偏偏留下了他一个。他连这种"休息"的机会也得不到啊。全国到处点火，留一个周恩来东奔西跑去救火，这真是命运的捉弄。他坦然一笑说："我不下地狱，谁下地狱？"大厦

很形象的比喻。

这句话成为周恩来最有代表性的话之一。

将倾，只留下一根大柱。这柱子已经被压得吱吱响，已经出现裂纹，但他还是咬牙苦撑。由于他的自我牺牲，他的厚道宽容，他的任劳任怨，革命的每一个重要关头，每一次进退两难，都离不开他。许多时候他都左右逢源，稳定时局，但许多时候，他又只能被人们作为平衡的棋子，或者替罪的羔羊。历史上向来是一朝天子一朝臣，共产党的领导人换了多少，却人人要用周恩来。他的过人才干“害”了他，他的任劳任怨的品质“害”了他，多苦、多难、多累、多险的活，都由他去顶。

1957年底，我国经济出现急功近利的苗头，周恩来提出反冒进。毛泽东大怒，连续开会发脾气。1958年1月初杭州会议，毛主席说：“你脱离了各省、各部。”1月中旬南宁会议，毛主席说：“你不是反冒进吗？我是反反冒进的。”这时柯庆施写了一篇升虚火的文章，毛主席说：“恩来，你是总理，这篇文章你写得出来吗？”1958年3月成都会议，周恩来检查，毛主席还不满意，表示仍然要作为一个犯错误的例子再议。从成都回京之后，一个静静的夜晚，西花厅夜凉如水，周恩来把秘书叫来说：“我要给主席写份检查，我讲一句，你记一句。”但是他枯对孤灯，常常五六分钟说不出一个字。冒进造成的险情已经四处露头，在对下与对上，报国与忠君之间，他陷入了深深的矛盾，深深的痛苦。他对领袖的忠诚与服从绝不是封建式的愚忠。他是基于领袖是党的核心，是党统一的标志这一原则和毛主席的威信这一事实，从唯物史观和党性标准出发来严格要求自己的。连毛主席都说过，真理有时在少数人手中，卑贱者最聪明。但是你必须等待多数人或高贵者的觉醒。为了大局，在前几次会上他已经把反冒进的责任全揽在了自己身上，现在还要怎样深挖呢？而这深深游走的笔刃又怎样才能做到既解剖自己又不伤实情，不伤国事大局呢？

柯庆施时任上海市委书记，1965年因病去世。

通过对写检查的分析、叙述，将总理的“苦”动情地表现出来。

天亮时，秘书终于整理成一篇文字，其中加了这样一句：“我与主席多年风雨同舟，朝夕与共，还是跟不上主席的思想。”周恩来指着“风雨同舟，朝夕与共”八个字说，怎么能这样提呢？你太不懂党史，说时眼眶里已泪水盈盈了。秘书不知总理苦，为文犹用昨日辞。几天后，他在八大二次会上作完检讨，并委婉地请求辞职。结论是不许辞。哀莫大于心死，苦莫大于心苦，但痛苦更在于心虽苦极又没有死。周恩来对国对民对领袖都痴心不死啊，于是，他只有负起那让常人看来，无论如何也负不动的委屈。

总理的六无是死不留言。

1976年元旦前后总理已经到了弥留之际。这时中央领导对总理病情已是一日一问，邓颖超同志每日必到病房陪坐。可惜总理将去之时正是中央领导核心中鱼龙混杂、忠奸共处的混乱之际。奸佞之徒江青、王洪文常假惺惺地慰问却又暗藏杀机。这时忠节老臣中还没有被打倒的只有叶剑英了。叶帅与总理自黄埔时期起便患难与共，又共同经历过党史上许多是非曲直。眼见总理已是一日三厥，气若游丝，而“四人帮”又趁危乱国，叶帅心乱如麻，老泪纵横。一日他取来一叠白纸，对病房值班人员说，总理一生顾全大局，严守机密，肚子里装着很多东西，死前肯定有话要说，你们要随时记下。但总理去世后，值班人员交到叶帅手里的仍然是一叠白纸。

写“死不留言”先从事实写起。后面再进行分析、说理。

当真是总理肚中无话吗？当然不是。在会场上，在向领袖汇报时，在对“四人帮”斗争时，在与同志谈心时，该说的都说过了，他觉得不该说的，平时不多说一字，现在并不因为要撒手而去就可以不负责任，随心所欲。总理的办公室和卧室同处一栋，邓颖超同志是他一生的革命知己，又同是中央高干，但总理工作上的事邓颖超自动回避，总理也不与她多讲一字。总理办公室有三把钥匙，他一把，秘书一把，警卫一把，邓颖超没有，她要进办公室必须先敲门。周总理把自己一劈两半，一半是公家的人，党的人，一半是他自己。他也有家私，也有个人丰富的内心世界，但是这两部分泾渭分明，决不相混。周恩来与邓颖超的爱可谓至纯至诚，但也不敢因私犯公。他们两人，丈夫的心可以全部掏给妻子，但决不能搭上公家的一点东西；反过来，妻子对丈夫可以是十二分的关心，但决不能关心到公事里去。总理与邓大姐这对权高德重的伴侣堪称是正确处理家事国事的楷模。诗言志，为说心里话而写。总理年轻时还有诗作，现在东瀛岛的诗碑上就刻着他那首著名的《雨中岚山》。皖南事变骤起，他愤怒地以诗惩敌："千古奇冤，江南一叶，同室操戈，相煎何急。"但解放后，他除了公文报告，却很少有诗。当真他的内心情感之门关闭了吗？没有。工作人员回忆，总理工作之余也写诗，用毛笔写在信笺上，反复改。但写好后又撕成碎片，碎碎的，投入纸篓，宛如一群梦中的蝴蝶。除了工作，除了按照党的决定和纪律所做的事，他不愿再表白什么，留下什么。瞿秋白在临终前留下一篇《多余的话》，将一个真实的我剖析得淋漓尽透，然后昂然就义，舍身成仁。坦白是一种崇高。周恩来在临终前只留下一叠白纸。"菩提本无树，明镜亦非台"，本来就无我，我复何言哉？不必再说，又是一种崇高。

总理的表率、作者的分析，对官员正确理解和处理"公"与"私"的关系有莫大帮助。

在"庄周梦蝶"的故事中，庄子以浪漫的想象和美妙的文笔，描述了在梦中化为蝴蝶，梦醒后蝴蝶复化为己的事件。此处隐约可见对这一故事的借用。

两种崇高的境界。

周恩来的六个"大无"，说到底是一个无私。公私之分古来有之，但真正的大公无私自共产党始。1998年是周恩来诞辰百周年，也是划时代的《共产党宣言》发表150周年。是这个宣言公开提出要消灭私有制，要求每个党员只有解放全人类才能最后解放自己。我敢大胆说一句，150年来，实践《宣言》精神，将公私关系处理得这样彻底、完美，达到如此绝妙之境界者，周恩来是第一人，因为即使如马恩、列宁也没有他这样长期处于手握党权、政权的

对"大无"总结、升华，并引出后面的"大有"。

诱惑和身处各种矛盾的煎熬。总理在甩脱自我，真正实现“大无”的同时却得到了别人没有的“大有”：有大智、大勇、大才和大貌——那种倾城倾国、倾倒联合国的风貌，特别是他的大爱大德。

将周恩来的“大有”总结为“大爱”和“大德”两个方面，并分别叙述。

他爱心博大，覆盖国家、人民及整个世界。你看他大至处理国际关系，小至处理人际关系，无不充满浓浓的、厚厚的爱心。美帝国主义和中国人民、中国共产党曾是积怨如山的，但是战争结束后，1954 年周恩来第一次与美国代表团在日内瓦见面时就发出友好的表示，虽然美国国务卿杜勒斯拒绝了，或者是不敢接受，但周恩来还是满脸的宽厚与自信。就是这种宽厚与自信，终于吸引尼克松在我们立国 21 年后，横跨太平洋到中国来与周恩来握手。国共两党是曾有血海深仇的，蒋介石曾以巨额大洋悬赏要周恩来的头。但是当“西安事变”，蒋介石已成阶下囚，国人皆曰可杀，连陈独秀都高兴地连呼“打酒来”，蒋介石必死无疑。但是周恩来只带了 10 个人，进到刀枪如林的西安城去与蒋介石握手。周恩来长期代表中共与国民党谈判，在重庆，在南京，在北平，到最后，这些敌方代表为他的魅力所吸引，投向了中共。只有团长张治中说别人可以留下，从手续上讲他应回去复命。周却坚决挽留，说西安事变已对不起一位姓张的朋友（张学良），这次不能重演悲剧，并立即通过地下党将张的家属也接到了北平。他的爱心征服了多少人，温暖了多少人，甚至连敌人也不得不叹服。宋美龄连问蒋介石，为什么我们就没有这样的人。美方与他长期打交道后，甚至后悔当初不该去扶植蒋介石。至于他对人民的爱，对革命队伍内同志的爱，则更是如雨润田，如土载物般的浑厚深沉。曾任党的总书记、犯过“左”倾路线错误的博古，可以说是经周恩来亲手“颠覆”下台的，但后来他们相处得很好，在重庆博古成了周的得力助手。

写对“革命同志”的爱，选了两个很特殊的事例。

甚至像陈独秀这样曾给党造成血的损失，当他对自己的错误已有认识，并有回党的表示时，周恩来立即着手接洽此事，可惜未能谈成。恩格斯在马克思墓前讲话说："他可能有过许多敌人，但未必有一个私敌。"这话移来评价周恩来最合适不过。当周恩来去世时，无论东方西方同声悲泣，整个地球都载不动这许多遗憾许多愁。

周恩来是道德典范，可叙述的东西很多，此处重点说其于党于国的"大德"。

他的大德，再造了党，再造了共和国，并且将一个共产主义者的无私和儒家传统的仁义忠信糅合成一种新的美德，为中华文明提供了新的典范。如果说毛泽东是中国共产党和中华人民共和国的缔造者，周恩来则是党和国家的养护人。他硬是让各方面的压力，各种矛盾将自己压成了粉，挤成了油，润滑着党和共和国这架机器，维持着它的正常运行。50年来他亲手托起党的两任领袖，又拯救过共和国的三次危机。遵义会议他扶起了毛泽东，文化大革命后期他托出邓小平。作为两代领袖，毛、邓之功彪炳史册，而周恩来却静静地化作了那六个"无"。建国后他首治战争创伤，国家复苏；二治大跃进灾难，国又中兴；三抗林彪江青集团，铲除妖孽。而他在举国欢庆的前夜却先悄悄地走了，走时连一点骨灰也没有留。

回答文初提出的设问。

周恩来为什么这样地感人至深，感人至久呢？正是这"六无"，"六有"，在人们心中撞击、翻搅和掀动着大起大落、大跌大荡的波浪。他的博爱与大德，拯救、温暖和护佑了太多太多的人。自古以来，爱民之官受人爱。诸葛亮治蜀27年，而武侯祠香火不断1700年。陈毅游武侯祠道："孔明反胜昭烈（刘备），其何故也，余意孔明治蜀留有遗爱。遗爱愈厚，念之愈切。"平日常人相处尚投桃报李，有恩必报，而一个伟人再造了国家，复兴了民族，泽润了百姓，后人又怎能轻易地淡忘了他呢？我们是唯物论者，但我心里总觉得大概有一天还是会有人来要为总理修一座庙。庙是神的殿堂，神是后人在所有的前人中筛选出来的模范，比如忠义如关公，爱民如诸葛亮。周总理无论在自身修养和治国理政方面，功德、才智、民心等都很像诸葛亮。诸葛亮教子很严，他那篇有名的《诫子书》，教子“静以修身，俭以养德，非淡泊无以明志，非宁静无以致远”。他勤俭持家，上书后主说，自己家有桑树800棵，薄田15顷，供给一家人的生活，余再无积蓄。这两件事都常为史家称道。呜呼，总理何如？他没有后，当然也没有什么教子格言；他没有遗产，去世时，家属各分到几件补丁衣服作纪念；他没有祠，没有墓，连骨灰都不知落在何方；他不立言，没有一篇《出师表》可以传世。他越是这样的没有没有，后人就越感念他的遗爱；那一个个没有也就越像一条条鞭子抽在人们的心上。鲁迅说，悲剧是把人生有价值的东西撕裂给人看。是命运从总理身上一条条地撕去许多本该属于他的东西，同时也在撕裂后人的心肺肝肠。那是永远无法弥补的遗憾，这遗憾又加倍转化为深深的思念。

行文至此处，连续深入、升华，由遗憾、思念而至思考。

渐渐的22年过去了，思念又转化为人们更深的思考，于是总理的人格力量在浓缩，在定格，在突现。而人格的力量一旦形成便是超越时空的。不独总理，所有历史上的伟人，中国的司马迁、文天祥，外国的马克思、列宁，我们又何曾见过呢？爱因斯坦生生将一座物理大山凿穿而得出一个哲学结论：当速度等于光速时，时间就停止；当质量足够大时，它周围的空间就弯曲。那么，我们为什么不可以再提出一个“人格相对论”呢？当人格的力量达到一定强度时，它就会迅如光速而追附万物，穹庐空间而护佑生灵。我们与伟人当然就既无时间之差又无空间之别了。

最后上升总结为一种理论、哲学。

这就是生命的哲学。

周恩来还会伴我们到永远。

1998年1月8日，《中华散文》1998年第3期

周恩来让座

——纪念周恩来诞辰110周年

继《大无大有周恩来》发表十年之后，于周恩来诞辰110周年之际，又写出这篇作品，对周的纪念可谓绵绵不绝。

去年9月里因事过广东新会。新会是梁启超的家乡，又是元灭宋，丞相陆秀夫背着小皇帝跳海的地方，过去为县，现在是江门市的一个区。我万没有想到在这样一个小地方竟有一个资料丰富的周恩来纪念馆。当地的人也很自豪，他们说，周恩来任总理时，政务缠身，能下到一个县连住7天，一生仅此一例。我心里明白，哪里是周恩来有闲，是政局错位，一个历史的小误会。

过渡，引出对历史背景的交代。

1956年下半年，全国出现冒进的苗头。掌国家经济之舵的周恩来提出反冒进，毛泽东不悦，说“我是反反冒进”。1958年1月南宁会议、3月成都会议，周都受到批评，并作检查。7月1日至7日，他便选了一个县，广东新会县来做调查研究。其时周公心里正受着煎熬，正是伟人不幸，小县有幸，留下了这样一处纪念地。

周恩来此行所以选中新会，有一点小起因。当年6月19日《人民日报》报道新会农民周汉生用水稻与高粱杂交获得一种优良水稻新品种。周总理很重视，专门带了一位专家6月30日飞广州，又转来新会。在实验田旁周见到了这位农民。可以看出，那个时代生活条件还很差，乡干部和农民一律都是赤脚，总理的穿着也就比他们多着一双布鞋，只是衣服稍整洁一些。接待人员找了一把小竹椅、一个小方竹凳放在地头，本意让总理坐小竹椅，不想总理一到就坐在小凳上，把小椅子推给周汉生，还说你长年蹲田头，

让座的事实经过，是本文的“核”，其余内容都是在这一小点上生发出来的。

太辛苦。这就是周恩来的作风，尽量为他人着想，决不摆什么架子。这张照片挂在展室的墙上，成了现在人们难以理解的场景。

按现在的习惯，官大一级，见面让坐，起行让路，等级分明。一个大国总理来到地头已属不易，怎么能在座位上尊卑颠倒呢？我立即联想到，已逝全国记协主席吴冷西也是新会人。一次，我当面听他讲过这样一件事，50年代初，朝鲜工会代表团来访，总理接见并合影，他的座位本安排在前排正中。周恩来不肯，他要当时的全国总工会主席刘宁一与客人坐正中，他说你是正式主人，今天我是陪客，结果他真的坐在旁边，报上也就这样照发照片，那时大家觉得也很自然。我曾见过延安时期老同志的几幅合影，大家都随意或坐或站，有几次毛泽东都站在较偏的位置。无疑，毛当时的地位是应该居首位的。现在当我们看这些老照片时，心里真说不清是陌生还是亲切。

历史和政治仪式的陌生，情感和作风的亲切。

从具体的“椅子”引申到与权力、等级相联系的“座位”。

座位这个东西是典型的物质与精神的结合。有把椅子，坐着好说话或办事，这是物质；坐上去，别有一种感觉，这是精神。坐椅子的人多了，就要排个次序，就有了等级。等级就是一种精神。等级不可没有，如军队指挥，无等级就无效率。但不可太严，太严了就成障碍，心理障碍，工作障碍。正如列宁所说：“真理很灵活，所以不会僵化；又很确定，所以人们才能为之奋斗”。现在我们对座次的设计是越来越精，越来越细，只僵化而不灵活了。不用说大会谁上主席台，台上又谁前谁后，有的单位开会，除分座次，还要专制一把大一点的椅子，供一把手坐。我又听过一个故事，一位新来的部长，很不习惯这种把他架在火上烤的坐法，每次到场自己先把这把大椅子撤去。但下次来时，大椅子又巍然矗立原地与他四目相对，他的务实作风拗不过笼罩四周的座次威严。

转到对现实的联系。

存在决定意识，在没有椅子坐时，当然没有座次。我看过西柏坡七届二中全会的会场。那是一间大伙房，没有座椅。53个中央委员、候补委员，随手从房东家带一个小板凳来就开大会。难的是有了椅子后怎样办？这里有个公心、私心之分。以公心论座，党内讲平等，是同志；党外讲服务、是公仆，何必争座？何敢争座？以私心论座，则私心无尽，锱铢必较，事事都要争个高低。周恩来的一生是为公的一生，这从他位次变化中可以看出来。他早年就坐到党内的第二把交椅。长征开始时，党务、军务大事由最高三人团负责：博古、周恩来，还有一个外国人李德。遵义会议后他把军事指挥的椅子让给毛泽东，一、四方面军会师，为团结四方面军又把红军总政委的椅子让给张国焘。解放后他又有两次让位。第一次是1958年6月，就是这次到新会调查之前，因为几次受到批评，周就提出辞去总理职位，后来政治局不同意，算是让位未果。但后来经济困难立即证明周的意见对，他又毫无怨言，以总理的身份来收拾这个烂摊子。第二次是让位给林彪当副统帅，后林自我爆炸，驾机出逃。当晚，他把办公椅子搬到大会堂，整整一个通宵，坐镇指挥，力挽狂澜，化险为夷。

论述对“座位”应持有的正确态度和认识，后面是周恩来的具体践行事例。

大位无形，不管周在历史上曾将位置让毛、让张，还是“文革”中让位于林，或者还要对江青忍让三分，但在老百姓的心里他永远是国家的总管，是仅次于毛的二把手。这个位置是永远也变不了的。后来的年轻人不理解，总爱问周为什么要这样一让再让？为什么不敢与毛争一下呢？我听说一位领导同志当面问过周，周说，如果那样党就会分裂，局面更不可收拾。他是仔细衡量过利害的。“文革”最困难的时期，他说过一句话，我不下地狱，谁下地狱。还是为公，为了国家利益。其实，共产党无论全党还是党员本人，都没有自己的私利。西安事变，抓蒋而不杀，反

再从另一个角度论述，为什么历史“座位”不是争来的，解释周恩来为什么不争座。

而还承认他的领袖地位，为抗日，为挽救民族危亡，这是党最大的忍让。周是代表党亲自到西安处理这件事的。周几次让位，也是出于党性的忍让。无论对内对外，若让而能利天下，他都义无反顾。

从让到争，解析正确的争椅子的态度。

那么，周恩来争过椅子没有？争过。在西安、在重庆、在南京与国民党长达10年的谈判就是在争椅子，为党争，为民争。周恩来说，谈判都把人谈老了。但还是谈不成。周就甩手回延安，而蒋最后落得只能到台湾给自己安一把小椅子。新中国成立到周去世凡27年，周主持外交，参加或指挥了所有重要的国际谈判，与美国人在朝鲜谈，在华沙谈。与苏联人谈，甚至在莫斯科与老大哥吵翻，拂袖而去。都是要为中国在国际上争一把交椅。而他自己却忙得坐不暖席。毛泽东出行用专列，周出行几乎全坐飞机，不是飞机的椅子好坐，是为省时，多一点时间去工作，去为民为国多争一点权利。最危险的一次是去开万隆会议，他的座机为敌特所炸，幸亏他临时换机，免于一难。而身边的工作人员总不会忘记周的一个工作细节，每临大会，他要亲自到主席台或会场上看一下坐席，特别是党外民主人士的座位摆得是否合适。最后又不会忘记检查一下毛主席的座椅，摇一摇，稳不稳，再看看角度，视线清不清。这就是周恩来。他心里有一个座次，孰重孰轻，何让何争，明白见底。

回到纪念馆的场景，引出另一层对官位与才能的议论。

在看这个纪念馆时，我很庆幸1958年周让位之未成，不然国家还要多一次悲剧。又想到“文革”中周虽让位，林彪又不能久居，不是图位之人不想接，也不是接位之人不欲久坐，是他们不能承受这轻，不能承受周的这轻轻一让。又不能承受这重，承受这国事民心之重。庄子说“先贤而后王”，从政者必得先有贤能之德、之力，才敢去接王位。王位是什么？就是一把办重要事情的椅子。历史上凡大让之人都有大公大仁之心，尧让天下于舜，舜让天下于禹，孙中山让总统位于袁世凯，华盛顿当了两届总统毅然让位，邓小平首开在位退休先例。他们都是大公大仁之人。我在新会看到的这两把小椅凳当然不是王者之椅，它实在太普通了，甚至在民间已很难找到。但纪念馆主人很郑重地对我说："这两把椅凳，我们刚从主人家里征集到，已作为重要文物收藏了。"我想，西柏坡会议上的那些小木凳散落民间，也不知有没有人收藏。人们现在更关注的是怎样去制新椅子。前不久，我到北京一家专门开重要会议的宾馆里就会，吃饭时，座椅庞然而厚重，颇有几分威严，椅子围桌而立，远望如一圈逶迤的长城。用餐者入座挪椅很不方便。我忍不住对经理说，餐厅之椅还是以轻便为好，何用这样隆重？她说这是专门请人设计的，一把就两千元。我说这种重椅只合主席台上用，放在这里讲错了排场，又枉费了许多钱。但设计者恐怕另有考虑。

再联系到当前的现实问题。

新会的一个小型纪念馆让我联想频频，悟到一个大道理。座位这个东西有实在的物质和虚拟的精神两方面的含义。如果只从实用考虑，能坐、舒适就行，大可不必争什么座次；如果从精神方面考虑，每个人在众人心里的位置是他德与能的总和，争与不争都是一样的。相反，争则愈见其私，品位更低；让则愈见其公，品位更高。这是做人的道理。

点明其中的"理"，为文章作结。

2008年《炎黄春秋》第一期

一座小院和一条小路

作为伟人的邓小平，一生不知住过多少宅院宾馆，但唯有这个小院最珍贵，这是文化大革命中他突然被打倒，被管制时住的地方。作为伟人的邓小平，一生转战南北，不知走过多少路，唯有这条小路最宝贵，这是他从中央总书记、国务院副总理任上突然被安排到一个县里当钳工时，上班走的路。在小平同志去世后两个月，我有缘到江西新建县拜谒这座小院和轻踏这条小路。

夹叙夹议，事、情、理相结合的文章开头。

这是一座大约有六七百平方米的院子，原本是一所军校校长的住宅，文化大革命中军校停办。1969年10月小平同志在中南海被软禁，三年之后和卓琳还有他的继母又被转到江西，三个平均年龄近70岁的老人守着这座孤楼小院。仿佛是一场梦，他从中南海的红墙内，从总书记的高位上被甩到了这里，开始过一个普通百姓的生活，不，比普通百姓还要低一等的生活。他没有自由，要受监视，要被强制劳动。我以崇敬之心，轻轻地踏进院门。

对历史背景作以简单的交代。

现在单看这座院子，应该说是一处不错的地方。楼前两棵桂花树簇拥着浓绿的枝叶，似有一层浮动的暗香。地上的草坪透出油油的新绿。人去楼空，二层的窗户静静地垂着窗帘，储存着一段珍贵的历史。整个院子庄严肃穆，甚至还有几分高贵。但是当我绕行到楼后时，心就不由一阵紧缩，只见在青草秀木之间斜立着一个发黑的柴棚和一个破旧的鸡窝，稍远处还有一块菜地，这一下子破坏了小院的秀丽与平静，将军楼也无法昂起它高贵的头。小院的主人曾经是受到了一种怎样的屈辱啊。

两个场景的对比，带出矛盾和其中的冲突、纠结。

当时三个老人中，65岁的邓小平成了唯一的壮劳力，因此劈柴烧火之类的粗活就落在他的身上。他曾经是指挥过淮海战役的直接统帅啊，当年巨手一挥收敌65万，接着又挥师过江，再收半壁河山。可是现在，他这双手只能在烟熏火燎的煤炉旁劈柴，只能弯下腰去，到鸡窝里去收那颗还微微发热的鸡蛋，到菜地里去泼一瓢大粪，好收获几苗青菜，聊补菜金的不足。要知道，这时他早已停发工资，只有少许生活费。就这样，还得节余一些捎给那一双在乡下插队的小儿女。这不亚于韩信的胯下之辱，但是他忍住了。士可杀而不可辱，名重于命固然可贵，但仍然是为一己之名。士之明大义者，命与名外更有责，是以责为重，名为轻，命又次之。有责未尽时，命不可轻抛，名不敢虚求。司马迁所谓："耻辱者，勇之决也。"自古能担大辱而成大事者是为真士，大智大勇，真情真理。人生有苦就有乐，有得意就有落魄。共产党人既然自许只有解放全人类才能最后解放自己，就能忍得人间所有的苦，受得世上所有的气。共产党从诞生那一天起就开始受挤压，受煎熬。有时一个国家都难逃国耻，何况一个人呢？世事沧桑不由己，唯有静观待变时。

对历史情境的再现。

阐明责、名、命之间的辩证关系。

一年后，他的长子，文化大革命中被迫害致残的邓朴方也被送到这里。多么壮实的儿子啊，现在却只能躺在床上了。他给儿子翻身，背儿子到外面去晒太阳。他将澡盆里倒满热水，为儿子一把一把地搓澡。热气和着泪水一起模糊了老父的双眼，水滴顺着颤抖的手指轻轻滑落，父爱在指间轻轻地流淌，隐痛却在他的心间阵阵发作。这时他抚着的不只是儿子摔坏的脊梁，他摸到了国家民族的伤口，他心痛欲绝，老泪纵横。我们刚刚站立不久的国家，我们正如日中天的党，突然遭此拦腰一击，其伤何重，元气何存啊！后来邓小平说，文化大革命是他一生最痛苦的时期。痛苦也能产生灵感，伟人的痛苦是和国家的命运连在一起

很动情的描述，在写伟人的情感世界的文字中，此段可算是写伟人的父子感情的代表。

深刻的思想，有力的文字。

的。作家的灵感能产生一部作品，伟人的灵感却可以产生一个时代。小平在这种痛苦的灵感中看到历史又到了一个拐弯处。

“一双忧郁的眼睛”、“一个敦实的身影”、“一颗痛苦的灵魂”串联起了本段，作者以这样的方式，在尽量地贴近小平当时的处境心情。

我在院子里漫步，在楼上楼下寻觅，觉得身前身后总有一双忧郁的眼睛。二楼的书橱里，至今还摆着小平同志研读过的《列宁全集》。楼前楼后的草坪，早已让他踩出一道浅痕，每天晚饭后他就这样一圈一圈地踱步，他在思索，在等待。他戎马一生，奔波一生，从未在一个地方闲处过一年以上。现在却虎落平川，闲踏青草，暗落泪花。如今沿着这一圈踩倒的草痕已经铺上了方砖，后人踏上小径可以细细体味一位伟人落难时的心情。我轻轻踏着砖路行走，前面总像有一个敦实的身影。“居庙堂之高则忧其民，处江湖之远则忧其君”，贬臣无己身，唯有忧国心。当年屈原在汨罗江边大概就是这个样子。现在，赣江边又出现一颗痛苦的灵魂。

以历史经过为脉，以叙带议。

但上面决不会满足于就让小平在这座院子里种菜、喂鸡、散步，也不能让他有太多的时间去遐想。按照当时的逻辑，“走资派”的改造，是重新到劳动中去还原。小平又被安排到住地附近的一个农机厂去劳动。开始，工厂想让他去洗零件，活轻，但人老了，腿蹲不下去；想让他去看图纸，眼又花了太费力。这时小平自己提出去当钳工，工厂不可理解。不想，几天下来，老师傅伸出大拇指说：“想不到，你这活儿够四级水平。”小平脸上静静的，没有任何表情。他的报国之心，他的治国水平，该是几级水平呢？这时全国所有报纸上的大标题称他是中国二号“走资派”(但是奇怪，文化大革命后查遍所有的党内外文件，却找不到任何一个对他处分的决定)。金戈铁马东流水，治国安邦付西风，现在他只剩下了钳工这个老手艺了。钳工就是他16岁刚到法国勤工俭学时学的那个工种，时隔半个世纪，恍兮，惚兮，历史竟绕了这么大一个圈子。

工厂照顾小平年迈，就在篱笆墙上开了一个口子，这样他就可以抄近路上班，大约走20分钟。当时决定撕开篱笆墙的人绝没有想到，这一举措竟为我们留下一件重要文物，现在这条路已被当地人称为“小平小路”。工厂和住地之间有浅沟、农田，“小平小路”蜿蜒其间，青青的草丛中袒露出一条红土飘带。我从工厂围墙（现已改成砖墙）的小门里钻出来，放眼这条小路，禁不住一阵的激动。这是一条再普通不过的乡间小路，我还是在儿时，就在这种路上摘酸枣、抓蚂蚱，看着父辈们背着牛腰粗的柴草，腰弯如弓，在路上来去。路上走过牧归的羊群，羊群荡起尘土，模糊了天边如血的夕阳。中国乡间有多少条这样的路啊。有三年时间，小平每天要在这条小路上走两趟。他前后跟着两个负监视之责的士兵，他不能随便和士兵说话，而且也无法诉说自己的心曲。他低头走路时只有默想，想自己过去走的路，想以后将要走的路。他肚里已经装了太多太多的东西，他有许多许多的想法。他是与中国现代史，与中国共产党党史同步的人。

诗化的“红土飘带”，禁不住的“激动”，“如血的”夕阳，在平静的叙述中，激情潜藏其间。

从现实中的小路，转入到邓小平所走过的历史之路的描述。

五四运动爆发那年，他15岁就考入留法预备学校，中国共产党成立的第二年，他就在法国加入少年共产党。以后到苏联学习，回国领导百色起义，参加长征，太行抗日，淮海决战，新中国成立，当总书记、副总理。党和国家走过的每一步，都有他的脚印。但是他想走的路，并没有全部能走成，相反，还因此而受打击，被贬抑。他像一只带头羊，有时刚想领群羊走一条捷径，背后却突然飞来一块石头，砸在后脖颈上。他一惊，只好作罢，再低头走老路。第一次是1933年，“左”倾的临时中央搞军事冒险主义，他说这不行，挨了一石头，从省委宣传部长任上一下被贬到苏区一个村里去开荒。第二次是1962年，大跃进、公社化严重破坏了农村生产力，他说这不行，要让群众自己选择生产方式，“不管白猫黑猫，抓住老鼠就是好猫”，结果又挨了一石头，这次他倒没有被贬职，只是挨了批评，当然上面也没有接受他的建议。第三次就是文化大革命了，他不能同意林彪、江青一伙胡来，就被彻底贬了下来，贬到了江西老区，他第一次就曾被贬过的地方，也是他当年开始长征的地方。历史又转了一个圈，他又重新踏到了这块红土地上。

在作者的叙述中，现实的小路和国家的道路常常融合在一起，不断转化。

这里地处郊县，还算安静。但是报纸、广播还有串联的人群不断传递着全国的躁动。到处是大字报的海洋，到处在喊“砸烂党委闹革命”，在喊“宁要社会主义的草，不要资本主义的苗”。疯了，全国都疯了。这条路再走下去，国将不国，党将不党了啊。难道我们从江西苏区走出去的路，从南到北长征万里，又从北到南铁流千里，现在却要走向断崖，走入死胡同了吗？他在想着历史开的这个玩笑。他在小路上走着，细细地捋着党的七大、八大、九大，我们到底出了什么问题？曾作为国家领导人，一位惯常思考大事的伟人，他的办公桌没有了，会议室没有了，文件没有了，用来思考和加工思想的机器全被打碎了，现在只剩下这条他自己踩出来的小路。他每天循环往复地走在这条远离京都的小路上，来时20分钟，去时还是20分钟。秋风乍起，衰草连天，田园将芜。他一定想到了当年被发配到西伯利亚的列宁。海天寂寂，列宁在湖畔的那间草棚里反复就俄国革命的理论问题作着痛苦的思考，写成了《俄国社会民主党人的任务》，提出了一个著名的原理：“没有革命的理论就不会有革命的运动。”那么，我们现在正遵从着一个什么样的理论呢？他一定也想到了当年的毛泽东，也是在江西，毛泽东被“左”倾的党中央排挤之后，静心思考写作了《中国的红色政权为什么能够存在？》。

那是从这红土地的石隙沙缝间汲取养分而成长起来的思想之苗啊。实践出理论，但是实践需要总结，需要拉开一定的距离进行观察和反思。就像一个画家挥笔作画时，常常要退后两步，重新审视一番，才能把握自己的作品一样，革命家有时要离开运动的漩涡，才能看清自己事业的脉络。他从15岁起就寻找社会主义，从法国到苏联，再到江西苏区。直到后来掌了权，他又参与搞社会主义，搞合作化、大跃进、公社化。后来发生了文化大革命。现在离开了运动，他由领袖降成了平民，他突然问自己到底什么是社会主义？中国需要什么样的社会主义？

在“路”的描述过程中，酝酿着思想的萌芽、发展。

整整有两年多的时间，小平就在这条路上来来回回地思索，他脑子里闪过一个题目，渐渐有了一个轮廓。就像毛泽东当年设计一个有中国特色的武装斗争道路一样，他在构思一个有中国特色的社会主义。这思想种子的发芽破土，是在10年后党的十二大上，他终于发出一声振聋发聩的呼喊：“走自己的道路，建设有中国特色的社会主义，这就是我们总结长期历史经验得出的基本结论。”伟人落难和常人受困是不一样的。常人者急衣食之缺，号饥寒之苦；而伟人却默穷兴衰之理，暗运回天之力。所谓西伯拘而演《周易》，孔子厄而著《春秋》，屈原赋《骚》，孙子论《兵》，置己身于度外，担国家于肩上，不名一文，甚至生死未卜，仍忧天下。整整三年时间，小平种他的菜，喂他的鸡，在乡间小路上日出而作，日入而歇。但是世纪的大潮在他的胸中风起云涌，湍流激荡，如长江在峡，如黄河在壶，正在觅一条出路，正要撞开一个口子。可是他的脸上静静的，一如这春风中的田园。只有那双眼睛透着忧郁，透着明亮。

本文中最华彩的段落。

在平静之中蕴蓄着爆发的力量。

1971年秋季的一天，当他又这样带着沉重的思考步入车间，正准备摇动台钳时，厂领导突然通知大家到礼堂去集合。军代表宣布一份文件：林彪仓皇出逃，自我爆炸。

全场都惊呆了，空气像凝固了一样。小平脸上没有表情，只是努力侧起耳朵。军代表破例请他坐到前面来，下班时又允许他将文件借回家中。当晚，人们看到小院二楼上那间房里的灯光一直亮到很晚。一年多后小平奉召回京。江西新建县就永远留下了这座静静的院子和这条红土小路。而这之后中国又开始了新的长征，走出了一条改革开放、为全世界所震惊的大道。

以“小路”和“大道”的直接对应结尾，留给读者对“小路”这个意象的意味深长的回味。

1997 年 4 月 21 日记，7 月 20 日改定，

《人民文学》1997 年第 10 期

一个尘封垢埋却愈见光辉的灵魂

以说“理”开篇。

从来的纪念都是史实的盘点与灵魂的再现。

中国共产党建党 90 周年了。这是一个欢庆的日子，也是一个缅怀先辈的日子。我们当然不会忘记毛泽东、邓小平这两个使国家独立富强的伟人；我们不该忘记那些在对敌斗争中英勇牺牲却未能见到胜利的战士和领袖；同时，我们还不能忘记那些因为我们自己的错误，在党内斗争中受到伤害甚至失去生命的同志和领导人。一项大事业的成功，从来都是由经验和教训两个方面组成；一个政党的正确思想也从来是在克服错误的过程中产生。恩格斯说，一个苹果切掉一半就不是苹果。一个 90 年的大党，如果没有犯错并纠错的故事，就不可能走到今天。当我们今天庆祝 90 年的辉煌时，怎能忘记那些为纠正党的错误付出代价，甚至献出生命的人。

这一段给出了张闻天在党史中一个特殊的位置。

这其中的一个代表人物就是张闻天。

一把钥匙解党史

张闻天曾是中国共产党的总书记。1964年4月16日，毛泽东说，在他之前中共有五朝书记：陈独秀、瞿秋白、向忠发（实际工作是李立三）、博古、张闻天。张算是第五朝了。毛泽东称张闻天是“明君”，并开玩笑叫张的夫人刘英为“娘娘”（毛是长征时为张、刘二人牵得姻缘的“红娘”）。因他在张领导下分管军事，就自称“大帅”。1935年1月遵义会议后，张接替博古做总书记，真正是“受任于败军之际，奉命于危难之间”。算到1938年共产国际明确支持毛为首领，张任总书记是4年；算到1943年3月中央政治局正式推定毛为主席，在组织上完成交替，张任总书记是8年。无论4年还是8年，张领导的“第五朝”班子是中共和中华民族命运的重要的转折期。因为中共从1921年建党到1949年取得政权总共才28年。

但后来对张闻天曾任总书记的历史却甚少提及。

对张任总书记的历史过程的简要论述。

现在回头看，张在第五任总书记任上干了三件影响中国历史的大事。一是把毛泽东扶上了领袖的位置，成就了一个伟人。遵义会议后毛的实权并没有一步到位，只是协助周恩来指挥军事。张闻天是总书记，知人善任，他说：“二次回遵义后，我看出周恩来同志领导战争无把握，故提议毛泽东同志去前方当前敌总指挥。”后来又决定毛分工军事，从此毛周就调换了位置，周成了毛的军事助手。毛借军事方面的才能进而在全党一步步确立了权威。二是正确处理西安事变，抓住了这个千载难逢的机会实现了第二次国共合作，共产党得到了难得的喘息之机，并日渐壮大。三是经过艰苦工作实现了国内战争向民族抗日战争的转变，共产党取得了敌后抗战领导权，获得民心，从此步步得势，直至取得政权。可见这“第五朝”是从建党到建立新中国

张任总书记期间的历史功绩，与其所享有的历史地位不相符。

的关键一朝，就算这期间毛泽东在逐渐过渡接班，张这个“明君”至少也有半朝之功吧。但是在以往的宣传中，张却几无踪影。他生前被逐渐地闲置、淡化、边缘化，直到悄无声息地去世。可是东边日出西边雨，历史无情又有情。在他去世几十年后，终于潮落石出，他的功绩又渐渐显现出来，他的思想重又得到后人的认同。这不能不说是党史上的一个奇观，是历史唯物主义在“显灵”。

按毛泽东的说法，张是五朝，毛就是六朝。张与毛的交接既是党内政权五、六朝之间的交替，又是中共从夺权到掌权、从革命党到执政党的转变，还是张、毛这两个出身、修养、性格截然不同的领袖之间的交班。在五朝时，张为君，毛为臣，“瓦窑堡会议”两人合作甚洽，完成了党的抗日统一战线策略的重大转变。到六朝时倒了过来，毛为君，张为臣，两人吵架于“庐山会议”，党犯了“左”的错误，元气大伤。时势相异，结果不同，两人的合作或好或坏，党的工作局面就或盛或衰。可以说毛、张的恩恩怨怨、分分合合，是解开党史、国史谜团的一把钥匙，也是留给后人的一笔文化财富。

作者提出一个独特的视角，更加突出了张闻天身上所具有的历史价值。

张闻天与毛泽东都有强烈的革命理想和牺牲精神，但两人的出身、经历、知识结构和性格都差异很大。张闻天出身书香门第，上过私塾，读过技术学校，留日、留美、留苏，系统研究并在大学讲授过马列，翻译过马恩作品。他爱好文学，写过诗歌、散文、小说，也译介过外国文学作品，发表过大量文艺批评文章。1922年诗人歌德90周年诞辰时他发表了两万字的长文，这是中国第一篇系统介绍歌德《浮士德》的论文。他属于开放型的知识结构，性格随和包容，与周恩来、邓小平、聂荣臻等人同属党内的留洋开放派。毛泽东出身农家，受传统国学教育较深，几乎未出国门。他熟读史书，特别是熟知治国御人的典故，

回到张和毛两人的个体特征，相互映照、反衬。

思想高远，性格刚烈、好斗。他自己也知道这个缺点，曾讲其弟毛泽覃批评他说：“共产党又不是你毛家祠堂。”张、毛两人这种不同的知识背景、性格基因决定了他们的命运甚至党和国家的命运。

综观本部分，作者从大量的史料中，高屋建瓴，总结出了张闻天身上独特的历史价值，为本文奠定了叙述的框架基础。

惹人怨怒因红颜

毛泽东与张闻天（洛甫）曾有一段合作的蜜月，即1935年遵义会议后到1943年延安整风前。这也正是前面所说张为党建树三大功劳的时期。据何方先生考证，1935年10月红军长征到达陕北，到1938年9月六中全会，两人联名（多署“洛、毛”）发出的电报就有286件。这时期他们以民族利益为重，小心合作，互相尊重。如西安事变一出，毛主张“审蒋”，张主张和平处理，毛随即同意。红军到陕北后到底向哪个方向发展，张要向北，毛要东渡，后来张又同意了毛的意见，并率领中央机关随军，“御驾亲征”。向来历史上“明君”与“能臣”的合作都是国家的大幸，会出现政治局面的上升期，如刘备与诸葛亮，唐太宗与魏征，宋仁宗与范仲淹的合作等。当毛称张为“明君”，自己为“大帅”的时候，也正是中共第五朝兴旺之时，总书记民主，将帅用心，内联国军，外御日寇，民心所聚，日盛一日。这时毛分管军事，随着局面的打开，其威信也水涨船高。张、毛合作的这一段蜜月期也正是全党政治局面的上升期。

何方先生曾长期担任张的秘书。

但这时发生了一件不大不小的事。贺子珍与毛不和出走苏联，江青乘虚而入。但是党内高层几乎一片反对声，纷纷向张闻天这个总书记进言，就连远在敌后的项英也发来长电，他们实在不放心江青的历史和在上海的风流表现，认为这有损领袖形象。张无奈，便综合大家的意见给毛写

从密切合作到心生罅隙，这件事是出现转折的一个直接表现，当然还有隐于后面的其他因素。

是毛的性格使然？还是另有原因？

了一信，劝其慎重考虑。谁知毛看后勃然大怒，将信撕得粉碎，说："我明天就结婚，谁管得着！"他第二天就在供销社摆酒，遍请熟人，却不请张这个"明君"。时在1938年11月。这是毛与张的第一次结怨，毛记下了这个仇。

每一个历史事件，哪怕是一件小事，就像树枝上的一个嫩芽，总是在它必然要长出的地方悄悄露头，然后又不知会结出一个好果子还是坏果子。江青的出现恰到好处，从私生活上讲正是贺子珍的出走之际，从政治上讲又正是毛泽东的地位已经初步确立之时（两个月前刚开过六届六中全会），他已有资格与上级和战友们拍桌子。要是在遵义会议前，毛正落魄之时，估计也不会这样发威。毛江结婚这个嫩芽后来结出了什么政治果子，这是大家都知道的。其实毛这一怒可能还有更深一层的原因。他是文化的本土派，从骨子里排斥留洋回来的人。瑞金时期对他的不公正让他痛恨从莫斯科回来的人，延安整风他大反宗派主义，其实他心里也是有一个"派"的。1938年周恩来从苏联养伤回来，顺便转述共产国际负责人的话，说张闻天是难得的理论家，毛愤而说："什么理论家，背回一口袋教条。"可知其内心深处的芥蒂之深。

从毛的角度分析完，再从张的角度来理解阐述。

张闻天性格温和，作风谦虚，绝不恋权。他任总书记后曾有三次提出让位，第一次是遵义会议后党需要派一个人到上海去恢复白区工作，这当然很危险，他说"我去"，中央不同意，结果派了陈云。第二次是张国焘搞分裂，向中央要权，为了党的团结，张说"把我的总书记让给他"，毛说不可，结果是周恩来让出了红军总政委一职。第三次就是1938年的六中全会，会前王稼祥明确传达了共产国际支持毛为领袖的意见，张就立即要把总书记的位子让给毛。因为其时王明还在与毛争权（张国焘这时已经没有多大的力气了），毛的绝对权威也未确立，还需要张来顶这个书记，毛就说这次先不议这个问题。张在后来的《反省笔记》中说：“六中全会期间我虽未把总书记一职让掉，但我的方针还是把工作逐渐转移，而不是把持不放。自王明同志留延安工作后，我即把政治局会议地点移到杨家岭毛泽东同志的住处开，我只在形式上当主席，一切重大问题均由毛主席决定。”那时共产党很穷，政治局也没有个会议室，谁是一把手，就在谁的窑洞里开会。张把实权让掉后就躲开权力中心，到晋西北、陕北搞农村调查去了。而在毛的心里，也就再没有张这个“明君”了。

张的让权是真让。

忍辱负重二十年

1945年日本投降后，张作为政治局委员要求去东北开辟工作(就像当年要求到上海开辟工作一样)，这正合上意，立即得到批准。他先后任两个小省省委书记，而还不是政治局委员的李富春却任东北局的副书记。这样使用显然有谪贬之意，但张不在乎，只要有工作干就行。

其时，共产党领导的事业正蒸蒸日上，对张个人来说，其政治命运却不断走低。

早在晋西北、陕北调查时，张就对经济工作产生了极大的兴趣。这回有了自己的政权，他急切地想去为人民实地探索一条发展经济，翻身富裕的路子，而勤于思考，热心研究新问题，又几乎是张的天赋之性。1936年12月“西安事变”后，他和战友们成功地促成了从国内战争向民族战争的转变，这次他也渴望着党能完成从战争向建设的转身。他热心地指导农村合作社，指出不能急，先“合作供销”，再“合作生产”。合作社一定要分红，不能增加收入叫什么合作社？新中国将要成立，他总结出未来的六种经济形式，甚至提出中外合资，这些思想大都被吸收到毛泽东七届二中全会的报告中。东北时期是他工作最舒心的时光。

张经济思想中的闪光之处。

但是好景不长，1951年又调他任驻苏联大使，这显然有谪贬、外放之意。因为一个政治局委员任驻外大使这在中国和整个社会主义国家都是空前绝后的。这中间有一件事，1952年刘少奇带中共代表团出席苏共十九大，团员有中央委员饶漱石、陈毅、王稼祥，候补委员刘长胜，却没有时为政治局委员的驻苏大使张闻天，这是明显的政治歧视。试想，张以政治局委员身份为几个中央委员、候补委员服务，以大使身份，为代表团跑前跑后，却又上不了桌面，是何心情？这就像当年林则徐被发配新疆，皇上命他勘测荒地。林则徐风餐露宿，车马劳顿，终于完成任务，但最后上呈勘测报告时，却不能署他的名字，因为他是罪臣。这些张闻天都忍了，他向陈云表示，希望回国改行去做经济工作。陈向他透露，毛的意思，不拿下他的政治局委员，不会给他安排工作。周恩来兼外长工作太忙，上面同意周的建议调他回来任常务副部长，但外事活动又不让他多出头。

此句话是本段的一个转折点。

1956年党的八大，他以一个从事外交工作的政治局候补委员要作一个外交方面的发言，不许。这种歧视倒使他远离权力中心，反而旁观者清。他在许多大事上表现得惊人的冷静。1957年反右，他在外交部尽力抵制，保护了一批人。1958年大跃进，全国处在一种燥热之中，浮夸风四起，荒唐事层出。他虽不管经济，却力排众议，到处批评蛮干，在政治局会议上大胆发言。1958年8月北戴河会议是个标志，提出钢铁产量翻一番，全国建人民公社，运动一哄而上。10月他在东北考察，见土高炉遍地开花，就对地方领导说这样不行，回京一看，他自己的外交部大院也垒起了小高炉。他说这是胡来，要求立即下马。1958年10月13日《人民日报》发表张春桥的文章《破除资产阶级的法权思想》，否定按劳分配，宣扬一步跨进共产主义。毛泽东很欣赏此文，亲自加按语。当人们被那些假马列弄得晕头转向时，他轻轻一笑说，这根本不是马列主义，恰恰违背了马列理论的最基本常识。按劳分配是社会主义阶段的分配原则，是唯一平等的分配标准，怎么能破除呢？而毛却认为按劳分配的工资制是资产阶级法权，甚至想恢复战时的供给制。对于“人有多大胆，地有多大产”之类的口号，张说这违背主客观一致的辩证法原则，并且他在这些现象背后已经看到了更可怕的个人崇拜的问题，上面好大喜功，下面就报喜不报忧，他到海南视察，那里都饿死人了也不敢上报。

时任武汉大学校长的中共一大代表李达，也曾当面向毛质疑这一口号。

在1958年4月的上海会议上，毛说要提倡海瑞精神，不要怕杀头。张说，海瑞精神固然重要，但更重要的是民主气氛，要使人不害怕，敢讲话。当时为迎合毛，领导干部送材料、写文章都争着引毛的话。而张的文章中据理说事，很少引语录去阿谀迎合。毛对此心知肚明，认为他骄傲、犯上，两人就隔膜更深。当然，今非昔比，现在已是毛为“君”张为“臣”，为大局张闻天也不得不委曲求全，多有隐忍。1958年4月他向毛写信汇报看到的跃进局面，本想提点意见，犹豫再三还是暂不说为好。毛看了很高兴，遂给他回一信，但仍不忘教训和挖苦：“你这个人通了，我表示热烈的祝贺。我一直不大满意你。在延安曾对你有五个字的批评，你记得吗？进城后我对恩来、陈云几次说过，你有严重的书生气，不大懂实际。记得也对你当面说过。今天看了你的报告引起我对你的热情。”上述看法“可能对你估计过高，即书生气，大少爷气，还没有完全去掉，还没有完全实际化。若果如此，也不要紧，你继续进步就是了。”这哪里是对当年的“明君”说话，是对一个小学生的训斥。毛已经摆出“帝王”架势，对他的臣下任意挖苦、奚落了。信里说的当年给张的那五个字是“狭、高、空、怯、私”，可见在毛的眼里，张一无是处，而且还总记着他的老账，他也是强为隐忍。

又转到张与毛的关系问题上。

这一事情也典型地体现出两人的性格特点。

为20年经历做总结，后面的话是过渡，引出下一部分。

从1938年到1958年，这20年间，张的职务是六届中央政治局常委（还有几年总书记）、七届政治局委员、八届政治局候补委员。但是，在整风后张只分工一个四五人的中央材料室，后又下基层，出国任大使，长期高职低配，久处江湖之远，而再未能登庙堂之高。就是对他在遵义会议后主持全党工作的那段经历也绝口不提。张在党内给人留下的形象是犯过错误，不能用，可有可无。对张来说，20年来给多少权，干多少活，相忍为党，尽力为国，只要能工作就行。但他又是一个勤于思考的人，可以忍但不能不想。这也应了毛的那句话："卑贱者最聪明，高贵者最愚蠢。"张远离"庙堂"，整日在基层调查研究，接触"卑"工"贱"农，工作亲力亲为，又有扎实的理论基础，自然会有许多想法。无论毛怎样地看他、待他、压他，为党、为国、为民、为真理，他还是要说实话的。庐山上的一场争论已经不可避免。

一鸣惊破庐山雾

还原到历史情境中，更突显出庐山"惹祸上身"的突然性、戏剧性。

1959年6月中旬张闻天刚动了一个手术，中央7月2日开庐山会议，他本可不去，但看到议题是："总结经验，纠正错误"，他决定去。这时彭德怀刚出访八国回来，很累，不准备上山，张力劝彭去，说当此总结经验，纠正错误之时，不可不去，哪怕听一听也好。不想这一劝竟给他们俩惹下终身大祸。

庐山会议本是要纠"左"的，但是船大难调头。思想这个东西像浮尘一样，一旦飘起来，就是日落风停，也得等到明天早晨才能尘埃落定。何况这又不是一个人的一时之念，而是一个大党的指导思想。这时总路线、大跃进、人民公社在人们心中鼓起的狂热，已是尘嚣难停。大跃进出现了问题，不得不纠“左”，自揭其短，毛泽东本来就不大情愿，而这时干部中的狂热者还不在少数。有一拨儿高干围在毛的身边，说再纠“左”就要把气泄光了，鼓动他赶快反右倾。田家英在小组会上只如实说了一点在四川看到的问题，西南局书记李井泉就立即打断，不容揭短，对这个天子身边的人也敢不敬。1959年，新中国刚建立10年啊，共产党的干部还保留着不少战争思维，勇往直前，不计代价，不许泄气，不许动摇军心。还有一些人则是投毛所好，摇旗呐喊，如上海的柯庆施、张春桥等。这时正好彭德怀有一封信，认为中央的错误检讨得还不够彻底，毛就借题发挥，小题大做，抓住彭德怀这个典型，上纲上线，转而大批右倾了。这种轻率的转向反映了当时全党对经济建设的规律还不熟悉，而在政治上一言堂、个人崇拜已经露头。

“庐山会议”之所以会发生的政治背景。

张闻天早就有话要说，不吐不快，眼见会议就要收场，他加紧准备发言提纲，32开的白纸，用圆珠笔写了四五张，又用红笔圈圈点点。田家英听说他要发言，忙电话告之，“大炼钢铁”的事千万不要再说，上面不悦。他放下电话沉吟片刻，对秘书说：“不去管它！”胡乔木也感到山雨欲来，21日晨打来电话，劝他这个时候还是不说为好，一定要说也少讲缺点。张表示：吾意已决。21日下午，张带着这几天熬夜写就的发言提纲，带着秘书，吩咐仔细记录，便从177别墅向华东组的会场走去。又一颗炸弹将在庐山爆炸。

明知不可为而为。

与彭德怀的信不同，张的发言除讲事实外，更注重找原因，并从经济学和哲学的高度析事说理。如果说彭的信是摸了几颗瓜给人看，张的发言就是把瓜藤提起来，细讲这瓜是怎么长出来的。针对会上不让说缺点，怕泄气，他说缺点要讲透，才能接受教训；泄掉虚气，实气才能上升。总结教训不能只说缺乏经验就算完，这样下一次还会犯错误，而是要从观点、方法、作风上找原因。如“刮共产风”，就要从所有制和按劳分配上找原因。他说好大喜功也可以，但主客观一定要一致；政治挂帅也行，但一定要按经济规律办事。坏事可以变好事，是指接受教训，坏事本身并不是好事，我们要尽量不办坏事。他特别讲到党风，说不要听不得不同意见，不要怕没有人歌功颂德。毛主席说要敢提意见，不要怕杀头，但人总是怕杀头的，被国民党杀不要紧，被共产党杀要遗臭万年的。领导上要造成一种空气，使下面敢于发表不同意见。最后，他提到最敏感的彭总的信。明知这时毛已表态，彭正处在墙倒众人推的境地，但他还是泰然支持，并为之辩护、澄清。说到信中最敏感的一句话“小资产阶级狂热性”，他为之辩道：这话不说可能好一点，说了也可以。共产风不就是小资产阶级狂热性吗？

深入细致地将张发言的要点列出来，孰是孰非自然清楚，也就此将张的冷静、清醒呈现出来。

他发言的华东组，组长是柯庆施。柯最善看毛的眼色，跟风点火。连毛都说“大跃进”的发明权要归于柯庆施。1958 年 1 月南宁会议，毛批周恩来，嫌他保守，曾一度动了以柯取代周恩来当总理的念头。柯在“文革”前病逝，有人说柯要不死，“文革”一起就不是“四人帮”而是“五人帮”。张在柯主持的小组发言，可谓虎穴掏子，引来四围怒目相向。柯等频频插话，他的发言不断被打断，会场气氛如箭在弦。在一旁记录的秘书直捏一把汗。张却泰然处之，紧扣主旨，娓娓道来。他没有大声强辩，也没有像给毛写信时那样违心地掩饰，他知道这是力挽狂澜的最后一搏了，就像当年在扭转危局的遵义会议上一样，一切都置之度外。遇有干扰，他如若不闻，再重复一下自己的观点，继续讲下去，条分缕析，一字一顿，像一个远行者一步一步执著地走向既定的目标。他知道这也许是飞蛾扑火，但自燃的一亮也能引起人们的一点关注。正像谭嗣同所说：“变法总得有人流血，就让我来做流血第一人吧！”20 年

真理在握的力量。

来，他官愈当愈小，问题却看得愈来愈透。那些热闹的大跃进场面，那些空想的理论，在他看来是一件皇帝的新衣，是百姓和国家的灾难，总得有人来捅破。迟捅不如早捅，就让他来做这个捅破皇帝新衣的第一人。

对张言行的分析，更见其人格的高大。

他足足讲了三个小时，整个下午就他一人发言。稿子整理出来有8000多字。这个讲话戳到了毛的两个痛处。一是不尊重经济规律，搞大跃进；二是作风不民主，听不得不同意见。当年马克思讲，有一个共产主义的幽灵在欧洲游荡。现在又有一个“幽灵”，一个清醒的反“左”的声音在庐山上回荡。

毛泽东大为震怒。两天后的7月23日，毛作了一个疾言厉色的发言，全场为之一惊，鸦雀无声，整个庐山都在发抖。散会时人人低头看路，默无一言，只闻窸窸窣窣，挪步出门之声。8月2日毛又召所有的中央委员上山（林彪说是搬来救兵），工作会议变成了中央全会（八届八中全会）。这天，毛在会上点了张闻天的名，说他旧病复发。这还不够，当天又给张写成一信并印发全会，批评、质问、讽刺、挖苦、戏谑，洋洋洒洒，玩弄于股掌，溢于纸表：

很形象地表现出庐山当时的政治氛围。

怎么搞的？你陷入那个军事俱乐部里去了，真是物以类聚，人以群分。你这次安的是什么主意？那样四面八方，勤劳辛苦，找出那些漆黑一团的材料。真是好宝贝！你是不是跑到东海龙王敖广那里取来的？不然，何其多也！然而一展览，净是假的。讲完没两天，你就心烦意乱，十五个吊桶打水，七上八下，被人们缠住，脱不得身。自作自受，怨得谁人？我以为你是旧病复发，你的老而又老的疟疾原虫还未去掉，现在又发寒热症了。昔人咏疟疾词云：“冷来时冷得冰激凌上卧，热来时热得蒸笼里坐，疼时节疼得天灵破，颤时节颤得牙关挫。只被你害杀人也么哥，只被你害杀人也么哥，真是个寒来暑往人难过。”同志，是不是？如果是，那就好了。你这个人很需要大病一场。昭明文选第34卷枚乘《七发》末云：此亦天下之要言妙道也，太子岂欲闻之呼？于是太子据几而起曰：“涣乎，若一听圣人辩士之言。”涊然汗出，霍然病已。你害的病与楚太子相似，如有兴趣，可读枚乘的《七发》，真是一篇妙文。你把马克思主义的要言妙道统统忘了，于是乎跑进军事俱乐部，真是文武合璧，相得益彰。现在有什么办法呢？愿借你同志之箸，为你同志筹之，两个字曰：“痛改”。承你看得起，打来几次电话，想到我处一谈，我愿意谈，近日有些忙，请待来日。也用此信，达我困忧。

是“书信”却又印发全会，实在是毛打击批判对方的一着棋。

7月23日和8月2日的讲话，还有这封信让张大为震惊。他本是拚将忠心来直谏，又据实说理论短长的，想当此上下头脑发热之际，掏尽脏腑，倾平生所学，平时所研，为党开一个药方。事前田家英、胡乔木曾劝他不要说话时，他也不是没有考虑过，在再三思量后，曾手抚讲稿对秘书说：“比较成熟，估计要能驳倒这个讲话也难。”他天真了，何必依理来驳呢，只需一根棍子打来就是！毛的讲话和信给张定了调子：“军事俱乐部”、“文武合璧，相得益彰”、“反党集团”，会议立即一呼百应，展开对他的批判，并又翻起他的老账，说什么历史上忽左忽右，一贯摇摆。就这样他成了“彭黄张周”反党集团的副帅。

张闻天知道，根据过去党内斗争的经验，如果他不检查，庐山上的这个会是无法收场的。为了党的团结，他顾全大局再一次违心地检查，并交了一份一万字的检查稿。但是毛还是不依不饶，又怀疑他里通外国，大会小会穷追猛打，非得逼出一个具体的反党组织和反党计划。9日那天他从会场出来，一言不发，要了一辆车子，直开到山顶的望江亭，西望山下江汉茫茫，四野苍苍，乱云飞渡，残阳如血。他心急如焚，欲哭无泪。正是：

以事件发展的进程为逻辑进行叙述。

“明君”虽明不再君，屈为“大帅”帐下臣。

延水叮咚犹在耳，庐山雾深深几重。

望江亭，望江亭，江山如画，他却心乱如麻。他抚亭向晚，痛拍栏杆。天将降大任于斯党也，必先苦其历程，炼其思想，正其路线，外能审时度势，内能精诚团结，行弗乱其所为，才能执政、治国、安邦、富民啊！

他几次求见毛，毛拒而不见。会议结束，8月18日张闻天下山，回到北京，家人和朋友说你管外交，不干经济，何苦上山发言闯此大祸？他却冷静地以哲学相对：不上山，就没有这个发言，是偶然性；肚子里有意见总是要讲，这是必然性。但这一讲，他的名字从此就在报纸上消失了。接着召开的全国外事会议开始追查他的“里通外国”和历史问题，而这些与在庐山会议上的发言毫无关系，是欲加之罪再索事实。他只好任污水一盆盆地泼来。

前面多为分析，此处表明张自己对这一事件的认识。

留得光辉在人间

庐山一别，张与毛竟成永诀。

1960年春，张大病初愈，便写信给毛希望给一点工作，不理。他找邓小平，邓说可研究一点国际问题。又找刘少奇，刘说还是搞经济吧，最好不要去碰中苏关系。他就明白了，还是继续叙述事件发展的进程。

一波更比一波强的攻击。

自己还不脱“里通外国”的嫌疑。他去找管经济的李富春，李大喜，说正缺你这样的人，三天后却又表示不敢使用。后来中组部让他到经济研究所去当一个特约研究员，他立即回家把书房里的英文、俄文版的外交问题书籍一推而去，全部换成经济学书刊，并开始重读《资本论》。张闻天是中共八大以后的领导集体中唯一通读过《资本论》的，而且读有三四遍，研究经济正是他的所爱。1962年七千人大会前后，全国形势好不容易出现一个亮点，中央开始检讨1958年以来的失误，毛、刘在会上都有自我批评。张很高兴，在南方调查后向中央报送了《关于集市贸易等问题的一些意见》。没想到这又被指为翻案风，立即被取消参加中央会议和阅读一切文件的权利，送交专案组审查。毛说别人能平反，他和彭不能平。他不知道，对中央工作的缺点别人说得，而他却是不能置一词的。到“文革”一起，他这个曾经的总书记（前五朝的总书记当时仅存他一人了，陈、瞿、向、博都已不在世）又受到当年农民游街斗地主式的凌辱。他经常是早晨穿戴整齐，怀揣月票，挤上公共汽车，准时到指定地点去接受批斗。下午，他的妻子刘英，一起从长征走过来的老战友，门依黄昏，提心吊胆，盼他能平安回来。他有冠心病，在挨斗时已不知几次犯病，仅靠一片硝酸甘油挺过来。只1968年七、八、九三个月就被批斗十六七场。他还被强迫做伪证，以迫害忠良。遇有这种情况他都严词拒绝，牺牲自己保护干部。他以一个有罪之身为陈云、陆定一等辩诬，特别是康生和“四人帮”想借“61人叛徒案”打倒刘少奇，他就挺身而出，以时任总书记的身份一再为刘证明和辩护（尽管刘在庐山会议和七千人大会上是帮毛整他的）。士穷而节见，他已经穷到身被欺，名被辱，而命难保的程度，却不变其节，不改其志。他将列宁的一句话写在台历上，作为自己的座右铭：“为了能够分析和考察各个不同的情况，应该在肩膀上长着自己的脑袋。”

连自己的名字也不能使用，这基本等同于已经将“张闻天”消灭，留在人世的是另一个人。

1969年10月18日他被勒令从即日起不得再用“张闻天”三个字，而被化名“张普”流放到广东肇庆。肇庆5年是他生命的末期，也是他思想的光辉顶点。“文革”中关押“走资派”或“反动权威”的地方叫“牛棚”，季羡林就专有一本书名《牛棚杂忆》。而现在软禁张闻天的这个小山坡就叫“牛冈”，比牛棚大一点，但仍不得自由。后来张的夫人刘英回忆那段日子说：“没有熟人，没有电话，部队设岗‘警卫’我们的住所。从‘监护’到‘遣送’，我们只不过是从四壁密封的黑房换进了没有栅栏的‘鸟笼’。就这样我们被抛弃在一边，开始了长达6年孤寂的流放生活。”张闻天像一个摔跤手，被人摔倒了又扔到台下，但他并不急着爬起来，他暂时也无力起身，就索性让自己安静一会儿，躺在那里看着天上的流云，听着耳边的风声，回忆着刚才双方的一招一式，探究着更深一层的道理。一个有历史责任感的政治家总是把自己作为一种元素，放在社会这个大烧瓶里进行着痛苦的实验。他把鲁迅的两段话抄在卡片上，置于案头：

上升为一般规律，更见其伟大之处。

> 只要能培一朵花，就不妨做做会朽的腐草。
>
> 革命者为达目的，可用任何手段的话，我是以为不错的。所以即使因为我罪孽深重，革命文学的第一步，必须拿我来开刀，我也敢于咬着牙关忍受。杀不掉，我就退进野草里，自己舔尽了伤口上的血痕，绝不烦别人敷药。

他每日听着高音喇叭里的最高指示，感受着“文革”的喧嚣，回忆着自己忽上忽下、国内国外的经历，思考着党、国家、民族的前途。他本来就是一个思想家，在以往的每一个岗位上都有新思想的萌芽破土而出，写成调查报告或文章送毛，送中央。涓流归海，竭诚为党。他希望这个新芽能长成大树，至于这树姓张还是姓党，或者姓毛，他都不在乎。思考和写作已经成了他生活的惯性，成了他自觉为党工作的一部分，但现在“休去倚危栏，斜阳正在，烟柳断肠处”！他明白不会再有人听他的什么建议，也没有地方发表他的文章，写作只是为了探求真理。他只求无愧生命，无愧青史。正像一首诗所说的：

物质的、当下的东西在陷落，而精神和灵魂在升华、永存。

这是作者自己做的一首诗，也可为所有人共勉。

能工作时就工作，
不能工作时就写作。
二者皆不能，
读书、积累、思索。

每当夜深人静，繁星在空，他披衣揽卷，细味此生。他会想起在苏联红色教授学院时的学习，想起在长征路上与毛泽东一同反思五次反围剿的失利，想起庐山上的那一场争吵。毛泽东比他大7岁，他们都垂垂老矣，但是直到现在还没有吵出个结果，而国家却日复一日地政治混乱，经济崩溃，江河日下。是党的路线出了毛病，还是庐山上他说的那些问题，今犹更甚。归纳起来就是三点：一是滥用阶级斗争，国无宁日，人无宁日，无休无止；二是不尊重经济规律，狂想蛮干；三是个人崇拜，缺乏民主。他将这些想法，点点所得，写成文章。但这些文字早不是他当年20岁时写小说、写诗歌了，已是红叶经秋，寒菊着霜，字字血，声声泪了。牛冈本为一部队农场之地，虽“文革”之乱，仍不废鸡犬牛羊，所以他常于夜半凝神之时，遥闻冷巷狗吠之声而奋笔疾书，却又雄鸡三唱，东方渐白。有

这两个情景是作者深入到张的生活中，于几十年的经历中抓取和定格的历史镜头，其实作者的文字已经为张闻天存照写真了。

哪一位画家要是能作一幅《牛冈夜思图》，或是前面所说的《望江亭远眺》，那真是摄魂、留魄、传神、言志，为历史写真，为英雄存照了。

张闻天接受七千人大会后的教训，潜心写作，秘而不露。眼见“文革”之乱了无时日，他便请侄儿将文稿手抄了三份，然后将原稿销毁。这些文章只有作为“藏书”藏之后世了。这批珍贵的抄件，后经刘英呈王震才得以保存下来，学界称之为《肇庆文稿》。

多少年后当我们打开这部文稿时，顿觉光芒四射，英气逼人，仿佛是一个前世的预言家在路边为后人埋下的一张纸条。我们不得不惊叹，在那样狂热混乱的年代里作者竟能如此冷静大胆地直刺要害。只需看一下这些文章的标题，就知道他是在怎样努力拨开时代的迷雾：《人民群众是主人》、《论社会主义和共产主义》、《无产阶级专政下的政治和经济》、《无产阶级专政下的阶级和阶级斗争》、《党内斗争要正确进行》。我们不妨再打开书本，听一听他在40年前发出的振聋发聩的声音：生产力是决定因素，离开发展生产力去改革生产关系是空洞可笑的。社会主义与共产主义是不同的阶段，不要急着跨进共产主义。阶级斗争就是各阶级为自己阶级的物质利益的斗争，不能改善人民的生活，共产主义就是画饼充饥。共产党执政后最危险的错误是脱离群众，不要以为党决定了的东西就是对的。为保证党的正确先要作风民主，不要老是喜欢听歌功颂德，个人专断。党内矛盾是同志矛盾，没有什么“资产阶级代理人”，党内斗争只能批评与自我批评，不能镇压……他的这些话从理论上解剖了新中国成立以来反右派、大跃进、反右倾、“文革”等运动的错误，是在为党开药方、动手术。这还不够，他更从哲学高度大喊一声：“一分为二”的说法有缺点，矛盾的解决不一定都要发展为分裂，许多时候一长段的内容，都在围绕张闻天晚年思想的结晶《肇庆文稿》而展开，写起酝酿、产生，写其主要思想、观点。

可以不分裂。这是釜底抽薪，是对我们党长期信奉的“斗争哲学”的否定。试想从建党以来，党内就没有停止过残酷斗争，动辄上纲上线，或批或整，或斗或杀，不知打了多少右派、右倾分子和反党集团。大者如他这样的总书记，刘少奇那样的国家主席，小者各级干部、党员不计其数。只有张闻天这种读透哲学又身经国内外、党内外复杂斗争的人才能悟出这个道理啊。

再叙述事件的进程。

1974年2月经周恩来干预，张闻天恢复了组织生活。10月他给毛写信说自己已是风烛残年，希望能回京居住治病，毛批示：“到北京住，恐不合适，可另换一地方居住。”张欲回老家上海，不许，1975年8月被安置到无锡。越明年，1976年7月1日，在党的55周年生日这一天，这个五朝总书记就默默地客死他乡（这一年中共去世四位元老，1月：周恩来；7月：张闻天、朱德；9月：毛泽东）。他临死前遗嘱，将解冻的存款和补发的工资上交党费。这时距打倒“四人帮”只剩三个月。上面指示：不开追悼会，骨灰存当地，火化时不许用真名字。妻子刘英送的花圈上只好写着：“送给老张同志”。（两年前彭德怀在京去世，骨灰盒上也是用了一个假名字“王川”。）火化后，骨灰又不让存入骨灰堂，而放在一储物间里，对他的这种凌辱竟一直被带到了骨灰里去。

正是：

在世时难别亦难，春风无力百花残。
哲人到死恨不尽，英雄成灰灰含冤。

作者对张闻天的盖棺之论。

他是为共产党天设地造的一头老黄牛，一个思想家，一个受难者，一个试验品和牺牲品啊！

张闻天一生三次让位，品高功伟。但又三次受辱，长期沉埋。在延安时因劝毛勿娶江青，被当面怒斥，整风中又屡作检查，此为一辱；庐山会议劝毛反思大跃进，被打成反党集团，此为二辱；“文革”被整、被关、被流放，死而不得复其名，此为三辱。大半生都是“人为刀俎，我为鱼肉”，低房檐下难展身。但他一辱见其量，有大量，从容辞去总书记，到基层工作；二辱见其节，有大节，不低头，不屈服，转而去潜心研究经济理论，为治国富民探一条路；三辱见其志，不改共产主义的大志，虽为斗室之囚，却静心推演社会进步之理，最后留下雄文四卷，110万言。辱之于他如尘埃难掩珠玉之光，如浮云难遮丽日之辉，他甚至于懒得伸手去掸掉这些浮尘，而只待历史的清风去慢慢打扫它。

这一段论述极为精彩，也为本文的题目“一个尘封垢埋却愈见光辉的灵魂”作注。

果然，清风徐来，云开雾散。他去世后三个月“四人帮”倒台，三年后中央为他开追悼会平反昭雪。邓小平致悼词曰：“作风正派，顾全大局，光明磊落，敢于斗争。”1985年，他诞辰85周年之际《张闻天选集》出版；1990年，他诞辰90周年之际四卷本110万字的《张闻天文集》出版。到2010年他诞辰110周年之际，史学界、思想界掀起一股张闻天热，许多研究专著出版。2011年《人民日报》出版新年第一期的《文史参考》杂志，封面主题是：“遵义会议后中共最高领导人不是毛泽东而是张闻天”。《北京日报》刊出建党90周年特稿《张闻天在中共党史上的十大贡献》。桃李不言，下自成蹊；人心有秤，公道归来，一个时代的巨人重又站在历史的云端。历史有时会开这样的玩笑：一个胜者可以成就功业霸业，为自己建造一座富丽堂皇的宫殿，把他的对手打倒在地并踩在脚下。但历史的风雨会一层一层地剥蚀掉那座华丽的宫殿，败者也会凭借自己思想和人格的力量，重新站起身来，一点一点地剥去胜者的外衣。这就是历史唯物主义。

这些活动、研究文章，真的是使其灵魂“愈见光辉”啊！

文章到此似已可结束，但作者却另起一笔，留下了更令人荡气回肠的下文。

还汝洁白漫天雪

2011元旦，我为寻找张闻天的旧踪专门上了一次庐山。刚住下我就提出要去看一下他1959年庐山会议时住的177号别墅。主人说，已拆除。我知道庐山上的老别墅是一景，是文物，600多座都是专门编号的，怎么会拆呢？主人说因旅游业发展的需要，那年就选了两栋拆建改造。老天不公啊！六百选二，怎么偏偏就轮上他呢？我说那就到原址凭吊一下吧。改造过的房子是一座崭新的二层楼，已经完全找不到旧日的影子。里面正住着一位省里的领导，我说是来看看张闻天的旧居，他一脸茫然。我不觉心中一凉，连当地的高干都不关心这些，难道他真的已经在人们的记忆里消失了吗？

叙述过程，也完成一种铺垫。

第二天一觉醒来，好一场大雪，一夜无声，满山皆白。要下山了，我想再最后看一眼177号别墅。这时才发现，从我住的173号别墅顺坡而下，就是毛泽东1970年上山时住的175号别墅，再往下就是1959年彭德怀住的176号和张闻天住的177号。三个曾在这里吵架的巨人，原来是这样的相傍为邻啊。我不觉起了好奇心，便用步子量了一下，从175号毛的窗下，到176号彭门前的台阶只有29步，而从176到177号是99步。历史上的那场惊涛骇浪，竟就在这百步之内与咫尺之间。当然，1959年上山时毛住的是“美庐”（离这里也不远），但1970年他在175号住了23天，每日出入其间，抬头不见低头见，睹“屋”思人，难道就没有想起彭德怀和张闻天？而且那些天为减少毛住所的油烟污染，175只住人不开伙。毛每天的三顿饭是就近在176做好饭送过来的。

独特的观察视角。

现在是冬天，本就游人稀少，这时天还早，177号就更显得冷清。新楼的山墙上镶着重建时一位领导人题的两个字:“秀庐”，我却想为这栋房子命名为“冷庐”或“静庐”。这里曾住过一个最冷静、最清醒的思想家。当1959年，庐山会议上的多数人还在头脑发热时，张闻天就在这座房子里写了一篇极冷静的文章，一篇专治极“左”病的要言妙道，这是一篇现代版的《七发》。我在院子里徘徊，楼前空地上几棵孤松独起，青枝如臂，正静静地迎着漫天而下的雪花。石阶旁有几株我从未见过的灌木，一米多高，叶柔如柳，枝硬如铁，缀着一串串鲜红的果实，在这白雪世界里如珠似玉，晶莹剔透。我就问送我下山的郑书记（他曾在庐山植物园工作）这是何物？他说：“很少见，名字也怪，叫平枝荀子，属蔷薇科。”我大奇，这山上我少说也上来过五六次，怎么却从未见过？是今日，苍天特冥冥有指吧。平者，凭也；荀者，寻之。我忽闻天语解天意，这是叫我来凭吊和寻访英灵的啊。难怪昨夜突降大雪，原来也是要还故居主人一个洁白。我在心底哦吟着这样的句子：

从名字再阐发议论。

凭吊寻访有奇遇，原本心中有波澜。

凭子吊子，惆怅我怀。寻子访子，旧居不再。飘飘洒洒，雪从天来。抚其辱痕，还汝洁白。水打山崖，风过林海。斯人远去，魂兮归来！

我转身下山一头扑入飞雪的怀抱里，也迈进了2011年的门槛。这一年正是中国共产党建党90周年，张闻天诞辰111年。

非常精巧的结尾，作者吟咏的诗句，将凭吊寻访现场的所有元素整合在一起，生出深远的意味。

2011年元旦记于庐山，春节（2月3日）改于北京，2月24日定稿，《北京文学》2011年第5期

主要参考书目：

《张闻天选集》，人民出版社，1985 年第一版。

《张闻天在 1935—1938》，张培森，中共党史出版社，1997 年第一版。

《谈史忆人》，何方，世界知识出版社，2010 年 10 月第一版。

《张闻天与 21 世纪的中国》，张培森，中共党史出版社，2000 年 8 月第一版。

《张闻天传程中原》，当代中国出版社，1993 年 7 月第一版。

《毛泽东与庐山》，李国强，江西人民出版社，2005 年 5 月第三版。

《毛泽东年谱》，逄先知，中央文献出版社，2005 年 2 月第二版。

《毛泽东传》，中共中央文献研究室主编，中央文献出版社，2003 年 12 月第一版。

《我的父亲张闻天，曾被遮蔽的总书记》，张虹生，《中国新闻周刊》，2011 年 2 月 28 日。

二死其身的彭德怀

——纪念彭德怀诞辰110周年

中国古代有一句为政格言："文死谏，武死战"。国家的稳定全赖文武官员各司其职，各守其责。神武之勇，战功卓著，名扬疆场者被尊为开国功臣、民族英雄，如韩信，如岳飞。敢说真话，为民请命，犯颜直谏者为诤谏之臣，如魏征，如海瑞。进入现代社会，讲民主，讲法制，但个人的政治操守仍然是从政者必不可少的素质。在共和国历史上兼武战之功、文谏之德于一身并惊天动地，彪炳史册的当数彭德怀。

开篇所提论点，为全文确定了一个基本的论述框架和主线。

无彭则少军威，有军必有先生

在十大元帅中，彭德怀是唯一一个参加过两次国内革命战争、抗日战争，在解放后又和美国人打过仗的。文天祥在《指南录后序》里，叙述他历经敌营，不知几死。彭德怀行伍出身，自平江起义，苏区反围剿，长征、抗日、解放战争、抗美，与死神擦边更是千回百次。井冈山失守，"石子要过刀，茅草要过火"，未死；长征始发，彭殿后，血染湘江，8万红军，死伤5万，未死；抗日，鬼子扫荡，围八路军总部，副参谋长左权牺牲，彭奋力突围，未死；转战陕北，彭身为一线指挥，以两万兵敌胡宗南28万，几临险境，未死；朝鲜战争，敌机空袭，大火吞噬志愿军指挥部，参谋毛岸英等遇难，彭未死。

总结、提炼人物的特点。

细数彭的九死一生，也是叙述其辉煌的军旅生涯。

毛泽东对他曾是极推崇和信任的。长征途中曾有诗赠彭："山高路滑坑深，大军纵横驰骋。谁敢横刀跃马，唯我彭大将军。"十大元帅中，毛除对罗荣桓有一首悼亡诗外，对部下赠诗直夸其功，这也是唯一一首了。抗日战争，彭任八路军副总司令，后期朱老总回延安，他实际在主持总部工作。解放战争初期，彭转战西北更是直接保卫党中央、毛主席。朝鲜战事起，高层领导意见不一，毛急召彭从西北回京，他坚决支持毛泽东出兵抗美，并受命出征。三次战役较量，打破了美军不可战胜的神话。杜鲁门总统事先没有通知朝战司令麦克阿瑟，就直接从广播里宣布将他撤职，可见其狼狈与恼怒之状。从平江起义到庐山会议，这时彭德怀的革命军旅生涯已30多年，他的功劳已不是按战斗、战役能计算清的，而是要用历史时期的垒砌来估量。蔡元培评价民国功臣黄兴说，"无公则无民国，有史必有先生"。此句用于彭，"无彭则无军威，有军必有先生"，他不愧为国家的功臣、军队的光荣。

彭在军中、党内是有特殊的战功和地位的。

如果彭德怀到此打住，当他的元帅，当他的国防部长，可以善终，可以保官、保名、保一个安逸的日子。战争过去，天下太平，将军挂甲，享受尊荣，这是多么正常的事情。林彪不是就不接赴朝之命，养尊处优多年吗？但彭德怀不是这样的人。他是军人，更是人民的儿子。打仗只是他为国、为民尽忠的一部分。战争结束，忠心未了，民又有疾苦，他还是要管，要争。

从"武死战"转到"文死谏"。

没有倒在枪炮下，却倒在一封谏书前

1959年，建中国成立10周年。对战争驾轻就熟的共产党领袖们在经济建设上遇到了新问题，并发生了严重分歧。毛泽东心急，步子要快一些，周恩来从实际出发，觉得应降降温，提出反冒进。毛泽东说：你反冒进，我反“反冒进”，并多次批周，甚至要周辞职。怎么估价当前的经济形势，下一步该怎么办？在这样的背景下，召开了庐山会议，会议之初，毛已接受一些反“左”意见，分歧已有一点小小的弥合。但彭德怀还是不放心。会前，他到农村做过认真的调查，亲眼见到人民公社、大食堂对农村生产力的破坏和对农民生活的干扰，而干部却不敢说真话。在小组会上他先后作了七次发言，直陈其弊，就是涉及毛泽东也不回避。他说：“现在是个人决定，不建立集体威信，只建立个人威信，是很不正常的，是危险的。”

庐山会议的背景。

在庐山176号别墅，那间阴沉沉的老石头房子里他夜不成眠，心急如焚。他知道毛泽东的脾气，他想当面谈谈自己的看法。他多么想，像延安时期那样，推开窑洞门叫一声“老毛”，就与毛泽东共商战事。或者像抗美援朝时期，形势紧急，他从朝鲜前线直回北京，一下飞机就直闯中南海，主席不在，又驱车直赴玉泉山，叫醒入睡的毛泽东。那次是解决了问题，但毛泽东也留下一句话“只有你彭德怀才敢搅了人家的觉”。现在彭德怀犹豫了，他先是想，最好面谈，踱步到了主席住处，但卫士说主席刚休息。他不敢再搅主席的觉。就回来在灯下展纸写了一封信。这真的是一封信，一封因公而呈私人的信，台头是“主席”，结尾处是“顺致敬礼！彭德怀”。连个标题也没有，不像文章。后人习惯把这封信称为“万言书，”其实它只有3700字。他没有想到，这封信成了他命运的转折点，全党也没有想到，因这封信党史而有了一大波折。这封信是党史、国史上的一个拐点，一块里程碑。

庐山会议冲突爆发前的历史细节。

彭德怀是党内高级干部中第一个犯颜直谏，站出来说真话的人。随着历史的推进，人们才越来越明白，彭德怀当年所面对的绝不是一件具体的事情，而是一种制度，一毛的“家长式”作风。

种作风。当时毛泽东在党内威望极高，至少在一般人看来，他自主持全党工作以来还没有犯过任何错误。而彭德怀对毛所热心的大跃进、人民公社、公共食堂提出了非议，这要极大的勇气。对毛泽东来说，接受意见也要有相当的雅量。梁漱溟在建国初就农村问题与毛争论时就直言，我倒要看看你有没有这个雅量。毛对党外民主人士常有过人的雅量，这次对党内同志却没有做到。

彭与毛相处30多年，深知毛的脾气，他将个人的得失早置之脑后。果然，会上，他被定为反党分子，会后被撤去国防部长之职，林彪渔翁得利。庐山上的会议开完，不久就是国庆，又恰逢10年大庆，按惯例彭德怀是该上天安门的，请柬也已送来。彭说我这个样子怎么上天安门，不去了。他叫秘书把元帅服找出来叠好，把所有的军功章找出来都交上去。秘书不忍，看着那些金灿灿的军功章说：“留一个作纪念吧。”他说：“一个不留，都交上去。”当年居里夫人得了诺贝尔奖后，把金质奖章送给小女儿在地上玩，那是一种对名利的淡泊。现在彭德怀把军功章全部上交，这是一种莫名的心酸。没几天，他就搬出中南海到西郊挂甲屯当农夫去了。他在自己的院子里种了三分地，把粪尿都攒起来，使劲浇水施肥，他要揭破亩产万斤的神话。1961年11月经请示毛同意后，他回乡调查了36天，写了5个共10多万字的调研报告，涉及生产、工作、市场等，甚至包括一份长长的农贸市场价格，如木料一根2元5角，青菜一斤3角6分。他固执、朴实，真是一个农民，他还是当年湘潭乌石寨的那个石伢子。夫人浦安修生气地说：“你当你的国防部长，为什么要管经济上的事？”他说：“我看到了就不能不管。”生性刚烈的毛泽东希望他能认个错，好给个台阶下。但更耿介的彭德怀就是不低头。

此处引出彭的“性格”，前面的上书、交军功章、当农夫、回乡调研，在叙述其经历的同时，其实也都是在表现彭的性格。

有时候一个人的命运、成败也许就是性格注定。庐山会议结束，彭德怀被扣上“反党集团头子”的帽子，其身份与阶下囚也相距不远。当大家都准备下山时，会务处打来一个电话，说为首长准备了一批上等的庐山云雾茶，问要不要买几斤，还特意说这种茶街上买不到。彭大怒：“街上买不到，为什么不拿到街上去卖？尽搞这些鬼名堂，市场能不紧张？”他还特别嘱秘书给接待处打一个电话：“这是一种坏风气，以后不能再搞。”秘书提醒他，这种时候还是不要管这事吧。他无奈地说：“看来我这脾气，一辈子也改不了。”假使彭总活到今天，看现在风气之腐败，又当如何？

通过写信辩护这个角度，进一步写彭的经历。不是“认错”，而是“辩护”，还是性格使然。

被贬的日子里，他一次次地写信为自己辩护。写得长一点的有两次。一次是在1962年的七千人大会前，他正在湖南调查，听说中央要开会纠“左”，他高兴地说，赶快回京，给中央写了一封8万字的信。庐山会议已过去了三年，时间已证明他的正确，他觉得可以还一个清白了。但就在这个会上他又被点名批了一通，他绝望了。“文革”期间，这位打败过日军、美军的战神被一群红卫兵娃娃玩弄于股掌，被当做囚犯关押、游街、侮辱。作为交代材料，他在狱中写了一份《自述》，那是一份长长的辩护词，细陈自己的历史，又是8万字。是用在朝鲜停战协议上签字的那支派克笔写的，写在裁下来的《人民日报》的边条上。他给专案组一份，自己又抄了一份，这份珍贵的手稿几经周转，亲人们将它放入一个瓷罐，埋在乌石寨老屋的灶台下。直到“文革”结束才见天日。那年，我到乌石寨去寻访彭总遗踪，印象最深的就是这个黑糊糊的灶台和堂屋里彭总回乡调查时接待乡亲们的几条简陋的长板凳。

他愤怒了，1967年4月1日给主席写了最后一封信，没有下文。4月20日他给周总理写了最后一封信，这次没有提一句个人的事，却说了另一件很具体的与己无关的小事。他在西南工作时看到工业石棉矿渣被随意堆在大渡河两岸，常年冲刷流失很是可惜。这是农民急缺的一种肥料，他说，这事有利于工农联盟，我们不能搞了工业忘了农民。又说这么点小事本不该打扰总理，但我不知该向谁去说。这时虽然他的身体也在受着痛苦地折磨，但他的心已经很平静，他自知已无活下去的可能，只是放心不下百姓。这是他对中央的最后一次建议。

前面庐山会议是“死谏”，此处是面临死亡仍在进谏。

毛泽东在庐山会议后对彭德怀的评价只有一次比较客观。那是1965年在彭德怀闲置6年后中央决定给他一点工作，派他到西南大三线去。临行前，毛说：“也许真理在你一边。”但这个很难得的转机又立即被文化大革命的洪水所淹没。彭德怀最终还是死于“文革”冤狱之中。“文死谏，武死战”，他这个功臣没有死于革命战争却死于“文化革命”，没有倒在枪炮下，却倒在一封谏书前。

行文至此，完成了对彭经历的叙述。对“武死战”的简略服务于对“文死谏”的详细。

他二死其身，既经受住了“武死战”的考验，又通过了“文死谏”的测试。

现在我们终于明白了“文死谏”的含义，它远比“武死战”要难。当一个将军在硝烟中勇敢地一冲时，他背负的代价就是一条命，以身报国，一死了之。敢将热血洒疆场，博得烈士英雄名。而当一个文臣坚持说真话，为民请命时，他身上却背负着更沉重的东西。首先可能失宠，会丢掉前半生的政治积累，一世英名毁于一纸；第二，可能丢掉后半生的政治生命，许多未竟之业将成泡影；第三，可能丢掉性命。更可悲的是，武死，死于战场，死于敌人，举国同悲同悼，受人尊敬；文死，死于不同意见，死于自己人，黑白不清，他将要忍受长期的屈辱、折磨，并且身后落上一个冤名。这就加倍地考验一个人的忠诚。彭德怀因为这封说真话的信，前半生功名全毁，任人批判谩骂为右倾、反党、叛国、阴谋家，扣在他背上的是一口何等沉重的黑锅。

通过这种对比分析，更能表现出彭的难能可贵。

在监禁中他被病痛折磨得在地上打滚，欲死不能。而现在我们看到的哨兵关押记录竟是这样的文字：“我看这个老家伙有点装模作样”，“这个老东西从报上点他名后就很少看报”。这就是当时一个普通士兵对这个开国老帅的态度。可知他当时的处境，其所受之辱更甚于韩信钻胯。而许多旧友亲朋，早已不敢与他往来，就连妻子也已提出与他离婚。

庐山会议后，全国有300万人被打为“右倾机会主义分子”。一纸薄薄的谏书怎承载得这样的压力？其时其境，揪斗可死，游街可死，逼供可死，加反党名可死，诬叛国罪可死。“文革”中有多少老干部不堪其辱而寻死自杀啊。但是，彭德怀忍过来了，他要“留取丹心照汗青”，他相信历史会给他一个清白。他在庐山上对毛泽东说过：“我一不会反党，二不会自杀。”就这样，经30年的革命战争生涯后，他又有15年的时间被批判、赋闲、挨斗、监禁，然后含冤而去。他是1974年11月去世的，骨灰被化名“王川”，送往成都一普通陵园。当时周恩来已在病中，特嘱此骨灰盒要妥善保存，经常检查，不得移位换架。直到4年后的1978年才得以平反。当骨灰撤离成都，从陵园到机场时，人们才明真相，泣不成声。专机落地前在北京上空环绕三圈，以慰忠臣之心。

历史最终确实还了彭一个清白，可惜却是在他离世之后。

中国古代，君即是国。所以传统的忠臣就是忠君。但“君”和“国”毕竟还有不同。就是在古代，真正的忠臣也是：为民不为君，忧国不惜命。朗朗吐真言，荡荡无私心。既然为“臣”，当然是领导集团的一员，上有“君”下有民。他要处理好的第一个难题就是对领导负责还是对人民负责。当出现矛盾时，唯民则忠，唯君则奸。“社稷为重君为轻”，真正的忠臣，并不是“忠君”，而是忠于国家、民族、人民。像海瑞那样，宁愿坚持真理，冒犯皇帝去坐牢。而彭德怀在毛泽东号召学海瑞后，真的在案头常摆着一本线装本《海

彭德怀的言行，莫不就是海瑞的现代版？

中国古代有台谏制度，设有专门的谏官，谏官以专门给皇帝提意见为职责，能胜任谏官的人，都必须有崇高的人格和很强的心理素质。

瑞集》。第二个难题是敢不敢报真情，提中肯的意见，说逆耳的话。所谓犯颜直谏，就是实事求是，纠正上面的错误，准备承担“犯上”的最坏后果。这是对为臣者的政治考验和人格考试。“谏”文化成了中国传统政治文化中一个特有的内容。披阅中国历史，我们会发现一串长长的冒死也说真话的忠臣名单：比干被剖心，屈原投江，魏征让唐太宗动了杀心，海瑞被打入死牢，林则徐被充军新疆……他们都是“不说真话毋宁死”的硬汉子。现在这个名单上又添了一个彭德怀。

与文章开始的论述相呼应。

彭德怀爱领袖更爱真理；珍惜自己的生命，更珍惜国家的前途。他浴血奋战30年，不知几死，经受住了“武死战”的考验；庐山会议30天的争论和其后15年的折磨，他又不知几死，通过了“文死谏”的测试。他是一位为人民、为国家二死其身的忠臣。

人民永远记住了庐山上的那场争论，记住了彭德怀。

2007年7月24日《新华文摘》2008年第18期

朱镕基不修传

《朱镕基真话实录》出版了，里面一则资料很有趣。有人要为他写传，他就给人家写信说：“我必须明确表态，千万不要这么做。国事艰难，舆论纷杂，飞短流长，诚惶诚恐。如再授人以柄，树碑立传，罪不可逭（huàn，逃避）。千祈停止撰写一切涉及我的回忆或评论材料，并代我广告亲友，不胜感激之至。”

开篇先叙述本文的基本论据材料。

借权出书立传在各级官员中已成趋势。方式有两种，一是自己写回忆录、日记，亲自立传。二是动用权力、财力，组织他人为自己立传，或二者并举。于是书市就多了一些垃圾，历史就多了一些包袱，同时也多了一点幽默，留下了一些笑话。

联系当前实际，写朱镕基还是为了比对现实。

凡有资格立传者，必是干过一点大事，在社会上有一定的影响，有一定的知名度的人。传者，传（chuán）也，能传给后人一点东西才有价值。既然是为后人而立那就让后人去做，从来都是政声人去后。你看，凡史上有价值的传记都是经过岁月的沉淀，由后人从容道来。但急于立传者不这么看，理由是“趁我在世好核实材料”。说是核实却常是隐恶扬善，添枝加叶，自为粉饰。还有一个潜台词是，有权不用过期作废，趁着在世，何不享受一下吹捧的泡沫。说到底是私心加虚荣。过去帝王和贵人常在生前大修陵墓，为的是死后再延享生前的荣华尊贵。生前立传有如活人修墓，也是此意。但这实在靠不住。陶渊明诗：“亲戚或余悲，他人亦已歌。死去何所道，托体同山阿。”陶渊明比今人还懂得唯物辩证法。连亲人也只有短时余悲，外人能念你

写对立传应该具有的态度。

分析急于立传者的心态。

几时？如果你没有干成一点大事，有何理由让人记住？如果你干了大事，历史又怎能忘记？再说既为官就是以身许国，还要这点虚名干什么？你看第一代领导人，毛、刘、周、朱等，没有一个人生前修传，周恩来连骨灰都不留。方志敏为敌所俘，敌兵搜遍全身并无分文，他当然也没有想到此生要为自己留一本传记。开国将帅，许多人身上都留下了累累弹痕，但谁也没有想到要给自己留本传记。再往上推，文天祥被俘九死一生，在狱中写了一首《正气歌》，他没有想到去写自传；司马迁是中国传记文学的鼻祖，写了许多至今还熠熠生光的人物列传，却没有为自己写一个小传。封建社会的皇帝也懂得这一点，没有人在位时给自己修传，而是听由后人根据他的行迹来评说，所谓“谥号”。传者，写人不写己，传世不娱时。

写历史中的习惯和经验，支持了朱镕基的观点。

朱镕基不让人为自己修传的理由有二：一是“国事艰难”，顾不上干这种事。一个高官“居庙堂之高则忧其民”，有心忧天下，无心抹脂粉。二是干这种傻事必将“授人以柄”，传为笑话。他说，我脾气不好，就以“有容乃大，无欲则刚”为座右铭。朱的严厉是出了名的。他性格直率，容易冲动，在任上骂人无数，朱说：“你没有贪欲，你就刚强，什么也不怕。”其实，不贪让人刚强，更让人冷静。朱镕基在修传这件事情上就不肯上当。他说：“千祈停止撰写一切涉及我的回忆或评论材料，并代我广告亲友，不胜感激之至。”你看，又求人家，又感激人家不要给他写传。真是每临大事有静气，只缘心中无私欲。其实老百姓对公务人员的要求就是少点私心，多点真话，这是底线，最低要求。但不少官员硬是连这一点也做不到，反而私随权增，利令智昏，授人笑柄。

精美、经典的语句。

《北京日报》2011 年 9 月 29 日

跨越百年的美丽

此文写成不久就被选入大学、中学语文课本，对于青年人特别是青年女性如何认识“美”具有很好的启迪作用。

1998 年是居里夫人发现放射性元素镭 100 周年。

100 年前的 1898 年 12 月 26 日，法国科学院人声鼎沸，一位年轻漂亮、神色庄重又略显疲倦的妇人走上讲台，全场立即肃然无声。她叫玛丽・居里，她今天要和她的丈夫比埃尔・居里一起在这里宣布一项惊人发现，他们发现了天然放射性元素镭。本来这场报告她想让丈夫来做，但比埃尔・居里坚持让她来讲，因为在此之前还没有一个女子登上过法国科学院的讲台。玛丽・居里穿着一袭黑色长裙，端庄的脸庞显出坚定又略带淡泊的神情，而那双微微内陷的大眼睛，则让你觉得能看透一切，看透未来。她的报告使全场震惊，物理学进入了一个新时代，而她那美丽庄重的形象也就从此定格在历史上，定格在每个人的心里。

还原到当时的场景中，注意作者形容居里夫人时的三个用词。

对其形、神的描述。

关于放射性的发现，居里夫人并不是第一人，但她是关键的一人。在她之前，1896 年 1 月，德国科学家伦琴发现了 X 光，这是人工放射性。1896 年 5 月，法国科学家贝克勒尔发现铀盐可以使胶片感光，这是天然放射性。这都还是偶然的发现，居里夫人却立即提出了一个新问题，其他物质有没有放射性？物质世界里是不是还有另一块全新的领域？别人在海滩上捡到一块贝壳，她却要研究一下这贝壳是怎样生，怎样长，怎样冲到海滩上来的。别人摸瓜她寻藤，别人摘叶她问根。是她提出了放射性这个词。两年后，她发现了钋，接着发现了镭，冰山露出了一角。为了提炼纯净的镭，居里夫妇搞到一吨可能含镭的工业废渣。他们在院子里支起了一口锅，一锅一锅地进行冶炼，然后

此段写居里夫人的科研历程，从中表现其精神追求。

再送到化验室溶解、沉淀、分析。而所谓的化验室，是一个废弃的、曾停放解剖用尸体的破棚子。玛丽终日在烟熏火燎中搅拌着锅里的矿渣，她衣裙上、双手上，留下了酸碱的点点烧痕。一天，疲劳至极，玛丽揉着酸痛的后腰，隔着满桌的试管、量杯问比埃尔："你说这镭会是什么样子？"比埃尔说："我只是希望它有美丽的颜色。"经过三年又九个月，他们终于从成吨的矿渣中提炼出了0.1克镭，它真的有极美丽的颜色，在幽暗的破木棚里发出略带蓝色的荧光；它还会自动放热，一小时放出的热能溶化等重的冰决。

通过这些细节来表现居里夫人对于科学的投入。

继续叙述他们的科学成就。

旧木棚里这点美丽的淡蓝色荧光，是用一个美丽女子的生命和信念换来的。这项开辟科学新纪元的伟大发现好像不该落在一个女子头上。千百年来，漂亮就是一个女人的最高荣誉，最大资本，只要有幸得到这一点，其余便不必再求了。莫泊桑在他的名著《项链》中说："女人并无社会等级，也无种族差异，她们的姿色、风度和妩媚就是她们身世和门庭的标志。"居里夫人是属于那一类很漂亮的女子，她的肖像如今挂遍世界各国的科研教学机构，我们仍可看到她昔日的风采。但是她偏偏没有利用这一点资本，她的战胜自我也恰恰就是从这一点开始的。

从科学成果转到居里夫人的外貌，并引出她本人对于外在与内在的认识。

当她还是个小学生时就显示出上帝给她的优宠，漂亮的外貌已足以使她讨得周围所有人的喜欢。但她的性格里天生还有一种更可贵的东西，这就是人们经常加于男子汉身上的骨气，她坚定、刚毅，有远大、执著的追求。为了不受漂亮的干扰，她故意把一头金发剪得很短，她对哥哥说："毫无疑问，我们家里的人有天赋，必须使这种天赋由我们中的一个表现出来！"她中学毕业后在城里和乡下当了7年家庭教师，积攒了一点学费便到巴黎来读书。当时大学里女学生很少，这个高额头、蓝眼睛、身材修长的漂亮

精神层面的可贵之处。

的异国女子，很快成了人们议论的中心。男学生们为了能更多地看她一眼，或有幸凑上去说几句话，常常挤在教室外的走廊里，她的女友甚至不得不用伞柄赶走这些追慕者。但她对这种热闹不屑一顾，她每天到得最早，坐在前排，给那些追寻的目光一个无情的后脑勺。

不在意外表的美，更不使之成为负担。

她身上永远裹着一层冰霜的盔甲，凛然使那些“追星族”不敢靠近。她本来住在姐姐家中，为了求得安静，便一人租了间小阁楼，一天只吃一顿饭，日夜苦读。晚上冷得睡不着，就拉把椅子压在身上，以取得一点感觉上的温暖。这种心无旁骛、悬梁刺股、卧薪尝胆的进取精神，就是一般男子也是很难做到的啊。宋玉说有美女在墙头看他三年而不动心，范仲淹考进士前在一间破庙里读书，晨起煮粥一碗，冷后划作四块，是为一天的口粮。而在地球那一边的法国，一个波兰女子也这样心静，这样执著，这样的耐得苦寒。她以 25 岁的妙龄，面对追者如潮而毫不心动。她只要稍微松一下手，回一下头，就会跌回温软的怀抱和赞美的泡沫中，但是她有大志，有大求，她知道只有发现、创造之花才有永开不败的美丽，所以她甘愿让酸碱啃蚀她柔美的双手，让呛人的烟气吹皱她秀美的额头。

范仲淹的故事留下了一个成语“断齑划粥”。

关于“美”的辩证关系。

本来玛丽·居里完全可以换另外一种活法。她可以趁着年轻貌美如现代女孩吃青春饭那样，在钦羡和礼赞中活个轻松，活个痛快。但是她没有，她知道自己更深一层的价值和更远一些的目标。成语“浅尝辄止”是指人对外部世界的认识，殊不知有多少人对自己也常是浅尝辄止，见宠即喜。数年前一位母亲对我说她刚上初中的女儿成绩下降，为什么？答曰：“知道爱美了，上课总用铅笔杆做她的卷卷头。”美对人来说是一种附加，就像格律对诗词也是一种附加。律诗难作，美人难为，做得好惊天动地，做不好就黄花萎地。玛丽·居里让全世界的女子都知道，她

联系现实，揭示居里夫人对美的态度，对大美的追求。

们除了“身世”和“门庭”之外，还有更重要的东西。

1852年斯托夫人写了一本《汤姆叔叔的小屋》，导致了美国南北战争的爆发，林肯说是一个小妇人引发了一场解放黑奴的大革命。比斯托夫人约晚50年，居里夫人发现了镭，也是一个小妇人引发了一场革命，科学革命。它直接导致了后来卢瑟福对原子结构的探秘，导致了原子弹的爆炸，导致了原子时代的到来。更重要的是这项发现的哲学意义。哲学家说事物无时无刻不在变。西方哲人说，人不能两次踏进同一条河流。公元1082年东方哲人苏东坡赤壁望月长叹道：“盖将自其变者而观之，则天地曾不能以一瞬；自其不变者而观之，则物与我皆无尽也。”现在，居里夫人证明镭便是这样“不能以一瞬”而存在的物质，它会自己不停地发光、放热、放出射线，能灼伤人的皮肤，能穿透黑纸使胶片感光，能使空气导电，它刹那间是自己又不是自己。哲理就渗透在每个原子的毛孔里。玛丽·居里几乎在完成这项伟大自然发现的同时也完成了对人生意义的发现。

再回到居里夫人的科学成就上。

过渡句，带出下一段。

她自己也在不停地变化着，当工作卓有成效的同时，镭射线也在无声地侵蚀着她的肌体。她美丽健康的容貌在悄悄地隐退，她逐渐变得眼花耳鸣，苍白乏力。而比埃尔不幸早逝，社会对女性的歧视，更加重了她生活和思想上的沉重负担。但她什么也不管，只是默默地工作。她从一个漂亮的小姑娘，一个端庄坚毅的女学者，变成科学教科书里的新名词“放射线”，变成物理学的一个新计量单位“居里”，变成一条条科学定理，她变成了科学史上一块永远的里程碑。“自其不变者而观之”，她得到了永恒。“长恨春归无觅处，不知转入此中来”，就像化学的置换反应一样，她的青春美丽换位到了科学教科书里，换位到了人类文化的史册里。

为了精神追求，牺牲容颜之美。

语出白居易《大林寺桃花》：人间四月芳菲尽，山寺桃花始盛开。长恨春归无觅处，不知转入此中来。

以暂时的小美换得长久的大美。

居里夫人的美名从她发现镭那一刻起就开始流传于世，迄今已经百年，这是她用全部的青春、信念和生命换来的荣誉。她一生共得了10项奖金、16种奖章、107个名誉头衔，特别是两次获诺贝尔奖。她本来可以躺在任何一项大奖或任何一个荣誉上尽情地享受，但是她视名利如粪土，她将奖金赠给科研事业和战争中的法国，而将那些奖章给6岁的小女儿去当玩具。上帝给的美形她都不为所累，尘世给的美誉她又怎肯背负在身呢？凭谁论短长，漫将浮名换了精修细研，她一如既往，埋头工作到67岁离开人世，离开了她心爱的实验室。直到她死后40年，她用过的笔记本里，还有射线在不停地释放。

从柳永词“忍把浮名，换了浅斟低唱”转化而来。

爱因斯坦说：“在所有的世界著名人物当中，玛丽·居里是唯一没有被盛名宠坏的人。”她实事求是，超形脱俗，知道自己的目标，更知道自己的价值。在一般人要做到这两个自知，排除干扰并终生如一，是很难很难的，但居里夫人做到了。她让我们明白，人有多重价值，是需要多层开发的。有的人止于形，以售其貌；有的人止于勇，而呈其力；有的人止于心，而有其技；有的人达于理，而用其智。诸葛亮戎马一生，气吞曹吴，却不披一甲，不佩一刃；毛泽东指挥军民万众，在战火中打出一个新中国，却从不受军衔，不背一枪。大音希声，大道无形，大智之人，不耽于形，不逐于力，不恃于技。他们淡淡地生活，静静地思考，执著地进取，直进到智慧高地，自由地驾驭规律，而永葆一种理性的美丽。

广为流传的一句话。

深刻剖析不同层次的追求，使本文以“理”结束。

居里夫人就是这样一位挺立在智慧高地的伟人。

1998年10月22日《光明日报》

附：

一篇写给青年女性的文章

我在1998年发表了写居里夫人的《跨越百年的美丽》，后来这篇文章被收入小学、中学、大学和师范课本。本文这样为教育界喜欢，我想它主要是碰到了青少年教育，特别是女性青少年教育的一根敏感的神经。

居里夫人是全世界都敬仰的科学家，这敬仰不只是因为她的成就，倒有一多半是因为她的为人。她成就了自己，并以此向全世界，向历史证明，一个普通的人怎样可以为人类做出伟大的贡献，一个普通的女人怎样让全世界的男人吃惊，而成为一个空前绝后的伟人。在她之前、之后，至少到现在，还没有一个女性连得两次诺贝尔科学奖。

现在的社会变得很浮躁。在我小时候，上世纪50年代、60年代，社会崇尚英雄、作家、科学家，总是教育青少年，要成功就要一步一步地去攀登。而现在的宣传是怎样一夜成名，人人都在梦想中彩票。最典型的就是各种才艺比赛，一歌成名，一戏成名，弄得电影厂门口总有一批流浪青年在等运气。吃青春饭成了一种生活选择，这很危险。这中间陷进去的女性又更多，于是相应的又有美容、整形业的兴起。总之，人，不在内容和精神上挖掘，而在形式上折腾。这与社会太平、繁荣有关，再加上市场竞争，这样会毁掉大部分人。

社会上，女性群体比男性是要相对弱势一些。她们立身的最低成本，一靠外貌，二靠嫁人。莫泊桑在《项链》里说女人没有出身，外貌就是她们的出身。一个女孩子如果基于这两点，就不值钱了，就不会有出息。我当时在新闻出版署分管报刊工作，妇女报刊上每天都在说妇女要“自立、自强、自尊”。我又曾长期采访学校教育。在学校里女孩子一般是低年级时学习好，愈大就愈比不过男孩子。原因是什么，开始分心了，自美、自赏、自恋成了负担。要害是要能超越自我。可惜上面谈到的社会氛围很不利于她们的自我超越，不利于女孩子的教育。道理这样讲，要变成文学形象就不那么容易。我一直想就这个主题写一篇散文。

1998 年，我时任国家新闻出版署副署长，在办公室看到李岚清副总理对教育部的一个批件，大意是：今年是居里夫人发现镭一百周年。现在大学生很浮躁，可借此纪念活动对学生进行一点人生观教育。因为我早就在思考这个问题，又有创作小说《数理化通俗演义》的基础，便很快写成这篇纪念文章，发在 10 月 22 日的《光明日报》上。

文章发表后反响最强烈的是那些女孩子的家长。不少人收藏这篇文章，给孩子读。有的还跨洋寄给在美国、欧洲留学的孩子。后来就被陆续选入课本和各种选本。

追寻那遥远的美丽

快20年了，总有一个强烈的向往，到青海去一趟。这不只是因为小学地理上就学到的柴达木、青海湖的神秘，也不只是因为近年来西北开发的热闹。另有一个埋藏于心底的秘密，是因为一首歌。那首《在那遥远的地方》，还有它的作者，像一个幽灵似的王洛宾。

与题目中的“追寻”相合，从内心的向往之情写起。

大概是上天有意折磨，我几乎走遍了神州的每一个省，每一处名山大川，就是青海远不可及，机不可得。直到去年，才有缘去朝圣。当汽车翻过日月山口的一刹那间，我像一条终于跳过龙门的鲤鱼。山下是一马平川，绿草如茵，起起伏伏地一直漫到天边，我不由想起了“天似穹庐，笼盖四野”的古老民歌。远处有一汪明亮的水，那就是青海湖，是配来映照这蓝天白云的镜子。

对青海湖很别致的比喻。作者所展示的第一个场景明亮、广阔，也是心情的映照。

这里的草不像新疆的草场那样高大茂密，也不像内蒙古的草场那样在风沙中透出顽强，它细密而柔软，卷伏在地上，如毯如毡，将大地包裹得密密实实，不见黄沙不见土，除了水就是浓浓的绿。而这绿底子上又不时钻出一束束金色的柴胡和白绒绒的香茅草，远望金银相错，如繁星在空。这真是金银一般的草场。当年26岁的王洛宾云游到这里，只因那个17岁的卓玛姑娘用鞭子轻轻地抽了他一下，含羞拍马远去，他就痴望着天边那一团火苗似的红裙，脑际闪过一个美丽的旋律——在那遥远的地方。

以景带人，再带事。

卓玛确有其人，是一个牧主的女儿，当时王洛宾在草原上采风，无意间捕捉到这个美丽的倩影，这倩影绕心三日，挥之不去，终于幻化为一首美丽的歌，就永远定格在世界文化史上。试想，王洛宾生活在大都市北平，走过全国许多地方，天下何处无美人，何独于此生灵感？是这绿油油的草，草地上的金花银花，草香花香，还有这湖水，这牧歌，这山风，这牛羊，万种风物万般情，全在美人一鞭中。卓玛一辈子也没有想到她那轻轻的一鞭会抽出一首世界名曲。

写歌声是“余音绕梁，三日不绝”，此处写倩影则是“绕心”三日 。

当后人听着这首歌时，总想为它注释一个具体的爱情故事，殊不知这里不但没有具体的爱，就是在作者的实际生活中也没有找到过歌唱中的甜蜜。王洛宾好像生来就赋有一种使命，总是去追寻美丽，美丽的旋律，美丽的女人，还有美丽的情感。王洛宾是美令智昏，乐令智昏，他认为生活甚至生命就是美丽的音乐。他一入社会就直取美的内核，而不知这核外还有许多坚硬的甚至丑陋的外壳。所以他一生屡屡受挫，直到 1982 年 69 岁时，才正式平反，恢复正常人的生活，1992 年 79 岁时，中央电视台首次向社会介绍他的作品。这时，全社会才知道那许多传唱了半个世纪的名曲原来都是出自这个白胡子老头。国内许多媒体，还有香港、新加坡纷纷为他举办各种晚会。我曾看过一次盛大的演出，在名曲《掀起你的盖头来》的伴奏下，两位漂亮的姑娘牵着一位遮着红盖头的“新娘”慢慢踱到舞台中央，她们突然揭去“新娘”的盖头，水银灯下站着一个老人，精神矍铄，满面红光。他那把特别醒目的胡须银白如雪，而手里捏着的盖头殷红似血。全场响起有节奏的掌声。人们唱着他的歌，许多观众的眼眶里已噙满泪花。这时，离他的生命终点只剩下两三年的时间。

从美丽的歌曲转入王洛宾并不顺畅的人生。

一个特殊的、富有意味的场景，相信也会留在读者的心中。

王洛宾的生命是以歌为主线的，信仰、工作，甚至生活中的衣食住行都成了歌的附属，就像一棵树干上的柔枝绿叶。1937 年，他到西北，这本是一次采风，但他被那里的民歌所迷，就留下不走了。他在马步芳和共产党的军队里都服过役，为马步芳写过歌，也为王震将军的词配过曲。

这一句统领全段。

他只知音乐而不知其余。甚至他已成了一名解放军的军人，却忽发奇想要回北京，于是不辞而别。正当他在北京的课堂上兴奋地教学生唱歌时，西北来人将这个开小差的逃兵捉拿归案。我们现在读这段史料真叫人哭笑不得，甚至在劳改服刑时他宁可用维持生命的一个小窝头，去换取人家唱一曲民间小调。他也曾灰心过，有一次他仰望厚墙上的铁窗，抛上一根绳，挽成一个黑洞似的套圈。就要踏向另一个世界时，一声悠扬的牧歌，轻轻地飘过铁窗，他分明看到了铁窗外的白云红日，嗅到了原野上湿润的草香。他终于没有舍得钻进那个死亡隧道，三两下扯掉了死神递过来的接引之绳。音乐，民间音乐才真正是他生命的守护神。我们至今不知道这是哪一位牧人的哪一首无名的歌，这也是一根“卓玛的鞭子”，又一回轻轻地抽在了王洛宾的心上。这一鞭，为我们抽回来一只会唱歌的老山羊，一个伟大的音乐家。

生命和音乐融为了一体。

为了寻找那种遥远的感觉，我们进入金银滩后选了一块最典型的草场，大家席地而坐，在初秋的艳阳中享受这草与花的温软。不知为什么，一坐到这草毯上，就人人想唱歌。我说，只许唱民歌，要原汁原味的。当地的同志说，那就只有唱情歌。青海的《花儿》简直就是一座民歌库，分许多“令”（曲牌），但内容几乎清一色歌唱爱情。一人当即唱道：

这样的情境，似乎也成了作者的音乐采风。

尕（gǎ）妹送哥石头坡，
石头坡上石头多。
不小心踒了妹的脚，
这么大的冤枉对谁说。

“冤枉”一词极妙。

这是少女心中的甜蜜。又一人唱道：

黄河沿上牛吃水，
牛影子倒在水里。
我端起饭碗想起你，
面条捞不到嘴里。

这是阿哥对尕妹急不可耐的思念。又一人唱道：

菜花儿黄了，
风吹到山那边去了。
这两天把你想死了，
不知道你到哪儿去了。

黄河里的水干了，
河里的鱼娃见了。
不见的阿哥又见了，
心里的疙瘩又散了。

一个多情少女正为爱情所折磨，忽而愁云满面，忽而眉开眼笑。

歌就是生活，就是感情。

秦时明月汉时关。卓玛的草原，卓玛的牛羊，卓玛的歌声就在我的眼前。现在我才明白，我像王洛宾一样鬼使神差般来到这里，是这遥远的地方仍然保存着的清纯和美丽。64年前，王洛宾发现了它，64年后它仍然这样保存完好，像一块闪着荧光不停放射着能量的元素；像一座巍然耸立，为大地输送着溶溶乳汁的雪山。青海湖边向来是传说中仙乐缈缈、西王母仙居的地方，现在看来这传说其实是人们对这块圣洁大地的歌颂和留恋，就像西方人心中的香格里拉。

比兴的笔法，前后句押韵。

用饱含感情的笔触来直抒胸臆。

我耳听笔录，尽情地享受着这一份纯真。

我们盘坐草地，手持鲜花，遥对湖山，放浪形骸，击节高唱，不觉红日压山。当我记了一本子，灌了满脑子，准备踏上归途时，突然想到一个问题，怎么这么多歌声里倾诉的全是一种急切的盼望、憧憬，甚至是望而不得的忧伤，为什么就没有一首来歌唱爱情结果之后的甜蜜呢?

情感的波澜跌宕起伏，使得文章本身也荡气回肠。

晚上青海湖边淅淅沥沥下起当年的第一场秋雨，我独卧旅舍，静对孤灯，仔细地翻阅着有关王洛宾的资料，咀嚼着他甜蜜的歌和他那并不甜蜜的爱。

闯入王洛宾一生的有四个女人。第一位是他最初的恋人罗珊，两人都是洋学生。一开始，他们从北平出来，卿卿我我，甜甜蜜蜜，但一经风雨就时聚时散，若即若离，最终没能结合。王洛宾承认她很美，但又感到抓不住，或者不愿抓牢。他成家后，剪掉了贴在日记本上的罗珊的玉照，但随即又写上“缺难补”三个字，可想他心中是怎样的剪不断，理还乱。直到1946年王洛宾已是妻儿满堂，还为罗珊写了一首歌：

你是我黑夜的太阳，
永远看不到你的光亮。
偶尔有些微光呢，
也是我自己的想象。

你是我梦中的海棠，
永远吻不到我的唇上。
偶尔有些微香呢，
也是我自己的想象。

你是我自杀的刺刀，

永远插不进我的胸膛，
偶尔有些微疼呢，
也是我自己的想象。

你是我灵魂的翅膀，
永远飘不到天上。
偶尔有些微风呢，
也是我自己的想象。

歌词之美，是本文着力表现的一个方面，所以作者就大段大段地将这些优美的歌词抄录下来，无论是专业的，还是来自民间的。

意大利名曲《我的太阳》中的那位女郎是一个灿烂的太阳，而王洛宾的这个太阳却朦朦胧胧只是偶尔有些微光，有时又变成了梦中的海棠。留在心中的只是飘忽不定，彩色肥皂泡似的想象。

第二位便是那个轻轻抽了他一鞭的卓玛，他们相处只有三天，王洛宾就为她写了那首著名的歌。回眸一笑甜彻心，瞬间美好成永远。卓玛不但是他的太阳，还是他的月亮。她那粉红的笑脸好像红太阳，她那美丽动人的眼睛好像晚上明媚的月亮。为了那“一鞭情”，他甚至愿意变作一只小羊，永远跟在她的身旁。但是也只跟了三天，此情此景就成了遥远的回忆。

从歌词当中幻化而来的场景。

第三位是他的正式妻子，比他小 16 岁的黄静，结婚后六年就不幸去世。

第四位，是他晚年出名后，前来寻找他的台湾女作家三毛。三毛的性格是有点执著和癫狂的。他们相处了一段后三毛突然离去，当时在社会上曾引起一阵轰动，一阵猜测。我们现在看到的是王洛宾在三毛去世之后为她写的一首歌《等待》：

你曾在橄榄树下等待又等待，

我在遥远的地方徘徊再徘徊。
人生本是一场迷藏的梦，
为把遗憾赎回来，
每当月圆时，
我对着那橄榄树独自膜拜。
你永远不再来，我永远在等待，
越等待，我心中越爱。

耐人寻味的故事。增加了王洛宾和本文的意蕴。

四个人中，只有黄静与他实实在在地结合，但他却偏偏为那三个遥远的人儿各写了一首动情的歌。

本文在叙事的过程中，不断插入景色的描写，优美的景色给本文提供了一种背景，铺垫了一种情绪。

第二天我们驰车续行。雨还在下，飘飘洒洒，若有若无，草地被洗得油光嫩绿。我透过车窗看远处的草原全然是一个童话世界。雨雾中不时闪出一条条金色的飘带，那是黄花盛开的油菜；一方方红的积木，那是牧民的新居；还有许多白色的大蘑菇，那是毡房。这一切都被洇浸得如水彩，如倒影，如童年记忆中的炊烟，如黄昏古寺里的钟声。我一次次地抬头远望，一次次地捕捉那似有似无的蜃楼。脑际又隐隐闪过五彩的鲜花，美妙的歌声，还有卓玛的羊群。

我突然想到这自然世界和人的内心世界在审美上是多么相通。你看遥远的东西是美丽的，因为长距离为人们留下了想象的空间，如悠悠的远山，如沉沉的夜空；朦胧的东西是美丽的，因为它舍去了事物粗糙的外形而抽象出一个美的轮廓，如月光下的凤尾竹，如灯影中的美人；短暂的东西是美丽的，因为它只截取最美的一瞬，如盛开的鲜花，如偶然的邂逅；逝去的东西也是美丽的，因为它留给我们永不能再的惆怅，也就有了永远的回味，如童年的欢乐，如初恋的心跳，如破灭的理想。王洛宾真不愧为音乐大师，对于天地间和人心深处的美丽，“提笔撮其神，一曲皆留住”。他偶至一个遥远的地方轻轻哼出一首歌，一下子就幻化成

最后归结到一种关于美丽的“理”，解读王洛宾。

一个叫我们永远无法逃脱的光环，美似穹庐，直到永远。

《美文》2002 年第 5 期

与朴老缘结钓鱼台

我与佛有缘吗？过去从来没有想到这个问题。1993 年初冬的一天，研究佛教的王志远先生对我说：“11 月 9 日在钓鱼台有一个会，讨论佛教文化，你一定要去。”本来平时与志远兄的来往并非谈佛，大部分是谈文学或哲学，这次倒要去做“佛事”，我就说：“不去，近来太忙。”他说：“赵朴老也要去，你们可以见一面。”我心怦然一动，说：“去。”

以叙述事情经过而起，为“结缘”做铺垫。

志远兄走后，我不觉反思刚才的举动，难道这就是“缘”？而我与朴老真的命中也该有一面之缘？我想起弘一法师以当代著名艺术家、文化人的身份突然出家去耐孤寺青灯的寂寞，只是因为有那么一次“机缘”。据说一天傍晚，夏丏尊与李叔同在西湖边闲坐，恰逢灵隐寺一老僧佛事做毕归来，僧袍飘举，仙风道骨，夏公说声“好风度”，李公心动说：“我要归隐出家。”不想此一念后来竟出家成真。据说夏丏尊曾为他这一句话，导致中国文坛隐去一颗巨星而后悔。那老僧的出现和夏公脱口说出的话，大约不可说不是缘（后来，我读到弘一法师的一篇讲演，又知道他的出家不仅仅是有缘，还有根），而这缘竟在文学和佛学间架了一座桥。敢说志远兄今天这一番话不是度人的舟桥？尽管我绝不会因此出家，但一瞬间我发现了，原来自己与佛还是有个缘在。

文章五诀：形、事、情、理、典。此处用典。

“缘”在心中。

9日上午，我如约驱车赶到钓鱼台。这座多少年来作为国宾馆，曾一度为江青集团所霸占的地方，现在也揭去面纱向社会开放。有点身份的活动，都争着在这里举办。初冬的残雪尚未消尽，园内古典式的堂榭与曲水拱桥掩映于红枫绿松之间，静穆中隐含着一种涌动。

在休息室我见到了朴老，握手之后，他静坐在沙发上，接受着不断走上前来的人们的问候。老人听力已不大灵，戴着助听器，不多说话，只握握手或者双手轻轻合十答礼。我在一旁仔细打量，老人个头不高，略瘦，清癯的脸庞，头发整齐地梳向后去，着西服，一种学者式的沉静和长者的慈祥在他身上做着最和谐的统一。看着这位佛教领袖，我怎么也不能把他和五台山上的和尚、布达拉宫里的喇嘛联系起来。

由观察而到思考，再到回忆，也是介绍自己心中的朴老。

我最先知道朴老，是他的词曲，那时我还上中学，经常在报上见到他的作品。最有影响、轰动一时的是那首《哭三尼》，诗人鲜明的政治立场、强烈的爱憎、娴熟的艺术让人钦佩。可以说我们这一代人，只要稍有点文化的，没有人不记得这首曲子，而我原先只知唐诗宋词，就是从此之后才去找着看了一些元曲。佛不离政治，佛不离艺术，佛不离哲学，大约越是大德高僧越是能借佛径而曲达政治、艺术、哲学的高峰。你看历史上的玄奘、一行，以及近代的弘一，还有那个写出《文心雕龙》的刘勰，写出《诗品》的司空图，甚至苏东坡、白居易，不都是走佛径而达到文学、科学与艺术的高峰吗？只知晨钟暮鼓者是算不得真佛的。后来我看书多了，又更知道朴老在上海抗日救亡时的义举善举，知道了他与共产党合作完成的许多大事，知道了他为宗教事业所作的贡献，更多的还是接触他的书法艺术，还知道他是西泠印社的第五代社长。在大街上走，或随便翻书、报、刊，都能见到朴老题的牌匾或名字。我每天上

介绍朴老，中间插入关于佛的“理”与“事”。

班从北太平庄过，就总要抬头看几眼他题的“北京出版社”几个字。朴老的故乡安徽省要创办一份报纸，总编喜滋滋地给我看他请朴老题的“江淮时报”几个字。人们去见他，求他写字，难道只是看重他是一个佛门弟子？

在作者的心目中，朴老已超越这一层。

会议开始了，我被安排坐在朴老的右边。正好会议给每人面前发了一套《佛教文化》杂志。其中有一期发有我去年去西藏时拍的一组 13 张照片，并文。图文分别围绕佛的召唤、佛的力量、佛的仆人、佛的延伸、佛是什么、佛是文化等题来阐述。我翻开杂志请他一幅幅地看，边翻边讲。他听说我去了西藏，先是一惊，尔后十分高兴，他仔细地看，看到兴浓处，就慈祥地笑着点点头。最后一幅是我盘腿坐在大昭寺的佛殿前，背景是万盏酥油灯，题为“佛即是我”，并引一联解释：“因即果，果即因，欲求果，先求因，即因即果；佛即心，心即佛，欲求佛，先求心，即心即佛。”这回朴老终于些微地冲破了他的平静，他慈祥地看着图上的人影，大笑着用手指一下我说：“就是你！”并紧紧握住我的手。因为朴老听力不好，所以我们谈话就凑得更近，大概是这个动作显得很亲密，又看见是在翻一本佛教文化杂志，记者们便上来抢拍，于是便定格下这个珍贵的镜头。

此处为全文的高潮之处，真的“结缘”了。

作者在心中开始解缘。

会议结束了。我走出大厅，走在绿中带黄、绵软如毡的草地上。我想今天与朴老相会钓鱼台，是有缘。要不怎么我先说不来，后来又来了呢？怎么正好桌子上又摆了几本供我们谈话的杂志？但这缘又不只是眼前的机缘，在前几十年我便与朴老心缘相连了；这缘也不只是佛缘，倒是在艺术、诗词等方面早与朴老文缘相连了。缘是什么？缘原来是张网，德行越高学问越深的人，这张网就越张越大，它有无数个网眼，总会让你撞上的，所以好人、名人、伟人总是缘接四海。缘原来是一棵树，德行越高学问越深的人，这树的浓阴就越密越广，人们总愿得到他的荫护，愿追随他。

从参悟缘是“网”、是“树”，再层层深入，解析作者所理解的“缘”。

佛缘无边，其实是佛学里所含的哲学、文学、艺术浩如烟海，于是佛法自然就是无边无际的了。难怪我们这么多人都与佛有缘。富在深山有远客，贫居闹市无人问，资本是缘，但这资本可以是财富也可以是学识、人品、力量、智慧。在物质上，更重要的是在精神上富有的人，才有缘相识于人，或被人相识。一个在精神上平淡的人与外部世界是很少有缘的。缘是机会，更是这种机会的准备。

车子将出钓鱼台大门时，突然想得一偈，便轻轻念出：

身在钓鱼台，心悟明镜台。
镜中有日月，随缘照四海。

《佛教文化》1993 年 12 月

百年明镜季羡老

此文专为纪念季羡林先生而作。在季先生去世第二天，作者就一口气写就了这一长达 5600 余字的长文。

98 岁的季羡林先生离我们而去了。

从回忆与季羡林先生的相识、交往开始。

初识先生是在 90 年代的一次发奖会上。那时我在新闻出版署工作，全国每两年评选一次优秀图书，季老是评委，坐第一排，我在台上干一点宣布谁谁讲话之类的“主持”之事。他大概看我过哪一篇文章，托助手李玉洁女士来对号，我赶忙上前向他致敬。会后又带上我的几本书到北大他的住处去拜访求教。他对家中的保姆也指导读书，还教她写点小文章。先生的住处是在校园北边的一座很旧的老式楼房里，朗润园 13 号楼。那天我穿树林，过小桥找到楼下，一位司机正在擦车，说正是这里，刚才老人还出来看客人来了没有。

以各种细节，来衬托表现和回忆季先生。

房共两层，先生住一层。左边一套是他的会客室，有客厅和卧室兼书房，不过这只能叫书房之一，主要是用来写散文随笔的，我在心里给它取一个名字叫“散文书屋”。著名的《牛棚杂忆》就产生在这里。书房里有一张睡了几十年的铁皮旧床，甚至还铺着粗布草垫，环墙满架是文学方面的书，还有朋友、学生的赠书。他很认真，凡别人送的书，都让助手仔细登记、编号、上架。到书多得放不下时，就送到学校为他准备的专门图书室去。他每天四时即起，就在床边的一张不大的书桌上写作。这是多年的习惯，学校里都知道他是“北大一盏灯”。有时会客室里客人多时，就先把熟一点的朋友避让到这间房里。有一年春节我去看他，碰到教育部长来拜年，一会儿市委副书记又来，他就很耐心地让我到书房等一会儿，并没有一些大人物趁机借新客来就逐旧客走的手段。我尽情地仰观满架的藏书，还可低头细读他写了一半的手稿。他用钢笔，总是那样整齐的略显扁一点的小楷。学校考虑到他年高，尽量减少打扰，就在门上贴了不会客之类的小告示，助手也常出面挡驾。但先生很随和，听到动静，常主动出来请客人进屋。助手李玉洁女士说："没办法，你看我们倒成了恶人。"

写先生的居所、习惯、性格、待客之道，通过点点滴滴来回忆先生。

这套房子的对面还有一套东屋，我暗叫它"学术书房"，共两间，全部摆满语言、佛教等方面的专业书，人要在书架的夹道中侧身穿行。和"散文书屋"不同，这里是先生专著学术文章的地方，向南临窗也有一书桌。我曾带我的搞摄影的孩子，在这里为先生照过一次相。他很慷慨地为一个孙辈小儿写了一幅勉励的字，是韩愈的那句："业精于勤毁于随"，还要写上"某某小友惠存"。他每有新书出版，送我时，还要写上"老友或兄指正"之类，弄得我很紧张。他却总是慈祥地笑一笑问：还有一本什么新书送过你没有？有许多书我是没有的，但这份情太重，我不敢多受，受之一二本已很满足，就连忙说有了，有了。

不厌其细，以展惠风。

先生年事已高，一般我是不带人或带任务去看他的。有一次，我在中央党校学习，党校离北大不远，他们办的《学习时报》大约正逢几周年，要我向季老求字，我就带了一个年轻记者去采访他。采访中记者很为他的平易近人和居家生活的简朴所感动。那天助手李玉洁女士讲了一件事。季老常为目前社会上的奢费之风担忧，特别是水资源的浪费，他是多次呼吁的，但没有效果。他就从自家做起，在马桶水箱里放了两块砖，这样来减少水箱的排水量。这位年轻的女记者当时就笑弯了腰，她不能理解，先生生活起居都有国家操心，自己何至于这样认真？以后过了几年，她每次见到我都提起那件事，说季老可亲可爱，就像她家乡农村里的一位老爷爷。后来季老住进 301 医院，为了整理先生的谈话我还带过我的一位学生去看他，这位年轻人回来后也说，总觉得先生就像是隔壁邻居的一位老大爷。我就只有这两次带外人去见他，不忍心加重他的负担。但是后来过了两年，我又一次住党校时，有一位学员认识他，居然带了同班十多个人去他的病房里去问这问那、合影留念。他们回来向我兴奋地炫耀，我却心里戚戚然，十分不安，老人也实在太厚道了。

再通过其他人的感受，来表现先生给人们留下的印象。

先生永远是一身中山装，每日三餐粗茶淡饭。他是在24岁那一年，人生可塑可造的年龄留洋的啊，一去10年。以后又一生都在搞外国文学、外语教学和中外文化交流的研究，怎么就没有一点“洋”味呢？近几年基因之说盛行，我就想大概是他身上农民子弟的基因使然。有一次他在病房里给我讲，小时穷得吃不饱饭，给一个亲戚家割牛草，送完草后磨蹭着不走，直等到中午，只为能给一口玉米饼子吃。他现在仍极为节俭，害怕浪费，厌恶虚荣。每到春节，总有各级官场上的人去看他，送许多大小花篮，他病房门口的走廊上就摆起一条花篮的长龙。到医院去找他，这是一个最好的标志。他对这总是暗自摇头。我知道先生是最怕虚应故事的，有一年老同学胡乔木邀他同去敦煌，他是研究古西域文化的，当然想去，但一想到沿途的官场迎送，便婉言谢绝。

还是写生活细节，通过不同方面来感念先生。

自从知道他心里的所好，我再去看他时，就专送最土的最实用的东西。一次从香山下来，见到山脚下地摊上卖红薯，很干净漂亮的红薯，我就买了一些直接送到病房，他极高兴，说很久没有见到这样好的红薯。先生睡眠不好，已经吃了40年的安眠药，但他仍好喝茶。杭州的“龙井”当然是名茶，有一年我从浙江开化县的一次环保现场会上带回一种“龙顶”茶。我告诉他这“龙顶”在“龙井”上游300公里处，少了许多污染，最好喝。他大奇，说从未

去伪见真的交往方式。

听说过，目光里竟有一点孩子似的天真。我立即联想到他写的一篇《神奇的丝瓜》，文中他仰头观察房上的丝瓜，也是这个神态。这一刻我一下读懂了一个大学者的童心和他对自然的关怀。季老为读者所喜爱，实在不关什么学术，至少不全因学术。他很喜欢我的家乡出的一种“沁州黄”小米，这米只能在一小片特定的土地上生长，过去是专供皇上的。现在人们有了经营头脑，就打起贡品的招牌，用一种肚大嘴小的青花瓷罐包装。先生吃过米后，却舍不得扔掉罐子，在窗台上摆着，说插花很好看。以后我就摸着脾气，送土不送洋，鲜花之类的是绝不带的。后来，聊得多了，我又发现了一丝微妙，虽是同一辈的大学者，但他对洋派一些的人物，总是所言不多。

叙述中带出议论，也是表达作者对先生的喜爱之处。

我到先生处聊天，一般是我说得多些，考虑先生年高，出门不便，就尽量通报一点社会上的信息。有时政、社会新闻，也有近期学术动态，或说到新出的哪一本书，哪一本杂志。有时出差回来，就说一说外地见闻。有时也汇报一下自己的创作，他都很认真地听。助手李玉洁说先生希望你们多来，他还给常来的人都起个“雅号”，我的雅号是“政治散文”，他还就这个意思为我的散文集写过一篇序。如时间长了我未去，他会问助手，“政治散文”怎么没有来。

与先生交往中的自然之情。

一次我从新疆回来，正在创作《最后一位戴罪的功臣》，我谈到在伊犁采访林则徐的旧事。虎门销烟之后林被清政府发配伊犁，家人和朋友要依清律出银为他赎罪，林坚决不肯，不愿认这个罪。在纪念馆里有他就此事给夫人的信稿。还有发配入疆时，过险地“果子沟”，大雪拥谷，车不能走，林家父子只好下车趟雪而行，其子跪地向天祷告：“父若能早日得救召还，孩儿愿赤脚趟过此沟。”先生的眼角已经饱含泪水。他对爱国和孝敬老人这两种道德观念是看得很重的。他说，爱国，世界各国都爱，但中国人爱国观念

抓住难忘的时刻，表现先生的精神世界、思想观念。

更重些。欧洲许多小国，历史变化很大，唯有中国有自己一以继之的历史，爱国情感也就更浓。他对孝道也很看重，说“孝”这个词是汉语里特有的，外语里没有相应的单词。我因在报社分管教育方面的报道，一次到病房里看他，聊天时就说到儿童教育，他说：“我主张小学生的德育标准是：热爱祖国、孝顺父母、尊敬师长、和睦伙伴。”他当即提笔写下这四句话，后来发表在人民日报上。

先生原住在北大，房子虽旧，环境却好。门口有一水塘，夏天开满荷花。是他的学生从南方带了一把莲子，他随手扬入池中，一年、两年、三年就渐渐荷叶连连，红花映日，他有一文专记此事。于是，北大这处荷花水景就叫“季荷”。但2003年，就是中国大地“非典”流行那一年，先生病了，年初住进了301医院，开始治疗一段时间还回家去住一两次，后来就只好以院为家了。“留得枯荷听雨声”，季荷再也没见到它的主人，我也无缘季荷池了。以后就只有在医院里见面。刚去时，常碰到护士换药。是腿疾，要用夹子伸到伤口里洗脓涂药，近百岁老人受此折磨，令人心中不是滋味，他却说不痛。助手说，哪能不痛？先生从不言痛。医院都说他是最好伺候的、配合得最好的模范病人。他很坦然地对我说，自己已老朽，对他用药已无价值。他郑重建议医院千万不要用贵药，实在是浪费。医院就骗他说，药不贵。一次护士说漏了嘴：“季老，给你用的是最好的药。”这一下坏了，倒叫他心里长时间不安。不过他的腿疾却神奇般地好了。

非常有名的文化景观，其实荷花倒无特殊之处，只是因为先生的缘故。

先生的高风体现在各个方面。

先生在医院享受国家领导人待遇，刚进来时住在聂荣臻元帅曾住过的病房里。我和家人去看他，一切条件都好，但有两条不便。一是病房没有电话（为安静，有意不装）；二是没有一个方便的可移动的小书桌。先生是因腿疾住院的，不能行走、站立，而他看书、写作的习惯却不能丢。

情感在小故事之间蔓延。

我即开车到医院南面的玉泉营商场，买了一个有四个小轮的可移动小桌，下可盛书，上可写字。先生笑呵呵地说，这就好了，这就好了。我再去时，小桌上总是堆满书，还有笔和放大镜。后来先生又搬到301南院，条件更好一些。许多重要的文章，如悼念巴金、臧克家的文章都是在小桌板上，如小学生那样伏案写成的。他住院四年，竟又写了一本《病榻杂记》。

季先生的学问是举世闻名的，作者在叙述了与季老交往的诸多方面后，才落脚到学问上。先还原其做人的方方面面，再到其学问之高深。

我去看季老时大部分是问病，或聊天。从不敢谈学问。在我看来他的学问高深莫测，他大学时候受教于王国维、陈寅恪这些国学大师，留德10年，回国后与胡适、傅斯年共事，朋友中有朱光潜、冯友兰、吴晗、任继愈、臧克家，还有胡乔木、乔冠华等。“文革”前他创办并主持北大东语系20年。他研究佛教，研究佛经翻译，研究古代印度和西域的各种方言，又和英、德、法、俄等国语言进行比较。试想我们现在读古汉语已是多么的吃力费解，他却去读人家印度还有西域的古语言，还要理出规律。我们平常听和尚念经，嗡嗡然，不知何意，就是看翻译过来的佛经“揭谛揭谛波罗揭谛”也不知所云，而先生却要去研究、分辨、对比这些经文是梵文的还是那些已经消失的西域古国文字，又研究法显、玄奘如何到西天取经，这经到汉地以后如何翻译，只一个“佛”就有：佛陀、浮陀、勃陀、母陀、步他、浮屠、香勃陀等20多种译法。不只是佛经、佛教，他还研究印度古代文学，翻译剧本《沙恭达罗》、史诗《罗摩衍那》。他不像专攻古诗词、古汉语、古代史的学者，可直接在自己的领地上打天下，享受成果和荣誉，他是在依稀可辨的古文字中研究东方古文学的遗存，在浩渺的史料中寻找中印交流与东西方交流的轨迹，及思想、文化的源流。比如他从梵文与其他多国文的“糖”字的考证中竟如茧抽丝，写出一本80万字的《糖史》，真让人不敢相信。这些东西在我们看来像一片茫茫的原始森林，稍一涉足就会迷路而不得返。我对这些实在心存恐惧，所以很长时间没敢问及。但是就像一个孩子觉得糖好吃就忍不住要打听与糖有关的事，以后见面多了，我还是从旁观的角度提了许多可笑的问题。

先介绍季老的学术情况，再写交流的故事。

我说您研究佛教，信不信佛？他很干脆地说："不信。"这让我很吃一惊，中国知识分子从苏东坡到梁漱溟，都把佛学当作自己立身处世规则的一部分，先生却是这样的坚决。他说："我是无神论，佛、天主、耶稣、真主都不信。假如研究一个宗教，结果又信这个教，说明他不是真研究，或者没有研究通。"

我还有一个更外行的问题："季老，您研究吐火罗文，研究那些外国古代的学问，总是让人觉得很遥远，对现实有什么用？"他没有正面回答，说："学问，不能拿有用还是无用的标准来衡量，只要精深就行。当年牛顿研究万有引力时知道有什么用？"是的，我从来没有考虑过这个问题，牛顿当时如果只想有用无用，可能早经商发财去了。事实上，所有的科学家在开始研究一个原理时，都没有功利主义地问它有何用，只要是未知，他就去探寻，不问结果。至于有没有用，那是后人的事。而许多时候，科学家、学者都是再没有看到自己的研究结果。先生在回答这个问题时的那一份平静，深深地印在我的脑子里。

这种理解，大概更见境界。

有一次，我带一本新出的梁漱溟的书去见他。他说："我崇拜梁漱溟。"我就乘势问："您还崇拜谁？"他说："并世之人，还有彭德怀。"这又让我吃一惊。一个学者怎么会崇拜的是一个将军。他说："彭德怀在庐山会议上敢说真话，这一点不简单，很可贵。"我又问："还有可崇拜的人吗？""没有了。"他又想了一会儿："如果有的话，马寅初算一个。"我没有再问。我知道希望说真话一直是

先生所崇拜的人，倒真有些让人意外。

他心中隐隐的痛。在骨子里，他是一个忧时忧政的人。巴金去世时，他在病中写了《悼巴金》，特别提到巴老的《真话集》。“文革”结束10年后他又出版了一本《牛棚杂忆》。

我每去医院，总看见老人端坐在小桌后面的沙发里，挺胸，目光看着窗户一侧的明亮处，两道长长的寿眉从眼睛上方垂下来，那样深沉慈祥。前额深刻着的皱纹、嘴角处的楞线，连同身上那件特有的病袍，显出几分威严。我想起先生对自己概括的一个字“犟”，这一点他和彭总、马老是相通的。不知怎么，我脑子里又飞快地联想到先生的另一个形象。一次大会堂开一个关于古籍整理的座谈会，我正好在场。任继愈老先生讲了一个故事，说北京图书馆的善本只限定有一定资格的学者才能借阅。季先生带的研究生写论文需要查阅，但无资格，先生就陪着他到北图，借出书来让学生读，他端坐一旁等着，好一幅寿者课童图。渐渐，这与他眼前端坐病室的身影叠加起来，历史就这样洗磨出一位百岁老人，一个经历了由民国至中华人民共和国，其间又经历了“文革”和改革开放的中国知识分子。

幻化，特定场景下的思维跳跃和情感贯通。

近几年先生的眼睛也不大好了，后来近似失明，他题字时几乎是靠惯性，笔一停就连不上了。我越来越觉得应该为先生做点事，便开始整理一点与先生的谈话。我又想到先生不只是一个很专业的学者，他的思想、精神和文采应该普及和传播，于是去年建议帮他选一本面对青少年的文集，他欣然应允，并自定题目，自题书名。又为其中的一本图集写了书名《风风雨雨一百年》。在定编辑思想时，他一再说：“我这一生就是一面镜子。”我就写了一篇短跋，表达我对先生的尊敬和他的社会意义。去年这套《季羡林自选集》终于出版，想不到这竟是我为先生做的最后一件事。而谈话整理，总是因各种打扰，惜未做完。

现在我翻着先生的著作，回忆着与他无数次的见面，先生确是一面镜子，一面为时代风雨所打磨的百年明镜。在这面镜子里可以照出百年来国家民族的命运，思想学术的兴替，也可以照见我们自己的人生。

写于2009年7月12日季老仙逝第二日，《人民日报》2009年7月14日发表

整篇文章，多写与季先生交往的点点滴滴，没有明显的刀斧之痕，有的只是于细枝末节之间的情感流淌。所谓纪念文章，大概就是这样。

第三卷

观察与体悟

人情　社会　哲理

社会是一部立体的书，我们可以像逛石林、探溶洞那样走进去，用手抚摸着来读。

人格在上

“人格”一词，于日常使用很多，但其准确的含义是什么？一个人的人格会意味着什么？作者在本文中给出了解析。

细想，人格这个词是造得很准确的。就像我们写稿子时要按格填字，不能乱，编辑才好改，读者才好看。写诗也是这样，要有格律，只有合了格和律才美，才算是诗。那么做人呢？应该说也有一定的格，合起码的格是正常的人，合乎更高更严的格，便是好人、高人、伟人。做好人难，做伟人难，好比律诗难写。因为那是一个更高的标准。当然社会上也有不合格的人，就像我们常于报刊上看到一些歪诗，虽然也算是诗，其实并不合格。人的品德分成许多高低不等的格，这便是人格。人格之定，就如某项产品的国家标准，有一定的要求。从某种意义上说人也是一种产品，马克思说，人是一切社会关系的总和。人是一种社会产品，是经社会共教共育、磨砺冲刷、阴差阳错、锻打铸造而成的。如礁石在海，被浪花咬凿、冲刷浸蚀，塑造成各型各类、各等各级，也就有了不同的质、形、格。人生于世就要看你自己所选所为了。你接受了某一种观念，就被搁置到了某一层的某一个格子里。

从字义入手，开篇即开始议论。

我向来觉得人在社会上立身有三项资本，或曰三种魅力。一是外貌，包括体格、姿色，这主要来源于先天，这确是一大本钱。古今因一貌倾城，仪表万众，因此而广有追随、成事者大有人在。二是知识技能和思想，这是靠后天的修炼，一战回天，惊天动地，开国定邦，太平盛世；或窥破天机，发明发现，创造财富，造福人类者，大有人在。三是人格，这完全是一种独立于“貌”和“能”之外关于思想和世界观的修炼。你可以貌相不惊，才智平平，无功

分层次解析人的各种禀赋，与人格形成比对。

可炫，无能可逞，但在人格上却可以卓然而立，楷模万众。精神之力，盖超乎外貌之魅和才智之强，别是一种震撼，一种导引与向往。雷锋，论貌个子不高只有一米五多；论能，只是一个普通的汽车兵，但他的无私精神，助人品德，现已成了中华民族，乃至全人类的精神财富。其人格魅力早已驾于万众之上。

通过比对，表现人格的重要性。

人格，既然名格，就是方方正正，于某事某情某理，行有所遵，言有所本，恪守一定尺度分寸，金钱名利诱之而不变，严刑生杀逼之而不屈，总是平平静静，按一既定的规矩做事；昂首阔步，按既定的方向走路。人格是精神，精神可以变物质，甚至可以发挥出超物质的力量。人格是信念，信念如山在野，高山仰止；如坝挡水，波澜不惊。信念既成，就不是一个人的事，甚至不是一代人的事，会形成一个群体，一个民族，乃至全社会公认的规范，是一种无形的力量。所以当我们述说人事，歌颂英雄，甚至亲身感受那些开国元勋、将军元帅、教授学者或者能人强人的惊人业绩时，其实这种感受中常常有一部分是他们的人格魅力。而且随着时间的推移，这种人格魅力将大大超越其人其事本身的意义。

解析人格的内涵、人格如何形成、人格的力量。

毛泽东转战陕北，拄一根柳木棍子，在胡宗南大军的鼻子底下来去的那种从容；周恩来长年日理万机，内挤外压，那种无私无怨的大度；彭德怀在庐山一人独谏，拍案力争的骨气；就是陈独秀，虽与党有分歧，但在国民党大牢中，面对高官相诱而嗤之以鼻的轻蔑，押解途中带着铁镣而呼呼大睡的气度，这些都远远超出他们所为之事的意义，而特别爆发出一种精神的冲击波和辐射力。我们还可以由此而上溯到辛亥义士林觉民在狱中与妻写绝笔书的慷慨；戊戌义士谭嗣同坐等清廷来拘捕，愿为变法做流血第一人的自豪；林则徐虎门销烟行民族大义，于己无欲则刚的气节；

史可法守扬州宁为玉碎，不为瓦全的牺牲精神；文天祥宁死不叛、丹心汗青的正气；岳飞虽为奸臣所逼但又精忠报国的悲壮；范仲淹身为朝臣先忧后乐的诚心；苏武19年持节牧羊所表现出的忠贞；司马迁身负大辱为民族修史记事的坚韧；项羽慨然认输又愧对父老而毅然自刎的英雄气概；荆轲明知赴死而千金一诺的诚信，等等。这些都是做人之格，他们都是我们民族史上的灿烂明星。就是国外，也有如布鲁诺那样宁肯捍卫科学而甘愿被教会处以火刑的英雄。

作者一气呵成，细数历史，基本上是为我们列出了一个两千多年中华民族有卓然人格的人物名录。

他们的主要业绩仅仅是因为做成了某一件事吗？不是。相反，随着时间的推移，这些具体业绩时过境迁，反倒离我们越来越远，而他们所昭示的人格的力量、人格的光芒，却因时日的检验而愈显强大并永远照耀在我们身旁。当我们数典问祖时，要感谢这一串串巨星为我们画出的精神轨迹。这时我们才真正地感觉到精神变物质是这样的具体。一部中国历史，不，整个一部世界历史，就是这样在人类前进、创新和牺牲精神的鼓舞下书写而成的，而体现着这种精神的，就是那些跨越时空在人格方面光芒四射着人格精神的星座。不可想象，当历史长河中缺了这些人格坐标后，就如同缺了许多改朝换代、惊天动地、里程碑式的大事。当我们书写政治史、军事史、科学史，或从事文学创作，记录故事，塑造人物时，我们不该忘掉这一条隐隐存在而又熠熠闪光的主线。

写这些人格的巨人和他们所创造的精神价值，在历史中的地位与作用。

事实证明，不但文学是人学，史学也是人学，社会学更是人学。一个人只靠貌美出众时，他最多只成为一个名人；当一个人事有所长时，他会是一时的功臣；而当一个人只要他人格上达到了一定的价值高度，他就已经是一个好人，这时如果他又能貌压群英，才出于众时，他便是一个难得的伟人、圣人。这样的人历史所能奉献给我们的大约几十年或数百年才会有一个。但为人而求全，实在是太难了。

先论各种禀赋集于一身的为人的高度，再联系到现实，说明每个普通人如何从提升人格做起。

所以，最基本的还是先从人格做起，心诚则灵，人人都可以立地成佛，先成为一个在德行上合格的人。

2000年10月，《人格在上》，贵州教育出版社2002年版

你不能没有家

在梁衡先生的作品中，这是一篇很少见的以家庭为主题的文章，“家”是每个人都再熟悉不过的东西，但本文却见人所未见，得人所未得。

读一篇谈烈士后代赵一曼之子境遇的文章，暗吃一惊，阴影在胸挥之不去，并生出许多关于家的联想。

交代文章的缘起。

赵一曼受命到东北领导抗日工作时，孩子才出生不久。我们现在能看到的是烈士抱着孩子的那幅照片和那个著名的“遗言”：“宁儿，母亲于你没有尽到教育的责任，实在是遗憾的事情。……希望你，宁儿啊，赶快成人，来安慰你地下的母亲！”但是宁儿，就是后来的陈掖贤，成长情况并不理想。因母亲离开之后父亲又受共产国际派遣到国外工作，陈只好寄养在伯父家。他稍大一点，总有寄人篱下之感，性格内向，常郁郁不乐。新中国成立后，生父回国，但已另有妻室，他也未能融进这个新家。

作者对遗言的省略、突出，与主题紧扣，读完全文，就更可以深入理解这段话的含义。

陈的姑姑陈琮英（任弼时夫人）找到陈掖贤，送他到人民大学外交系读书。但他毕业后却未能从事外交工作，原因说来有点可笑，只因个人卫生太差，不修边幅，甚至蓬头垢面。他被分配到一所学校教书。在以后的工作中，应该说组织上对这位烈士子女还是多有照顾，但他有一个令人难以置信的致命的弱点：自己管理不了自己的个人卫生和每月几十元的工资。屋内被子从来不叠，烟蒂遍地；钱总是上半月大花，后半月借债。组织上只好派人与之同住一屋，帮助整理卫生，并帮管开支。后来甚至到了这种

程度：每月工资发下，代管者先替他还债，再买饭票，再分成四份零花钱，每周给一份。但这样仍是管不住，他竟把饭票又兑成现钱去喝酒。一次他四五天未露面，原来是没钱吃饭，饿在床上不能动了。婚姻也不理想，结了离，离了又复，家事常吵吵闹闹，最后的结局是自缢身亡。这真是一个让人心酸的故事。

简要叙述陈的经历，并突出表现其个人生活的弱点，为后面的分析讨论做准备。

陈掖贤血统不是不好，烈士后代；组织上也不是不关照，可谓无微不至；本人智力也不差，教学工作还颇受称道。但为何竟是这样的下场呢？是最基本的生存能力、生活能力过不了关！而这个能力又不是学校、社会、组织上能包办的，它只有从小教育，而且只有通过家庭教育才能得到。赵一曼烈士在遗书中已经预感到这种没有尽到教育责任的遗憾。这种情况如果烈士九泉之下有知，一颗母爱之心不知又该受怎样的煎熬。

条分缕析，归结到家庭教育方面。从这个角度说，作者所选取的这个事例，非常难得非常典型。

一个人品德和能力的养成有三个来源，学校的知识灌输、社会实践的磨炼和家庭的熏陶培养。家庭是这链条上的第一环。人一落地是一张白纸，先由家庭教育来定底色。家庭教育与学校、社会教育最大的不同是：无条件的“爱”，以爱来暖化孩子，煨弯、拉直定型。学校教育有前提，讲纪律，讲成绩；社会教育有前提，讲原则，讲利害。家庭里的爱，特别是母爱是没有原则和前提的，爱就是前提，是铺天盖地，大包大容的爱。这种博大、包容的爱比社会上同志、朋友式的爱至少多出两个特点。

进一步分析，从宏观高度，确定家庭教育的特点和重要性。

一是绝对的负责。父母的一切行为动机都是为了孩子，没有隔阂、猜疑，不计教育成本。大人是以牺牲自己的心态来呵护孩子，就像一只老母鸡硬是要用自己的体温把一颗冰冷的蛋焐成一只小鸡，并且一直保护到它独立。我们经常看到一个小孩子不吃饭，父母会追着哄着去喂饭；不加衣服，父母追着去给他添衣。有不懂事的孩子说：“我不吃难道你饿呀？”确实，父母肚子不饿，但心中疼。同时又因为有了这种无私的、负责的态度，才敢进行最彻底的教育，不必保留，不用多心，坚决引导孩子向最好的标准看齐，随时涤除他哪怕是最小的毛病，甚至用打骂的手段，所谓打是亲骂是爱。我们常有这样的体会，在成人社交场合看到某人吃相不雅，举止太俗时，就暗说家教不好。但说归说，这时谁也不肯去行教育责任，指破他的缺点了。因身份不便，顾虑太多。皇帝的新衣只有在皇帝小时候由他妈去说破，既已成帝，谁还敢言呢？有些毛病必须在家庭教育中去克服，有些习惯必须在家庭环境中培养，错过这个环境、氛围，永难再补。

前半部分为“情”，后半部分为“理”，两方面结合进行说明。

二是无微不至的关怀。因为有了动机上的无私、负责，才会有效果上的无微不至。孩子彻底生活在一个自由王国中，他所有的潜能都可得到淋漓尽致发挥，就像一颗种子，在春季里，要阳光有阳光，要温度有温度，要水分有水分，尽情地发芽扎根。孩子有什么想法不会看人脸色而止步，不会自我束缚而罢休。甚至撒娇、恶作剧也是一种天性的舒展。这样，他的全部天才基因都会完整地保留下来，将来随着外部条件的到来，就可能长成这样那样的大家、人才，甚至伟人。但是一进入社会教育，哪怕是最初的幼儿园教育都是某种程度的修理、裁剪、规范统一，是规范教育不是舒展教育、创造教育。家庭教育中的无微不至，充分自由，潜移默化将一去不再。这就是为什么所有的孩子一说去幼儿园就大哭不止。当然，人总得从家庭教育升到学校教育阶段，但绝不能缺少家庭教育。

通过区别、比对，说明家庭教育的重要性。

其实，家庭给人的温暖和关爱，以及由此产生的特殊的教育作用还不止于孩童阶段，它将一直伴随到人的终生。表现为夫妻间、兄弟姐妹间、子女与老人间的坦诚指错、批评、交流、开导、帮助等，这都是任何社会集体里所办

家庭重要性的延伸，作者的思路，总是能将一个问题思考得更深、更透。

不到的。我们细想一下，一个人成家之后在亲人面前又不知改了多少缺点，得到多少鼓励，学到了多少东西。因为家庭成员的合作克服了多少生活及事业上的难题。现在社会上有很多继续教育机构，但常忽略了这个终生家庭教育机构，一个独身的人或寄人篱下的人将失去多少继续接受教育的机会。这么想来，人真的不能没有个家。

顺理成章、水到渠成地得出结论，也再次突出主题。

马克思说，人是各种社会关系的总和。当一个人少了最基本的社会关系——家庭关系，少了家庭教育、家庭温暖，他至少不是一个完整的社会人，不是一个很幸福的人。佛教哲学讲结缘。在人生的众多缘分中，情缘是最基本的，因情缘而进一步结成家庭就有了血缘，进而使民族、社会得到延续。一个人没有爱过人或被人爱，就少了一大缘，是一悲哀；有爱而无家，又少了第二大缘，又是一悲哀。一个社会如果没有家庭这个细胞它将无缘发展。虽然，曾有志士仁人说过“匈奴未灭，何以家为”的壮语，但那是特殊情况，甘愿牺牲小家为了天下人都能有一个安定的家。辛亥革命烈士林觉民牺牲前在其著名的《与妻书》中说，“充吾爱汝之心，助天下人爱其所爱，所以敢先汝而死”。赵一曼烈士对儿子说：“你长大成人后，希望不要忘记你的母亲是为祖国而牺牲的”。乱世舍小家是为救国家，盛世则要思和小家而利国家。历史上也确实有过放大无家思想的实验，但都以失败告终。如太平天国，分成男营、女营，夫妻不得团聚；人民公社搞大食堂，取消小家庭的温馨；“文革”前的干部分配制度，造成千万个家庭的两地分居。近读一则资料，1930年国民党立法院甚至讨论过要不要家庭的问题。可见任何政党都有过“左”的行为，当然都成了历史的泡沫。

从家庭于社会的重要性、家国关系的角度，再论家庭的地位。

从反面的历史教训来论家庭存在的重要性。

最新的一份社会调查显示，人们对幸福指数的认同要素，第一是经济，第二是健康，第三是家庭，然后才是职业、社会、环境等。现在出现的老人空巢家庭，农村留守儿童，都是变革中我们不愿看到的“家”字牌悲剧。但有三分奈何，谁愿作无家之人？恩格斯说家庭就像一个苹果，切掉一半就不再是苹果。独身、单亲、离异、留守、空巢、无子女都不能算是一个完善的家庭。当年林则徐说，烟若不禁，政府将无可充之银，可征之丁。现在如果都由这样的家庭组成社会，国家将无可育之才、可用之才。社会要增加多少本该可以在家庭圈子里消化的矛盾。

上升到这一高度，则有振聋发聩之感。

《西厢记》说，愿天下有情人终成眷属，我则为天下计，愿情缘血缘总相续，小家大家皆欢喜。

2007年元月4日，《家庭》2007年第5期

做人如写字，先方后圆

写字是每个人都会遇到的事，却很少有人做这样的剖析。

我常恨自己字写得不好，许多要用字的场合常叫人尴尬。后来我找到了根子上的原因，自己小时用的第一本字帖，是赵孟頫的《寿春堂记》，字圆润、漂亮，弧线多，折线少，力度不够。当时只觉好看，谁知这一学就入了歧途。字架子软，总是立不起来，始信“学书当学颜”。后来当记者，更是大部分时间是左手握一个小采访本，右手在上面边听边划，就更没有什么体，只是一些自己才认识的符号。一次读史，说书法家沈尹默的字原来并不好，他和陈独秀相熟，一天在杭州友人聚会的酒桌上，陈当众挖苦他的字不好，沈摔筷下楼而去。从此发奋练字而成名家。“文革”中沈的检查大字报，常是白天贴出，晚上就被人偷去珍藏。虽然我也曾多次发“愤”，但总是有比写字更重要的事等着，使我一次次“愤”不起来。因为如果真要练字，就得从头临帖，从头去学欧阳询、颜真卿、柳公权，而这却要时间。真奇怪，欧、颜、柳、赵，三硬一软，我怎么当初就偏偏学了一个赵字呢？我甚至私下埋怨父亲没有尽到督导之责，一失足成终身恨。

所以就一直受最初所临之帖的影响。

后来又看到曾国藩谈写字，说心中要把圆形的软毛笔当做一个四面体的硬木筷去用，转角换面，字才有棱有角，有力有势。于是我就去帖求碑，以求其硬，专选《张黑女》、《张猛龙》这种又方又硬的帖子来练。说是练，其实是看。办公桌一角摆上“二张”，腰酸背困之时，翻开看上几眼，过过瘾。练字要有童子功，就像小演员走台步，要用笔锋走遍那字架的每个角、每个棱。童子早不再，逝者如斯夫，我还是没有时间。字没练成，理倒是通了：学字要先方后圆。先把架子立起来，以后怎么变都好说。就像盖房，先起钢筋、骨架、墙面，最后装修任你发挥。如果先圆再去求方，就像对一个已装修完的家，要回头去改墙体结构，实在太难，只有推倒重来。而人生没有返程票，时光不能倒流，岂能什么事都可以推倒重来？只好认了这个苦果，好字待来生了。

得出文章论点的后半部分。

字没有补练成，是因为挤不出时间，静不下心。世事纷扰，总是在应付着怎么做人。但提笔办公或写作时，常凝视笔尖倒是悟出一个道理，做人如写字，也要先方后圆。赵孟頫先是宋臣而后又事元的，后人也有一种说法嫌其圆而不方，不像文天祥。人若能先方，即小时吃苦磨炼，修身治学，品行方端，后必有大成。如果一个人，少年时就圆滑、懦弱，就很难再施教成才；而小时方正，哪怕刚烈、莽撞些，也可裁头修边，煨弯成才。

提出本文完整的论点，后面再进行论证。

《人民日报》2011 年 12 月 30 日

此标题给出了一个似乎有违常理的断语，有吸引人赏读之效，也给人留下了“试看作者如何自圆其说”的悬念。

人人皆可为国王

说到权力和享受，国王可算是一国之最。普天之下，莫非王土。一国之财任其索用，一国之民任其役使。所以古往今来王位就成了很多人追求的目标，国王生活的状态也成了一般人追求的最高标准。

论证的第一步：逆向思维。

但是不要忘了一句俗话：尺有所短，寸有所长。虽然大有大的好处，但它却不能占尽全部的风光。比如，同是长度单位，以“里”去量路程可以，去量房屋之大小则不成；用“尺”去量房间大小可以，去量一本书的厚薄则难为了它。同是观察工具，望远镜可以观数里、数十里之外，看微生物则不行，这时挥洒自如的是显微镜。以人而论，权大位显，如王如皇者亦有他的局限，比如他就不能享村夫之乐、平民之趣。《红楼梦》里凤姐说得好，“大有大的难处”；而《西游记》里孙悟空就懂得小有小的好处，钻到铁扇公主肚子里去成大事。就是在君主制度的社会里，王位也不是所有人的选择。明代仁宗皇帝的第六世孙朱载堉，就曾七次上疏，终于辞掉了自己的爵位。他一生潜心研究音乐和数学，他发现的“十二平均律”传到西方后，对欧洲音乐产生了巨大影响。对量子理论做出贡献的法国人德布罗意也出身公爵世家，但他不要锦衣美食，终于在科学史上占有一席之地。据说现在的荷兰女王也很为继承人发愁，因为她的三个子女对王位都不感兴趣。

由物及人。

由一般的道理，进而落脚到题目中的“王位”。

在现代社会里，特别是在市场经济的运行规律下，人们的利益取向、价值取向和实现途径都变得多元化了。每一个成功者已可以享受高呼万岁式的崇敬，享受鲜花和红地毯。社会有许许多多的“国王”，在各自不同的“王国”里享受着自己臣民的膜拜。你看，歌星、球星是追星族的国王；作家、画家是欣赏者的国王；学者、教授是学术领域内的国王；幼儿园的阿姨、小学校的教师，整天享受着孩子们的拥戴，也俨然如王——孩子王；就是牧羊人，在蓝天白云下长鞭一甩，引吭高歌，也有天地间唯我独尊的国王感。

“国王”一词在这里取其比喻意，进一步向标题的论点靠拢。

事物总是有两面性，有所不为才能有所为；失之东隅，收之桑榆；塞翁失马，焉知非福。每个人只要努力都能得到一种王者的回报。当一个人壮志难酬或怀才不遇时，这大约是人生最低潮最无奈的时期吧。但就是在这种状态下，他仍然会有追随者，仍然可以为王。北宋时的柳永，宋仁宗不喜欢他，几次考试不第，连个做臣子的资格也拿不到，他只好去当“民”。但是在歌楼妓院、勾栏瓦肆的王国里他成了国王——词王，“凡有井水处即能歌柳词”，可见他这个王国有多大。林则徐被贬到新疆伊犁，但就是这样一个“钦犯”，沿途官民却争相拜迎，泪洒长亭，赠衣赠食，争睹尊容。到驻地后人们又去慰问，去求字，以至于待写的宣纸堆积如山。在人格王国里林则徐被推举为王。

再将“国王”转化到“王者的回报”，使标题中的论点更具合理性。

又引申到“人格”。

在日常生活中更是人人可以为王。我看过一场演唱会，那歌手也没有什么名，但当时着实有王者风范，台下的女孩子毫无羞涩地高喊“我爱你”，演唱结束，歌迷就冲到台上要签名、要拥抱。一次去爬山，在山脚下一位年轻人用草编成蚂蚱、小鹿之类的小动物，插满一担，惹得小孩子和家长围成几层厚厚的圆圈，很有拥兵自重的威风。等到登上半山时，又见许多人挤在一起围观，一个老者在玩三节棍，两手各持一节细棍，将那第三节不停地上下翻挑，做出各种花样，人们越是喝彩他越是得意。在这个山坡上临时组建的三节棍小王国里，他就是国王。

连举三例，三个“小人物”皆成“国王”。

将“国王”的意义，去掉物质，只留精神，则标题中的论点，就确实可以成立了。

国王的精神享受有三：一是有成就感，二是有自由度，三是有追随者。只要做到这三点，不管你是白金汉宫里的英国女王，还是拉着小提琴的街头艺术家，在精神上都能得到同样的满足。要做到这一点并不难，只要诚实、勤奋就行——因为你虽没有王业之成，大小总有事业之成；虽没有权的自由，但有身心的自由；虽没有臣民追随，但一定有朋友、有人缘，也可能还有崇拜者，“天下谁人不识君”。所以人人皆可为国王，谁也不用自卑，谁也不要骄傲。

最后再点题。

石头里有一只会飞的鹰

解题、释题，说明题目的由来。

雕塑家用一块普通的石头雕了一只鹰，栩栩如生，振翅欲飞。观者无不惊叹。问其技，曰：石头里本来就有一只鹰，我只不过将多余的部分去掉，它就飞起来了。

这个回答很有哲理。

阐释其中的哲理性。再举例说明。

原子弹爆炸是因为原子核里本来就有原子能；植物发芽，是因为种子里本来就有生命。它不爆炸、不发芽，是因为它有一个多余的外壳，我们去掉它，它就实现了它自己的价值。达尔文本酷爱自然，但父亲一定要他学医，他不遵父命，就成了伟大的生物学家。居里夫人25岁时还是一名家庭教师，还差一点当了小财主家的儿媳妇。她勇敢地甩掉这些羁绊，远走巴黎，终于成为一代名人。鲁迅先是选学地质，后又学医，当把这两层都剥去时，一位文学大师就出现了。就是宋徽宗、李后主也不该披那身本来就不属于他的龙袍，他们在公务中痛苦地挣扎，还算不错，一个画家、词人终于浮出水面。这是历史的悲剧，但是成才的规律，也是做事的规律。物各有主，人各其用，顺之

从阐释哲理到提出遵循规律。

则成，逆之则败。佛说，人人都是佛，就看你能不能跳出烦恼。原来每个人都有一堆“烦恼”裹着一个“自我”，而我们却常常东冲西突，南辕北辙，找不到自我。

石头中的鹰，其实就是石头中的潜能。

每当我看杂技演出时，总不由联想一个问题，人体内到底有多少种潜能。同样是人，你看，我们的腰腿硬得像个木棍，而演员却软得像块面团。因为她只要一个“软”字，把那些无用的附加统统去掉。她就是石头里飞出来的一只鹰。但谁又敢说台下的这么多的观众里，当初就没有一个人身软如她？只是没有人发现，自己也没有敢去想。法国作家福楼拜说：“你要描写一个动作，就要找到那个唯一的动词，你要描写一种形状就要找到唯一的形容词。”那么，你要知道自己的价值，就要找到那个唯一的“我”，记住，一定是“唯一”，余皆不要。好画，是因为舍弃了多余的色彩；好歌，是因为舍弃了多余的音符；好文章，是因为舍弃了多余的废话。一个有魅力的人，是因为他超凡脱俗。超脱了什么？常人视之为宝的，他像灰尘一样地轻轻抹去。建国后，初授军衔，大家都说该给毛泽东授大元帅。毛说，穿上那身制服太难受，不要。居里夫人得了诺贝尔奖，她将金质奖章送给小女儿在地上玩。爱因斯坦是犹太人的骄傲，以色列开国，想请他当第一任总统，他赶快写信谢绝。他们都去掉了虚荣，舍弃了那些不该干的事，留下了事业，留下了人格。

愈稀有愈有价值，“唯一”的就是最有价值的。

可惜在现实生活中，我们总是算加法比算减法多，总要把一只鹰一层层地裹在石头里。欲孩子成才，就拼命地补课训练，结果心理逆反，成绩反差；想要快发展，就去搞“大跃进”，结果欲速不达；想建设，就去破坏环境，结果生态失衡，反遭报复。何时我们才能学会以减为加，已静制动呢？

此处前后两段相结合，讲体现和培养价值的辩证关系。

诸葛亮说：“宁静致远”。当你学会自己不干扰自己上升到最高的全社会层面。

时，你就成功了。老子说“无为而治”。马克思对共产主义社会的解释是“自由人联合体”，连国家机器也将消亡。当社会能省掉一切可以省掉的东西时，最理想的社会就出现了。

《人民日报》2007 年 11 月 15 日

匠人与大师

联系现实，直接入题，提出问题。

在社会上常听到叫某人为“大师”，有时是尊敬，有时是吹捧。又常不满于某件作品，说有“匠气”。匠人与大师到底有何区别？大致有三点：

一、匠人在重复，大师在创造。一个匠人比如木匠，他总在重复做着一种式样的家具，高下之分只在他的熟练程度和技术精度。比如一般木匠每天做一把椅子，好木匠一天做三把、五把，再加上刨面更光，对缝更严等。但是就算一天做到 100 把也还是一个木匠。大师则绝不重复，他设计了一种家具，下一个肯定又是一个新样子。判断他的高下是有没有突破和创新。匠人总在想怎么把手里的玩意儿做的更多、更快、更绝；大师则早就不稀罕这玩意，又在构思一件新东西。

先从理论上解析，再结合实例说明。

二、匠人在实践层面，大师在理论层面。匠人从事具体操作水平的上限是经验丰富,但还没从经验上升到理论。虽然这些经验体现和验证了规律，但还不是规律本身。大师则站在理论的层面上，靠规律运作。面对一片瓜地，匠人忙着一个一个去摘瓜，大师只提起一根瓜藤；面对一大堆数字，匠人满头大汗，一道接一道地去算，大师只需轻轻给出一个公式；匠人在想怎么才能捏好一个泥人，大师则探讨宇宙和人。匠人常自持一技，自炫于一艺，偶有一得，守之为本；大师则鲜花掌声过眼烟云，进取不竭，心忧难宁。所以你就明白为什么居里夫人会把诺贝尔奖章送给小女儿当玩具，但是接着她又得了一个诺贝尔奖。

三、匠人较单一，大师善综合。我们常说一技之长，一招鲜，吃遍天，这是指匠人，大师则不靠这，他纵横捭阖，运筹帷幄，触类旁通，举一反三。因为凡创新、创造，都是在引进、吸收、对比、杂交、重构等大综合之后才出现的。同样是碳元素，软时可为铅笔，硬时可为金刚石，盖因结构之变化。当匠人靠一技之长，享一得之利，拿人一把，压人一筹时，大师则把这一技收来只作恒河一沙，再佐以砖、瓦、土、石、泥，起一座高楼。牛顿、爱因斯坦成为物理大师并不只因物理，还有更重要的数学、哲学等。一个画家，当他成为绘画大师时，他艺术生命中起关键作用的早已不是绘画，而是音乐、文学、科学、政治、哲学等。同理，一个音乐、书法、文学、科学方面的大师也是如此。而一个社会科学方面的大师就要求更高，马恩是一部他们那个时代的百科全书，毛泽东则是当时中国政治、军事、文学的宝典。

恒河为印度的一条河流，河又长又宽，河中的沙细而多，恒河沙比喻数量极多。

这就是大师与匠人的区别。

说完区别，再说联系，说二者之间的转化。

我们研究这个区别毫无贬损匠人之意，大师是辉煌的里程碑，匠人是可贵的铺路石。世界是五光十色的，需要大师也需要匠人，正如需要将军也需要士兵。但是我们必须承认这个世界有层次之别，必须有起码的识别力，有一个较高的追求目标。拿破仑说不想当将军的士兵不是好士兵。将军总是在优秀的士兵中成长起来的。当他不满足于打枪、投弹的重复而由单一到综合，由经验到理性，有了战役、战略的水平时他就成了将军。鲁班最初也是一名普通木匠，当他在技术层面已经纯熟、不满足于斧锯的重复，而进军建筑设计、构造原理时，他就成了建筑大师。虽然从匠人而成为大师的总是少数，但这种进取精神是人类进步，社会发展的动力。古语言，法乎其上，取乎其中；法乎其中，取乎其下。要是人人都法乎其下呢？这个社会就不堪设想，地球就会停止转动。

对二者之间转化的理解，实际上是一种进取创新精神。

我们可能在实际业绩上达不到大师水平，但至少在思想方法上要循大师的思路，比如力求创新，不要重复，不要窃喜于小巧小技，顾影自怜。对事物要有识别，有目标、有追求。力虽不逮，心向往之。在个人有了这样一种心理，就会有所上进，哪怕还不脱匠气，也是达到了纯熟的高等的技艺；在民族有了这样一个素质，就是一个生气勃勃的向上的民族；在社会有了这样一个氛围就是一个创新的社会。

节的联想

中国人习惯，不出正月都算过年，叫过大年。“年”是春节，是一年中最大的节，就特别给它一个月的地盘。于是我就想到年和节有什么不同，比如正月里就还有元宵节，还有更小的立春、雨水等被称为“节气”的节。

年是“节”中之一，由年说到节。

节者，接也。事物都不可能一帆风顺直线前进。都是有节有序，走走停停，接力而行。节是一个运动着的概念。这首先是宇宙运行的规律，地球绕太阳公转一圈，因所处位置不同，就分出二十四个节气。从春到冬节节递进，就这样走过了一年。人的成长也有“节”，从孩童时节、学生时节、工作时节，直到退休后的晚年时节，所以社会规定了儿童节、青年节、老人节，从小到老就这样一节一节度过了一生。植物的生长也有“节”，最典型的是竹子，竹管中空外直，美则美矣，但每隔尺许必得有一停顿，然后接着长，是为一节，如果一直到顶，就不成材，就不堪为用。务过农的人都知道玉米拔节，夏季的夜晚浇过一场透水，你在玉米地旁听吧，噼啪作响，那是田野里生命的交响。无论有生命的还是无生命的事物都是接续前进，走过一节，再拔一节。这是一个生命动态的过程。

此文在写作技巧上最大的特点，就是段落排比。此后三段，每段段首为极相似的结构。

最后一句总结全段。

节者，结也。古人在无文字之前就发明了结绳记事。顺顺溜溜的绳子上打了一个结，必是有事要记住，平平常常的日子里规定了一个节日，必是有事值得纪念。节，是一个时间的概念。值得纪念的有好事也有坏事，好事如“五四”青年学生反帝纪念日，“8·15”日寇投降纪念日，“十一”国庆纪念日等；坏事如“七七事变”纪念日，“南

前后三段中，每段都给出“节”一个概念界定，前面是“运动”，此处是“时间”，下一段是“划分空间”。

京大屠杀”纪念日等。不过我们常把好事称节日，坏事称纪念日。就是对一个伟人，人们也是既记住他的生日，也记住他的忌日。好事纪念，是为发扬光大，要庆要贺；坏事不忘，是为警惕小心，要常思常想。郭沫若就写过著名的《甲申三百年祭》，前事不忘，后事之师。人生、社会只有在好坏反正的对立斗争中才能前行。节是一个社会运行中的坐标。一个国家规定国庆节，是让国民知道立国不易，忘了国庆日就是忘国；一个民族用最典型的风俗礼习来过自己的节，是提醒同胞不要忘祖。中国人把阴历七月十五定为鬼节，外国人有亡灵节，是要生者不忘掉死者。节，是在时间的长绳上打了几个结，叫我们一步一回头，积累过去，创造未来。

如果说前两个对“节”的联想在其他地方还可见到，则第三个联想就很见作者的独到之处了。

节者，截也。它专截取生活中最有意义的日子，再以这日子为旗帜，去选择截取一定的地域、一定的人群，从而强化生活中不同的个性。你看各国、各民族都有自己的节。青年人有青年节，老年人有老年节，妇女有妇女节，基督徒有自己的圣诞节，连最自私的情人们也要为自己规定一个情人节。这节还是拦截人们感情的闸门。你看春节那返乡的人流如潮如海。元宵、中秋、重阳，无论哪一个节都是在开启人们的某一种思绪。节有最小者是每个人自己的生日，最大者是全地球每 365 天过一个元旦节，而火星则每 686 天过一个元旦节。我有时突发奇想，现在人们还没有找到宇宙大爆炸诞生的那一日，如果找到了那一天，又找到了外星人，大家同庆宇宙的元旦节，不知会是什么样子。这样想来，节又是一个划分空间的概念。此节与彼节可以有关，也可无关。而当最多的人同时关注一个节日时，那就是最大范围的大同。当一个人被写入一个节日时，他就有了最高的威望，如伟人的生日总是被列为纪念日。

知道了节是生命的过程，我们就会格外地珍惜它。要节节而进，奋勇而行，谨守人生之节、人格之节。节既是时间的概念，就在提醒我们生命的流失，我在一篇文章里曾发问，是谁发明了“年”这个东西，直将我们的生命寸寸地剁去。我们一方面要节约生命，勿使岁月空度；另一方面又承认节序难违，不要强挽流水，而是重在享受生命的过程。节又是一个空间的概念，我们就知道这个世界上有多少人群、多少民族、多少个国家和组织就有多少个节日；有多少人就有多少个生日。它提醒我们“喜吾节以及人之节”，每当节日来临时不要忘了相互庆贺，邻国国庆要发个贺电，亲友过节要送束鲜花，老人记着儿童节，青年人不要忘了父亲节、母亲节和重阳节。节是我们在这个世界上互相联系的纽带，是一个爱的扭结。

从对“节”的释义，转入到对“节”应抱持的态度认识。

从“老吾老以及人之老，幼吾幼以及人之幼”化用而来。

想明白了以上的意思，我们就天天都在过节，天天都在为别人祝福和在被别人祝福之中。

《京华时报》2004 年 2 月 5 日

母亲石

那一年我到青海塔尔寺去，被一块普通的石头深深打动。

不是石头形状的特殊，而是其中所蕴含的文化的特殊。

这石其身不高，约半米；其形不奇，略瘦长，平整光滑；但它却是一块真正的文化石。当年宗喀巴就是从这块石头旁出发，进藏学佛，他的母亲每天到山下背水时就在这块石旁休息，西望拉萨，盼儿想儿。泪水滴于石，汗水抹于石，背靠石头小憩时，体温亦传于石。后来，宗喀巴创立新教派成功，塔尔寺成了佛教圣地，这块望儿石就被请到庙门口。这实在是一块圣母石。现在每当虔诚的信徒们来朝拜时，都要以他们特有习惯来表达对这块石头的崇拜。有的在其上抹一层酥油，有的撒一把糌粑，有的放几丝红线，有的放一枚银针。时间一长，这石的原形早已难认，完全被人重新塑出了一个新貌，真正成了一块母亲石。就是毕加索、米开朗琪罗再世，也创作不出这样的杰作啊。

宗喀巴是藏传佛教格鲁派（黄教）的创立者，佛教理论家，是藏传佛教一代祖师。

介绍此石的背景，母亲石是本文的“意象”，目的还在于写母爱。

我在石旁驻足良久，细读着那一层层的，在半透明的酥油间游走着的红线和闪亮的银针。红线蜿蜒曲折如山间细流，飘忽来去又如晚照中的彩云。而散落着的细针，发出淡淡的轻光，刺着游子们的心微微发痛。我突然想起自己的母亲。那年我奉调进京，走前正在家里收拾文件书籍，忽然听到楼下有“笃笃”的竹杖声。我急忙推开门，老母亲出现在楼梯口，背后窗户的逆光勾映出她满头的白发和微胖的身影。母亲的家离我住的地方有几里地，街上车水马龙，我真不知道她是怎样拄着杖走过来的。我赶紧去扶她。她看着我，大约有几秒钟，然后说：“你能不能不走？”

这是一个能给人留下深刻印象的画面定格。

声音有点颤抖。我的鼻子一下酸了。父亲文化程度不低，母亲却基本上是文盲，她这一辈子是典型的贤妻良母。小时每天放学，一进门母亲问的第一句话就是："肚子饿了吧？"菜已炒好，炉子上的水已开过两遍。大学毕业后先在外地工作，后调回来没有房子，就住在父母家里，一下班，还是那一句话："饿了吧。我马上去下面。"

前后用同一句话来表现母亲"贤妻良母"的形象，以重复表现的技巧，加深印象。

我又想起我第一次离开母亲的时候。那年我已是17岁的小伙子，高中毕业，考上北京的学校。晚上父亲和哥哥送我去火车站。我们出门后，母亲一人对着空落落的房间，不知道该做什么，就打来一盆水准备洗脚。但是直到几个小时后父亲送我回来，见她两眼看着窗户，两只脚搁在盆边上没有沾一点水。这是寒假回家时父亲给我讲的。现在，她年近八十，却要离别自己最小的儿子。我上前扶着母亲，一瞬间我觉得我是这世上一个最不孝顺的儿子。我还想起一个朋友讲起他的故事。他回老家出差，在城里办完事就回村里看老母亲，说好明天走前就不见了。然而，当他第二天到机场时，远远地就看见老母亲扶着拐杖坐在候机厅大门口。可怜天下父母心，儿女对他们的报答，哪及他们对儿女关怀的万分之一。

相对于母爱，又有哪个儿子不会做这样想呢？

我知道在东南沿海有很多望夫石，而在荒凉的西北却有这样一块温情的望儿石，一块伟大的圣母石。它是一面镜子，照见了所有慈母的爱，也照出了所有儿女们的惭愧。

点明母亲石的意义。

《北京日报》2009年12月6日

忽又重听走西口

写听歌却先从菜入手，不是闲笔，与后面形成呼应。

正月里回家乡过年，初三那天作家赵越、亚瑜夫妇请吃饭，点的全是山西菜，不为别的，就是要个乡土味。席间，我问赵兄，最近又写了什么好歌词。我知道这几年他在词界名声大振。从中央电视台的春节晚会，到山西歌舞剧院出国演出，无不有他的新词。他说别的没有，倒有一首《走西口》，是旧瓶装新酒，还可自慰。我知道《走西口》是在山西、内蒙古、陕西一带流行极广的一首民歌。过去晋北、陕北一带生活苦寒，一些生活无着的人便西出内蒙古谋生，有的是去做点小买卖，有的是春种秋回，收一季庄稼就走。这一生活题材在民间便产生了各种版本的《走西口》，大都是叙青年男女的离别之情，且多是女角来唱，其词凄切缠绵，感人肺腑。赵君这一说，再加上这满桌莜面、山药蛋、酸菜羊肉汤，乡情浓于水，歌情动于心，我忙停箸抬头请他将新词试说一遍。他以手辗转酒杯，且吟且唱：

插入对《走西口》背景的交代，便于理解后面新词的创新。

叫一声妹妹哟你泪莫流，
泪蛋蛋就是哥哥心上的油。
实心心哥哥不想走，
真魂魂绕在妹妹身左右。
叫一声妹妹哟你不要哭，
哭成个泪人人你叫哥哥咋上路？
人常说树挪死来人挪活，
又不是哥哥一人走西口。
啊，亲亲！

咱挣上那十斗八斗我就往回走。

就这么几句，我心里一惊，不觉为之动容。确实是旧瓶新酒，变女声为男声，男儿有泪不轻弹，其悲中带壮，情中有理，虽无易水之寒，却如长城上北风之号，只有在黄土地上，在那裸露的沙梁土坎上，那些坡高沟深，无草无树，风吹塬上旷，泥屋炊烟渺的黄土高原上才可能有的这种质朴的赤裸裸的爱。这是小溪流水，竹林清风，《阿诗玛》、《刘三姐》等那种南国水乡式的爱情故事所无法比拟的。赵君过去写过许多洋味十足的诗，其外貌风度也多次被人错认为德国友人、墨西哥影片里的角色等，不想今日能吐出如此浑厚的黄土之声。我说你以前所有的诗集、歌词都可以烧掉了，只这一首便可大名传世。这时一旁的亚瑜君插话："别急，你听下面还有对妹子的呵护之情呢。"赵君接着吟唱：

对歌曲的品味，也交代出心中被勾起的乡情与回忆。

叫一声妹妹你莫犯愁，
愁煞了亲亲哥哥不好受。
为你码好柴来为你换回油，
枣树圪针为你插了一墙头。
啊亲亲！
到夜晚你关好大门放开狗。
……
叫一声妹妹哟你泪莫流，
挣上那十斗八斗我就往回走！

我是在西口外生活过整整6年的。大学一毕业即被分配到那里当农民，也算是走西口，不过是坐着火车走。那时当然比现在苦，但还不至于苦到生活无着，并不是为了

不再说歌曲，而直接进入到由歌曲而带出的回忆和情感。

糊口，是为了“支边”，或者是充边，是“文化大革命”中对“臭老九”的发配。当时我也未能享受到歌中主人翁的那份甜丝丝的苦，那份缠绵绵的愁。因为那时还没有一个能为我流泪滴油的妹妹。正是天苍苍，野茫茫，孤旅一人走四方。但那天高房矮，风起沙扬，枣刺柴门，黄泥短墙，寒夜狗吠，冷月白窗的塞外景况我实在是太熟悉了。你想孤灯长夜，小妹一人，将要走西口的哥哥心里怎么能放心得下，于是就在墙头上插满枣刺，又嘱咐夜晚小心听着狗叫。人走了，心还在啊。“妹的泪是哥心上的油，真魂魂绕在妹身左右”，这是何等痛彻心骨的爱啊。这种质朴之声，直压中国古典的《西厢记》，西方古典的《罗密欧与朱丽叶》。赵君谈得兴起，干脆打开了音响，请我欣赏著名民歌演唱家牛宝林演唱的这首《走西口》。霎时，那嘹亮的带有塞外山药蛋味的男高音越过了边墙内外和黄土高坡上的沟沟坎坎，峁峁垴垴。我的心先是被震撼，接着被深深地陶醉了。

通过作者的回忆，加强对爱情的发生地的背景描述，为下文做铺垫。

极有特色的形容和叙述。

祖逖闻鸡起舞，我今闻赵君一歌思绪起伏。爱情这东西实在属于土地，属于劳动，属于那些无产、无累、无任、无负的人。古往今来有多少专吃爱情饭的作家，从曹雪芹到张恨水到琼瑶，连篇累牍，其实都赶不上塞外这些头缠白毛巾的小伙子掏出心来对着青天一声吼。就像人类在科学上费尽心机，做了许多发明，回头一看远不如自然界早已存在的物和理，又赶快去研究仿生学。赵君也是写了大半辈子诗的人了，绕了一圈回过头来，笔墨还是落在了这一首上。人以五谷为本，艺术以生活为根。黄土地实在是我们永远虔诚着的神。这使我想起40年代在陕北那块贫瘠的土地上，一批肚子里装满了翰墨的知识分子，他们打着裹腿，穿着补丁褂子，抿着干裂的嘴唇，顶着黄风，在土沟里崖畔上白天晚上地寻寻觅觅，为的是寻找生活的原汁原味，寻找艺术的源头。这其中最具代表性的是李季的《王

此处描写颇有电影蒙太奇的味道：一个一个表面看似毫无关联的片段，因了爱情与生活被连接在一起。

贵与李香香》：

沟湾里胶泥黄又多，
挖块胶泥捏咱两个。
捏一个你来捏一个我，
捏得就像活人托。
摔碎了泥人再重和，
再捏一个你来再捏一个我。
哥哥身上有妹妹，
妹妹身上有哥哥。

我请赵君给我随便讲一件在晋西北采风的事。他说："一次在黄河边上的河曲县采风，晚上油灯下在一家人的土炕上吃饭，我们请主人随意唱一首歌。小伙子一只大手卡着粗瓷碗，用筷子轻敲碗沿，张口就唱'蜜蜂蜂飞在窗棂棂上，想亲亲想在心坎坎上'，不羞涩，不矫情。像吃饭喝水一样自然。"这也使我想起那一年在紧靠河曲的保德县（歌唱家马玉涛的家乡）采访，几位青年男女也是用这种比兴体张口就为我唱了一首怀念周总理的歌，立时催人泪下。这些伟大的歌手啊，他们才是大师，才是音乐家，就像树要长叶，草要发芽，他们有生就有爱，有爱就有歌，怎么生活就怎么唱。在他们面前我们真正自愧不如。到后来，等到我也开始谈恋爱时，虽然也是在西口古地，也是大漠孤烟，长河落日，锄禾田垄上，牧马黄河边，但是无论如何也吼不出那句"泪是哥哥心上的油"。现在闻歌静思才明白，真正的爱、质朴的爱最属于那些土里生土里长的山民。他们终日面对黄土背朝天，日晒脊梁汗洗脸，在以食为天的原始劳作中油然而生的爱，还没有受过外面世界的惑扰，还保有那份纯那份真。

感情的铺陈自然，"爱"的感觉在此处慢慢溢出了纸面，弥漫开来，都能感受到那份纯真的情爱。

就像要找真人参还得到深山老林中的悬崖绝壁上去寻，像我们这些城市中的文化人每天挤汽车、找工作、评工资，还有什么迪斯科、武打片、环境污染、公共关系，早已疲惫不堪，许多事都是“欲说还休（羞）”，哪里还有什么“泪蛋蛋、真魂魂、枣圪针、实心心”，更没有什么晚上能卧在你脚下的狗。

听着歌，我不禁想起两件事。一是著名学者梁实秋，晚年丧妻后爱上了比他小20多岁的孤身一人的歌星韩菁菁。这是个人的私事本来很自然，但却舆论哗然。首先梁的学生起来反对，甚至组织了“护师团”来干预他的爱。老教授每天早晨起来手拿一页昨晚写好的情书，仰望着情人的阳台。这位感情丰富，古文洋文底蕴极厚又曾因独立翻译完成《莎士比亚》而得大奖，装了一肚子爱情悲喜剧的老先生绝不敢在静静的晨曦中向楼上喊一嗓子：“叫一声妹妹你莫愁。”文化的负重，倒造成了爱的弯曲，至少是爱的胆怯。

有趣的对比，道出爱的无奈。文中此类强烈的比照还有几处，为文章添色不少，把一个细腻而带有几分惆怅的话题铺陈得有色有味。

一个很有意思的结论，后面两段进一步说明这一观点。

还有一件事，是那一年我在西藏碰到的一件极普通但又印象极深的事。那天我在布达拉宫内沿着曲曲折折的石阶木、梯正上下穿行，这座千年旧宫正在大修，到处是泥灰、木料，我仔细地看着脚下的路，忽然隐隐传来一阵歌声。我初不经意，以为是哪间殿堂里在诵经。但这声音实在太美了，乐声如浅潮轻浪，一下下地冲撞着我的心。我心灵的窗户被一扇一扇地推开了，和风荡漾，花香袭人。我便翻架钻洞，上得一层楼上，原来是一群青年男女正在这里打地板。西藏楼房的地板是用当地产的一种“阿嘎”土，以水泡软平铺地上一下一下地砸，砸出的地板就像水磨石一样，能洗能擦，又光又亮。从一开始修布达拉宫到以后历朝历代翻修，地面都是这样制作，他们称为土水泥。我钻出楼梯口探头一看，只见约30个青年分成男女两组，一前一后，每人手中持一根齐眉高的细木杆，杆的上端以红绸系一个小铜铃铛，下端是一块上圆下平如碗之大的夯石。在平坦的地板上，后排方阵的小伙子都紫红脸膛，虎背熊腰，前排方阵的姑娘们则长辫盘头，腰系彩裙，面若桃花。只听男女歌声一递一进，一问一答，铃声璨璨，夯声墩墩，随着步伐的进退，腰转臂举，袍起袖落。这哪里是劳动，简直就是舞台演出，这时旁边的游人被吸引得越聚越多。青年们也越打越有劲，越唱越红火，特别是当姑娘们铃响夯落，面笑如花，转过脸去向小伙子们甩去一声歌，那群毛头小伙子就像被鞭子轻轻抽了一下，喜得一蹦一跳，手起铃响，轰然夯落，又从宽厚的胸中发出一声山呼之响，嗡嗡然，声震屋瓦绕梁不绝。和我同去的一位年轻人竟按捺不住自己，跳进人群，抢过一根夯杆也手之舞之，足之蹈之起来。我看之良久，从心里轻轻地喊出一声："这样的劳动怎么能不产生爱情！"

作者的描述有再现现场的功力，这样的场面怎能让人不动情。

爱是男女相见相知，不由得生发出的相悦相恋之情。对这种感情的表达不同生活环境中的人会有不同的方式。李清照与其夫金石家赵明诚算是中国历史上文化层次很高的一对了。两人分居两地十分思念，李清照便写了一首后来在中国文学史上极有名的《醉花阴》：

薄雾浓云愁永昼，瑞脑消金兽。佳节又重阳，玉枕纱橱，半夜凉初透。东篱把酒黄昏后，有暗香盈袖。莫道不销魂，帘卷西风，人比黄花瘦。

李将这首词寄给丈夫，赵明诚喜其情切词美，发誓要回写一首并超过她，便谢客三天，废寝忘食，得50首，杂李词于其中以示友人。友人玩之再三，说只有这三句最佳："莫道不销魂，帘卷西风，人比黄花瘦"。赵自叹不如。

此处引用，有趣之极。“扭捏”一词，可使人联想到爱情萌芽时的憨态可掬、羞涩。

像这种爱，早已经是非要爱出个花样不可，有点斗法的味道了。梁实秋与他所爱的大歌星当着面什么不能说，非得先写好一份情书，然后再捧书上门。这真是“人生识字扭捏始”，偏要拐那十八道弯。学问越高，拐的弯就越多。

进入到对文学艺术观的论述。

文者，纹也，装饰，花样之谓也。文人办什么事都爱包装一下，连表达爱也是这样。但物极必反，弯子拐得过多，作品就没有人看了，文人自己也会觉得没趣，于是又寻找回归。胡适说：“中国文学史上何尝没有代表时代的文学？但我们不应向那古文传统史里去找。应该向旁行斜出的不肖文学里去找寻，因为不肖古人，所以能代表当世。”胡适其他观点暂不去论，他的这句话倒很合毛泽东同志讲的，人民生活“是一切文学艺术取之不尽，用之不竭的唯一的源泉”，“过去的文艺作品不是源而是流”。所以从古到今，诗歌都有向民歌，特别是向民间的情歌学习的好传统。明代出了个作家冯梦龙，清代乾隆朝有个王迁绍，专向白话俚语学习，大量收集民间创作。有一首情诗《牛女》这样写到：

闷来时
独自个在星月下过。
猛抬头，
看见了一条天河，
牛郎星、织女星俱在两边坐。
南无阿弥陀佛，
那星宿也犯着孤。
星宿儿不得成双也，
何况他与我。

用这首诗来比李清照的《醉花阴》如何？更能感觉到

直接来自生活源头的清纯。而且在表现手法上，先是平平道来，最后用了逆挽之法，说是技法的成熟，不如说是真情所在，情到技到，大道无形，真情无文。其实一切好的民歌的美，正在于此。无论铺排、比兴，全在一个真实自然，见情而不露文。唐代是我国诗歌发展史上的一个高峰。像白居易那样的大家写罢诗后也要去向老太婆读，好求得民间的认同。刘禹锡在向民歌学习方面也很见成效，他的《竹枝词》就很有质朴之美：“杨柳青青江水平，闻郎江上唱歌声，东边日出西边雨，道是无情却有情。”在诗歌创作方面，这种学习从古至今一直不衰。连那个只会写词不会治国的亡国之君李后主也有一首写得很直率的《菩萨蛮》：

点评《醉花阴》，再述“真情”对文章的感染力。

此处“文”指“花样”、技巧，在真情流露之下，技巧已经不那么重要。

花明月暗笼轻雾，今宵好向郎边去！刬袜步香阶，手提金缕鞋。画堂南畔见，一向偎人颤。奴为出来难，教郎恣意怜。

看来不管是皇帝老子还是风流名士，要写好诗就得向百姓学习，努力去掉文人身上的珠光色和脂粉气。当然学习也要有个度，也不是越土越好，土到《红楼梦》里的薛蟠体也就糟了。

以薛蟠体为例探讨“度”，幽默且有趣。

其实，赵君的诗大多是为歌、为舞而写的。这几年在舞台上有一股不太好的风气，哪怕是唱一首很纯朴的民歌，也要灯光陆离，烟雾漫漫，然后再找一些不明不白的伴舞，在歌手的前后左右伸胳膊蹬腿，非得把那清粼粼的旋律，蓝格莹莹的舞台，搅得一团混沌才甘心。而赵君的词却自带着一份不可亵渎的清纯。所以他的词也给舞台的台风带来了可喜的回归。他这几年的一大功劳是与著名编舞王秀芳等人合作创作了两台乡土味极浓的歌舞《黄河儿女情》和《黄河一方土》。这两台戏大震京华，并多次远征国际舞台。可见人心思土，艺风贵朴。

剧中有一段《背河》舞，就是编舞在他那首极富动感的歌词的启发下编出的，效果极佳。北方的河水清浅，又多无桥，男人一般能蹚水过河，姑娘、媳妇胆小怕凉不敢蹚水，于是就专门有人在河边做起背人过河的生意，挣个小钱。前面说过，凡有劳动的地方就有爱，就在河边这种特殊劳动的小皱褶里也藏着爱。赵君的《背河》词是这样写的：

小褶皱又是一处极佳的比喻，文中此种比喻颇多，文章也因此趣味横生。

背起小妹妹河中走，
背了个欢喜扔了个愁。
妹妹的细腰扭呀扭，
扭得哥哥甜格滋滋，
像喝了蜜酒。
得儿哟，得儿哟，
莫怕那风浪三丈三，
妹妹哟，妹妹哟？
哥的劲头九十九丈九！
背起小妹妹河中走，
叫声妹妹不要害羞；
小心那掉在河里头，
快把哥哥亲格热热，
紧紧地搂。
得儿哟，得儿哟，
明年再背你下花轿，
妹妹哟，妹妹哟？
亲手给你揭开红盖头！

他的这首歌，又使我想起当年刚毕业在口外当农民劳动锻炼时的一幕戏。春天里大地刚刚苏醒，春风吹过河套平原，有一丝丝的温馨，一丝丝的甜润。柳条开始发软，枯草刚顶出新芽。劳动休息时，四野空旷无以为乐，经常的节目是摔跤。让我们这些洋学生大吃一惊的是，那些还没有脱去老羊皮袄或者厚棉袄的姑娘，手大腰壮，竟敢向小伙子叫阵，一会儿就龙腾虎跃，翻滚在松软的犁沟里，羞得我们看都不敢看。在劳动中油然而生爱心，爱心萌动就以歌抒之，歌之不足，舞之蹈之。现在想来田野上这种超出舞蹈的游戏中又一定还藏有那歌之舞之所未能表达尽的爱。

在赵君家吃了一顿饭，听了几首歌，倒惹我想了这许多。临走时赵君送我两盒《走西口》的磁带，这回赴宴真是货真价实。

1996 年 3 月 15 日，青年文艺家 1996 年第 4 期

本文是在说文章与生活的联系，还是说爱情？这两条线索频繁交织在一起是本文行文的最大特点。通读全文，乃有感触：生活（或劳动）让爱心萌发，萌发的爱情肯定要舞之蹈之，歌之咏之，记录下来，不就是一篇充满着浓浓爱意的美文吗？

夜　市

晚饭后，待夕阳西沉，柏油马路上的灼热稍稍散去一些，我便短衫折扇，向王府井慢慢走去。来得早了一点，摆好的摊子还不多。这时拐弯处飞出一辆平板三轮，蹬车的是个长发短裤的小伙儿，口里哼着流行曲，身子一左一右地晃，两条腿一上一下地踩，那车就颠颠簸簸地冲过来，车上筐子里装满了碗和勺，叮叮当当地响。筐旁斜坐着一位姑娘，向他背上狠狠地打了一拳，骂声："疯啦！"小伙子就越发美得扬起头，敞开胸，使劲地蹬。突然他一捏闸，车头一横，正好停在路旁一个画好白线的方格里。两人跳下车，又拖下十几根铁管，横竖一架，就是一个小棚子。雪白的棚布，车板正好是柜台，再噼噼啪啪地摆上一圈碗。姑娘扯起尖嗓子，高喊一声："绿豆凉粉！"刹那间，一溜小摊就从街的这头伸到另一头，夜市开张了。

伴随着平板三轮车的步伐，文章迅速进入主题。作者只在旁边观察，悄悄地记录。

人行道上的路灯刷地一下亮了，夕阳还没有收尽余晖，但人们已感觉不到它的存在。灯光逼走了日光，温和地来到人们身旁。她一出来，这个世界顿时便加了几分温柔，许多随便。人们悠闲地，并无目的地从各个巷口向这里走来。白日里恼人的汽车一辆也没有了，宽阔的街面上全是推着自行车的人流，互相牵着手的男女，嘻笑奔跑着的儿童。国营商店，噼噼啪啪地上了门板，个体小贩们似唱似叫的，就在它们的门前摆起了地摊。

这也是夜市生活的味道与感觉。

一个煎饼摊吸引了我。三轮车上放一个火炉，炉上一块油黑的方形铁板，一位中年汉子左手持一把小勺，伸向旁边的小盆里舀一勺稀面糊，向铁板上一浇。右手持一柄小木耙，以刀的一角为圆心，规则地绕几圈，那面糊汁立即被拉成一张白纸，冒着热气。我正奇怪这张纸饼的薄，他左手又抓过一只鸡蛋，右手一耙砍下去，一团蛋黄正落在煎饼心上，那小耙又再画几个圈，白纸上便依稀挂了一层薄薄的黄，热气腾腾中更增加了一种朦胧的诱惑。只见他右手扔下小耙，取过一把小铲，却又不去铲饼，先在铁板上有节奏地敲三下，然后将铲的薄刃沿饼的边，刷地割一个圆圈，那张薄饼已提在他的手中，喊道："五毛一张！"那架势不像是卖饼，倒像在卖一张刚刚制作完的水印画。确实，这一套熟练的动作，大概不过三分钟。那小勺、小耙的精致，也如工艺品，至于那把小铲，干脆就是油画家用的画铲。我立即觉得自己迈进了一个艺术的大观园，心中微微得到一种愉快的满足。

对夜市生活不厌其烦的细节描写，读来不觉琐屑，只觉生活的温暖与欢愉。

前面人群的头顶上闪出一幅挑帘，大书"道家风味"四字，十分引人。平地放着四个铁筒改装的火炉，炉口上正好压了一个鼓肚铁鏊，鏊子上有一个很厚的圆盖。和刚才做煎饼不同的是，稀面糊从鼓肚处流下，自然散成一个圆饼，这在我们家乡叫摊黄，是乡间极平常的吃食。但在这里就别有出处了。守摊的一男二女，像夫妻姑嫂三人，那男子不干活，只管大声招揽顾客："真正道家秘传，请看中国二千年前就有的高压锅，道人就用这种炉子炼丹作饼，长命百岁。我家这祖传的道家炊饼已有42年不做，今年挖掘整理，供献给首都夜市……"这时一个青年上前插问："是不是回民食品？"他大概分不清道教和伊斯兰教，那炉边的女子耳尖，迅即答道："回民、汉民都能吃，小米、玉米、黄豆，真正小磨香油。不腥不腻，养人利口。"就有人纷纷去讨。这家人可真聪明，要是白天，这宽阔的马路，这两边洁净的店堂，街上疾行的车辆，西服革履的人群，哪能容他们在这里论饼说道呢？但这是夜晚，暮色一合，

夜色让人卸去伪装，心境的完全转变是夜市的背景，也是夜市吸引力所在。

城换了装，人也变了性，大家都来享受这另一种的心境。

离开这道家食摊没有几步，又有一个偌大的广告牌立在当地，红底白字，大书“芙蓉镇米豆腐”，旁边还有几行小注：“芙蓉镇米豆腐以当地特有白米及传统秘法精制，特不远千里专程献给首都夜市。”我忍不住哈哈大笑。这芙蓉镇本是一个小说和电影里的地方，作品中有一个卖米豆腐的漂亮女郎，惹出一段曲折离奇的故事，想不到竟也拿来做了广告的由头。

香味本来是听不见看不见的，但是我此刻却明明是用耳朵和眼睛来领略这些食品的味道了。先说那大小不同高低起伏的叫卖声，只靠听觉就可以知道这食阵的庞大综杂。有的起声突峻，未报货名，先大喊一声：“哎！快来尝尝。”有的故念错音，将“北京扒糕”念成“北京扒狗”；有的落音短截，前字拉长，后字急收“炒——肝儿”；有的学外地土话，要是卖烤羊肉，总是忘不了戴顶花小帽，舌头故意不去伸直。闭目听去，七长八短，沸沸扬扬，宛如一曲交响乐回荡在大厅，但再细细辨认，笛、琴、管、鼓，又都一一分明。那每一种频率，每一个波段，实在都代表着每一种香味和每一块六尺见方的地盘。

这是描摹夜市的声响，声声入耳……夜里的另一番生活场景登时鲜活起来。

这些商贩艺术家们不但叫卖有声有韵，堆货站摊也极讲造型。卖馅饼的就故将案上的肉馅堆成一个圆球，表面撒上木耳、葱、姜、香菜之末，杂成黑、白、黄、绿之色，远远看去五彩缤纷。卖凉粉的更构思奇巧，在一块晶莹透明的方形大冰上凿出几排圆坑，凉粉碗就一一稳在其中，白冰、白碗、白粉，冰清玉洁，素闲雅静，目光随触就凉气适人。再看那案边锅旁的师傅们，头上的白帽多不正而稍歪，腰间的围裙虽系又轻挂本是一口京腔却又故意差字走音，要是有外国人走过，还会高喊一声“OK”。整条街面上漾着一种幽默、活泼的气氛。顾客不知不觉中有了一

此处是夜市的色彩，较之阳光下的缤纷生活，毫不逊色。

种替摊主辩护的宽恕心理，摆在这里的货自然就是最有特点，最该叫好的。艺术本是在劳动中创造，这时，他们手舞口唱，那火烤油灼的燥热，腰酸腿困的劳顿，全在这一声声的叫卖中，在这摊面杖有节奏的敲打声中化作了顾主的笑语和他们手中的钞票。无声的夜以她迷人的色调，将这一切轻轻地糅合在一起，连游人也一起糅了过去，读得你心旷神怡。

旷为空远，怡为静适，喧闹的铺陈于无声的夜的背景之下，有“鸟鸣山更幽”的味道。

这条街，前半条是吃的世界，后半条便是穿的领地，跨过半条街，油香渐稀，却色彩纷呈。服装摊的摆法自与小吃摊不同，干净、漂亮、耀目。几十条彩色锁链从铁架顶端垂下，每隔几个链孔就挂进一个衣架，架上是一件短衫或一条长裙，层层叠叠、拥锦压翠。这些时装不但面料华贵，形式也实在出奇，有一件上衣活像蒙古族的摔跤服，没有纽扣只一根腰带，并不讲究合体，随便前后两片而已。有一件裙子，灰土色，上面的图案竟全是甲骨文字，就像出土文物。一个摊位的最高处挂着一件连衣裙，上身的丝格如将军胸前的绶带，一身显贵之气，罩在透明塑料袋中，标明牌价 487 元。我怕看错又问一遍，看摊的一个小女子说：“这还贵啊，两天已卖出三件！”再看其他摊上一二百元一件的衣服已极平常。我不觉环顾一下周围的人也都是一鼻两眼，真想不出他们何以能这样在夏夜的凉风中一掷千金。

“猎奇”是心之常情，也是对夜市最大的期待，借着朦胧的月色，发现一些与日常生活的不同之处。

如果说食品摊讲究的是风味，这里要的便是时髦。那边力求土一点，强调传统；这里却极力求洋一点，强调反传统。有一个摊位专营男式短裤，却围着不少女客。按说穿短裤是为凉快，这些料子却厚如帆布，颜色青灰相杂，像一块深色大理石，陈旧滞重。但买的人很多，偏要这种“流行”。一位姑娘在货摊里提起一件，便在人群的挤搡间，套进双腿，拉至腰际，再将外面的裙子一褪。两条粉白的作者大窘，读者却读来颇觉有趣。作者也从开始的旁观者渐融入于夜市的生活之中，视角为之一变。

大腿和两只随便穿着一双拖鞋的赤脚，在白炽灯下分毫毕现，我立时神色大窘，而那两个小胡子摊主却连声叫好：“您穿上真是盖帽！赛过好莱坞的影星！”还伸手在裤口边摸摸，指指点点。这姑娘也不在意，掏出钱包，直视两个小伙儿：“便宜一点儿行不行？人家还是学生呢！”“好，20，零头不要了。”一个大姑娘，当街脱裙试裤，无论如何总觉不雅，又听说还是学生，我更觉惊奇，便插了一句：“是中学生还是大学生？”“当然大学生！”那女孩嫌我这样提问轻看了她，硬硬地回了一句，随手抽出两张10元的票子往摊上一扔，抓起她的裙子，穿着那件大理石短裤扬长而去。

这时逛夜市的人比刚才更多，摩肩接踵，如沸如撼。夜与昼的区别是，她与白天的紧张、明朗、有节奏相比，而更显得松弛、散漫。所以这时候的街上之人其心也并不在购物，腹不饿，亦要一碗小吃，不在吃而在品；不缺衣，又买一件新衣，不为衣身而为赏心。看他们信马由缰，随逛随买，其形其神已完全摆脱了白天的重负，年轻女子们穿着大袒胸的薄衫，脖间只要一根细项链点缀，再赤脚拖一双凉鞋。小伙子则牛仔短裤T恤衫，上些年纪的男女衣着轻软宽松，或有的就穿睡衣前来走动。借着一层暮色，大家都将自己放松到白天没有的极限。这里人行道栏杆上坐着一男一女，两个大人却只买了一小盘扒糕，女的端着盘，张大口便要男的来喂。那男子用竹签插一小块糕放在她口中，她就笑眯眯地挤一下眼，不用说是一对情人。一对年轻夫妇牵着一个五六岁的男孩从我身边擦过，孩子边跺脚边嚷：“就要吃，就要吃嘛。”父亲说：“再吃肚子就要破了。”“破了也要吃。”母亲笑了：“宝贝，咱们每天来一次，把这条街都吃个遍。”三个人一起高兴地大笑起来，那份轻松随便，好像这条街是他家的一样。

此处的两个片段，描写逛夜市的人，生动有爱，无不透露出放下负担的轻松，也让文章的生活气息更为浓厚。

夜深了，游人渐稀渐疏，天上的一轮月却更明更圆。树影婆娑，笼着归人尽兴后的醉影，凉风徐起，弄着他们飘飘的衣裙。我踏着月色往回走，想明天还要来，后天也要来。这样热天的晚上，谁耐烦去电影院，又怎能看进书去，而短衫折扇到这本社会学、艺术学的大辞典里来优游查检，随听随着，随尝随想，夏夜里还有比这更好的节目吗？

此文标题便有玄机，“病”还能试？由此反映出作者注重感受、理解的心情和视角。

试着病了一回

毛泽东在世的时候说过一句永恒的真理：要想知道梨子的滋味，就得亲自咬一口，尝一尝。凡对某件东西性能的探知试验，大约都是破坏性的。尝梨子总得咬碎它，破皮现肉，见汁见水。工业上要试出某构件的强度也得压裂为止。我们对自己身体强度（包括意志）的试验，最简单的方法就是生病。这也是一种无可奈何的破坏。人生一世孰能无病。但这病能让你见痛见痒，心热心急，因病而知道过去未知的事和理，这样的时候并不多，也不敢太多。我最近有幸试了一回。

“有幸”生病，无奈却不失幽默。

将近岁末，到国外访问了一次。去的地方是东欧几国。这是一次苦差，说这话不是得了出国便宜又卖乖。连外交人员都怯于驻任此地。谁被派到这里就说是去“下乡”。仅举一例，我们访问时正值罗马尼亚天降大雪，平地雪深一米，但我们下榻的旅馆竟无一丝暖气，7天只供了一次温水。离开罗马尼亚赴阿尔巴尼亚时，飞机不能按时起飞，又在机场被深层次地冻了12个小时，原来是没有汽油。这样颠簸半月，终于飞越四分之一个地球，返回国门上海。谁知将要返京时，飞机又坏了。我们又被从热烘烘的机舱里赶到冰冷的候机室，从上午八时半，等到晚八时半，又最后再加冻12个小时。药师炮制秘丸是七蒸七晒，我们这回被反过来正过去地冻，病也就瓜熟蒂落了。这是试验前的准备。

对生病过程的描绘，作者不厌其烦，用七蒸七晒作比，境界立刻豁达起来。

到家时已是午夜12时，倒头就睡，到第二天下午才醒，吃了一点东西又睡到第三天上午，一下地如脚踩棉花，东倒西歪，赶紧闭目扶定床沿，身子又如在下降的飞机中，头晕得像有个陀螺在里面转。身上一阵阵地冷，冷之后还跟着些痛，像一群魔兵在我腿、臂、身的山野上成散兵线，漫漫地却无声地压过来。我暗想不好，这是病了。下午有李君打电话来问我回来没有。我说：“人是回来了，却感冒了，扛几天就会过去。”他说：“你还甭大意，欧洲人最怕感冒，你刚从那里回来，说不定正是得了‘欧洲感冒’。听说比中国感冒厉害。”我不觉哈哈大笑。这笑在心头激起了一小片轻松的涟漪，但很快又被浑身的病痛所窒息。

魔兵压境，正所谓“病来如山倒。”

文中从裁剪到用词，多有幽默之处，成为本文一大特点。

这样扛了一天又一天。今天想明天不好就去医院，明天又拖后天。北京太大，看病实在可怕。合同医院远在东城，我住西城，本已身子飘摇，再经北风激荡，又要到汽车内挤轧，难免扶病床而犹豫，望医途而生畏。这样拖到第六天早晨，有杜君与小杨来问病，一见就说：“不能拖了，楼下有车，看来非输液不可。”经他们这么一点破，我好像也如泄气的皮球。平常是下午烧重，今天上午就昏沉起来。赶到协和医院在走廊里排队，直觉半边脸热得像刚出烤箱的面包，鼻孔喷出的热气还炙着自己的嘴唇。妻子去求医生说：“6天了，吃了不少药，不顶用，最好住院，最低也能输点液。”这时，急诊室门口一位剽悍的黑脸护士小姐不耐烦地说：“输液，输液，病人总是喊输液，你看哪儿还有地方？要输就得躺到走廊的长椅子上去！”小杨说：“那也输。”那黑脸白衣小姐斜了一眼轻轻说了一句“输液过敏反应可要死人”，便扭身走了。我虽人到中年，却还从未住过医院，也不知输液有多可怕。现代医学施于我身的最高手段就是于屁股上打过几针。白衣黑脸小姐的这句话，倒把我的热吓退了三分。我说：“不行打两针算了。”妻子斜了我一眼，又拿着病历去与医生谈。这医生还认真，仔细地问，又把我放平在台子上，叩胸捏肚一番，在病历

此处的描写像极了一部戏剧的片段，极具画面感。

那边病痛不已，这边却“临池写楷”，很让人忍俊不禁。

上足写了半页纸。一般医生开药方都是笔走龙蛇，她却无论写病历、药方、化验单都如临池写楷，也不受周围病人诉苦与年轻医护嬉闹交响曲的干扰。我不觉肃然起敬，暗瞧了一眼她胸前的工作证，姓徐。

幸亏小杨在医院里的一个熟人李君帮忙，终于在观察室找到一张黑硬的长条台子。台子靠近门口，人行穿梭，寒风似箭。有我的老乡张女士来探病，说：“这怎么行，出门就是王府井，我去买块布，挂在头上。”这话倒提醒了妻子，顺手摘下脖子上的纱巾。女人心细，四只手竟把这块薄纱用胶布在输液架上挂起一个小篷。纱薄如纸，却情厚似城。我倒头一躺，躲进小篷成一统，管他门外穿堂风。一种终于得救的感觉浮上心头，开始平生第一次庄严地输液。

当我静躺下时，开始体会病对人体的变革。浑身本来是结结实实的骨肉，现在就如一袋干豆子见了水生出芽一样，每个细胞都开始变形，伸出了头脚枝丫，原来躯壳的空间不够用了，它们在里面互相攻讦打架，全身每一处都不平静，肉里发酸，骨里觉痛，头脑这个清空之府，现在已是云来雾去，对全身的指挥也已不灵。最有意思的是眼睛，我努力想睁大却不能。记得过去下乡采访，我最喜在疾驶的车内凭窗外眺，看景物急切地扑来闪走，或登高看春花遍野，秋林满山，陶醉于“放眼一望”，觉自己目中真有光芒四射。以前每见有病人闭目无言，就想，抬抬眼皮的力总该有的吧，将来我病，纵使身不能起，眼却得睁圆，力可衰而神不可疲。过去读史，读到抗金老将宗泽，重病弥留之际，仍大呼：“过河！过河！”目光如炬，极为佩服。今天当我躺到这台子上亲身作着病的试验时，才知道过去的天真，原来病魔绝不肯夺你的力而又为你留一点神。

又一处充满幽默的情节。

现在我相信自己已进入实验的角色。身下的台子就是实验台，这间观察室就是实验室。我们这些人就是正在经受变革的试验品，实验的主人是命运之神（包括死神）和那些白衣天使。地上的输液架、氧气瓶、器械车便是实验的仪器，这里名为观察室者，就是察而后决去留也。有的人也许就从这个码头出发到另一个世界去。所以这以病为代号的试验，是对人生中风景最暗淡的一段，甚而末路的一段，进行抽样观察。凡人生的另一面，舞场里的轻歌、战场上的冲锋、赛场之竞争、事业之搏击，都被舍掉了。记得国外有篇报道，谈几个人重伤“死”后又活过来，大谈死的味道。那也是一种试验，更难得。但上帝不可能让每人都试着死一次，于是就大量安排了这种试验，让你多病几次。好教你知道生命不全是鲜花。

在这个观察室里共躺着10个病人。上帝就这样10个一拨地把我们叫来训话，并给点体罚。希腊神话说，司爱之神到时会派小天使向每人的心里射一支箭，你就逃不脱爱的甜蜜。现在这房里也有几位白衣天使，她们手里没有弓，却直接向我们每人手背上射入一根针，针后系着一根细长的皮管，管尾连着一只沉重的药水瓶子，瓶子挂在一根像拴马桩一样的铁柱上。我们也就成了跑不掉的俘虏，不是被爱所掳，而是为病所俘。“灵台无计逃神矢”，确实，这线连着静脉，静脉通到心脏。我先将这观察室粗略地观察了一下。男女老少，品种齐全。都一律手系绑绳，身委病榻，神色黯然，如囚在牢。死之可怕人皆有知，辛弃疾警告那些明星美女：“君莫舞，君不见玉环飞燕皆尘土”；苏东坡叹那些英雄豪杰：“大江东去，浪淘尽，千古风流人物”。其实无论英雄美女还是凡夫俗子，那不可抗拒的事先不必说，最可惜的还是当其风华正茂、春风得意之时，突然一场疾病的秋风，“草遇之而色变，木遭之而叶脱”，杀盛气，夺荣色，叫你停顿停顿，将你折磨折磨。

用轻松的词语来说沉重的话题，收反差之效。

文中类似的引用与排比还有很多，为文章增色不少，读来更觉作者的达观。

我右边的台子上躺着一个结实的大个头小伙子，头上缠着绷带，还浸出一点血。他的母亲在陪床，我闭目听妻子在与她聊天。原来工厂里有人打架，他去拉架，飞来一把椅子，正打在头上伤了语言神经，现在还不会说话。母亲附耳问他想吃什么，他只能一字一歇地轻声说："想——吃——蛋——糕。"他虽说话艰难，整个下午却都在骂人，骂那把"飞来椅"，骂飞椅人。不过他只能像一个不熟练的电报员，一个电码一个电码地往外发。

连写两个病友，取其特点。

我对面的一张台子上是一位农村来的老者，虎背熊腰，除同我们一样，手上有一根绑绳外，鼻子上还多根管子，脚下蹲着个如小钢炮一样的氧气瓶，大约是肺上出了毛病。我猜想老汉是四世同堂，要不怎么会男男女女、大大小小地围了六七个人。面对其他床头一病一陪的单薄，老汉颇有点拥兵自重的骄傲。他脾气也犟，就是不要那根劳什子氧气管，家人正围着怯怯地劝。这时医生进来了，是个年轻小伙子，手中提个病历板，像握着把大片刀，大喊着："让开，让开！说了几次就是不听，空气都让你们给吸光了，还能不喘吗？"三代以下的晚辈们一起恭敬地让开，辈分小点儿的退得更远。他又上去教训病人："怎么，不想要这东西？那你还观察什么？好，扯掉，扯掉，左右就是这样了，试试再说。"医生虽年轻，但不是他堂下的子侄，老汉不敢有一丝犟劲，更敬若神明。我眼睛看着这出戏，耳朵却听出这小医生说话是内蒙西部口音，那是我初入社会时工作过6年的地方，不觉心里生一股他乡遇故知的热乎劲，妻子也听出了乡音，我们便趁他一转身时拦住，问道："这液滴的速度可是太慢？"第二句是准备问："您可是内蒙老乡？"谁知他把手里的那把大片刀一挥说："问护士去！"便夺门而去。

将病历板形容为大片刀，让人想到医生的权威，更感到一种草莽之气。

我自讨没趣，靠在枕头上暗骂自己："活该。"这时也更清楚了自己作为实验品的身份。被实验之物是无权说话的，更何况还非分地想说什么题外之话，与主人去攀老乡。不知怎么，一下想起《史记》上“鸿门宴”一节，樊哙对刘邦说的“人为刀俎，我为鱼肉”，任你国家元首、巨星名流，还是高堂老祖、掌上千金，在疾病这根魔棒下一样都是阶下囚。任你昔日有多少权力与光彩，病床上一躺，便是可怜无告的羔羊。哪儿有鲤鱼躺在砧板上还要仰身与厨师聊天的呢？我将目光集中到输液架上的那个药瓶，看那液珠，一滴一滴不紧不慢地在透明管中垂落。突然想起朱自清的《匆匆》那篇散文，时间和生命就这样无奈地一滴滴逝去。朱先生作文时大约还不如我这种躺在观察室里的经历，要不他文中摹写时光流逝的华彩乐段又该多一节的。我又想到古人的滴漏计时，不觉又有一种遥夜岑寂、漏声迢递的意境。病这根棒一下打落了我紧抓着生活的手，把我推出工作圈外，推到这个常人不到的角落里。此时伴我者唯有身边的妻子，旁人该干什么，还在干自己的。那个告我“欧洲感冒可怕”的李兄，就正在与医院一街相连的出版社里，这时正埋头看稿子。“文化大革命”中我们曾一同下放塞外，大漠著文，河边论诗，本来我们还约好回国后，有一次塞外旧友的兰亭之会。他们哪能想到我现时正被困沙滩，绑在拴马桩上呢？如若见面，我当告他，你的“欧洲感冒论”确实厉害，可以写一篇学术论文抑或一本专著，因为我记得，女沙皇叶卡捷琳娜的情人，那个壮如虎牛的波将金将军也是一下被欧洲感冒打倒而匆匆谢世的。这条街上还有一位研究宗教的朋友王君，我们相约要抽时间连侃他十天半月，合作一本《门里门外佛教谈》，他现在也不知我已被塞到这个角落里，正对着点点垂漏，一下一下，敲这个无声的水木鱼。还有我的从外地来出差的哥哥，就住在医院附近的旅馆里，也万想不到我正躺在

本是病中之人该有的“胡思乱想”，在这里却完全是一种“奇思妙想”。类似的奇思妙想让人想到钱钟书的《窗》。

打点滴被形容为敲“无声的水木鱼”，很有意趣。

这里。还有许多，我想起他们，他们这时也许正想着我的朋友，他们仍在按原来的思路想我此时在干什么，并设想以后见面的情景，怎么会想到我早已被凄风苦雨打到这个小港湾里。病是什么？病就是把你从正常生活轨道中甩出来，像高速公路上被挤下来的汽车，病就是先剥夺了你正常生活的权利，是否还要剥夺生的权利，观察一下，看看再说。

病中之人生出的关于病的哲学。

因为被小医生抢白了一句，我这样对着药漏计时器反观内照了一会儿，敲了一会儿水木鱼，不知是气功效应还是药液已达我灵台，神志渐渐清朗。我又抬头继续观察这十人世界。（大概是报复心理，或是记者职业习惯，我潜意识中总不愿当被观察者，而想占据观察者的位置。）诗人臧克家住院曾得了一句诗："天花板是一页读不完的书"，我今天无法读天花板，因为我还没有一间可静读的病房，周围是如前门大栅栏样的热闹，于是我只有到这些病人的脸上、身上去读。

接着前面继续写周围病友。

四世老人左边的台子上躺着一位老夫人，神情安详，她一会儿拥被稍坐，一会儿侧身躺下，这时正平伸双腿，仰视屋顶。一个中年女子，伸手在被中掏什么。半天趁她一撩被，我才看清她正在用一块热毛巾为老妇人洗脚，一会儿又换来一盆热水，双手抱脚在怀，以热手巾裹住，为之暖脚良久，亲情之热足可慰肌肤之痛，反哺之恩正暖慈母之心，我看得有点眼热心跳。不用问，这是一位孝女，难怪老夫人处病而不惊，虽病却荣，那样安详骄傲。她在这病的实验中已经有了另一份收获：子女孝心可赖，纵使天意难回，死亦无恨。都说女儿知道疼父母，今天我真信此言不谬。我回头看了一眼妻子，她也正看得入神，我们相视一笑，笑中有一丝虚渺的苦味，因为我们没有女儿，将来是享不了这个福了。

再看四世老人的右边也是一位老夫人，脑中风，不会说话，手上、鼻子双管齐下。床边的陪侍者很可观，是位翩翩少年，脸白净得像个瓷娃娃，长发披肩，夹克束身，脚下皮鞋贼亮。他头上扣个耳机，目微闭，不知在听贝多芬的名曲还是田连元的评书。总之这个十人世界，连同他所陪的病人都好像与他无关。过了一会儿，大约他的耳朵累了，又卸下耳机，戴上一个黑眼罩。这小子有点洋来路，不是旁边那群四世堂里的土子侄。他双臂交叉，往椅上一靠，像个打瞌睡的“佐罗”。“佐罗”一定不堪忍受观察室里的嘈杂，便以耳机来障其聪；又不堪眼前的杂乱，便以眼罩来遮其明，我猜他过一会儿就该要掏出一个白口罩了。但是他没有掏，而是起立，眼耳武装全解，双手插在裤兜里到房外遛弯儿去了，经过我身边出门时，嘴里似还吹着口哨。不一会儿，少年陪侍的那老夫人醒来，嘴里咿咿呀呀地大喊，全室愕然，不知她要什么，护士来了也不知其意，便到走廊里大喊：“×床家属哪里去了？”又找医生。我想这“佐罗少年”大约是老夫人的儿子或女婿，与刚才那位替母洗脚的女子比，真是天壤之别。

将“佐罗”搬来形容病室中的人，其侠义之风在这里完全走了样。

我们现在常说的一句话是阴盛阳衰，看来在发扬传统的孝道上也可佐证此论，难怪豫剧里花木兰理直气壮地唱道：“谁说女子不如男！”杜甫说：“心知生男恶，反是生女好。”白居易说：“遂令天下父母心，不重生男重生女。”二公若健在一定抚髯叹曰：“不幸言中！不幸言中！”那佐罗少年想当这十人世界里的隐士，绝尘弃世。其实谁又自愿留恋于此？他少不更事，还不知这些人都是被病神强迫拉来的，要不怎么每个人手臂上都穿一根细绳，那一头还紧缚在拴马桩上。下一次得让阎王差个相貌恶点的小鬼，专门去请他一回。

在写人中间，又加入一段议论。

不知何时，在我的左边迎门又加了一长条椅子，椅前也临时立了一根铁杆，上面拴了一位男青年。他鼻子上塞着棉花，血迹一片，将头无力地靠在一位同伴身上（他还无我这样幸运，有张硬台子躺），话也不说，眼也不睁，比我右边那位用电码式语言骂人的精神还要差些。他旁边立着一位姑娘，当我将这个多病一孤舟的十人世界透视了几个来回，目光不经意地落在她身上时，心中便不由一跳。说不清是惊、是喜，还是遗憾。只是模模糊糊地觉得，这个地方不该有个她。她算比较漂亮的一类女子，虽不是宋玉说的那位“登墙窥臣三年”的美女，也不比曹植说的“翩若惊鸿，婉若游龙”的洛神，但在这个邋邋遢遢的十人世界里（现在成11人了），她便是明珠在泥了。她约一米六五的身材，上身着一件浅领红绒线衣，下身束一条薄呢黑裙，足蹬半高腰白皮软靴，外面又通体裹一件黑色披风，在这七倒八歪的人中一立，一股刚毅英健之气隐隐可人。但她脸上有不尽的温馨，粉面桃腮，笑意静贮酒窝之中；目如圆杏，言语全在顾盼之间。是一位《浮生六记》里“笑之以目，点之以首”的芸，但又不全是。其办事爽利豁达，颇有今时风采。在他们这个三人小组中，椅子上那位陪侍，是病人的“背”，这女人就是病人的“腿”，她甩掉披风（更见苗条），四处跑着取药、端水，又抱来一床厚被，又上去揩洗血迹，问痛问痒。这女子侍奉病人之殷，我猜她的身份是病人的妹妹或女友（女友时常也是妹妹的一种），比起那个千方百计想避病房、病人而去的奶油小生可爱许多。也许是相对论作怪，爱因斯坦向人讲难懂的相对论就这样作比，与老妪为伴，日长如年；与姑娘做伴，日短如时，相对而已。这姑娘也许爱火在心，处冰雪而如沐春风。有爱就有火焰，有爱就有生活，有爱就有希望，有爱就有明天。

病室是个小世界，各色人都有。

一会儿，这姑娘不知从哪里弄来一饭盒蒸饺，喂了病人几个，便自己有滋有味地吃起来。她以叉取饺的姿势也美，是舞台上用的那种兰花指，轻巧而有诗意。连那饺子也皮薄而白，形整而光，比平时馆子里见到的富有美感。三鲜馅的味道传来，暗香浮动。歌星奚秀兰唱“阿里山的姑娘美如水，阿里山的少年壮如山”，今天我遇到的小伙不是破头就是破鼻，无以言壮，倒是这姑娘如水之秀，如镜之明。她让我照见了什么，照见了生活。唐太宗说：“以人为镜，可明得失。”抱病卧床者看青春活泼之人，心灰意懒者看爱火正炽之人，最大的感慨是：绝不能退出生活。这姑娘红杏一枝入窗来，就是在对我们大声喊，知否，外面的生活，火热依旧。我刚才还在自惭被甩出生活轨道，这时，似乎又见到了天际远航的风帆。

由对人的描述而又生出一番议论。

这时，在我这一排病台的里面处，突然起了骚动。今天观察室里这出戏的高潮就要出现。只见一胖大黑壮的约50多岁的男子被几个人按在台子上，裤子褪到了脚下，裸着两条粗壮的大腿，脚下拦着一轻巧的白色三面屏风。这壮汉东北口音，大喊：“痛死我了！痛死我了！”接着就听有人哄小孩似的说：“马上就完，快了！快了！”但还是没有完。那汉子还喊：“你们要干啥呢？受不了！不行了！”其声之惨，撞在天花板上又落地而再跳三跳。这时全观察室的人都屏气息声，齐向那屏风看去。因为我这个特殊的角度，屏风恰为我让出视线。就见两位只露出一双大眼睛的护士小姐，正从手术车上取下一根细管，捏起那男子的阳物，就往里面捅，原来在行导尿术。任那男子怎样呼天抢地，两小姐仍我行我素，目静如水。这样挣扎了一阵，手术（其实还够不上手术）结束，那胖子虚汗满头，犹自作惊弓之恐。两小姐摘下口罩，一位撤掉屏风，顺手向身后一搭，轻松地穿过病台，向我这边的房门口走来，那样子，像背了一个大风筝，春日里去郊游。另一位则随手将手术小车一带，头也不回，那架轻灵的小车就在她身

对声音的描述，形象而极富动感。

反差巨大的形容，横生幽默，如此笔法在本文中还有很多。

后自如地宛如一个小哈巴狗似地左右追行。过我身边时，我偷眼一望，她们简直是两个娃娃，天真而美丽，出门扬长而去，好像踏着一曲《走在乡间的小路上》，刚才的事已了无一痕。那男子还在欷歔不已，家属正帮着提衣裤。正所谓“花自飘零水自流”，你痛你喊我走路。我心里一阵发紧，想这未免有点残酷，又想到《史记》上那句话，“人为刀俎，我为鱼肉”，人一旦沦为医生诊治（或曰惩治）的对象是多么可怜。那壮汉平日未必不凶，可现在何其狼狈，时地相异，势所然也。俗语曰：“有什么不要有了病，缺什么不要缺了钱。”过去读一养生书，开篇即云：“健康是幸福，无病最自由。”诚哉斯言！当我被手穿皮线，缚于马桩，扑于病台，见眼前斯景，再回味斯言，所得之益，十倍于徐医生开的针药了。过了一会儿，我又想护士漠然的态度也是对的，莫非还要她陪着病人呻吟？过去我们搞过贫穷的社会主义，大家一起穷，总不能也搞有病大家一起痛吧。势之不同，态亦不同，才成五彩世界。

文中大量用典，增加趣味。

枚乘《七发》说楚太子有病，吴人往视，不用药石针刺，而是连说了七段要言妙道，太子就“涊然汗出，霍然病已”。我今天被缚在这张台子上，对眼前的人物景观看了7遍，听了七遍，想了七遍，病身虽不霍然，已渐觉宁然，抬手看看表，指针已从中午12时蹒跚地爬到19时，守着个小木鱼滴滴答答，整整7个小时，明天我要问问研究佛教的王君，这等参禅功夫，便是寺里的高僧恐怕也未必能有的。再抬头一望，三大瓶药液已到更尽漏残时，只剩瓶颈处酒盅多的一点，恰这时护士也走来给我松绑。妻子便收拾床铺，送还借的枕毯。我心里不觉生打油诗一首：“忽闻药尽将松绑，漫卷床物喜欲狂。王府井口跳上车，便下西四到西天（吾家住北京小西天）。”

写时间过得难捱，用“蹒跚”二字。

当我揉着抽掉针头还发麻的左手，回望一下在这里实验了7个小时的工作台时，心里不觉又有点依依恋恋。因为这毕竟是有生第一次进医院观察室，第一次就教我明白了许多事理。病不可多得，也不可不得。奥斯特洛夫斯基的那句名言曾经整整鼓舞了我们一代人："生命对于我们每个人只有一次，人的一生应当是这样度过：回忆往事他不会因虚度年华而悔恨，也不会因为生活庸俗而羞愧；临死的时候，他能够说……"何必等那个时候，当他病了一场的时候，他就该懂得，要加倍地珍惜生命，热爱生活！这个还应感谢黑格尔老人，他的《精神现象学》，是他发现了人的意识既能当主体又能当客体这个辩证的秘密。所以我今天虽被当做试验变革的对象，又做了体验这变革过程的主体。要是一只梨子，它被人变革成汁水后再也不会写一篇《试着被人吃了一回》的。

生病后的最大收获。

这就是我们做人的伟大与高明。

《家庭》1992年3月

你怎么就是得不到爱

《康定情歌》为人所熟悉，但它背后的故事却鲜为人知。

南国冬日，冒着凛冽的海风，我来到福建惠安，看一个给全世界留下了永远的爱，自己却没有得到爱的人。三年前，我到川藏交界的康定，无意中知道那首著名的《康定情歌》的发现整理者是一位叫吴文季的人，原籍福建惠安。以后就总惦记着这件事，今天终于有缘来访他的故居和墓地。

在抗日战争时期，吴文季一身热血投奔抗日，在武汉参加了“战时干部训练团”，后又辗转重庆，考入中央音乐学院。学院停课期间，为生计他应聘到驻扎在康定地区的青年军教歌。这使他有机会到民间采风。康定地处汉藏文化的交接带，既有汉文化的敦厚，又有藏文化的豪放，尤其是音乐取杂交优势，更显个性。大渡河畔有一座跑马山，那是汉藏同胞，特别是青年男女节日里跑马对歌的地方，吴文季就是在这里采得这首情歌溜溜调的。随着抗战胜利学校内迁，这首歌也被带回南京。先是经加工配器在学院的联欢会上演出，引起轰动；当时的中国女高音歌唱家喻宜萱就将它带到巴黎的国际音乐节，于是这首歌又走遍世界。那是多么浓烈的爱情旋律啊！“世间溜溜的女子，任我溜溜地爱哟，世间溜溜的男子，任你溜溜地求。”从西部高原吹来的清风夹着草香，裹着这歌，这情，飘过原野，洒向广袤的大地。大渡河的雪浪和着它的旋律，一泻千里，冲出深山，流过平原，直入大海。

此处写景也写情，各种情感交融在一起，形成一股强大的的冲击力，一时间只觉山花灿烂，一切如此美妙，为后文吴文季的遭遇埋下伏笔。

那天晚上我就宿在康定城里。这是一座高山峡谷中的小城，抗战时曾作过西康省的省会，因地处中国内地通往西藏直至印度的咽喉要道，当时是仅次于上海、天津的对外商埠。晚饭后在街上散步，随处可见历史的遗痕，老房子、商店里的旧家具，地摊上老画片，还有藏区常见的石头、骨头项链、小刀具等，许多外地游客在街上悠闲地转悠着，怀旧，淘宝。市中心修了一个休闲广场，华灯初上，喇叭里播放着《康定情歌》，还有那首有名的《康巴汉子》："康巴汉子哟……胸膛是野性和爱的草原，任随女人恨我，自由飞翔……"河水穿城而过，拍打着堤岸，晚风轻漾，百姓就在广场上和着这歌的旋律、浪的节拍翩翩起舞。不少游客按捺不住，也跳进队伍里，手之舞之，足之蹈之。那坦荡的爱浓烈的情，我现在想来心中还咚咚作响。《康定情歌》已被刻在大渡河边的石碑上，已登上各种演唱会，通过现代传媒手段传遍全球，甚至被卫星送上太空。但是，很少有人问一问，它的作者是谁？

当我在大渡河边惊喜地知道了这首民歌的发现整理者时，立即就想探寻他的身世。几年来我到处搜求有关资料，而这却将自己推入到一种悲凉的空茫。

此处读来让人心头一紧，这种悲凉的空茫不是凭空而来，而是作者与吴文季"交流"之后自然流露出的情感，也是吴文季一生的写照。

南京解放后，吴文季在1949年5月参加解放军，先后在二野文工团、西南军区文工团、总政文工团工作，曾任男高音独唱演员，领唱过《英雄战胜大渡河》等著名的歌曲。但因为有参加过"战干团"和曾到国民党部队教歌这一段经历，被认为不宜在总政文工团工作，于1953年遣送回乡。没有任何处分，也没有任何说法。天真的他以为下放劳动一二年就可返回北京。以至于他走时连行李都没有带全，一批宝贵的创作乐谱也寄存在朋友处。没有想到竟是一去不归。

继续叙述吴的经历，以其悲剧性为主基调。

那天，我从惠安县城出发，找到洛阳镇，又在镇上找到一条小巷。这巷小得仅容一人紧身通过，然后是一处破败的民房。房分前后室，我用脚量了一下，前室只有三步深，墙上挂着他的一张遗像，供少数知情而又知音的人前来瞻仰。地上则散乱地堆着一些他当年用过的农具，后室只能放下一张床，是他劳累一天之后，挑灯写歌的地方。吴回乡后，孤无所依，就吃住在兄嫂家，每日出工，参加集体劳动，业余帮镇上的中学辅导文艺节目，一时使该校节目水平大涨，居然出省演出。后来又安排他到地方歌舞团工作，还创作了并排练了反映当地女子爱情的歌剧《阿兰》。他盼着北京有令召还，但日复一日，不见音讯。他哪里知道外面的政治气候正日紧一日，1962年北戴河会议大讲阶级斗争，1964年“四清”运动又开始清理阶级队伍。就这样，直到1966年5月1日他不幸病逝，也没有等到召回令，时年才48岁。

简要交代完吴的人生经历。

参观完旧居，访过他的兄嫂，我坚持要去看看他的墓。村里人说，从来没有外地人，更没有北京来的人去看，路不好走。我的心里一紧，就更想去会一会那颗孤独的灵魂。开车不能了，我们就步行从一条蜿蜒的小路爬上一个山包，再左行，又是一条更窄的路。因为走的人少，两边长满一人多高的野草，一种大朵的黄花夹生其中。我问这叫什么花，领路的村民说：“叫臭菊，到处是，很贱的一种花，常用来沤肥的。”我心里又是一紧，更多了一分惆怅。大家在齐人深的野草和臭菊中觅路，谁也不说话，好像回到一个洪荒的中世纪。

心头一紧连着一紧。于时空的洪荒之中，寻找一个孤独的灵魂，无论如何都不是一件浪漫的事情。

转过一个小坡，爬上一个山坳，终于出现一座孤坟。浅浅的土堆，前面有一块石碑，上书吴文季之墓，并有一行字：“他一生坎坷，却始终为自由而歌唱”。我想表达一点心意，就地采了一大把各色的野花，中间裹了一大朵正怒放的臭菊，献在他的墓前，深深地鞠了一躬。然后坐在坟前，听头上的风轻轻吹过，两旁松柏肃然，世界很静。我想陪这个土堆里的人坐一会儿，他绝不会想到有这样一个远方的陌生人来与他心灵对话。他整理那首情歌是在1944年左右，到现在已经60多年，那是他精神世界中最明媚、灿烂的时刻。而他的死，并孤寂地躺在这里是1966年，也已半个世纪。他长眠后的岁月里，回忆最多的一定是在康定的日子，那强壮的康巴汉子、多情的藏族姑娘，那激烈的赛马、跳舞、歌唱、狂欢的场面。这是他一生中最美好的一瞬。

作者的举动也是对吴的一种告慰。

音乐史上的许多名曲都来自民间的采风，并伴有音乐家的传奇故事，它如大漠戈壁长风送来的驼铃，久久地摇荡着人们的心灵。吴文季的西康采风，很类似音乐家王洛宾的青海湖边采风，康定的藏族姑娘应该比青海的藏族姑娘更热辣奔放一些。王洛宾与卓玛曾有一鞭情，有相拥于马背，飞驰过草原，陶醉于绿草蓝天的浪漫，因而产生了那首名曲《在那遥远的地方》。我们也有理由猜想，在《康定情歌》后面，在鼓声咚咚、彩旗飘飘的跑马山上，或许也另有一个浪漫的故事。“世间溜溜的男子，任你溜溜地求哟”，难道吴家这样英俊的大哥就没有哪位姑娘在赛马时轻轻地抽他一鞭？那时他才24岁啊，正是花季。

这一段让人有些目不暇接了，各种场面浮现于眼前，各种情感激荡于胸中，还有各种充满着善意的假设与猜想……短短一小段文字，却蕴含丰富的内容，只缘作者面对此情此景，心中之情无法平复。

我在墓边坐着，南国的冬天并不凋零，放眼望去，大地还是一样的葱绿。近处仍是没人深的野草和大朵的臭菊，远处有一座小山，我问叫什么山，陪同的人说不出具体的名字，倒讲了一个曾在山那边发生的著名的“陈三五娘”故事。啊，我知道《陈三五娘》是在闽南一带流传甚广的传统剧目，后来还拍成了电影。大意是穷文人陈三，在元宵灯会上与富家女子黄五娘邂逅相遇，互相爱慕。黄父却贪财爱势，将五娘允婚他人。陈三便和五娘私奔，终于找到了自己的幸福，这是一个闽版的《梁祝》。但我不知故事的原型却是在这里。讲故事者说，他们私奔的路线就是从那个山后转过来，一直朝这边，朝吴的墓地走来。吴文

从“臭菊”到“陈三五娘”，作者一路走来所采撷的当地的两个品物，成为吴生命的“意象”。

此处的巧合，不见作者布局的痕迹，却只见冥冥之中的“注定”。

季在这里长大，又酷爱民间音乐，他一定看过这出戏。也许，他在这凄冷的墓里，还在一遍一遍地回味着这个故事。私奔是爱情题材中常有的主题，从司马相如与卓文君到《陈三五娘》，传唱不衰。但天上无云何有雨，地上无土怎长苗？当你处于一个不敢爱或不敢被人爱的环境或条件下时，你与谁私奔，又奔向何处呢？

吴文季所留资料甚少。他在总政文工团大约是有一位女友的。离京时，他的衣物、书籍，特别是一些乐谱资料还寄存在她处。但自从下放后，对方的回信就渐写渐少，最后终于音讯断绝。这大约是我们知道的他一生中唯一享受过的一丝的爱，像早春里吹过的一缕暖风，然后又复归消失。

山上的风大，不可久留，我起身下山，对地方上的朋友说：“墓碑上的那句话应改为：他终身为爱情而歌唱，却没有得到过爱。”

2004 年夏访康定初记，2008 年 1 月访惠安初稿，2011 年 12 月 16 日北京改定，《人民日报》2012 年 1 月 4 日

凌晨就诊记

在报社最怕值夜班时生病。病痛本身不足畏，是病得时机不好，不好意思张口请假，有逃难、避苦之嫌，只好挺着。

以“理”“情”字诀开头，也是为“凌晨就诊”解释原因。

12月又轮到值夜班。正是北京最冷的季节，说怕病，病真的就来了。挺了几天，这天实在挺不住了。凌晨两点下班后路过航天桥下的302医院，便进去想打一支退烧针。我从来没有半夜进过医院，大楼里静得怕人。空荡，昏暗，无声。我刚从夜班平台下来，觉得像从闹市一下被推进了百年前的故宫。接诊护士睡眼惺忪，问：“怎么这个时候来看病？”我说：“报社的，刚下班。”她大奇，瞪着眼道：“报社还有夜班？我还以为这北京城里只有我们医院才上夜班呢？”我说：“没有夜班，你白天怎么能看到报纸？”本想打一针，赶快回家睡觉，医生说，一针不顶用，要输液。这一下可糟了，起码要三个小时。大厅里空着几张输液用的躺椅。我拣了一张，老老实实等那液滴漏声迢递到天明。

夜班人见夜班人，虽非“同病”却有怜意。凌晨的医院，给作者留下第一层印象。

身上发烧，脑子里一片混乱，正强迫自己闭目小睡一会儿，突然一阵清脆娇媚的笑声震入耳膜。我睁眼一看，两个漂亮的女孩相扶着走进大厅。一个穿着红色的羽绒大衣，一顶浅蓝色的绒线帽，另一个着黄色风衣，一条宽大的花围巾，潇洒地甩到肩后。她们也在接诊台前办了手续，就在离我不远处拣了一张躺椅输液。那红衣女孩躺在椅子上，嗓音有点沙哑，是感冒了。黄衣女没病，是来陪女友的。她俯在椅背上，病友半仰着头，两人亲密地聊着。“这衣服真漂亮。”“是我换季新买的。”“你每月的钱够花吗？”“够，反正我每月给我妈寄5000元。”这话像一颗就诊者的三两句对话，给作者第二层的冲击，也是一种“夜班”人。

小炸弹，震醒了蒙眬的我。好家伙，什么工作啊，小小年纪，每月只寄回家的钱就比我这个老总的工资还多。难得她还很孝顺。我没有了睡意，也忘了发烧。

正待侧耳细听，右边的屏风后面，医生正在大声地训斥一个急诊病人。“你叫什么名字？”没有声音，半天，“给我喝点水。”“你连名字都不说，还想喝水？”没有声音。“说，是谁送你来的。”没有声音。那两个女孩子也停止了谈话，大厅一片寂静。一会儿，红衣女说：“去看看。”黄衣女就小跑着到了屏风后面。医生还在大声问：“说，你怎么进来的？”这时我才依稀看清屏风后的一张急诊床上躺着一个汉子。原来，不知什么时候110车悄悄送进一个人来。送的人放下就跑了。看样子是斗殴，这男子伤得不轻，对方定是怕出人命，偷偷把人推到这里。但是，没有事主或家属，医生坚决不接病人。就这样僵着。那黄衣女孩看了一会儿，就回去复命，只听红衣女问：“漂亮不漂亮？”回答说：“还行，看不大清。”

作者所感受到的第三层冲击。

我的心还是惦记着这一头。一会儿医生转出屏风，从我身旁过，我说：“严重吗？不行，先看病再说？”我心想，不就几块挂号费吗？我垫上也行。医生说：“不行，这种事我们见多了。”我说：“那怎么办？”“还打110，让他们把人带走，要不就等找见家属再说。”我心想，在这座城里他哪里有什么家属？

医生走了，那边两个女孩子还在低声私语。那汉子一会儿怯生生地喊一句要水喝。我只觉得浑身软软的，忘了手上的针头，也忘了身上的高烧。半个小时前，我脑子还是时事、大样、标题，现在却一片空白，只觉心里酸酸的，说不出的味道。要不是凌晨就诊，真还不知道版面以外，夜幕中的京城还有这样的故事。

最后一句话，点明作者随手记下的这篇小文的目的。

2005年12月，《总编手记》人民大学出版社2008年版

谁敢极言？谁能极言？

我们平常讲到一个问题的重要，或者为引起重视，就说“极言之……”如何，如何。可见人们的思维习惯是要听要害之点，不愿听不痛不痒的套话。

引出“极言”这一主题。

我们现在纪念改革开放30周年，不能忘记小平同志在1980年1月的一段著名讲话：“近30年来，经过几次波折，始终没有把我们的工作重点转移到社会主义建设这方面来……现在要横下心来，除了爆发大规模战争外，就要始终如一地，贯彻始终地搞这件事，不受任何干扰……扭住不放，‘顽固’一点，毫不动摇。”当时为强调不受干扰，他还说了一句话：“我要买两吨棉花，把耳朵塞起来。”你看，横下心、不受干扰、始终如一、顽固一点、买两吨棉花，何等坚决，这就是“极言”，抓住问题的要点，以极其鲜明的态度，表达自己的意见。我们回首30年的大发展，大成功，不能不佩服邓小平这段话的精辟。什么叫振聋发聩，什么叫挽狂澜于既倒，什么叫力排众议，此言之谓也。

选取典型案例来说明“极言”。

就像名医号脉、扎针，政治家、思想家之评事论政也是号脉扎针，不过取的是思想之穴，号的是时代之脉。回顾28年前邓小平这段话，又使我们想起马克思也有一句“极言之”的话，讲得更彻底：“无论哪个旧的社会形态，在它所容纳的全部生产力发挥出来以前，是决不会灭亡的；而新的更高的生产关系，在它的物质存在条件在旧社会的胎胞里成熟以前，是决不会出现的。”“无论、决不”，其口气之坚决，不容半点商榷。实践是检验真理的唯一标准，小平那段话，经28年的检验足见其真，而马克思的这一段话已过去100多年，我们是在栽了几个跟斗，吃了许多亏后才深刻理解的。

围绕极言的立论。

能极言，敢极言，除了深刻的洞察力，还要有坚持已见的勇气。自信自己是站在真理一边。彭德怀在庐山遭批判后6年不认输，1965年毛泽东给他分配工作时说："也许真理在你一边。"近读到一则史料。当年袁世凯要复辟称帝，大造舆论。梁启超毅然站出来写文章反对，其中有一段可谓极言，掷地有声："由此行之，就令全国四万万人中，三万万九千九百九十九万九千九百九十九人赞成，而梁某一人断不能赞成也。"当年马寅初因为提倡节制生育受到批判，他也是这种勇敢："老夫年过八十，明知寡不敌众，自当单身匹马，出来应战，直到战死为止。决不向专以压制，不以理说服的那种批判者投降。"

梳理历史上"极言"的典型，为下文做铺垫。

此处强调，极言并非极端之意。

极言，是指极准确、极深刻、极彻底，决不是我们平时说的意气用事，故走极端，逞一时之快决不算什么英雄。敢极言之人恰恰是深思熟虑，敢当大事、能为大事之人。中英香港遗留问题是个难题，1982年9月英国首相撒切尔夫人来华想再拖延交还香港。外交谈判一般是讲究方式、方法，甚至用语还要圆滑一点，但邓小平却以一席直白的铁板钉钉，力不可撼的极言，敲定了香港回归的大局。他说："主权问题是一个不可讨论的问题。""如果中国在1997年，也就是中华人民共和国成立48年后还不把香港收回，任何一个中国领导人和政府都不能向中国人民交代。如果不收回，就意味着中国政府是晚清政府，中国领导人是李鸿章！"就是这段态度极为明确的表态，让号称"铁娘子"的首相夫人一时头晕，走出大会堂时竟失态跌了一跤。当时我方一部长失言，说香港回归后可不驻军，邓说，无知，立即将其撤职。极言的后面必有极坚决之立场和行动为证，

对极言理解的进一步深化。

当年梁启超讲了那段极言之后就与他的学生蔡锷联络，策划起兵反袁了。

“极”是什么？是极点，是思想的最深处，问题的最关键点。观察事物要能找到那个点，写文章要能说出那个点。福楼拜说：“写一个动作，就要找到唯一的动词，写一件物体，要找到唯一的名词。”中国古代叫“推敲”。这是在语言层面求准确，而进一步求思想层次的准确，就是要找到那个问题的唯一的关节点，也就是极点、拐点。这样的文章才有个性，才有深度，才是一把开启人思想的钥匙，是一座照路的灯塔。

此处进一步分析“极”的内涵。

古今文章无不在追求两个极点，一是形式美的极点：字、词、音韵、格律、结构，如“落霞与孤鹜齐飞”之类；二是思想的极点，一言成名彪炳千古。我们还可举出一些著名的例子。如毛泽东在1930年革命低潮时讲的“中国革命高潮快要到来，决不是如有些人所谓‘有到来之可能’那样完全没有行动意义、可望而不可即的一种空东西。它是立于高山之巅远看东方已见光芒四射喷薄欲出的一轮朝日，它是躁动于母腹中的一个婴儿。”还有林则徐那封关于禁烟的著名奏折：“鸦片不禁几十年后将无可以御敌之兵，无可以充饷之银。若鸦片一日不禁，本大臣一日不回，誓与此事相始终。”还有当年左宗棠在湖南初露头角，遭人构陷，险掉脑袋。大臣潘祖荫等上书也有一句极言：“天下不可一日无湖南，湖南不可一日无左宗棠。”救了一个历史功臣。这一句话也成了名言。凡在历史上站得住的极言都成了思想的里程碑。可惜我们现在报章上的套话太多，有思想光芒的极言难得一见。这是学风文风不振的表现，极言之，将是民族思想的萎缩，令人担忧。

极点一分为二，对思想极点的赞美与追求是作者写此文的用意所在。

“极言”与套话相对，显然经过之前的充分论证，极言的基本特征已经十分明晰：一是立足于历史节点，往往是民族存亡的关键时刻；二是极具思想光芒，即对关键时刻的把握与对未来的准确预测。此外，作者提出的“极言”难得一见，有对“极言”提出者勇气的称道。

我劝天公重抖擞，不拘一格降文章。

借文章喻思想，作者的期盼。

《《人民日报》2008年9月24日

第四卷

读书与思索

学术　艺术　写作

能工作时就工作，不能工作时就写作。
二者皆不能，读书、积累、思索。

说经典

直接阐明主题，提出论点。

什么是经典？常念为经，常数为典。经典就是经得起重复，常被人想起，不会忘记。

常言道“话说三遍淡如水”，一般的话多说几遍人就要烦。但经典的语言人们一遍遍地说，一代代地说；经典的书，人们一遍遍地读，一代代地读。不但文字的经典是这样，就是音乐、绘画等一切艺术品都是这样。一首好歌，人们会不厌其烦地唱；一首好曲子会不厌其烦地听；一幅好字画挂在墙上，天天看不够。甚至像唐太宗那样，喜欢王羲之的字，一生看不够，临死又陪葬到棺材里。许多人都在梦想自己的作品、事业成为经典，政治的、文学的、艺术的、工程的等等，好让自己被历史记住，实现永恒。但这永恒之梦，总是让可怕的重复之手轻轻一劈就碎。修炼不够，太轻太薄，不耐用甚至经不起念叨第二遍。倒是许多不经意之说、之作，无心插柳柳成荫，一不经意间成了经典。说到“柳”，想起至今生长在河西走廊上的“左公柳”。100多年前，左宗棠带着湘军去征讨沙俄，收复新疆。他一路边行军边栽柳，现在这些合抱之木成了历史的见证，成了活的经典，凡游人没有不去凭吊的。“统一战线，武装斗争，党的领导”是中国革命的三大法宝，是中国共产党打天下的经典。但它的产生是毛泽东不经意间脱口说出的。1939年陕北公学的一批学生毕业要上前线，毛泽东去讲话说：“《封神演义》里姜子牙下山，元始天尊送他三样法宝：打神鞭、杏黄旗、四不像。今天我也送你们三件宝：统一战线、武装斗争、党的领导。”经典就

转入到对经典形成方式的论述。

这样产生了。莎士比亚有许多话，简直就是大白话，比如“是生还是死，这是一个问题”，还有托尔斯泰《安娜·卡列尼娜》的开头，“幸福的家庭都是相似的，不幸的家庭各有各的不幸”，这些话被人千百次地模仿。就是《兰亭序》也是在一次普通的文人聚会上，王羲之一挥而就。当然，经典也有呕心沥血、积久而成的。像米开朗基罗的壁画《末日的宣判》，一画就是8年。不管是妙手偶成还是苦修所得，总之，它达到了那个水平，后人承认它，就常想起它，提起它，借用它。它如铜镜愈磨愈亮，要是一只纸糊灯笼呢？用三五次就破了。

作者随手所举，古今中外，意趣盎然。

经典所以经得起重复，原因有三：一是达到了空前的高度；二是有绝后的效果；三是上升到了理性，有长远的指导意义。

经典不怕后人重复，但重复前人却造不成经典。

文化的发展总是一层一层，积累而成。在这个积累过程中要有个性，能占一席之地必得有新的创造。比如教师一遍一遍讲数理化常识，如果他只教书而不从事科研，一生也不会成为数学或物理科学方面的经典。因为只有像牛顿发现了万有引力，像伽利略发现了重力加速度，像爱因斯坦发现了相对论等，才算是科学发展史上的经典。马克思创造了无产阶级专政理论，毛泽东创立了农村包围城市理论，邓小平创立了中国特色社会主义理论等，这都是无产阶级革命和建设的经典。它是创新，不是先前理论的重复。唐诗、宋词、元曲，书法上的欧、颜、柳、赵，王羲之的行书、宋徽宗的瘦金书，都是中国文学艺术史上的经典。因为在这之前没有过，实现了“空前”，有里程碑的效果。只要写史，只要再往前走，就要回望一下这些高峰，它们是一个永远的参照点。

达到空前的高度在于创新。

经典又是绝后的，你可以重复它、超越它，但不能复制它。

后人时时地想起、品味、研究经典的目的是为了吸收借鉴它,以便去创造自己新的经典。就像爱因斯坦超越牛顿,爱翁和牛顿都不失为经典。齐白石谈到别人学他的画说:“学我者生,像我者死。”因为每一个经典都有它那个时代、环境及创造者的个性烙印。哲学家讲,人不能在同时间跨过两条河流。比如我们现在写古诗词,无论如何也不会有李白、李商隐、李清照的神韵,岂止唐宋,就是郭小川、贺敬之也无法克隆。时势异也,条件不再。你只能创造你自己的高峰。唯其这种“绝后”性,才使它高标青史,成为永远的经典。

超越而达到绝后是成为经典的又一个条件。

我们对经典的重复不只是表面的阅读,更是一次新的挖掘。

经典所以总能让人重复、不忘,总要提起,是因为它对后人有启示和指导价值。“绣出鸳鸯凭君看,莫把金针度与人”,经典不只是一双绣鸳鸯,还是一根闪闪的金针。凡经典都超出了当时实践的范围而有了理性的意义,有观点、立场方法、思想、哲理的内涵,唯理性才可以指导以后的实践。理性之树常绿。只有理性的东西才经得起一遍一遍地挖掘、印证,而它又总能在新的条件下释放出新的能量。如天然放射性铀矿一样,有释放不完的能量。范仲淹说:“先天下之忧而忧,后天下之乐而乐。”司马迁说:“人固有一死,或重于泰山,或轻于鸿毛。”邓小平说:“不管白猫黑猫,抓住老鼠就是好猫。”这都是永远的经典,早超出了当时的具体所指而有了哲理的永恒。就是达·芬奇的《蒙娜丽莎》的微笑,朱自清《背影》中父亲饱经风霜的背影,小提琴曲《梁祝》中爱的旋律,还有毕加索油画中的哲理,张旭狂草中的张力,也都远远超出自身的艺术价值而有了生命的启示。

经典的力量在于其蕴含的理性思考。

总之，经典所以经得起重复是因为它丰富的内涵，人们每重复它一次都能从中开发出有用的东西，像一块糖，因为有甜味人才会去嚼。同样，一篇文章，一幅画或一个理论，能经得起人反复咀嚼而味终不淡，这就是经典与平凡的区别。一块黄土，风一吹雨一打就碎；而一颗钻石，岁月的打磨只能使它愈见光亮。

再做统一的总结，理解更深入。

《京华时报》2005 年 5 月 10 日

好书耐抽读

要检验一本好书，我的办法是，任翻一页，读上一段，能把你吸引，这就是好书。如果一本书，非要等到全部读完才能说好，那么这本书实际上够不上好。

明确提出作者自创的一种办法、一个标准。

我的这种体验，第一次是从《毛选》引起。当时在中学读书，上历史课，不专心听讲，却去翻书中的插图，这一翻却翻到一页影印的《新民主主义论》，出于好奇，我趴在书上细细辨认那些小蚂蚁串似的影印字，一段文字跳入眼帘："抗战以来，全国人民有一种欣欣向荣的气象，大家以为有了出路，愁眉锁眼的姿态为之一扫。但是近来的妥协空气，反共声浪，忽又甚嚣尘上，又把全国人民打入闷葫芦里了。"我心中怦然一动，因为这文字十分有色彩、有个性、有扭力，这和我想象的硬硬邦邦的政治文字大大不同。我放学回家便翻出父亲的《毛选》，居然一读而不可收，将大部分文章读完了。那年我才 15 岁。现在说来可能人都不信，我读《毛选》竟是这样开始的。当时也还没有后来那样的学《毛选》运动。说实话，我读《毛选》，

很有趣味，引人入胜的小故事。

《毛选》竟然还可以这样来读。

并不是学政治，而是当文学来读，是因为它的文字美。正是这种文字的美把我导向政治、哲学和历史。第二次体验是读秦牧的《艺海拾贝》。现在我还记得清楚，那是在太原市解放路人民市场旁边的一家书店。那时口袋里的钱不多，不能买书，最好的办法是蹲书店。当时书店的服务态度也真好，服务员看着我们这群小“书丐”，看完一本又给取一本，就像一个农妇，很大度地看着一群麻雀欢快地啄食自家门前的谷米。我就是在这样的氛围中翻开《艺海拾贝》看到了这样一段话：“想象的羽翼可以把我们带到古代去，在一家家的门口，清清楚楚地看到他们在劳动，在饮食，在希望，在叹息，可惜隔着一道历史的门限，我们却不能和他们作半句的交谈！但怀古思念，想起了我们这个时代的农民是几千年历史中第一次真正挣脱了枷锁、逐渐离开了鬼神天命的羁绊的农民，我们又仿佛走出了黑暗的历史隧洞，突然见到耀眼的阳光了。”这就是那篇有名的《社稷坛抒情》。我一下被这美丽的意境所吸引，跟着作者去做了一次深沉而浪漫的神游。接着尽搜口袋里的零钱买了这本书。这是我的第一本自己在书店里买的书。没想到以此为契机，以后我也写起了散文。

这个比喻很有意思。

一段话，竟然影响到一个人一生的选择，可见经典的力量。

一部好的书随便翻一页，就能留住读者的眼，一篇好文章任读一段，都能吸住人的心，这叫通篇锦绣，字字珠现。就像一碗汤，不一定非得等到把一整碗都喝下去才知道它好，只要尝一口就行了。我到过九寨沟、张家界，这里风景的美，可以这样来形容：你用不着刻意选景，随便一抬手就是一幅好照片。一本好书要能经得起抽读，就像一种产品能经得起抽查。钱钟书的《围城》，我试过，可以闭上眼睛任翻一页。你看这些段落：

钱钟书学贯中西，当年曾“横扫清华图书馆”，一部《围城》，堪称传世经典。

苏小姐才出来，她冷淡的笑容像阴寒欲雪天的淡日，拉拉手，说："方先生好久不见，今天怎么会来？"鸿渐想去年分手时拉手何等亲热，今天握她的手像捏着冷血的鱼翅。这时候他的心里，仿佛临考抱佛脚的学生睡了一晚，发现自以为温熟的功课，还是生的。

鸿渐没法推避，回脸吻她。这吻的分量很轻，只仿佛清朝官场端茶送客时的把嘴唇抹抹茶碗边，或者从前西洋法庭见证人宣誓时把嘴唇碰一碰《圣经》，至多像那些信女们吻西藏活佛或者罗马教皇的大脚趾，一种敬而远之的亲近。

可怜他们这天饭都不敢多吃。吃的饭并不能使他们不饿，只滋养栽培了饿。使这饿在他们身体里长存，而他们不至于饿死了不再饿。

这种幽默而美妙的比喻，全书比比皆是。

再比如朱自清的散文，他的《背影》、《荷塘月色》等，这些是我们早已熟悉的。一天我新得了一套他的全集，又是这么随便翻开一页，是一篇从未看过的《谈抽烟》，有这样一段：

好些人抽烟，为的是有个伴。譬如说一个人单身住在北平，和朋友在一块，倒是有说有笑的，回家来，空屋子像冰一样。这时候他可以摸出一支烟抽起来，借点暖气。黄昏来了，屋子里的东西只剩些轮廓，暂时懒得开灯，也可以点上一支烟，看烟头上的火一闪一闪的像亲密的低语，只有自己听得出。要是生气，也不妨迁怒一下，使劲吸它十来口。

以"抽烟"为题，也可以写得意趣横生，充满哲理，可见作者功力之深。

对人心的揣摩何等细致，对形神的描摹何等写意，我不由得又倒着看上面一段：

能使作者再倒着往上看，这是经典的作用。

再说那吐出的烟，袅袅的镜看，也够你一回两回地捉摸，它可以领你走到顶远的地方去。即便在百忙当中，也可以让你轻松一会儿。所以老于抽烟的人，一叼上烟，真能悠然遐想。他霎时间是个自由自在的身子，无论他是靠在沙发上的绅士，还是蹲在台阶上的瓦匠。

仍然是非常精彩。

抽读一篇好文章好比是选一件做工精致的红木家具，你随便摸着哪个地方，轻轻敲一下，很满意，不由得再四处抚摸一下，就更证实了这种感觉。又像一块衣料，用手指捻一下，好；用手背贴一贴，手掌握一握，仍然好。文章的好，是说作者已经达到了一个基本水准，他的语言，他的思想，他的综合技巧。就好像盖房，一起手用的就是钢材、有机玻璃、铝合金这些高档建材，而不是土坯茅草。所以它就耐看，处处都好看，从头至尾都经看。作者的基本功不到家，玩一点花架子，也许能收一时之效，譬若用茅草搭了一个野味的小棚，或者在泥房子上镶了一个铝合金窗户。但这终久够不上高档，要想以这种作品传世就更是可笑。我们常说一本书或一篇文章不可卒读，就是因为它够不上这个标准。我也常用这个抽查的办法对付其他的艺术，比如看电视剧，盯住屏幕看五分钟，不能吸引人就换台。因为一个演员，有五分钟的时间足可以展示他的才华，如果展示不出来，说明他本来就没有。

艺术是相通的。

书籍是知识的种子

一天，一位编辑给我送来一本大书，极好的画报纸，九寸宽，一尺三寸长，15 斤重，实在无法捧读。想放在书架上，插不进去，只好放在茶几上，压了 8 个月，茶几也不堪重负，不得已，将其请出了办公室。现在的书不求内容的凝练却一味地追求形式的奢华，摆设功能正在悄悄地取代阅读功能。一次在大会堂碰见了出版界老前辈叶至善老人，他深有感慨地说：“书是越出越多，越出越大，一些儿童读物也动辄几大卷，一厚本，孩子们怎么翻得动？”书出得多一些、好一些，本是好事，但徒求其形，不究其质，多而不精，就堪忧堪虑了。

从现实中抽出批驳的靶子，端正人们对书的正确认识。

既然读书的人都觉得太多太滥，编书的人为什么还一个劲地出呢？抛开经济利益不说，这里有一个贪大求名、以大为荣、大即有功、大可传世的大错觉。

一本书之所以成名传世，不是因为其字多大，而是因其内容之精，代表了当时某一领域的知识顶峰，后人可赖以攀登。历史上有没有大书，有。但它首先不是大而是精。《史记》是一本大书，从传说中的黄帝一直写到汉代，凡 130 卷，52 万字，作者整整写了 16 年。它在记事、析理及文学艺术上都达到了一个精字，成了后人治史为文的楷模。《资治通鉴》是一本大书，但作者一开始就是从求精的目的出发，他深感到《春秋》之后到北宋已千余年，只主要的史书就已积存了 1500 余卷，书实在是太多了，一般知识分子一生也难卒读，因此有必要辨其真伪，撮其精要，写一本既存史实、又资治国的好书。他精心工作了 19 年，终于完成了

提出大书的标准，再辅以具体例子说明。

这本以史为镜、明兴替之理的大书，大大影响了以后的中国历史。《资本论》是一本大书，但这主要不是因为它浩浩万言，而是因为它揭示了在这之前别人还没有发现的关于剩余价值的原理，从而揭示了资本主义必然灭亡的规律。无论是司马迁、司马光还是马克思，他们所完成的书虽然很大，但相对于从前浩瀚的书卷，却是精而又精了。

即使这样，一般读者对这种大书仍然不能通读，主要影响读者的还是其中精辟的章节和主要的观点。再大的书也只能把精髓集中于一点，就像关公的大刀再重，刀刃也是薄薄一线；张飞的蛇矛再长，矛锋也是尖尖的一点。精髓不存，大书无魂；精髓所在，片言万代。一篇《岳阳楼记》代代传唱，皆因其"先忧后乐"的思想；一篇《出师表》千年不衰，全在"鞠躬尽瘁"的精神。文无长短，书无大小，有魂则灵，意新则存。所以，许多薄篇短章仍被作为宏文巨著载入史册，甚至有的还被史家以此来划分年代。1543年被认为是欧洲文艺复兴的开始，就是因为这一年出版了两本科学专著：维萨留斯的《人体结构》和哥白尼的《天体运行》。1905年被认为是现代物理学的开端，因为这一年爱因斯坦发表了震惊世界的相对论。但这个宏论却是发于当年的《物理学纪事》杂志上的三篇薄薄的论文。30年后一支反法西斯志愿军缺乏经费，只求爱因斯坦将这杂志找出来将文章重抄了一遍，就拍卖了400万美元，武装了一支军队，真是字字千金。这些书从字数来说比起我们现在动辄千万言的"大系"、"全书"来，算是豆芥之微，但其作用之大却如日月经天。写书本来就是有话则长无话则短，现在却有点"学者不知书滋味，为成巨著强凑字"。

经典语言，进一步深化前面提出的标准。

因常写东西，我有时也闭目自测，到底对自己的写作产生过重大影响的是哪些书。细持下来竟大都是一些短篇。

中学时背过一些《史记》列传、唐宋文章，在以后的散文和新闻写作中，时时觉得如气相接，如影相随。打倒“四人帮”后，又得以重新细读朱自清、徐志摩，自觉又如被人往上推了一把。70年代末，无意中看到一本薄薄的新校点的《浮生六记》，语言之清丽令人如沐春风，一见就不肯放手，以后又研习再三，从中得到不少启发。写作《科学发现演义》时，知识和资料却全部来源于各种科普和科学人物的小册子。因为这些小册子都是从千年科海中打捞出来的最精的实货。大约一般人的读书心理总是寻找林中秀木、沙滩珍珠和羊群里的骆驼。总是想用最短的时间，获得最有用的知识。所以小而精的书利用率最高。

从历史经验转入个人体会，以更有说服力的方式论证本文的观点。

即后来流传甚广，前后出了几十个版本的《数理化演义》。

本来书籍的功能就是积累知识，没有积累，不能把有价值的东西留传给后代，书籍就没有生命。前人论书的本质和功能大多集中于这一点。高尔基说：“书是人类进步的阶梯。”阶梯者，不断向前延伸也。赫尔岑说：“书，就是这一代对另一代人的遗训，就是行将就木的老人对刚刚开始生活的年轻人的忠告，是行将去休息的站岗人对走来接替他的岗位的站岗人的命令。”既然是遗训、忠告、命令，当然要尽量提炼出最重要的东西，然后再将其压缩在最精练的文字中，哪能像我们现在这样动辄百万言、千万言地拉杂。古人讲“立言”，言能立于世必得有个性，不重复，有创造。所以杜甫说“语不惊人死不休”。我想顺着他的意思可以这样说：“语不惊人死不休，篇无新意不出手。著书必求传后世，立事当作空前谋。”牛顿说，他的成功是因为站在了巨人的肩膀上。那是因为巨人们用一本本的书搭成了一条台阶，托着他向上攀登。牛顿的脚下踩着哥白尼的《天体运行》、伽利略的《对话》，而爱因斯坦又踏着牛顿的《自然哲学的数学原理》，给后人留下了相对论。

很有见地和思想，“篇无新意不出手”后来也确确实实成为梁衡先生的写作标准。

一步步推论，最后提出本文的核心观点。

书籍是什么？我觉得还可以说书籍是知识的种子。50年代曾发生过这样一件轰动一时的事，我国考古工作者在东北某地挖掘出一粒在地下埋藏了千年的古莲籽，经过精心培育，居然发芽长叶开出了一朵新莲花。如果当时埋在土里的不是一粒种子而是一团枝叶呢？我们现在挖出的就只能是一团污泥。1865年奥地利科学家孟德尔发现了生物遗传规律，他在一次科学会议上宣布后，竟无一人理解。第二年他将此写成论文发表，并分藏到欧洲的120个图书馆，直到34年后才又被人重新发现和证实。若没有这些书籍做种子，埋种在先，科学不知要被推后多少年。今天，如果我们凑够字数就出书，那就是在田野里播种萎谷，看似一片茂盛，到秋天却颗粒不收。这样既浪费了今天的资源，又断绝了子孙的口粮，何必这样做呢？

1995年2月

书与人的随想

在所有关于书的格言中，我最喜欢赫尔岑的这句话：书是行将就木的老人对刚刚开始生活的年轻人的忠告……种族、人群、国家消失了，但书却留存下去。

人类社会是一个连续发展的过程，我们常将它们比作历史长河，而每个人都是途中搭行一段的乘客。每当我们上船之时，前人就将他们的一切发现和创造，浓缩在书本中，作为欢迎我们的礼物，同时也是交班的嘱托。由于有了这根接力魔棒，所以人类几十万年的历史，某一学科积几千年而有的成果，我们便可以在短时间内将其掌握，而腾出足够的时间去进行新的创造。书籍是我们视接千载、心通四海的桥梁，是每个人来到这个世界上首先要拿到的通行证。历史愈久，文明积累愈多，人和书的关系就愈紧密相连。

站在整个人类社会历史发展的角度来认识书的价值和重要性。

现实生活中我们常常会发现一个新世界，比如海洋、太空、微生物等等。凡新世界都会给我们带来无穷的乐趣。但真正大的世界是书籍，它是平行于物质世界的另一个精神世界。有位养生家说："健康是幸福，无病最自由。"这是讲作为物质的人。大多正常的人刚生下来没有任何疾病，一张白纸，生机盎然，傲对现世。以后因风寒相侵，细菌感染，七情六欲，就灾病渐起，有一种病就减少一分活动的自由。作为精神的人正好与此相反。他刚一降生时，对这个世界一无所知，迷蒙蒙，怯生生，茫然对来世。于是就识字读书，读一本书就获得一分自由，读的书越多，获得的自由度就越大。所以一个学者到了晚年，哪怕他是疾病缠身，身体的自由度已极小极小，精神的自由度却可

书籍和人的精神世界相通。

达到最大最大，甚至在去世之后他所创造的精神世界仍然存在。哥白尼一生研究日心说，备受教会迫害，到晚年困顿于城堡中，双目失明，举步维艰，但他终于完成了划时代巨著《天体运行》。到去世前一刻，他摸了摸这本刚出版的新书欣然离开了人世。这时他在天文世界里已获得了最大自由，而且还使后人也不断分享他的自由。

从精神的角度来认识分析“人之初”。

中国古代有人之初性恶性善之争。我却说，人之初性本愚，只是后来靠读书才解疑释惑，慢慢开启智慧。凡书籍所记录、所研究的范围，所涉及的东西，他都可以到达，都可以拥有。不读书的人无法理解读书人的幸福，就像足不出户者无法理解环球旅行者或者登月人的心情。既然书总结了人类的一切财富，总结了做人的经验，那么读书就决定了一个人的视野、知识、才能、气质。当然读书之后还要实践，但这里又用到了高尔基的那句话：“书籍是人类进步的阶梯”，如果你脚下不踏一梯，你的实践又能走出多远呢？那就只能像一只不停刨洞的土拨鼠，终其一生也不过是吃穿二字。你可以自得其乐，但实际上已比别人少享受了半个世界。一个人只有当他借助书籍进入精神世界，洞察万物时，他才算跳出了现实的局限，才有了时代和历史的意义。古语言：读书知理。谁掌握了真理谁就掌握了世界。所以读书人最勇敢，常一介书生敢当天下。像毛泽东当年不就是以一青年知识分子而独上井冈，面对腥风血雨坚信必能再造一个新中国，他懂得阶级分析、阶级斗争这个理。像马寅初那样，敢以一朽老翁面对汹汹批判，而坚持到胜利，他懂得人口科学这个理。他知道即使身不在而理亦存，其身早已置之度外。读书又给人最大的智慧。爱因斯坦在伽利略、牛顿之书的基础上，发现相对论，物理世界一下子进入一个新纪元。马克思穷读了他之前的所有经济学著作，发现了剩余价值规律，指出资本主义必然

很深刻的思想认识。

灭亡，一下子开辟了社会主义革命的新纪元。他们掌握了事物之理，看世界就如庖丁观牛，“以神遇而不以目视”，这是常人之所难及。所以从一定意义上讲读书造人。你要成为某方面有用的人，就得攻读某方面的书，你要有发现和创造就得先读过前人积累的书。毛泽东讲，从孔夫子到孙中山都要给以总结，历史也就真的产生了毛泽东、邓小平这样的巨人。这就是为什么一个民族的或者世界的伟人，必定是一个知识分子，一个读书人，一个读书最多的人。

从对“读书”的议论转入到对“写书”的论述。

我们作为一个历史长河中的旅人，上船时既得到过前人书的赠礼，就该想到也要为下一班乘客留一点东西。如果说读书是一个人有没有求知心的标志，那么写作就是一个人有没有创造力和责任感的标志。读书是吸收，是继承；写作是创造，是超越。一个人读懂了世界，吸足了知识，并经过了实践的发展之后才可能写出属于他自己而又对世界有用的东西，这就叫贡献。这样他才真正完成了继承与超越的交替，才算尽到历史的责任。写作是检验一个人的学识才智的最简单方法，写书不是抄书，你得把前人之书糅进自己的实践，得出新的思想，如鲁迅之谓吃进草，挤出牛奶。这是一种创造，如同科学技术的发现与发明，要智慧和勇气。小智勇小文章，大智勇大文章。唐太宗称以铜为镜、以史为镜、以人为镜，其实文章也是一面大镜子，验之于作者可知驽骏。古往今来，凡其人庸庸，其言云云，其政平平者，必无文章。古人云立德立言，人必得有新言汇入历史长河而后才得历史的承认。无论马、恩、毛、邓，还是李、杜、韩、柳，功在当世之德，更在传世之文，他们有思想的大发现大发明。我们不妨把每个人留给这个世界的文章或著作算作他搭乘历史之舟的船票，既然顶了读书人的名，最好就不要做逃票人。这船票自然也轻重不同，含金量不等，像《资本论》或者《红楼梦》，那是怎样一张沉甸甸的票据啊。书的分量，其实也是人的分量。

最后做总结，层层递进，更清晰地明确本文的思想。

不读书愚而可哀，只读书迂而可惜，读而后有作，作而出新，是大智慧。

《光明日报》1999 年 5 月 21 日

文章的话题不算新也没有矫饰过多的华美文字，但是读来却不由自主被牢牢吸引，似乎文章中有一个强大的“气场”，就如自然界的磁场一般，把人的目光和思维全部深深吸引过来。这样的“场”是如何形成的呢？

文章“气场”营造与形成可能有三法：一是选题的新颖、独特、奇崛；二是文辞的华美、手法的多样、技艺的纯熟；三是情感的真诚、思想的深刻，境界的宏大。如果文章的写作中只有第一法，则可能文章无法被读完，新鲜劲儿总会很快过去，文章也就失去了吸引力。就如街头奇装异服者，异样、新奇的感觉的持续时间肯定不足以让观者爱上她或他。第二种手法很具有迷惑性，也会在最短的时间中吸引最多数的读者，尤其是喜欢美丽外表的年轻人，也有人可能会一直沉溺其中。但对于阅读有着更高追求的人不会只满足于此。正如有人追求花样的容颜，有人却渴望精神的交流与沟通。“比起你年轻时候的美丽来说，我更爱你现在备受摧残的面容。”时间的打磨让外在的一切随风消逝。情感、思想、境界反倒更显厚重与丰富。这就是第三法，用真诚的情感、深刻的思想和高尚的境界营造出一个强大的气场，这个场中有智慧、有终极关怀、有启蒙，吸引读者进入其中，阅读、思考，思考、阅读……所以真正的美文应是有气场的文章，此文便是。

说兴趣

过去一说某名人怎么成才，总讲如何坚忍不拔、刻苦努力，其实这些都是有了兴趣之后的事。他能有成就，首先是因为他对那件事有兴趣。兴趣是什么？就是人追求完美事物的一种本能，没有听说过谁专门对丑的、坏的、恶的、苦的有兴趣。孩子对糖块有兴趣，姑娘对打扮有兴趣，青年对恋爱有兴趣，老人对忆旧有兴趣。人们对休闲、娱乐、美食、华服、好房子、好车都有兴趣，因为这样活着就舒服。但只满足于此也不行，时间长了就要退步，要堕落，于是人们对学习、开拓、创造也有兴趣。这样人类才会活得更美好。有兴趣，有各种各样的兴趣，是人的天性，人要学会开发自己的天性，要发现兴趣、保护兴趣、扩大兴趣。这不用专门去教、去辅导，你只要不压抑、不干扰它就行。就像水，一打开闸门就自然往下流；像烟，你一点燃就自然往上走。

从日常生活落笔，给出“兴趣”的解释。

信佛者到处拜佛，佛经上说，你不必拜，佛就是你自己，只要你想成佛，就能立地成佛。如果你能发现自己内心深处对某种事物的强烈兴趣，你就立地成佛，你想成为什么样子，就能成什么样子，这才是一个最厉害的秘密武器。老师、家长总是怕孩子不学习，总嫌孩子不努力，“新松恨不高千尺”，其实，你不要急，也不必“恨”，更不要那么“狠”，搞得孩子们眉头常皱，心存压力。你只需细心地去发现他到底对什么有兴趣，就像发现落叶下的一棵春笋，只需浇一点水，一回头，它就蹿高好几米。园丁的作用不是用剪子把花草剪整齐，而是用锄头把杂草锄干净。

宕开一笔，点明兴趣的培养最为重要的是创造适宜的环境。

生物学、人才学研究已经揭示，基因决定了每一个人身上都有某种特殊的才能。“天生我才必有用”，李白这句话是没有错的。兴趣是寂夜里飘着的萤火虫，常在你不经意时灵光一闪，有人及时捕捉到了自己的兴趣，有人却在兴趣敲门时木然无应，花自飘零水自流，错过了机遇。歌德的父亲安排歌德学法律，他却对文学、科学有兴趣；伽利略的父亲安排伽利略学医学，他却对物理、天文有兴趣。每一届诺贝尔奖公布后，记者总要向得主提这样一个问题：“你为什么要从事这项研究？”大部分人的回答是：“不为什么，就是因为对它感兴趣”。

点明本文关于兴趣的内涵，升华之前一般人对兴趣的认知。

兴趣是人的天性，但要成就功德，还得将它转化为目标和毅力，不达目的决不罢休。达尔文小时候对生物有兴趣，一次，他在野外看见一只未见过的甲虫，就用右手捉住；又见一只，即用左手捉住。这时又发现第三只，情急之下他将一只放入口中，腾出手来去捉第三只。不想嘴里那只甲虫放出一种辛辣刺激的液体，他“哇”的一声大叫，三只全跑了。可以看出，这时他的兴趣还是一种孩童式的天性。但是，由此出发，他后来毅然参加了贝格尔舰的环球考察，一走5年。每到一地，就采挖生物标本，托运回国。5年后他定居伦敦郊外潜心研究这些资料，冷板凳一坐就是20年。1859终于出版了《物种起源》，创立了进化论，是目标和毅力巩固和延伸了他的兴趣。

如果要想有更大的成就，兴趣还得转化为责任和牺牲，特别是从事社会科学，必得担大责，才能有大成。比如许多文学少年，当初只是因语言优美、情节曲折而对文学产生兴趣，但真正要成为大作家，如鲁迅，如托尔斯泰，则非得有为时代、为民众立言的责任心不可。至于说到社会活动家更是要心忧天下，以身许国。兴趣只有在注入了目标和责任之后才算成熟，才能抗风雨，破逆境，到达胜利

直白、平淡的文字，但赋予兴趣以目标和责任这一内涵之后，思维的高度立现。

的彼岸。

总之，兴趣是成就人生的一粒种子，种瓜得瓜，种豆得豆。你先得找见自己的基因，是瓜还是豆，然后再说培育之事。有的人从一开始就没有弄清楚自己是瓜还是豆，或因环境所迫，瓜秧爬上豆架，满拧着长；有的人知道自己是瓜是豆，春风得意，却耐不过夏的煎熬，等不到秋天的丰收。只有那些像达尔文一样，一开始就认定要收获一颗大瓜的人，栉风沐雨几十年，才能享受到秋收的喜悦。

文章中此类来自平常生活的例子很多，让兴趣这一话题很是接地气。

《北京日报》2011 年 12 月 21 日

好文章是怎样写成的

此文也曾用过另一个题目《岳阳楼记留给我们的政治财富和文化思考》。

毛泽东在《讲堂录》中说："在中国历史上，不乏建功立业的人，也不乏以思想品行影响后世的人，前者如诸葛亮、范仲淹，后者如孔孟等人。但二者兼有，即'办事兼传教'之人，历史上只有两位，即宋代的范仲淹和清代的曾国藩。"范仲淹正当北宋封建社会的成熟期，他"办事兼传教"是一个典型的封建官员知识分子。而他留给我们的政治财富和文化思考全部浓缩在一篇只有368字的短文中，这就是传唱千古的《岳阳楼记》。

以"典"入手，一句话即凸显出范仲淹在中国历史上的位置。

中国古代留下的文章不知有多少。如果让我在古今文章中选一篇最好的，只需忍痛选一篇，那就是范仲淹的《岳阳楼记》。千百年来，中国知识界流传一句话：不读《出师表》不知何为忠；不读《陈情表》，不知何为孝。忠孝是封建道德标准。随着历史进入现代社会，这两《表》的影响力，已在逐渐减弱，特别是《陈情表》，已鲜为人知。但有一个奇怪的现象，同样产生于封建时代的《岳阳楼记》却丝毫没有因历史的变迁而被冷落、淘汰，相反，它如一棵千年古槐，经岁月的沧桑，愈显其旺盛的生命力。北宋之后，论朝代，已经南宋、元、明、清、民国及中华人民共和国等六代的更迭；论社会形态，也经封建主义、民主主义、社会主义三世的冲击。但它穿云破雾，历久弥新。呜呼，以一文之力能抗六代之易、三世之变，靠什么？靠它的思想含量、人格思想、政治思想和艺术思想。它以传统的文字，表达了一种跨越时空的思想，上下千年，唯此一文。

这一立意表述，又一下子将人人熟悉的《岳阳楼记》推到了一个极致的位置。与前面对范仲淹的论述结合，文章开篇先有夺人之声势。

作者独特的解析视角，更深入地挖出了《岳阳楼记》的独特价值。

《岳阳楼记》已经成为一份独特的历史遗产，其中有无尽的文化思考和政治财富。从《古文观止》到解放以后历届的中学课本，常选不衰；从政界要人、学者教授到中小学生，无人不读，不背，这说明它仍有现实意义。归纳起来有三条：一是教我们怎样做人，二是教我们怎样做官，三是教我们怎样写文章。

一、我们该怎样做人——独立、理性、牺牲的人格之美。

人们都熟知范仲淹在《岳阳楼记》里的名言“先天下之忧而忧，后天下之乐而乐”，却常忽略了文中的另一句话：“不以物喜，不以己悲。”前者是讲政治，怎样为政、为官，后者是讲人格，怎样做人。前者是讲政治观，后者是讲人生观。正因为讲出了这两个人生和政治的基本道理，这篇文章才达到了不朽。其实，一个政治家政治行为的背后都有人格精神在支撑，而且其人格的力量会更长久地作用于后人，存在于历史。

一篇几乎人人熟悉的文章，作者却能发别人所未发，见前人所未见。

“不以物喜，不以己悲”：物，指外部世界，不为利动；己，指内心世界，不为私惑。就是说：有信仰、有目标，有精神追求，有道德操守。结合范仲淹的人生实践，可从三个方面来解读他的人格思想。

一是独立精神——无奴气，有志气。

范仲淹有两句诗最能说明他的独立人格：“心焉介如石，可裂不可夺。”范仲淹于太宗端拱二年（989年）生于徐州，出生第二年父亲去世，29岁的母亲贫无所依，抱着襁褓中的他改嫁朱家，来到山东淄州（今山东邹平县附近）。他也改姓朱，名朱说。他少年时在附近的庙里借宿读书，每晚煮粥一小锅，次日用刀划为四块，早晚各取两块，拌一点咸韭菜为食。这就是成语“断齑划粥”的来历。这样苦读三年，直到附近的书都已被他搜读得再无可读。但他的两个异父兄长却不好好读书，花钱如水。一次他稍劝几句，对方反唇相讥：“连你花的钱都是我们朱家的，有什么资

千年之后，陈寅恪先生更明确提出“独立之精神，自由之思想”的观点。

格说话。”他才知道自己的身世，心灵大受刺激。真是未出家门便感知世态之炎凉。他发誓期以10年，恢复范姓，自立门户。

写范仲淹精神的独立，中间不断介绍其生平事迹，以“事”见“神”。

大中祥符四年（1011年）23岁的范仲淹开始外出游学，来到当时一所大书院应天书院（今河南商丘县），昼夜苦读。一次真宗皇帝巡幸这里，同学们都争先出去观瞻圣容，他却仍闭门读书，别人怪之，他说：“日后再见，也不晚！”可知其志之大，其心之静。有富家子弟送他美食，他竟一口不吃，任其发霉。人家怪罪，他谢曰：“我已安于喝粥的清苦，一旦吃了美味怕日后再吃不得苦。”真是天降大任于斯人，自觉自愿苦其心志，劳其筋骨。他在大中祥符八年（1015年）中进士，在殿试时终于见到了真宗皇帝，并赴御宴。他不久调去安徽广德亳县做官，立即把母亲接来赡养，并正式恢复范姓。这时离他发愤复姓只用了5年。

文章在叙述的过程中，嵌套了很多前因后果的小故事，增加了文章的内在张力和趣味，此处即有“复姓”和“见皇帝”两则。

范仲淹中了进士后被任命的第一个地方官职是到安徽广德任“司理参军”，就是审理案件的助理。当时地方官普遍贪赃爱财，人为制造冤案。他廉洁守身，秉公办案常与上司发生争论，任其怎样以势压人，也不屈服。每结一案，就把争论内容记在屏风上，可见其性格的耿直。一年后离任时，屏风上已写满案情，这就是“屏风记案”的故事。他两袖清风，走时无路费，只好把老马卖掉。

前有“断齑划粥”，此处有“屏风记案”，文中穿插介绍关于范仲淹的成语典故。

对历史上有骨气的人，范仲淹非常敬重。1037年，范第三次被贬赴润州（今江苏镇江）任上时，途中经彭泽拜谒唐代名相狄仁杰的祠堂。狄刚正不阿不畏武则天的权势被陷入狱，又贬为县令。范当即为其写一碑文，歌颂他：

“呜呼，武暴如火，李寒如灰，何心不随，何力不回！我公哀伤，拯天之亡：逆长风而孤骞，溯大川而独航。金可革，公不可革，孰为乎刚！地可动，公不可动，孰为乎方！”

文字掷地有声。而当时作者也正冒着朝中的“暴火寒灰”，独行在被贬的路上。而他所描写的刚不可摧、方不可变，也正是自己的形象。

二是理性精神——实事求是，按原则办事。

范仲淹的独立精神决不是桀骜不驯的自我标榜和逞一时之快的匹夫之勇。他是按自己的信仰办事，是知识分子的那种理性的勇敢。在我写瞿秋白的《觅渡》一文中曾谈到，这是一种像铁轨延伸一样的坚定精神。

亚里士多德说：“吾爱吾师更爱真理。”范仲淹是晏殊推荐入朝为官的。他一入朝就上奏章给朝廷提意见。这吓坏了推荐人晏殊，说，你刚入朝就这样轻狂，就不怕连累到我这个举荐人吗？范听后半晌没有反应过来，一会儿，难受地说：“我一入朝就总想着奉公直言，千万不敢辜负您的举荐，没想到尽忠尽职反而会得罪于您。”回到家他又给晏写了一封3000字的长信说：“当公之知，惟惧忠不如金石之坚，直不如药石之良，才不为天下之奇，名不及泰山之高，未足副大贤人之清举。今乃一变为忧，能不自疑而惊呼！为公之悔，傥默默不辨，则恐搢绅先生诮公之失举也。”晏殊是他的恩师，入朝的引路人。这件事充分体现了范爱吾师更爱真理的品格。

晏殊以词闻名于世。但他不仅能诗、善词，而且文章、书法皆工，曾官拜宰相，有“宰相词人”之称。

与晏殊的思路完全不同。

宋仁宗时，西北强敌西夏不断侵扰，他被任为前线副帅抗敌。当时朝野上下出于报仇心理和抗战激情，都高喊出兵。主帅命令出兵，皇上不断催问，左右不停地劝说。但他认为备战还不成熟，坚持不出兵。主帅韩琦说：“大凡用兵，先得置胜负于度外。”他说：“大军一动就是千万人的性命，怎敢置之度外？”朝廷严词催促出兵，他反复申诉，自知“不从众议则得罪必速”，“奈何成败安危之机，国家大事，岂敢避罪于其间！”结果，上面不听他的意见，1041年好水川一战，宋军损失6000人。此后宋军再不敢盲动，最终按范仲淹的策略取得了胜利。这种独立思考的理性精神到900多年后类似一例就是，共产党的粟裕将军在淮海战役前中央三下其令要他帅师渡江，他三次斗胆向中央和毛主席上书，建议战场摆在江北，终于为毛泽东所接受，这一决策使得解放战争提前胜利三年。[①]

写理性精神，先写范仲淹的两则故事，再从理论上予以辨析。

在人性中，独立和奴气，是基本的两大分野。一般来讲，人格上有独立精神的人，在政治上就不大容易被收买。我们不要小看人格的独立。就整个社会来讲，这种道德的进步经历了一个漫长的过程。奴隶制度造成人的奴性，封建制度下虽有“士可杀不可辱”的说法，但还是强调等级、服从。进入资产阶级民主社会，才响亮地提出平等、自由。人性的独立才作为一种普遍的社会标准和道德意识。这一点西方比我们好一些，民主革命彻底，封建残留较少。[②]中国封建社会长，又没有经过彻底的资本主义民主革命，人格中的奴性残留就多。[③]现在许多人也在变着法媚上，对照现实我们更感到范仲淹在一千年前坚持的独立精神的可贵。正是这一点，促成了他在政治上能经得起风浪。做人就应该“宠而不惊，弃而不伤，丈夫立世，独对八荒”。鲁迅就曾痛斥中国人的奴性。一个人先得骨头硬，才能成事，如果他总是看别人的脸色，他除了当奴才还能干什么？纵观范仲淹一生为官，无论在朝、在野、打仗、理政，从不人云亦云，就是对上级，对皇帝，他也实事求是，敢于坚持。这里固然有负责精神，但不改信仰、按规律办事，却是他的为人标准。

宏观而深刻地论述“奴性”的影响，更反衬范仲淹的可贵。

“不以物喜，不以己悲”，就是不随波逐流。那么以什么为立身根本呢？以实际情况，以国家利益为根本。用现在的话说就是实事求是，无私奉献。陈云同志讲：“不唯上，不唯书，只唯实。”人能超然物外，克服私心，就是一个大写的人，就是君子，不是小人。可惜，千年来人性虽已大有进步，社会仍然没有能摆脱这种公与私的羁绊。

对范仲淹人格信条的现代解读，与现代政治语言接轨，进而联系当前社会实际，针砭评说。

这个问题恐怕要到共产主义社会才能解决。你看我们的周围，有多少光明磊落，又有多少虚伪龌龊。凡成大事者，首先在人格上要能独立思考，理性处事，敢于牺牲。而那些人格上不独立的人，政治上必然得软骨病，一入官场，就阿谀奉承，明哲保身，甚而阳奉阴违，贪赃枉法，卖身投靠，紧要关头投敌叛变。我在官场几十年，目之所及，已数不清有多少的事例，让你落泪，又让你失望。有的官员，专研究上司所好，媚态献尽，唯命是从。上发一言，必弯腰尽十倍之诚，而不惜耗部下百倍之力，费公家千倍之财，以博领导一喜。这种对上为奴，对下为虎的劣根人格实在可悲。我每次读《岳阳楼记》就会立即联想到周围的现实。“不以物喜，不以己悲”，这种对独立的人格追求，仍然是我们现在所需要的。

三是牺牲精神——为官不滑，为人不私。

“不以己悲”就是抛却个人利益，敢于牺牲，不患得患失。

怎样处理公与私的关系，是判断一个人道德高下的最基本标准。我们熟悉的林则徐的两句诗“苟利国家生死以，岂因祸福避趋之”讲的就是这个道理。范仲淹一生为官不滑，为人不奸。他的道德标准是只要为国家，为百姓，为正义，都可牺牲自己。下面兹举两例。

又提出一个做人为官的道理和标准。

1038年宋西北的夏建国，赵元昊称帝。宋夏战事不断。边防主帅范雍无能，1040年仁宗不得不重组一线指挥机构，任命范仲淹为陕西经略招讨副使（副总指挥）赶赴前线，这年他已52岁，这之前他从未带过兵。范仲淹一路兼程，赶到延州（今延安）。延州才经兵火之后，前面36寨都被荡平，孤悬于敌阵前。朝廷曾先后任命数人都畏敌而找借口不去到任。范说，形势危机，延州不能无守，就挺身而出，自请兼知延州。范仲淹虽是一介书生，但文韬武略，胆识让年轻的儿子杀敌陷阵，亦可见其“敢于牺牲”的精神、态度和胆略。

过人。他见敌势坐大，又以骑兵见长，便取守势，并加紧部队的整肃改编，提拔了一批战将，在当他边民中招募了一批新兵。庆历二年（1042年），范仲淹密令19岁的长子纯佑偷袭西夏，夺回战略要地“马铺寨”。他引大军带筑城工具随后跟进。部队一接近对方营地，他就令就地筑城，十天，一座新城平地而起。这就是后来发挥了重要战略作用的像一个楔子一样打入夏界的孤城——大顺城。城与附近的寨堡相呼应，西夏再也撼不动宋界。夏军中传说着，现在带兵的这个范小老子（西夏人称官为老子）胸中自有数万甲兵，不像原先那个范大老子（指前任范雍）好对付。西夏见无机可乘，随即开始议和。范以一书生领兵获胜，除其智慧之外，最主要的是这种为国牺牲的精神。

此处写滕子京，一为表现范的做事原则，另一方面也为后面详细分析《岳阳楼记》的写作做一铺垫。此段虽对《岳阳楼记》亦有涉及，但均可看做预先的铺垫。

范与滕宗谅（字子京）的关系，是他为国惜才，为朋友牺牲的例证。滕与范仲淹是同年的进士，也是一个热血报国的忠臣。西北战事吃紧时滕也在边防效力，知泾州。当时正定川一役大败之后，形势危机。滕招兵买马，犒赏将士，重振旗鼓。范又让他兼知庆州，亦治理得井井有条。但正因为他干事太多，就总被人挑毛病，有人告他挪用公款15万贯。仁宗大怒，要查办。但很快查明，这15万贯钱，犒赏用了3000贯，其他皆用于军饷。而这3000贯的使用也没有超出地方官的权力规定范围，但是朝中的守旧派，咬住不放，乘机大做文章，宰相等也默不作声。范这时已回京，他激愤地说，朝廷看不到边防将士的辛苦和功劳，一任有人在这些小问题上捕风捉影，加以陷害，这必让将士寒心，边防不稳。他力保滕宗谅无大过，如有事甘愿同受处分。这样滕才没有被撤职，而在庆历四年（1044年）被贬到了岳阳，才有后来《岳阳楼记》这一段佳话。如果没有当年范对滕的冒死一保，政治史和文学史都将缺少精彩的一笔。可知范后来为他写《岳阳楼记》，本身就是一种对朋友、对正义事业的支持，而这是要冒风险、付代价的。他在文章中叹道："微斯人，吾谁与归？"他愿意和志同道合的战友一起去为事业牺牲。

任何革命的、进步的团体和事业，都是以肝胆相照的人格精神为基础凝聚力量，团结队伍的。不要奸滑，只要忠诚。文化大革命中"四人帮"制造了"61人叛徒集团"，诬刘少奇为内奸、叛徒。周恩来1966年11月22日致信毛泽东："当时确为少奇同志代表中央所决定，七大、八大又均已审查过，故中央必须承认知道此事。"红卫兵要揪斗陈毅，周站在大会堂门口厉声说："你们要揪，就从我身上踩过去。"而康生对借"伍豪事件"整周恩来却装聋作哑。

宕开一笔，联系到党史，以古照今。

二、我们该怎样做官——忧民、忧君、忧政的为官之道。

范仲淹对政治文明的贡献，主要体现在一个"忧"字上。《岳阳楼记》产生于我国封建社会成熟期之宋代，作者生于忧患，成于忧患，倾其一生和一个时代来解读这个"忧"字。好像是中国封建社会发展到转折时期，专门要找一个这样的解读人。

对范仲淹最著名的"忧乐"思想，上升到中国社会的整个发展过程和政治文明的高度来予以评价认识，超越了一般的泛泛之谈。

范仲淹的忧国思想，最忧之处有三，即忧民、忧君、忧政。也可以说这是留给我们的政治财富。这是每一个政治家都要面对的问题。

1. 忧民。

他在文章中写道"居庙堂之高，则忧其民"，就是说当官千万不要忘了百姓，官位越高，越要注意这一点。

政治就是管理，就是民心。官和民的关系是政治运作中最基本的内容。忧民生的本质是官员的公心、服务心，是怎样处理个人与群众的关系。人民永远是第一性的，任何政权都是靠人民来支撑。一些进步的封建政治家也看到了这一点，强调"民为邦本"，唐太宗甚至说"水可载舟亦可覆舟”。范仲淹继承了这一思想并努力在实践中贯彻。他认为君要“爱民”、“养民”，就像调养自己的身体，要十分小心，要轻徭役、重农耕。特别是地方官，如果压榨百姓，就是自毁邦本。

还是先论理，再结合范的具体经历来说明。

范仲淹从1015年27岁中进士到1028年40岁进京任职前，已在基层为官13年。这期间，他先后转任广德（今安徽广德）、亳州（今安徽亳县）、泰州（今江苏泰州）、兴化（今江苏南通一带）、楚州（今江苏淮安）五地，任过一些掌管刑狱的幕僚小职，最后一任是管盐仓的小吏。他表现出一个典型的有知识、有理想、又时时想着报国安民的青年官吏的所作所为。他按儒家经典的要求“达则兼济天下”，但是却扬弃了“穷则独善其身”，只要有一点机会，就去用手中的权力为老百姓办事，并时刻思考着只有百姓安康，政治才能稳定。

层层分析，步步深入。本文篇幅宏大，层次稍为繁复，阅读时明晰条理很重要。

范仲淹的忧民思想体现在三个方面，即为民办事、为民请命和为民除弊。

一是为民请命。用现在的话说就是“情为民所系”。

关心民情，是中国古代清官的一种好品质，好传统。就是说先得从思想上解决问题，要有一颗为民的心。郑板桥就有一首名诗：“衙斋卧听萧萧竹，疑是民间疾苦声。些小吾曹州县吏，一枝一叶总关情。”出身贫寒，起于基层的范仲淹一生不管地位怎么变，忧民之心始终不变。1033年，全国蝗、旱灾害流行，山东、江淮地区尤甚。时范已调回朝中，他上书希望朝廷派员视察，却迟迟得不到答复，他又忍不住了，冒杀头之祸，去当面质问仁宗：“我们在上面要时刻想着下面的百姓。要是您这宫里的人半天没有饭吃会是什么样子？今饿殍遍野，为君的怎能熟视无睹？”皇帝被他问得无言以对，就顺水推舟说：“那就派你去赈灾吧。”当年他以一个盐吏因上书自讨了一个修堤的苦差事，这次他这个谏官，又因言得差，自讨了一份棘手难办的赈灾之事。但从这件事情上倒让我们看到了他的办事才干。他一到灾区就开仓济民，组织生产自救。灾后必有大疫，他遍设诊所，甚至还亲自研制出一种防疫的白药丸。赈灾结束回京后他还特意带回灾民吃的一种“乌味草”，送给仁宗，并请传示后宫，以戒宫中的奢侈浪费。他的这个举动肯定又引起宫中人的反感。你去赈灾，完成任务回来交差就是，何苦又要借机为宫里人上一堂课呢？就你最爱表现，这怎能不招惹人嫉妒？他还给仁宗讲了他调查访问的一件实事。途中，他碰到6个从长沙到安徽的漕运兵，他们出来时30人，现连死带逃，还剩6人，路途遥远，还不知能不能活着回到家。他深感百姓粮饷和运输负担太重。他对皇帝说：“知之生物有时，而国家用度无度，天下安得不困！”

不仅自讨苦差，还要以己度人，多管“闲事”。

二是为民办事。用现在的话说就是“利为民所谋”。

思想上爱民还不算，还得办实事。他较突出的一件政绩是修海堤。1021年，范仲淹调泰州，任一个管理盐仓的小官。当时泰州、楚州、通州（今南通）位于淮水之南，东临黄海，海堤年久失修，海水倒灌，冲毁盐场，淹没良田，不但政府盐利受损，百姓亦流离失所，逃荒他乡。范仲淹只是一个看盐场的小吏，这些地方上的政务经济上的事本不归他管，但他见民受其苦，国损其利，便一再建议复修海堤，政府就干脆任他为灾区中心兴化县的县令。他制定规划，亲率几万民工日夜劳作在筑堤工地。一次大浪淹来，百多人顿时被卷入海底。一时各种非议四起，要求停工罢修，范力排众议，身先民工，亲自督战，前后三年，终使大堤告成。地方经济恢复，国家增收盐利，流离的百姓又回到故乡。人们感谢范仲淹，将此堤称为“范堤”，甚至有不少人改姓范，以之为荣。历代，就是直到今天，能为

与南宋之后人们愧于姓“秦”形成对比。以一人之力，而护佑百代，足见其人格之力。

范仲淹之后仍是一种光荣。明朝朱元璋一次审查犯人名单，见一叫范从文的人，疑是仲淹之后，一问，果是其十二世孙，便特赦了他。有一土匪绑票，见苦主名范希荣，再问是仲淹之后，立即放掉。可见范在民间的影响之大之远。现在全国为纪念他而建的“景范希望小学”就有39所。

三是为民除弊。用现在的话说，就是敢于改革。

以个人的政治智慧，推进制度和政策之变，再以制度之力，收长久惠及百姓之效。

他是一位行政能力极强的政要。他的忧民，绝不像其他官僚那样空发议论，装装样子。他能将思想和具体的行动进一步上升到制度的改革，每治一地，必有创造性的惠民政策。他在西北前线积极改革用兵制度。当时因战事紧张，政府在陕西征农民当兵，士兵不愿背井离乡，便有逃兵。政府就规定在兵的脸上刺字，谓之“黥面”。一旦黥面，他永世，甚至子孙后代都不得脱离军籍。范经调查后体恤民情，认为这“岂徒星霜之苦，极伤骨肉之恩”，就进行改革，边寨大办营田，将士可以带家，又改刺面为刺手，罢兵后还可为民。深得百姓拥护。

范仲淹是64岁去世的。在他生命的最后三年，积劳成疾，病体难支，但逾迸发出为民请命，大胆改革的热情。1050年，他62岁时，知杭州，遇大旱，流民遍地。他不只用传统的调粮、赈济之法，而是以工代赈，大兴土木，特别是让寺院参加进来，用平时节余搞基建，增加就业；二是大办西湖的龙舟赛事，让富人捐助，繁荣贸易，扩大内需；三是高价收粮，使粮商无法囤粮抬价。这些看似不当，也受到非议，但却挖掘了民间财力，杭州平安度荒。

很好地体现出了范的政治智慧。

宋代税收常以实物缴纳，以余补缺，移此输彼，谓之支移，但运输费要纳税人出。范在1051年，去世前一年，知青州，这是他生命旅途的最后一站。他见百姓往200里外的博州纳税，往返经月，路途劳苦，还误农时，运费又多出税额的二到三成。农民之苦，上面长期熟视无睹，范心里十分不安。他就改革征税方法，命将粮赋折成现金，派人到博州高于市价购粮，不出5天即完成任务，免了百姓运输之苦，还有余钱。一般地方官都是尽量超征，讨好朝廷。他却多一斤不要，将余钱退给青州百姓。

诚如他言："求民疾于一方，分国忧于千里。"可以看出他的忧民是真忧，决不沽名，不作秀，甚至还要顶着上面的压力，冒被处分的危险。像上面所举之例，都是问题早就在那里明摆着,为什么前任那么多官都不去解决呢?为什么朝廷不管呢？关键是心中没有装着老百姓。所以"忧民"实际上是检验一个官好坏的试金石，也成了千百年来永远的政治话题。这种以民为上的思想延续到共产党就是彻底地为人民服务。毛泽东专门写过一篇《为人民服务》的文章。2004年是邓小平百周年纪念，我受命写一篇纪念文章，在收集资料时，我问研究邓的专家："有哪一句话最能体现邓的思想？"对方思考片刻，答曰，邓对家人说过的一句话可作代表，他说："我这个人没有什么大志，就是希望中国的老百姓都富起来，我做一个富裕国家的公民就行。"

又提出一个做官的标准。

2. 忧君。

范仲淹的第二忧是忧君。他说"处江湖之远,则忧其君"，不管在朝在野都不忘君。封建社会"君"即是国,他的忧"君"就是忧国。不管在朝还是在野，时时处处都在忧国。

无论过去的皇帝还是现在的总统、主席，虽权在一人，但却身系一国之安危。于是，以"君"为核心的君民关系、君政关系、君臣关系便构成了一国政治的核心部分。而君臣关系，直接涉及领导集团的团结是核心中的核心。综观历史，历代的君大致有明君、能君、庸君、昏君四个档次；臣也有贤臣、忠臣、庸臣、奸臣四种。于是明君贤臣、昏君奸臣，抑或庸君与庸臣就决定了一朝政府的工作质量。

总结提出普遍规律，以君臣关系的视角来分析中国政治史，为作者的创新之处，也为后面对范仲淹的分析论述，提供理论工具。

而又以君臣关系最为具体，君臣故事成了中国政治史上最生动的内容（比如，史上最典型的明君贤臣配：唐太宗与魏征；昏君贤臣配：阿斗与诸葛亮；昏君奸臣配：宋高宗与秦桧等）。

范仲淹是贤臣，属臣中最高的一档；仁宗不庸不昏，基本上算是能君，属于第二档。他们的君臣矛盾，是比较典型的能君与贤臣的关系。在专制和权力高度集中的制度下，君既有代表国家的一面；又有权力私有的一面；臣子既要忠君，又要报国。这就带来了“君”的两重性和“臣”的两重性。君有明、昏之分；臣有忠、奸之别。遇明君则宵衣旰食，如履薄冰，勤恳为国；遇昏君，则独断专行，为所欲为，玩忽国事。“忧君”的实质是忧君所代表的国事，而不是忧君个人的私事。忠臣忧君不媚君，总是想着怎么劝君谏君，抑其私心而扬其公责，把国家治好。奸臣媚君不忧国，总在琢磨怎么满足君的私欲，把他拍得舒服一些。当然，奸臣这种行为总能得到个人的好处，而忠臣的行为则可能招来杀身之祸。范仲淹行的是忠臣之道，是通过忧君而忧国、忧民，所以，当这个“君”与国、与民矛盾时，他就左右为难。这是一种矛盾，一种悲剧，但正是这种矛盾和悲剧考验出忠臣、贤臣的人格。

对前面的规律做更深入一层的分析。

这种“四重奏”和“两重性”的矛盾关系决定了一个忠心忧国的臣子必然要实事求是，敢说真话，对国家负责。用范仲淹的话说：“士不死不为忠，言不逆不为谏。”欧阳修评价他：“直辞正色，面争庭对”，“敢与天子争是非”。仁宗属于“能君”，他有他的主意，对范是既不全信任，又离不开，时用时弃，即信即离，类似毛泽东和周恩来的关系。而范仲淹既有独立见解，又有个性，这就构成范仲淹的悲剧人生。封建社会伴君如伴虎，真正的忧君，敢说真话是要以生命作抵押的。范仲淹不是不知道这一点，他说：

对规律概括精炼。

"臣非不知逆龙鳞者，掇齑粉之患；忤天威者，负雷霆之诛。理或当言，死无所避。"他将一切置之度外，一生四起四落，前后四次被贬出京城。他从27岁中进士，到64岁去世，一生为官37年，在京城工作却总共不到4年。

正因为知道，所以他的"说真话"而不计后果就更具有可贵难能之处。后面以其四起四落为线，叙述其经历，也将其忧君忧政的一面表现出来。

1028年范仲淹经晏殊推荐到京任秘阁校理——皇家图书馆的工作人员。这是一个可以常见到皇帝的近水楼台。如果他会钻营奉承，很快就可以飞黄腾达。中国历史上有多少宦官、近臣如高逑、魏忠贤等都是这样爬上高位的。但是范仲淹的"忧君"，却招来了他京官生涯中的第一次谪贬。

原来，这时仁宗皇帝虽已经20岁，但刘太后还在垂帘听政。朝中实际上是两个"君"。一个名分上的君仁宗皇帝，一个实权之君刘太后。这个刘太后可不是一般人等，她本是仁宗的父亲真宗的一位普通后宫，只有"修仪"名分，但她很会讨真宗欢心。皇后去世，真宗无子，嫔妃们都争着能为真宗生一个孩子，好荣登后位。刘修仪自己无能，便想出一计，将身边的一位李姓侍女送给皇帝"伺寝"，果然生下一子。但她立即抱入宫中，作为己子，就是后来的宋仁宗。刘随即因此封后，真宗死后她又当上太后，长期干预朝政，满朝没有一人敢有异议。范新入朝就赶上太后过生日，要皇帝率百官为之跪拜祝寿。范仲淹认为这有损君的尊严，君代表国家，朝廷是治理国家大事的地方，怎么能在这里玩起家庭游戏。皇家虽然也有家庭私事，但家礼国礼不能混淆，便上书劝阻："天子有事亲之道，无为臣之礼；有南面之位，无北面之仪。"干脆再上一章，请太后还政于帝。这一举动震动了朝廷。那太后在当"修仪"时先夺人子，后挟子封后，又扶帝登位，从皇帝在襁褓之中到现在已20年，满朝有谁敢置一喙？今天突然杀出了个程咬金，一个刚来的图书校勘管理员就敢问帝后之间的事。

封建王朝是家天下、私天下，大臣就是家奴，哪能容得下这种不懂家规的臣子？他即刻被贬到河中府（今山西永济县）任副长官——通判。范仲淹百思不得其解，13 年身处江湖之远，时时想着能伴君左右，为国分忧，第一次进京却一张嘴就获罪，在最方便接近皇帝的秘阁只待了一年，就砸了自己的饭碗。

范第一次遭贬，此时还只是“百思不得其解”。

范仲淹第二次进京为官是三年之后，皇太后去世。也许是皇帝看中他敢说真话的长处。就召他回朝做评议朝事的言官——右司谏。我国封建社会的政府监察体制分两部分：一是谏官，专门给皇帝提意见；二是台官，专门弹劾百官，合称台谏。到宋真宗时期，谏官权已扩大到可议论朝政，弹劾百官。中国封建社会长期稳定，台谏制度有其一功，它强调权力制约，是中国封建制度中的积极部分。便是皇帝也要有人来监督，勿使放任而误国事。在推行制度的同时又在道德上提倡“文死谏，武死战”，使之成为一种风气。在中国历史上从秦始皇到溥仪共 334 位皇帝，就曾有 79 位皇帝下罪已诏 260 次，作自我批评。这种对最高权力的监督和皇帝的自我批评是中国封建政治中积极的一面。范二次进京所授右司谏官的级别并不高，七品，但权大、责大、影响大。范仲淹的正直当时已很有名，他一上任立即受到朝野的欢迎。这时的当朝宰相是吕夷简。吕靠太后起家，太后一死他就说太后坏话。郭皇后揭穿其伎，相位被罢。吕也不是一般人等，他一面收买内侍，一面默而不言等待时机。时皇帝与杨、尚两位美人热恋。一日，杨自持得宠，对郭皇后出言不逊，郭挥手一掌向她打去，仁宗一旁急忙拉架，这一掌正打在皇帝脖颈上。吕和内侍便乘机鼓动皇帝废后。

在行文中插入对台谏制度和皇帝自我批评的叙述，增加文章的厚度和趣味。

后与帝都是稳定封建政权的重要因素，看似家事，常关国运。就是现代社会，第一夫人也会影响政治，影响国事。

以毛泽东那样伟大的人，错娶江青，对他个人、党和国家都带来恶果，不堪回首。范仲淹知道后一旦被废，将会引起一场政治混乱。这种家事纠纷的背后是正邪之争，皇后易位的结果是奸相专权。他联合负责纠察的御史台官数人上殿前求见仁宗。半日无人答理。司门官又出来将大门砰的一声闭上。他的犟劲又上来了，就手执铜门环，敲击大门，并高呼："皇后被废，何不听听谏官的意见！"这真是有点不知高低，要舍命与皇帝辩论了。看看没有人理，他们议定明天上朝当面再奏。

第二天，天不亮范仲淹就穿好朝服准备出门。妻子牵着他的衣服哭着说："你已经被贬过一次了，不为别的，就为孩子着想，你也再不敢多说了。"他就把9岁的长子叫到面前正色说道："我今天上朝，如果回不来，你和弟弟好好读书，一生不要坐官。"说罢，头也不回地向待漏院走去。"漏"是古代计时之器，待漏院是设在皇城门外，供百官暂歇等候皇帝召见的地方。范仲淹这次上朝是在1033年，比这早46年，公元987年，宋太宗朝的大臣王禹偁曾写过一篇很有名的《待漏院记》，分析忠臣、奸臣在见皇帝前的不同心理。他说，当大臣在这个地方静等上朝时，心里却在各打各的算盘。贤相"忧心忡忡"。忧什么，有八个方面：安民、扶夷、息兵、辟田、进贤、斥佞、禳灾、措刑，等到宫门一开就向上直言，君王采纳，"皇风于是乎清夷，苍生以之富庶"。而奸相则"假寐而坐""私心慆慆"，想的是怎样报私仇、搜钱财，提拔党羽，媚惑君王，"政柄于是乎隳哉，帝位以之而危矣。"[④]他说，既然为官就要担起责任，那种"无毁无誉，旅进旅退，窃位而苟禄，备员而全身"的态度最不可取。他在这里惟妙惟肖地描述和揭示了贤相与明君、奸相与昏君的两个组合，还要求把这篇文章刻在待漏院的墙上，以戒后人。

这一情节实在让人感叹，以范的做事方式，做官真的就如同脚踩悬丝，而他偏偏就要直面而行，让家人也跟着提心吊胆，这样当官哪里还有享受的味道。

作者此处不惜笔墨介绍《待漏院记》，很有意思的文章，当传之后人。

不知范仲淹上朝时壁上是否真的刻有这篇文章。但范仲淹此时的确是忧心忡忡。他忧皇上不明事理，以私害公，因小乱大。这种家务之事，你要是一般百姓，爱谁、娶谁，休妻、纳妾也没有人管。你是一国之君啊，君行无私，君行无小。枕边人的好坏，常关政事国运。历史上因后贤而国安，后劣而国乱的事太多太多。同在一个唐朝，长孙皇后帮李世民出了不少好主意，甚至纠正他欲杀魏征这样的坏念头；杨贵妃却引进家族势力，招来安史之乱。

范仲淹正盘算着怎样进一步劝谏皇上，忽然传他接旨，只听宣旨官朗朗念道，贬他到睦州（今浙江桐庐附近），接着朝中就派人赶到他家，催他当天动身离京。这果然不幸为妻子所言中，顿时全家老小，哭作一团。显然这吕夷简玩起权术来比他高明，事前已做过认真准备，三下五除二就干净利落地将他赶出京城。他 1033 年 4 月回京，第二年五月被贬出京，第二次进京坐官只有一年时间。

范第二次遭贬，行为上多了“更自觉”的意味，碰上了更难揣摩的圣意和帝王之术。

如果说范仲淹第一次遭贬，是性格使然，还有几分书生气，这二次遭贬，确是他更自觉地心忧君王，心忧国事。平心而论，仁宗不是昏君，更不是暴君，也曾想有所作为，君臣关系也曾出现过短时蜜月，但随即就如肥皂泡一样破灭。范仲淹不明白，几乎所有的忠臣都如诸葛亮那样希望君王“亲贤臣远小人”，但几乎所有的君王都离不开小人，喜欢用小人。

联系现代事例，延伸对“忧君”思想的议论和认识。

犯颜直谏的政治品德是超地域、超时代的，是一种可以继承的政治文明。时间过了近千年，到了 1959 年庐山发生了一场中共高层领导的争论，当然有对形势和方针方面的认识问题，但也有传统的君臣政治理念和道德、人格上的问题。彭德怀当然是那个事件的一个主角，但在毛泽东的秘书田家英身上却更集中地体验出这种矛盾冲突，而别有一种悲剧色彩。田的身份有点类似范仲淹初入朝在秘阁的工作，是最高领袖的身边人。他虽对毛主席敬之如父，但在外地调查回来却如实反映了毛不愿意听的情况，7月23日那天他在庐山上听了毛泽东批判彭德怀的讲话，更是忧从心底生，既为他所敬重的领袖犯错误遗憾，又为党和国家的前途担忧。他和几个朋友来到山顶的一个亭子里，俯瞰山下万里山河，更加心事沉沉。有人说这空空的亭柱上怎么没有对联，田即张口愤然吟道："四面江山来眼底，万家忧乐到心头。"其忧国、忧民又忧君的矛盾和痛苦可见一斑。他后来在"文革"中自杀明志。于此例我们也可以看出忧君思想在中国政治长河中的影响。

3．忧政。

忠臣总是一片忠心，借君之力为国家办大事；奸臣总是要尽手段投君所好，为君办私事。范仲淹一生心忧天下，总是在和政治腐败，特别是吏治腐败作斗争，并进行了中国封建社会成熟期的第一场大改革——"庆历新政"。

此段对本部分内容进行总说。

一个政权的腐败总是先从吏治腐败开始。当一个新政权诞生后，第一件事就是安排干部。通常，官位成了胜利者的最高回报和掌权者对亲信、子女的最好赏赐。官吏既是这个政权的代表和既得利益者，也就成了最易被腐蚀的对象和最不情愿改革的阶层。只有其中的少数清醒者，能抛却个人利益，看到历史规律而想到改革。

前段引出"庆历新政"的话题，紧接着却又另起一笔，开始对吏治的议论，由此处可见文章结构安排的技巧。

1035年，范仲淹因知苏州治水有功又被调回京，任尚书礼部员外郎，知京城开封府。他已两次遭贬，这次能够回京，在一般人定要接受教训慎言敏行，明哲保身。但这却让范仲淹更深刻地看到国家的政治危机。他又浑身热血沸腾，要指陈时弊了。

这次，范仲淹没有像前两次那样挑"君"的毛病，他这次主要针对的是干部制度问题。也就是由尽"谏官"之责，转而要尽"台官"之责了。

前面插入的议论是为这里的叙述做铺垫和准备。

原来这宋朝的老祖宗，太祖赵匡胤得天下是利用带兵之权，阴谋篡位当的皇帝。他怕部下也学这一招来夺其子孙的皇位，就收买人心，凡高官的子孙后代都可荫封官职。这样累积到仁宗朝时，已官多为患，甚至骑竹马的孩子都有官在身。凡一个新政权50年左右是一道坎，这就是当年黄炎培与毛泽东在延安讨论的“周期律”。到范仲淹在朝时，宋朝开国已80年，吏治腐败，积重难返。再加上当朝宰相培植党羽，各种关系盘根错节。皇帝要保护官僚，官僚要巩固个人的势力，拼命扩大关系网，百姓养官越来越多，官的质量越来越低。这之前，范两次遭贬，三次在地方为官，深知百姓赋税之重，政府行政能力之低，民间冤狱之多，根子都在朝中吏治腐败。他经调查研究，就将朝中官员的关系网绘了一张“百官图”。1036年他拿着这图去面见仁宗，说宰相统领百官，不替君分忧，不为国尽忠，反广开后门，大用私人，买官卖官，这样的干部路线，政府还能有什么效率，朝廷还有什么威信，百姓怎么会拥护我们。范又连上四章，要求整顿吏治。你想，拔起一株苗，连起百条根，这一整顿要伤到多少人的利益，如欧阳修所说：“如此等事，皆外招小人之怨，不免浮议之纷纷。”皇帝虽有改革之意，但他决不敢把这官僚班底兜翻，范仲淹在朝中就成了一个讨嫌的人。吕夷简对他更是恨得牙根痒，就反诬他“越职言事，荐引朋党，离间君臣”。那个仁宗是最怕大臣结党的，吕很聪明，一下就说到了皇上的痒处，于是就把他贬到饶州（今江西鄱阳）。从他1035年3月进京，第三次被起用，到第二年5月被贬出京，又只有一年多一点。这是他第一次试图碰一碰腐败的吏治。

范第三次被贬，碰触到了更大的利益集团，面对的挑战越来越大，真有些愈挫愈勇的意思。

这次，许多正直有为的臣子也都被划入范党，分别发配到边远僻地。朝中已彻底没有人再敢就干部问题说三道四了。范仲淹离京，几乎没有人再敢为他送行。只有一个叫王质的人扶病载酒而来，他举杯道："范君坚守自己的立场，此行比之前两次更加光彩！"范笑道："我已经前后'三光'了。你看，来送行人也越来越少。下次如再送我，请准备一只整羊，祭祀我吧。"他坚守自己的信仰"不以物喜，不以己悲"，虽三次被贬而不改初衷。

从京城开封出来到饶州要经过十几个州，除扬州外，一路上竟无一人出门接待范仲淹。他对这些都不介意，到饶州任后吟诗道："三出青城鬓如丝，斋中潇洒过禅师。""潇洒过禅师"，这是无奈的自我解嘲，是一种无法排解的苦闷。翻读中国历史，我们经常会听到这种怀才不遇、报国无门者的自嘲之声。柳永屡试不中，就去为歌女写歌词，说自己是"奉旨填词"，林则徐被谪贬新疆，说是"谪居正是君恩厚，养拙刚于戍卒宜"；辛弃疾被免职闲居，说是"君恩重，且教种芙蓉"。现在范仲淹也是：君恩厚重，让你到湖边去休息！饶州在鄱阳湖边，风高浪大，范自幼多病这时又肺病复发。不久，那成天担惊受怕，随他四处奔波的妻子也病死在饶州。未几，他又连调润州（今江苏镇江）、越州（今浙江绍兴）。四年换了三个地方。他想起楚国被流放的屈原，汉代被放逐的贾谊，报国无门，不知路在何方。他说："仲淹草莱经生，服习古训，所学者惟修身治民而已。一日登朝，辄不知忌讳，效贾生'恸哭'、'太息'之说，为报国安危之计。情既龃龉，词乃睽戾……天下指之为狂士。"范仲淹已三进三出京城，来回调动已不下20次。他想，看来这一生他只有在人们讨嫌的目光中度过了。

敢于坚持己见，不妥协，必须要有很强的心理承受能力，能够经得起世俗人情的考验。

但忠臣注定不得休闲。就像周恩来虽多次遭毛泽东的批评，写检讨，甚至被迫准备辞职，但救火的时候还是要用他。范仲淹也是这样，自1036年被贬外地4年后，西北战事吃紧，皇帝又想起了他。1040年他被派往延州（今延安）前线指挥抗战。1043年宋夏议和，战事稍缓，国内矛

正所谓"国难思良臣，家贫思贤妻。"

中间经历一大段后，读者又看到了对“庆历新政”的叙述，前面的牵挂到此有了着落，此即文章的结构安排产生的内在张力。

盾又尖锐起来。赋税增加，吏治黑暗，地方上暴动四起，仁宗束手无策。庆历三年（1043年）四月仁宗又将他调回京城任为副相，又免了吕夷简的官，请范主持改革，史称“庆历新政”。这是他第四次进京为官了。

这次，他指出的要害仍然是吏治。前面说过，范仲淹第三次被贬就是因为上了一个“百官图”，揭露吏治的腐败。七年过去了，他连任了四任地方官，又和西夏打了一仗，但朝中的吏治腐败不但没有解决，反愈演愈烈。他立即上书《条陈十事》。

他说，第一条，先要明确罢免升迁。现在无论功过，不问好坏，文官三年一升，武将五年一提，人人都在混日子。假如同僚中有一个忧国忧民，“思兴利去害而有为”的，“众皆指为生事，必嫉之，沮之，非之，笑之，稍有差失，随而挤陷。故不有者素餐尸禄，安然而莫有为也。虽愚暗鄙猥，人莫齿之，而三年一迁，坐至卿、监、丞、郎者，历历皆是。谁肯为陛下兴公家之利，救生民之病，去政事之弊，葺纲纪之坏哉？利而不兴则国虚，病而不救则民怨，弊而不去则小人得志，坏而不葺，则王者失政。”你看“国虚”、“民怨”、“小人得志”、“王者失政”现在我们读这篇《条陈》仍能感受到范仲淹那种深深的忧国忧民之心和急切的除弊救政之志。

他条陈的第二条是抑制大官子弟世袭为官。就是说不能靠出身好当官。现在朝中的大官每年都可自荐子弟当官，“每岁奏荐，积成冗官”，甚至有“一家兄弟子孙出京官二十人”。大官子弟“充塞铨曹（官署），与孤寒争路”。范仲淹是“孤寒”出身，深深痛恨这种排斥人才的门阀观念和世袭制度。

介绍《条陈十事》的内容，有详有略，紧扣主题。

他条陈的第三条是贡举选人，第四条是选好的地方官，“一方舒惨，百姓休戚，实系此人”。第五条是公田养廉。

十条倒有五条有关吏治。后面还有厚农桑、修武备、减徭役等。我们听着这些连珠炮似的言词和条分缕析般的陈述，仿佛看到了一个痛心疾首，泪流满面的臣子，上忧其君，下忧其民，恨不得国家一夜之间扭转乾坤，来一个河清海晏，政通人和。

毛泽东说："政治路线确定之后，干部是决定的因素。"干部制度向来是政权的核心问题。治国先治吏，历来的政治改革都把吏治作为重点。不管是忧君、忧国、忧民，最后总要落实在"忧政"上，即谁来施政，怎样施政。

"庆历新政"的改革之初，仁宗皇帝对范仲淹还是很信任的，改革的决心也很大。仁宗甚至让他搬到自己的殿旁办公。范仲淹派许多按察使到地方考察官员的政绩，调查材料一到，他就从官名册上勾掉一批赃官。仁宗即刻批准。这是一段君臣难得的合作蜜月。有人劝道："你这一勾，就有一家人要哭！"范说："一家人哭总比一州县的百姓哭好吧。"短短几个月，朝廷上下风气为之一新。贪官收敛，行政效率提高。但是，由于新政首先对腐败的干部制度开刀，先得罪朝中的既得利益者，必然会有强大的阻力。他的朋友欧阳修最担心这一点，专门向仁宗上书，希望能放心用范仲淹，并能保护他，不要听信谗言。"凡小人怨怒，仲淹当自以身当，浮议奸谗，陛下亦须力拒。"但是皇帝在小人之怨和纷纭的浮议面前渐渐开始动摇了。他一次又一次地无法"自以身当"，终于在朝中难以立足。庆历四年(1044年)，保守派制造了一起谋逆大案，将改革派一网囊括进去。这回还是利用了仁宗疑心重，怕臣子结党的弱点，把改革派打成"朋党"。庆历五年（1045年）初，失去了皇帝支持的改革彻底失败，范仲淹被调出京到邠州(今陕西彬县)任职，这是他第四次被贬出京了。这之后就再也没有回中央工作。

可见其措施真有立见实效的作用。

第四次被贬，范也已接近风烛残年了。

本文前面用了一万六千多字的篇幅，来写范仲淹的经历，写他的内心世界、精神境界等等，至此，才落笔到《岳阳楼记》一文的写作，自然也就理解此文背后所包含的万千气象。

庆历六年（1046年），范仲淹因肺病不堪北地的风寒，要求调邓州（今河南南阳），这年他已58岁。生命已进入最后6年的倒计时。他自27岁中进士为官，四处奔波，四起四落已31年。自庆历改革失败后，他已没有重回中央的打算。现在他可以静静地回顾一生的阅历，思考为官为人的哲理。一天他的老朋友滕子京从岳阳送来一信，并一图，画的是新落成的岳阳楼，希望他能为之写一篇记。这滕子京与他是同年进士，又在泰州任上和西北前线共过事，是庆历新政的积极推行者。滕的一生也很坎坷，他敢作敢为，总想干一番事，却常招人忌，甚至被陷害。那一次在西北遭人陷害，亏得范力保，虽没有下狱却被贬岳阳，但仍怀忧国之心，才两年就政绩显著，又重修名楼。范仲淹看罢信，将图挂在堂前，只见一楼高耸，万倾碧波。胸中不由翻江倒海，那西北的风沙，东海的波涛，朝中的争斗，饥民的眼泪，金戈铁马，阁中书卷，狄仁杰的祠堂，楔入西夏的孤城，仁宗皇帝忽而手诏亲见，忽而挥袖逐他出京，还有妻子牵衣滴泪的阻劝，长子随他在西北前线的冲杀……一起浮到眼前。他心中万分激动，喊一声：“研墨！”挑灯对图，凝神静思，片刻一篇368字的《岳阳楼记》就如珠落玉盘，风舒岫云，标新立异，墨透纸背。他把自己奋斗一生的做人标准和政治理想提炼为“不以物喜，不以己悲”、“先天下之忧而忧，后天下之乐而乐”。震大千而醒人智，承千古而启后人。文章熔山水、政治、情感、理想、人格于一炉，用纯青的火候为我们铸炼了一面照史、照人的铜镜。文章说是写岳阳楼，实在是写他自己的一生。现在我们来看一下范仲淹怎样写文章。

此段话极精彩，可算是作者精心而成的一幅《岳阳楼记》写作图。

此文读来一直心有疑问，题为“好文章是怎样写成的”，满眼却是范仲淹如何做人，如何为官，到此处方写如何作文。欲扬先抑、一波三折，原来独立、理性、牺牲的人格之美与忧民、忧君、忧政的为官之道，才是作文的基础，这方才是作者如此谋篇布局之所在。

三、我们该怎样做文章——文章达到的“三境之美”。

1. 一文、二为、三境、五诀。

在中国古代，文章是官员政治素质的一部分。“立功、立德、立言”三者缺一不可。古今有三种文章：一是官场应景，空话、套话，人们很快忘记；二是有一点思想内容，但行文不美（如大量的奏折、记、表等），人们也已经忘记；三就是以《岳阳楼记》为代表的既有思想内容，又有艺术高度，是一种思想美文。

《岳阳楼记》到底好在什么地方？在下评语前，我们不妨先探究一下好文章的标准。概括地说可以叫做“一文、二为、三境、五诀”。

这八个字，也是作者对文章写作的理论研究和总结所得，极珍贵。

“一文”是指文采。首先你要明白，你是在做文章，不是写应用文、写公文。文者，纹也，花纹之谓，章者，章法。文章是以一门以文字为对象的形式艺术，它要遵循形式美的法则，并通过这个法则表达作者的精神美。中国古代文、言相分，说话可以随便点，既要落成文字，就要讲究美。诏书、奏折、书信等文件、应用文字也一样求美。古代是把文件写成美文，而我们现在是把美文改成了文件，都一个面孔。

“二为”是写文章的目的，一为思想而写，二为美而写。既要有思想，又要有美感。文章有“思”无美则枯，有美无“思”则浮。

“三境”是指文章要达到三个层次的美，或曰三个境界。古人论诗词就有境界之说。我现在把文章的境界细分为三个层次：一是景物之美，描绘出逼真的形象，让人如临其境，谓之“形境”，类似绘画的写生；二是情感之美，创造一种精神氛围叫人留恋体味，谓之“意境”，类似绘画的写意，如徐渭（青藤）；三是哲理之美，说出一个你不得不信的道理，让你口服心服，谓之“理境”，类似绘画的抽象，如毕加索。这三个境界一个比一个高。

“五诀”是指要达到这三境的方法，我把它叫做“文章五诀”，即“形、事、情、理、典”。文中必有具体形象，

关于文章五诀，另有专文予以详细论述，可找来一读。

有可叙之事，有真挚的情感、有深刻的道理，还有可借用的典故知识。这一切，又都得用优美的文字来表达。这就是“一文、二为、三境、五诀”之法。

以这个标准来分析《岳阳楼记》，我们就会惊喜地发现它原来暗合作文和审美的规律，所以成了一篇千古不朽的范文。

请看全文：

> 庆历四年春，滕子京谪守巴陵郡。越明年，政通人和，百废俱兴，乃重修岳阳楼，增其旧制，刻唐贤今人诗赋于其上，属予作文以记之。
>
> 予观夫巴陵胜状，在洞庭一湖。衔远山，吞长江，浩浩汤汤，横无际涯；朝晖夕阴，气象万千。此则岳阳楼之大观也，前人之述备矣。然则北通巫峡，南极潇湘，迁客骚人，多会于此。览物之情，得无异乎？
>
> 若夫霪雨霏霏，连月不开；阴风怒号，浊浪排空；日星隐曜，山岳潜形；商旅不行，樯倾楫摧；薄暮冥冥，虎啸猿啼。登斯楼也，则有去国怀乡，忧谗畏讥，满目萧然，感极而悲者矣。
>
> 至若春和景明，波澜不惊，上下天光，一碧万顷；沙鸥翔集，锦鳞游泳；岸芷汀兰，郁郁青青。而或长烟一空，皓月千里，浮光跃金，静影沉璧，渔歌互答，此乐何极！登斯楼也，则有心旷神怡，宠辱皆忘，把酒临风，其喜洋洋者矣。
>
> 嗟夫！予尝求古仁人之心，或异二者之为，何哉？不以物喜，不以己悲，居庙堂之高，则忧其民；处江湖之远，则忧其君。是进亦忧，退亦忧；然则何时而乐耶？其必曰：先天下之忧而忧，

后天下之乐而乐乎！噫！微斯人，吾谁与归？

时六年九月十五日。

经前面万余字的背景介绍和文章三境之美的理论介绍，再来读这篇曾经在中学背诵过的文章，自然会有不同的感受。

全文共有六个自然段。

第一段叙写这件事的缘起。以事起兴，作一个引子，用“事”字诀。

第二段描写洞庭湖的气象，铺垫出一个宏大的背景。借山川豪气写忠臣志士之志，用“形”字诀。

第三、四段作者借景抒情，设想了两种“览物之情”，创造出一悲一喜的意境。通过景物描写营造气氛，水到渠成，即用“形”字诀和“情”字诀，由“形境”过渡到“意境”。连用霪雨、阴风、浊浪、星隐、山潜、商断、船翻、日暮、虎啸、猿啼等10个恐怖的形象。然后推出“去国怀乡，忧谗畏讥，满目萧然，感极而悲”的伤感情境。连用春风、丽日、微波、碧浪、鸟飞、鱼游、芷草、兰花、月色、渔歌等十个美好的形象，推出“心旷神怡，宠辱皆忘，把酒临风，其喜洋洋”的快乐情境。

第五段，导出哲理，作者将形和情有意推向理的高度，设问：有没有超出上面那两种的情况呢？有，那就不是一般人，而是“古仁人之心”了。这种人超出物质利益的诱惑，超出个人的私念：在朝为官，不忘百姓；被贬江湖，不忘其君。太平时忧天下，危难时担天下。进也忧，退也忧，那么，什么时候才乐呢？到文章快结束时才推出一声绝响，一个响亮的哲理式结论：“先天下之忧而忧，后天下之乐而乐。”做官要做这样的官，做人要做这样的人！用我们现在的话说，就是无私奉献，全心全意为人民服务。用的是“理”字诀。这个道理一下讲透了，这个标准一下管了一千年，而且还要永远管下去！这是文章的高潮，全文的主题，是作者一生悟出的真理，也是他的信念。不管哪个时代，哪个国家的官员都有忠奸、公私、贤愚、勤庸之分。而公而忘私、“先忧后乐”是超时代，超阶级的道德文明、政治文明，是人类共同的、永远的精神财富。范仲淹道出了这种为人、为臣的本质的理性的大美，文章就千古不朽了。作者讲完这个结论后，文章又从“理”回转到“情”：“噫，微斯人，吾谁与归”，前不见古人，后不见来者，写出了一种超时空的向往和惆怅。

如果中学语文的课堂都能这样来分析学习课文，那学生的所得和学习的趣味不知要提高多少倍。

第六段，不经意间再轻带一笔转回到记“事”：“时六年九月十五日”，照应文章的开头，像一个绕梁的余音。至此文章形、事、情、理都有（注意本文没有用典），形美、情美、理美三个层次皆具，已达到了一个完美的艺术境界。

这篇文章的核心是阐述“先天下之忧而忧，后天下之乐而乐”的道理。但如果作者只说出这一句话，这一个理，就不会有多大的感染效果，那不是文学艺术，是口号，是社论。好就好在它有形、有景、有情、有人、有物的铺垫，而且全都用优美的文字来表述，用了许多修辞手法。在“理境”之美出现之前，已先收“形境”、“意境”之效，再加上贯穿始终的文字之美，形美、情美 、理美、文美，算是“四美”了，在内容和形式两方面都分别达到了很难得的高度，借用王勃在《滕王阁序》里的一句话，就是“四美俱而二难并”了，是一种高难度的美。

也就理解作者为什么认为这篇文章是他心目中最好的文章了。

2. 两类作者，两类文章。

虽然我们给出了一个：“一文”的要求、“二为”的宗旨、“三境”的标准、“五诀”的方法，但并不是谁人拿去一套，就可以写出一篇好文章。就像数学课上，不是老师教给一个公式，人人都能得一百分。这还得有一个艰苦的修炼过程。

凡古今文章，从作者角度分有两大类。一类是文人、专业作家，如古代的司马相如、李白、王勃，现代的许多专业作家。作者先从文章形式入手，已娴熟地掌握了艺术技巧，然后再努力去修炼思想，充实内容，但无论如何，由于阅历所限，其思想总难拔到很高的境界。就像一个美人，已得先天之美，又想再成就一番英雄业绩，其难也哉！第二类是政治家、思想家，如古代的贾谊、诸葛亮、魏征、韩愈、范仲淹，近代的林觉民、梁启超，现代如毛泽东等人。这类作者是从思想内容入手。他并不想以文为业，只是由于环境、经历使然，内心积累甚多，如火山之待喷，不吐不快，就借文章的形式表达出来。当然，大部分政治家是写不出好文章的，他们忙于事务，长于公文、讲话、指示等应用文字而不善美文，或者根本就没有修炼到思想的美，很难做到“四美俱而二难并”。但也有少数政治家、思想家，或因小时就有文章阅读或写作训练的童子功（如人外表的先天之美），或政务之余不忘治学（如人形体的后天训练），于是便挟思想之深又借艺术之美，登上了文章的顶峰。就像一个美女后来又成就了伟功大业，既天生丽质，又惊天动地，百里挑一。

更深一层讲出一个写作的大道理，读者经过两万余字的长途跋涉之后，读到此处，简直就是醍醐灌顶、拍案叫绝了。

因为有两类作家，也就有两类文章，“文人文章”和“道德文章”。中国文学传统很重视政治家的“道德文章”。政治家为文是用个性的话说出共性的思想（如诸葛亮说的“鞠躬尽瘁，死而后已”，毛泽东说的“帝国主义和一切反动派都是纸老虎”）。如果只会用共性的语言说共性的思想，就是官话、套话，有理而无美，这不叫文章，也不可能流传。“文人文章”，求“美”而不求“理”，是以个性的语言说出共性的美感。常“美”有余而理不足（如王勃的“落霞与孤鹜齐飞，秋水共长天一色”）。因为文章第一位是表达思想，“理境”为“三境”中最高之境，所以相对来讲，先入艺术之门，再求深造思想难；先登思想之峰，再入艺术之门易。所以真正的大文章家，由政治家、思想家出身的多，而专攻文章，以文为业的反倒少。历史

作者的思考还没有结束，到此处给出这样一个结论，真有如拨开了重重迷雾，对年轻学子多有启迪。

上的范仲淹是一个政治家、军事家、学者，也许他从来也没有把自己当作一个作家。后人在排唐宋八大家之类的排行榜时，他也无缘入列。但这恰恰是他胜过一般文人之处。或者历史根本就不忍心将他排入文人之列。这倒给我们一个启示，每一个政治家都有条件写出大文章，都应该写出大文章。

这篇文章是对我国封建政治文明的高度总结。中国封建社会近三千年，政界人物多得数不清，历朝皇帝334个（按理，他们是当然的大政治家），大臣官员更不知几多。但能写出《岳阳楼记》，并被后人所记住、学习和研究的只有范仲淹一人。现在我们知道要出一篇好文章是多么不容易了。要做文，先做人。金代学者元好问评价范仲淹说："范文正公，在布衣为名士，在州县为能吏，在边境为名将。其材、其量、其忠，一身而备数器。"我们还可以再加上一句："在文坛为大家。其思想、其文采，光照千年。"⑤

再"轻带一笔"，回到对范仲淹的评价上来。

中国从古至今，内容形式都好，以一篇文章而影响了中华民族政治文明、人格行为和文化思想的文章为数不多。我排了一下有10篇。它们是：

1. 汉代贾谊的《过秦论》
2. 司马迁的《报任安书》
3. 三国诸葛亮的《出师表》
4. 晋代陶渊明的《桃花源记》
5. 唐代魏征的《谏太宗十思疏》
6. 宋代范仲淹的《岳阳楼记》
7. 文天祥的《正气歌并序》
8. 民国梁启超的《少年中国说》
9. 林觉民的《与妻书》
10. 中华人民共和国毛泽东的《为人民服务》

此文发表后，马上有出版社与作者联系，将这些文章配以梁衡先生的点评，结集出版了《影响中国历史的十篇政治美文》。

这些文章已经成为中华经典。什么是经典？我在《说经典》一文中谈到："第一，经典是一个时代的标志，空前绝后，比如我们现在不可能再写出唐诗、宋词；第二，已上升到理性，有长远的指导意义；第三，能经得起重复，即实践的检验，会常读常新。人们每重复一次都能从中开发出有用的东西。这就是经典与平凡的区别。一块黄土，雨一打就碎，而一块钻石，岁月的打磨，只能使它愈见光亮。"怎么才能达到经典的高度呢？这又回到我们开头讲的"一文、二为、三境、五诀"的标准。简要来说，你得有很高的政治修养和文学修养而且还要能有机地结合。而这不是每一个人都能做到的，用美学大师黑格尔的话说这种人是天才，"一般来说有这种才能的人一遇到心中有什么观念，有什么在感发他，鼓动他，他就会马上把它化为一个形象，一幅素描，一曲乐调或一首诗。"艺术史上这样的例子很多，如王羲之的《兰亭序》，徐悲鸿的《马》，冼星海的《黄河大合唱》等。范仲淹在这里是把他的政治理念化作了一篇《岳阳楼记》。

好文章是一个人在一定的时代背景下全部知识和阅历的结晶，是他生命的写照。其中不知要经历多少矛盾、冲突、坎坷、辛酸、成功与失败。这非主观意志可得，只可遇而不可求。因此一篇好的文章就如一个天才人物、一个历史事件，甚或如一个太平盛世的出现，不是随便就有的，它要综天时地利之和，得历史演变之机，靠作者的修炼之功，是积数十年甚或数百年才可能出现的一个思想和艺术的高峰。千军易得，一将难求；千年易过，好文难有。

作者的叙述，将读者的思想认识和对美文的鉴赏品味也带到了一个很高的境界。

范仲淹为我们写了一篇千古美文，留下了一笔重要的文化遗产和政治财富，同时他也以不朽的政治家、思想家和文学家载入史册。

2009年7月18日讲演于中央部长文史知识讲座

注① 1948 年 1 月中央决定分 10 万兵南渡长江，由粟裕统帅。1 月 12 日粟电中央，过江后无后方，不利。建议不过江，在中原打大仗。1 月 27 日，中央再令粟最迟 5 月渡江。1 月 31 日，粟以 2000 字长电二次电中央，建议三个野战军联合在中原打大仗。将敌主力消灭在江北。2 月 1 日，中央再电令粟 3 月渡江，后又令 5 月渡江。4 月 18 日，粟面见陈毅，重申己见。4 月 29 日又赶赴城南庄，直接向五大书记汇报，终于说动中央，搞淮海大决战，保证歼敌 50 万到 60 万，结果歼敌 80 万。

②英国布莱尔作首相时，苏格兰北部落后地区一女学生考上牛津大学，这在当地百年一遇。但面试未通过。地方政府请教育大臣出面说情，学校未许。大臣又托副首相去学校说情，未许。副相找到布莱尔，学校对布说："任何人无权改变教授面试的结论。"布只好同意，但背后发了一句牢骚，说这个学校也太古板了。学校大怒，宣布取消原定授予布莱尔荣誉博士的计划。

③ 1971 年 7 月 1 日《新京报》消息。北京市建成第一批廉租房，市委领导为住户发钥匙，住户代表跪地而接，向领导表恩。

④范仲淹词《渔家傲》：塞下秋来风景异，衡阳雁去无留意。四面边声连角起。千嶂里，长烟落日孤城闭。浊酒一杯家万里，燕然未勒归无计。羌管悠悠霜满地。人不寐，将军白发征夫泪。

⑤冯玉祥曾有一联号召人学习范仲淹："兵甲富胸中，纵叫他虏骑横飞，也怕那范小老子；忧乐观天下，劝今人砥砺振奋，都学这秀才先生。"

心中的桃花源

——陶渊明《桃花源记》解读

每一个多少读过点书的人，都知道陶渊明的《桃花源记》。一篇只有360字的散文能流传1500年，家喻户晓，传唱不衰，其中必有它的道理。这篇文字连同作者最流行的诗作，大约是我在孩提时代，为习文识字，被父亲捉来读的。当时的印象也就是文字优美，故事奇特而已。直到年过花甲之后，才渐有所悟。一篇好文章原来是要用整整一生去阅读的。反过来，一篇文章也只有经过读者的检验，岁月的打磨，才能称得起是经典。凡是经典的散文总是说出了一种道理，蕴涵着一种美感，让你一开卷就沉浸在它的怀抱里。《桃花源记》就是这样的文字。

通过对比作者自身不同人生阶段的阅读体会，为深入理解此文做心理的准备。

一、《桃花源记》想说什么?

一般人都将《桃花源记》看作是一篇美文小品。它确实美，朴实无华，清秀似水，而又神韵无穷。但正是因为这美害了它，让人望美驻足，而忽略了它更深一层的含义。就如一个美女英雄或美女学者，人们总是惊叹她的容貌，而少谈她的业绩。《桃花源记》也是吃了这个亏，顶了“美文”的名，始终在文人圈子和文章堆里打转转，殊不知它的第一含义在政治。

1500年来，只见美文《桃花源记》，不见其中峥嵘。

陶渊明所处的晋代自秦统一天下已600年。在陶之前不是没有过政治家。你看，贾谊是政治家，他的《过秦论》

剖析暴秦之灭亡何等精辟，但汉文帝召见他时“不问苍生问鬼神”，诸葛亮是政治家，是智者的化身，但他用尽脑汁，也不过为了帮刘备恢复汉家天下；曹操是政治家，雄才大略，横槊赋诗何其风光，但刚为曹家挣到一点江山底子，转瞬间就让司马氏篡权换成晋朝旗号。

从政治的角度解读《桃花源记》，先从政治的角度解读陶渊明。

陶渊明也不是没有参与过政治，读书人谁不想建功立业？况且他的曾祖陶侃（就是成语“陶侃惜分阴”的那个陶侃）就曾是一个为晋王朝立有大功的政治家、军事家。陶渊明曾多次出入权贵的幕府，但是他所处的政治环境实在是太黑暗了。东晋王朝气数将尽，争权夺利，贪污腐败，军阀混战，民不聊生。以东晋的重臣刘裕为例，未发迹时是一无赖，好赌，借大族刁氏钱不还，刁氏将其绑在树上用皮鞭抽。有一叫王谧的富人可怜他，便代为还钱。刘发迹，就扶王为相，而将刁家数百人满门抄斩，后来干脆篡位灭晋，建宋。陶渊明曾四隐四出，因家里实在太穷，无力养活6个孩子，公元405年时他已42岁，不得已便又第五次出山当了彭泽县令。这更让他近距离看透了政治。东晋从377年起实行“口税法”，即按人口收税，每人年缴米3石。但有权有势的大户人家纷纷隐瞒人口，国家收不到税，就抬高收税标准，每人5石，恶性循环的结果是小民的负担更重，纷纷逃亡藏匿，国库更穷。陶一上任就在自己从政的小舞台上大刀阔斧地搞改革，他从清查户籍入手，先拿本县一户何姓大地主开刀。何家有成年男丁200人，却每年只缴20人的税。何家有人在郡里当官，历任县令都不敢动他一根毫毛。

陶是个知识分子，骨子里是心忧国家，要踏破不平救黎民，治天下，年轻时他就曾一人仗剑游四方。你看他的诗“刑天舞干戚，猛志固长在”，“君子死知己，提剑出燕京”，绝不只是一个东篱采菊人。所以鲁迅说陶渊明除了“静穆”之外，还有“金刚怒目”的一面。一时彭泽县里削富济贫，充实国库的政改实验搞得轰轰烈烈。正是：

这样的叙述，颠覆了陶渊明在很多人心目中的形象。

> 莫谓我隐伴菊眠，半醉半醒酒半酣。
> 翻身一怒虎啸川，秀才出手乾坤转！

但是上层整整的一个利益集团已经形成哪能容得他这个书生“刑天舞干戚”来撼动呢？邪恶对付光明自然有一套潜规则。这年干部考察时何家买通“督邮”（监察和考核官员政绩的官）来找麻烦。部下告诉陶，按惯例这时都要行贿，给点好处。陶渊明大怒：“我安能为五斗米折腰！”连夜罢官而去。回家之后便写了那篇著名的《归去来兮辞》：“归去来兮，田园将芜，胡不归！既自以心为形役，奚惆怅而独悲。……世与我而相违，复驾言兮焉求？”

这次出去为官对他刺激太大了，他对官府，对这个制度已经绝望。他向往尧舜时那种人与人之间平等、和谐的生活；向往《山海经》里的神仙世界；向往古代隐士的超尘绝世。从此，他就这样一直在乡下读书、思考、种地，终于在他弃彭泽令回家16年之后的57岁时写成了这篇360字的《桃花源记》。作者纵有万般忧伤压于心底，却化作千树桃花昭示未来，虽是政治文字却不焦不躁，不偏不激，于淡淡的写景叙事中，铺排出热烈的治国理想，这种用文学翻译政治的功夫真令人叫绝。但这时离他去世只剩下6年了，这篇政治美文可以说是他一生观察思考的结晶，是他思想和艺术的顶峰。历史竟会有这样的相似，陶渊明五仕五隐，范仲淹四起四落。范仲淹那篇著名的政治美文《岳阳楼记》是在58岁那年写成，离去世也还只剩6年。这两篇政治美文都是作者在生命的末期总其一生之跌荡，积一生之情思，发出的灿烂之光。不过范文是正统的

美文的峥嵘原在于此，用文学翻译政治，这也是本文的核心。

儒家治国之道，提出了一个政治家的个人行为准则；陶文却本老子的无为而治，给出了一个最佳幸福社会的蓝图。陶渊明是用文学来翻译政治的，在《桃花源记》中他塑造了这样一个理想的社会：土地平旷，屋舍俨然，良田美地，往来耕作，鸡犬相闻，黄发垂髫，怡然自乐。这是一个自自在在的社会，一种轻轻松松的生活，人人干着自己喜欢的工作。在这里没有阶级，没有欺诈，没有剥削，没有烦恼，没有污染。人与人和谐，人与自然和谐。这是什么？这简直就是共产主义。陶渊明是在晋太原年间（376 ~ 396）说这个话的，离《共产党宣言》（1858 年）还差 1400 多年呢。只是有那么一点点影子，我们就算它是“桃源主义”吧。但他确实是开了一条政治幻想的先河。当政治家们为怎样治国争论不休时，作为文学家的陶渊明却轻轻叹了一声：“不如不治。”然后提笔濡墨，描绘了一幅桃花源图。这正如五祖门下的几个佛家大弟子为怎样克服人生烦恼争论不休时，当时还是个打杂小和尚的六祖却在一旁叹道：“菩提本无树，明镜亦非台。本来无一物，何处染尘埃。”人性本自由，劳动最可爱，本来无阶级，平等最应该。不是政治家的陶渊明走的就是这种釜底抽薪的路子。

这声轻叹既是叹人，亦是叹己。不如不治是无为而治，既是对陶渊明政治理念的总结，也是对桃花源的政治翻译。

文字追前面六祖之语，收节奏和形式之美。

陶之后 1200 年，欧洲出现了空想社会主义。而且巧得很，也是用文学作品来表达未来社会的蓝图，但不是散文，是两本小说，在社会发展史和世界文化史上影响极大。这就是 1516 年英国人莫尔出版的《乌托邦》和 1637 年意大利人康帕内拉出版的《太阳城》。所以《桃花源记》也可以归入政治文献而不是只存在于文学史中，其实《桃花源记》又何尝不可以当成小说来读呢。甚至那两本书的构思手法与《桃花源记》也惊人地相似。陶渊明是假设几个打鱼人误入桃花源，而在《乌托邦》里是写一个探险家在南美，误登上一孤悬海中的小岛。岛上绿草如茵，四周波平浪静。

街上灯火辉煌，家家门前有花园。每个街区都有公共食堂，供人免费取食。个人所用的物品都可到公共仓库任意领取，并无人借机多占。更奇的是，他被邀参加一个订婚仪式，男女新人都要脱光衣服，让对方检验身体有无毛病，然后订约。其道德清纯、诚实高尚若此。探险家在这里生活了5年，回来后将此事传予世人，就如武陵人讲桃花源中事。《乌托邦》成书后顷刻间风靡欧洲，被译成多国文字，传遍世界。中国近代翻译家严复也把它介绍到了中国。

人人都用“乌托邦”一词，但真正读过此书的人却只是少数。

1637年意大利人康帕内拉又出版了一本书《太阳城》。很巧，还是陶渊明的手法。一个水手在印度洋遇险上岸，穿过森林进到一座城堡，内外7层，街道平整，宫殿华丽，居民身体健康，风度高雅，衣食无忧。在这个城市里没有私产，实行供给制。服装统一制作，按四季更换。每日晨起，一声长号，击鼓升旗，大家都到田里劳动。没有工农之分，没有商品交换，没有货币。孩子两岁后即离开父母交由公家培养。总之一切都是公有，需求由政府实施公共分配。甚至婚姻也是政府考虑到后代的优生而搭配，靓男配美女，胖男配瘦女。又是那个水手归来“海外谈瀛洲”，如同武陵人讲桃花源。这本书同样风靡全球，是空想社会主义的又一块里程碑。以幻想理想社会类的文学作品而论，有三大里程碑：《桃花源记》、《乌托邦》、《太阳城》。

作者的这一排序，又对传统的理论形成挑战，但却自有其道理。

“桃园三结义”，陶渊明是老大。

为了追求真实的桃花源，除出书外，还有人身体力行地去实验。1825年4月英国人欧文用15万美元在美国买了一块地，办起一个“新和谐公社”。这公社规划得十分理想，有农田、工场、住宅、学校、医院。公社成员一律平等，也是吹号起床，集体劳动，吃公共食堂。没有交换，没有货币。算是一个西洋版的“桃花源”。可惜这个公社来的实在太早，与时下的生产力水平、道德标准相差太远。

墙内清贫而浪漫的生活，抵挡不住墙外资本主义金钱、名利的诱惑，维持了两年，试验宣告失败。

但是人们心中那盏理想的明灯总是在轻轻闪烁，在西方这种实验一直顽强地延续着。今天，英国查尔斯王子在本国一个叫庞德里的小城，也搞了一个“小国寡民”的建设，400户人家，全部环保建材，绿荫小街，各家一色的院落，无汽车之喧嚣，无贫富之悬殊。美国弗吉尼亚州双橡树合作社区实验从1967年坚持到现在已有40年。450英亩土地，百十个人口，财产公有，自愿结合。这是北美共产社区中维持时间最长的一个。

从想到做，进一步说明这种“共产主义”或者“桃园主义”的政治理想的魅力。

桃花源在中国人的心里更是根深蒂固，那个美丽的梦也总是挥之不去。洪秀全就曾搞过太平天国版的空想共产主义，分男营、女营，不要家庭生活（当然这并不妨碍他妻妾成群），而民国的立法院在1930年也讨论过要不要家庭。青年毛泽东在1919年，也有过一次乡村新社会的实验。他说：“我数年来梦想新社会生活，而没有办法。七年（指民国七年）春季，想邀数朋友在省城对岸岳麓山设工读同志会，从事半耕半读。今春回湘，再发生这种想象，乃有在岳麓山建设新村的计议，而先从办一实行社会说本位教育说的学校入手，此新村以新家庭新学校及旁的新社会连成一块为根本理想”（见《毛泽东早期文稿》第2版）。1958年在这个全球人口最多的国度又开始了一场人民公社大实验，吃饭不要钱，一如《乌托邦》和“新和谐公社”里的情景，但又像欧文一样地失败了。可是实验并没有停止。1986年人民公社体制在全国正式取消后，个别生产力（财富）和精神文明（觉悟）发达的集体仍在坚持着“共产”模式。如河南的南街村，到今天仍是吃饭不要钱。各家用多少米面，到库房里随便领取。那天参观时我奇怪地问：“有人多领怎么办？”“领多了，吃不了，也没用。”“如果他送给外村的亲戚呢？”“相信他的觉悟。”财富加觉悟，这真是一个现代版的桃花源，微型的“空想共产主义”。当然又是一次失败。

中国人大概都是读过《桃花源记》的，所以对这种理想社会的向往也很执著。

空想虽然空洞一些，但思想解放就是力量。无论是一个人还是一个社会，如果没有幻想，就会静止，就会死亡。自陶渊明之后，这种对未来社会的想象从来没有停止过。到马克思那里终于产生了科学社会主义。《共产党宣言》预言未来的理想社会是“自由人联合体”。没有阶级，没有剥削，没有贫富差别，没有尔虞我诈，大家自由地联合在一起。恩格斯给出的蓝图是：“这种制度将给所有的人提供健康而有益的工作，给所有的人提供充裕的物质生活和闲暇的时间，给所有的人提供真正的充分的自由。”你看这不就是桃花源中人吗？

就主体来说陶渊明是诗人而不是政治家、思想家，他只是以憧憬的心情写了一篇短文。武陵人误入桃花源，陶渊明误入到了政治思想界。他万万没有想到他的幻想竟引来了这么多的实验版本。相比于政治和哲学，文学更富有想象力，陶渊明的桃花源足够后人一代一代地去寻找、评说。

对本部分内容的总结，进一步明确主题。

二、桃花源在哪里？

中国文学史上有许多的游记名篇，也造就了许多的山水品牌，成了今天旅游的新卖点。但让人吃惊的是，一个虚构的桃花源却盖过了所有的真山水，弄得国内只要稍微有一点姿色的风景，就去打桃花源的牌子，硬贴软靠，甚至争风吃醋，莫辨真伪。北至山西、河北，南到广西、台湾，处处自诩桃花源，人人争当武陵人。只我亲身游历过的“桃花源”就不下几十处，遍布大半个中国。“是花还是非花，也无人去从叫真”。但正是这似与不似之间，叫哪一处真

从苏轼《水龙吟》句“似花还似非花，也无人惜从教坠”化用而来。

山水也比不上幻影中的桃花源，而那些著名游记又无论如何也不能与《桃花源记》等身。就连最有名的《小石潭记》，现在也只不过是柳州的一个废土坑而已，也未见有哪个地方去与之争版权、争冠名。桃花源成了风景的偶像。何方化作身千亿，一处山水一桃源，陶渊明用什么魔法将这桃花源的基因遍洒中华大地，遗传千年，繁衍不息？

此处是对桃花源进一步解读，亦是后文展开的基础。

凡偶像都代表一种精神，而精神的东西是既无形又可幻化为万形。陶渊明笔下的桃花源是一处风景，但绝不是单纯的风景，它是被审美的汁液所浸泡，又为理想的光环所笼罩着的山水。美好的事物谁不向往？正如地球上无论东西方都有空想社会主义的模式；在中国无论东西南北，都能按图索骥找到“桃花源”。桃花源不是小石潭，不是滕王阁，不是月下赤壁，也不是雨中的西湖。它是神秘山口中放出的一束佛光，是这佛光幻化的海市蜃楼，这里桃林夹岸，中无杂树，芳草鲜美，落英缤纷。《桃花源记》是一个多棱镜，能折射出每一个人心中的桃花源，而每一个桃花源里都有陶渊明的影子，一处桃源一陶翁。

连用四字句，洗练文字，增加韵味。

我见到的第一个桃花源是在福建武夷山区。从福州出发北上，过永安县，车停路边，有指路牌：桃花源。我说这柏油马路一条，石山一座，怎么是桃花源？主人说不急，先请下车。行几百米，果见一河，溯流而上，渐行渐深，林木葱茏，繁花似锦，两山夹岸，绿风荡漾，胸爽如洗。而半山腰庙宇民房，红墙绿瓦，飘于树梢之上，疑是仙境。折而右行，半壁之上突现一岩缝，竟容一人，曰“一线天”。我从缝中望去，山那边蓝天白云，往来如鹤。因为要赶路，我们不能如武陵人“舍船，从口入”了，但我相信穿过一线天，那边定有一个桃花源。

再沿路北上就是著名的武夷山。山之有名，因二：一是通体暗红，山崖如血，属典型的丹霞地貌；二是环山有溪水绕过，作九折之状，即著名的“武夷九曲”。想不到在这景区深处却还另藏着一个小“桃花源”。当游人气喘吁吁地翻过名为“天游”的石山顶，自天而降；或溯流而上，游完九曲，弃筏登岸时，身已累极，心乏神疲，忽眼前一亮见一竹篱小墙。穿过篱笆小门，地敞为坪，青草如茵，草坪尽处一泓碧水如镜，整座红色的山崖倒映其中，绿树四合，凉风拂衣，汗热顿消。正是陶诗“蔼蔼堂前林，中夏贮清阴。凯风因时来，回飙开我襟”的意境。这时席地而坐，仰望“天游”之顶，见人小如蚁，缘壁而行；俯视池水之中，蓝天白云，悠然自得。草坪上散摆着些茶桌，武夷山的“大红袍”茶海内知名。你在这里尽可细品杯中乾坤，把玩手中岁月。那天我正低头品茗，忽听有人呼唤，隔数桌之外走过一人，原来是十多年未见的一位南海边的朋友，不期在此相遇。我们相抱而呼，以茶代酒，痛饮一番。我一面感叹世界之小，又更觉这桃花源之妙，它真是一个可暗通今昔的时光隧道。

异地逢老友，不经意间，增加了这一地方的奇妙。

光阴者百代之过客，这武夷山里不知过往了多少名人，朱熹就是从这里走出去开创了他的哲学流派，我怀疑他“半亩方塘一鉴开，天光云影共徘徊。问渠哪得清如许，为有源头活水来”的名句，就是取自这个意境。明代大将军戚继光在南方抗倭之后又被调到北方修长城，曾路过此地，在这里照影洗尘，竟激动地不想离去。他赋诗道：“一剑横空星斗寒，甫随平虏复征蛮。他年觅得封侯印，愿与君王换此山。”而陆游、辛弃疾在不得志之时，甚至还在这里任过守山的官职。朱、戚、陆、辛都是中国历史上屈指可数的人物。他们在绚烂过后更想要一个平淡，要做陶渊明，做一个桃花源中人。辛词写道：“今宵依旧醉中行。试寻残菊处，中路候渊明。”

人文历史，更增加了此处景色的内涵趣味。

我看到的第二处桃花源是湖南桃源县的桃源洞。一般认为这处景观最接近正宗的桃花源，况且国内毕竟也就只有这一个以桃源命名的县。这里除山水幽静外更多了一分文化的积淀。史上多有文人来此凭吊，孟浩然、李白、韩愈、苏轼等人都留有诗作。由此可见桃花源早已不是一个风景概念，而是一种文化现象了。

我印象最深的是这里刻于石碑上的一首回文诗：

牛郎织女会佳期，月底弹琴又赋诗。
寺静惟闻钟鼓響（响），音停始觉星斗移。
多少黄冠归道观，见几而作尽忘机。
几时得到桃源洞，同彼仙人下象棋。

富含机巧的文字游戏。

一般的回文诗是下句首字套用上句的末一个字，这在修辞学上叫“顶真”格。而这首诗是从上字中拆出半个字来起写下句，这样的“顶真”就更难。接着还有一个更难的动作，刻碑时第一字不从右上起，而是中心开花，向外旋转，到最后一字收尾，正好成方。

这样的挖空心思说明后人对桃花源题材是多么地喜爱。而小石潭、赤壁，就是现代朱自清笔下的荷花塘也没有这样的殊荣呀！陶渊明所创造的“桃花源”实在是一个忘却时空，成仙成道的境界，比《乌托邦》、《太阳城》多了几分审美，比《小石潭记》、《赤壁赋》又多了几分理想。

那天我不觉技痒，也仿其格填了一首回文诗（比原式更苛求一点，连首尾都半字相咬）：

作者的回文诗与前作亦相映成趣，可算为此地增加了一些文化积淀。

因曾数读《桃花源》，原知诗人梦秦汉。
又来桃源寻旧梦，夕阳压山柳如烟。

我看到的第三处桃花源是在湖北恩施。这里是湘、鄂、黔交界的武陵山区。陶渊明是今江西九江人，其活动区域不会到过这一带。但阴差阳错，这山却名“武陵”，而《桃花源记》正好说的是武陵人的事。当地人以此附比桃花源也算言之有据，比别处更多一点骄傲。况且，这里地处偏远，至今还葆有极浓的世外桃源的味道。

武陵山区多洞，这洞大得让你不敢去想，一个洞就能开进一架直升飞机，而洞深几许到现在也没有探出个所以。这比陶渊明说的“桃林夹岸，山有小口，豁然开朗”更要神秘。那天我们就在山洞里的一个千人大剧场看了一台现代武陵人的歌舞演出，真是恍若隔世，不知梦在何处。

作者连叙三个桃花源，但各写其特色。前后对比，更增加文章趣味。

最动人的是情歌演唱。男女歌手分别站在舞台两侧的两个山头上（请注意，洞里又还有山）引吭高歌：

（女）郎在高坡放早牛，
妹在院中梳早头。
郎在高坡招招手，
妹在院中点点头。
（男）太阳一出红似火，
晒得小妹无处躲。
郎我心中实难过，
送顶草帽你戴着。

作者极善发现民间的歌赋之美。

你看男子心疼他心爱的女子，恨不能立即送去一顶遮阳的草帽。楚人是善于歌颂爱情或者借爱情说事的，从屈原始，古今亦然。陶渊明的楚文化背景很深。这让我立即想起他的《闲情赋》：

我愿做她的衣领，以闻到她颈上的芳香。

可惜就寝时，衣服总要被弃置一旁；

我愿做她的衣带，终日系于她的腰间，

可惜换装时，衣带被解下，又有暂别的忧伤；

我愿做一滴发乳，涂在她的黑发上，

可她总要洗发，我又会受到冲洗的熬煎；

我愿做一把竹扇，让她握于手上，凉风送爽，

可秋天来临，还是难免有离去的凄凉；

我愿做一株桐木，制成一把她膝上鸣琴，

可她也有悲伤的时候，会推开我不再奏弹。

（愿在衣而为领，承华首之余芳；悲罗襟之宵离，怨秋夜之未央……）

这些来自民间的艺术之美真让人赞叹！

还有哭嫁歌。婚嫁本是喜事，但女儿出嫁要哭，大哭，不舍爹娘，不舍闺友，大骂媒婆。哭，且能成歌，有腔有调，有情有韵。艺术这种东西真是无孔不入，喜怒哀乐都有美，悲欢离合都是歌。但是这歌和大城市里舞台上那些那些尖嗓子、哑喉咙、扭屁股、声光电的歌不一样，这是桃花源中的歌。是在武陵山中的时光隧道中听到的魏晋声、秦汉韵啊。

那天演的又有丧葬歌。人之大悲莫过于死，但这么悲伤的事却用唱歌来表达。当地风俗“谁家昨日添新鬼，一夜歌声到天明”。你看那个主唱的男子，击鼓为拍，踏歌而舞，众人起身而合，袖之飘兮，足之蹈兮，十分地洒脱。生死有命，回归自然，一种多么伟大的达观。仿佛到了一个生死无界，喜乐无忧的神仙境界。这远胜于现代都市里作秀式的告别仪式、追悼大会。在歌声中我听到了1500年前陶渊明那首自己拟的《挽歌》：“荒草何茫茫，白杨亦萧萧。严霜九月中，送我出远郊。”“千秋万岁后，谁知荣与辱。但恨在世时，饮酒不得足。”武陵人这洒脱的《丧歌》，

那源头竟是陶公的《挽歌》啊，你不得不承认这山洞里的桃源世界确实还在继续着陶渊明所创造的那个生命境界和审美意境。还有一种原始的茅谷斯舞蹈，舞者全身紧裹稻草，男子两腿间挂着象征阳物的装饰，甩来摆去，癫狂起舞。表达的是自然崇拜与生殖崇拜。这种纯朴只有在这深幽的山洞里才能见到，这时你已完全忘了山外的高楼大厦、车水马龙、电脑网络、反恐战争、股票期货、跑官卖官，真的不知今宵何夕，身在何处了。

作者不经意间将当地原生态的歌舞与现代社会的所谓“文明”相对比，使读者可以更明显地感受到当中的差别。

一连几天我就在这深山里转，感受这歌声、这舞蹈、还有米酒。这里喝酒也是桃花源式，是在别处从没有见过的。喝时要唱，要喊，要舞，喝到高兴处还要摔酒碗。双手过头，一饮而尽，然后“啪”的一声，满地瓷片，当然是那种很便宜的陶瓷碗。这正是陶渊明《杂诗》与《饮酒》诗的意境：“得欢当作乐，斗酒聚比邻”；“忽与一觞酒，日夕欢相持”；“若夫不快饮，空负头上巾”。历史越千年，风物亦然。

以陶诗注现代事，更使二者融为一体。

一日，喝罢酒，我们去游一个叫“四洞峡”的地方，那又是一处桃花源了。离开公路，夹岸数步，人就落入一个大峡谷中。头上奇树蔽日，脚下湍流漱石。平时在城里花盆中才能见到的杜鹃花，这里长成了合抱之粗的大树，花大如盘，洁白如雪。一种金色的不老兰，攀于岩上，遍洒峡中，灿若繁星。古藤缠树，树树翠帘倒挂；香茅牵衣，依依不叫人行。许多草木都见未所见，闻未所闻。一种铁匠树，木极硬，木工工具对付不了它，要用铁匠工具才能加工，因有此名。其木放入炉中，如炭一样一晚不灭。一种似草似灌木的植物，秆子肥肥胖胖，就名“胖婆娘的腿”。真是目不暇接。走着，走着，这一路风景突然没入一个悠长的石洞，瞬间一片幽暗，不见天日，唯闻流水潺潺，暗香浮动。我们扶杖踏石，缘壁而行，大气也不敢出一口，仿佛真的要走回到秦汉去，也不知这样如履薄冰行了几时，

以此名入文，读来有捧腹之感。

忽又见天日重回到了人间。这样忽明忽暗，穿峡过洞，如是者四次，是为“四洞峡”。到最后一个石洞的出口处，有巨石如人头，传说是远古时一将军在此守洞，慢慢石化。石壁上长有一株手腕粗的黄杨木，却言已生有八百年。据说这种树平时正常生长，而每逢有闰月就又往回缩，它竟能自由地挪动时空。现代物理学已有一种“虫洞”假说，人们可轻易穿越时空退回过去，而桃花源中的植物竟然早已有了这种本事。我回望洞口，看着这石将军，这黄杨树，浮想联翩。当年陶渊明由晋而返秦，我们现在莫不是返回到了东晋？

此处读来倍觉趣味横生，原是作者心中的桃花源。

出峡之时已近黄昏，主人请我们参观他们的万亩桃林。这里乡民以种桃已不知起于何年。近年来为了进一步富民，政府又请专家指导，搞了一项万亩桃园工程，好大的规模，放眼望去漫山遍野全是桃树。正是开花季节，晚照中红浪滚滚，一直铺向天边，只间或露出些道路、谷场，或农家的青瓦粉墙。我们随意选了一处半山腰的“农家乐”，在院子里摆桌吃饭。席间仍是要喝米酒，唱古老的歌，摔酒碗。主人对我们这些山外来人更是十分的亲热。有如《桃花源记》所言：“见渔人，乃大惊，问所从来，具答之。便要还家，设酒，杀鸡，作食。”又如陶诗：“落地为兄弟，何必骨肉亲，得欢便作乐，斗酒聚比邻。”他们也不知道什么戚继光曾经要用功名换山水，更不会去作什么回文诗。但他们知道这里就是桃花源，是他们的家，祖祖辈辈都这样自自然然地生活着。

似水到渠成自然得出的结论，更是对前面内容的注解。

桃花源不只是风景，而是一种生活符号，一种文化标记。

三、心中的桃花源

陶渊明为晋代柴桑人，即现在的江西的九江县、星子县一带。九江我是去过的，这次为写这篇文章又重去两地寻找感觉。结果这感觉真的让我大吃一惊。在陶渊明纪念馆，我看到了许多历代、各地甚至还有国外对他的研究资料，及出版的各种书刊。像东北鞍山这样远、这样小的地方都有陶学的研究团体，而今年的全国陶学年会是在内蒙古召开的。日本亦有专门的陶学社团。一本专刊上这样说："渊明文学在日本的流传，不论时光如何流失，人们对他恬淡高洁的人格的憧憬，对其诗文的热爱从未中断。"而更未想到的是陶渊明的墓是在一座部队的营房里，官兵们用平时节约下来的经费将其修葺保护得十分完美。我们登上营房后的小山，香樟、桂花、茶树等江南名木掩映着一座青石古墓，墓的四角，四株合抱粗的油松皮红叶绿，直冲云天。只看这树就知这墓在数百年之上。陶卒于乱世，其墓本无可考，元代时大水在这附近冲出一块记载陶事的石碑，官民喜而存之，因碑起墓，代代飨祭。现在这个墓是部队在2003年重修，并立碑记其事。一个诗人，一个逝去了1500多年的古人怎么会引起这么广泛、久远的共鸣呢？

连续几个细节，表明陶渊明的影响力。此部分进入到对陶渊明的深入分析之中。

陶渊明的《桃花源记》确是以艺术的的魅力激起了我们千百年来对理想社会和美好山水的不断追求。但更有普世价值的是他设计出了一个人心理的最佳状态，这就是以不变应万变，永是平和自然，永葆一颗平常心。他以亲身的实践证明了这一点，接着又用自己的作品定格、升华、传达了这种感觉。他在我们每个人的心里都埋下了一粒桃花源的种籽，无论如何星转斗移，岁月更换，后人只要一读陶诗、陶文，就心生桃花，暖意融融，悠然自悟，妙不可言。当代德国著名哲学家海德格尔认为，哲学家应该具有诗人的思维，他说哲学最好的表达方式是诗歌。陶渊明已经做到了这一点，他始终是用诗歌来表现人生。

作者开始直接解读陶渊明对《桃花源记》的创作。

深化前面的解读。

人生在世有三样东西绕不过去。一是谁能没有挫折坎坷；二是任你有多少辉煌也要消失，没有不散的宴席；三是人总要死去，总要离开这个世界。与这三样东西相对应的心境是灰心、失落与恐惧。怎样面对这个难题，克服人精神上的消极面，让每一天都过得快活一些，历来不知有多少的思想家、宗教徒都在做着不尽的探索。过去关于奋斗、修养的书不知几多，现在“励志”类的书又满街满巷，而所谓“修养”，已经滑进了“厚黑”的死胡同。而你就是励志、奋斗、成就之后还是绕不开这三点。你看现实生活中有的人生活并没有到了谷底，甚至还又几分殷实小康，但还在没完没了地嫉妒、哭穷、诉苦、牢骚；有的人已身居高位，还在贪婪、虚荣、邀功；有的人已退出官场，还在回头、恋权、恋名，苦心安排身后事。陶渊明官也坐过，民也当过；富也富过，穷也穷过；也曾顺利，也曾坎坷，但这些毛病他一点也没有。他学儒、学道、学佛，又非儒、非道、非佛，而求静、求真、求我，从思想到实践较好地回答了人生修养这个难题。

先有作者的过人修养，然后才可能产生传诵不衰的作品。

陶渊明生活在一个不幸的时代，“军阀”混战，政权更迭，民不聊生。他虽也做过几次官，但“不愿为五斗米折腰”，归隐回乡，日子过得紧紧巴巴。为避战乱他曾两次逃难，仇家一把火又将他可怜的家产烧了个精光。但在他的诗文中却找不到杜甫“亲朋无一字，老病有孤舟”式的哀叹。反倒常是一种“采菊东篱下，悠然见南山”的恬静。这是一种境界，一种回归，回归自然，回归自我，不为权、财、名、苦所累，永葆一颗平常心的境界。他为官时不为五斗米折腰，不丢人格；穷困时安贫知足，不发牢骚，不和自己过不去。也就是《桃花源记》里说的“黄发垂髫，怡然自乐”。我们没有理由责备陶渊明为什么不像白居易那样去写《卖炭翁》，不像陆游那样去写“铁马秋风大散关”，不像辛弃疾那样“把栏杆拍遍”。陶所处的时代没有辛弃疾、岳飞那样尖锐的民族矛盾，他也未能像魏征、范仲淹那样身处于高层政治的漩涡之中。存在决定意识，各人有各人的历史定位。陶渊明的背景就是一个“乱”字，世乱如倾，政乱如粥，心乱如麻。他的贡献是于乱世、乱政、乱象之中在人的心灵深处开发出了一块恬静的心田，“结庐在人境，而无车马喧。问君何能尔？心远地自偏。采菊东篱下，悠然见南山”。

乱与静的强烈对比，更显陶渊明与桃花源的可贵。文章中类似的对比还有若干，对比鲜明的意象并列出现，让文章所蕴含的情感既有内敛，又不乏张力。

陶渊明一生大多身处逆境，但他却永是开朗。不是说这逆境不存在，而是他能精神变物质，逆来顺推，化烦躁为平和。他以太极手段，四两拨千斤，将愁苦从心头轻轻化去，让苦难不再发酵放大，或干脆就转而发酵为一坛美酒。马克思说：“受难使人思考，思考使人受难。”世上总有不平事，尤其是爱思考的知识分子，世有多大，心有多忧，忧便有苦，苦则要学会排解。陶渊明对辞官后的农耕生活要求并不高，“岂期过满腹，但愿饱粳粮。御冬足大布，粗絺以应阳”，粗布淡饭而已。但他却从这种清苦中找到精神上的寄托和审美的享受，“耕种有时息，行者无问津。日入相与归，壶浆劳近邻。长吟掩柴门，聊为陇亩民”。

以子之诗注子之境。

陶渊明也不是没有做过官，但他不把做官当饭吃，他一生五仕五隐，那官场的生活只不过是他的人生实验。他对朝廷也曾是有过一点忠心的，甚至还有对晋王朝的眷恋。自晋亡后，他写诗就从不署新朝的年号。但是他把人格看得比政治要重。不为五斗米折腰，不看人的脸色。政治生活一旦妨碍了他的人性自由，就宁可回家。他高唱着：“归去来兮，田园将芜，胡不归！既自以心为形役，奚惆怅而独悲。悟已往之不谏，知来者之可追。实迷途其未远，觉今是而昨非。舟遥遥以轻飏，风飘飘而吹衣。”何等痛快。朱熹评陶渊明说：“晋宋人物，虽曰尚清高，然个个要官职。这边一面清谈，那边一面招权纳货。陶渊明真个能不要，此所以高于晋宋人物。”他岂但只高于晋宋人物，也远高于现代的许多跑官要官、贪财受贿、争权夺利、图名好虚之人。

从人格、人性的角度来理解陶。

陶渊明对死亡的思考更是彻底，并有一种另类的美感。他说：“有生必有死，早终非命促。千秋万岁后，谁知荣与辱。”“死去何所道，托体同山阿。”“自古皆有没，何人得灵长？不死复不死，万岁如平常。”人总有一死，何必叹什么命长命短，操心什么死后的荣誉。如果一个人总是不死，那生和死又有什么区别？这种彻底的唯物主义真让我们吃惊。正因为有这种生死观他从不要什么虚荣，没有一点浮躁。更不会如今人之非要生前争什么镜头、版面，死后留什么传记、文选。

陶思想中的独特之处。

龚自珍说：“陶潜酷似卧龙豪，万古浔阳松菊高。莫信诗人竟平淡，二分《梁父》一分《骚》”。梁启超说：“这位先生身份太高了，原来用不着我恭维。”说是不用“恭维”，但历来研究、赞美他的人实在太多。他的思想确实影响了一代又一代的人，他的这种达观精神几乎成了后人处世的楷模。如果你抚摸着陶之后的历史画卷，就会听到无数伟人、名人与他的共鸣。而这些人都是中国历史上的群山高峰啊。于是我们就会发现一股从遥远的桃花源深处发出的雷鸣，在历史的大峡谷中，滚滚回荡，隐隐不绝。李白算是中国诗歌的高峰了，被尊为诗仙，但他对陶是何等的敬仰：“梦见五柳枝，已堪挂马鞭。何时到彭泽，狂歌陶令前。”他梦见陶公门前的五柳树了，要到彭泽去与他狂歌。白居易曾被贬为江州司马，离陶的家乡不远，他在任上时陶诗不离手：“亭上独吟罢，眼前无事时。数峰太白雪，一卷陶潜诗。”苏东坡曾被发配在偏远的海南，他身处逆境是把陶渊明当老师才渡过困境的：“吾于诗人无所甚好，独好渊明。渊明作诗不多，然其诗质而实绮，癯而实腴，自曹、刘、

“桃花源”的影响，陶精神的影响。可见人人心中都有对桃花源的认可和想象。

鲍、谢、李、杜诸人，皆莫及也。”他把陶放在曹植、李白、杜甫之上，而且居然把陶诗逐一和了一遍，这恐怕主要是精神上的相通。现代人中毛泽东也有陶渊明情结。他一生轰轰烈烈是是非非，但晚年多次谈到想放浪形骸，寄情山水，去做徐霞客，或者去当一名教书先生。他上庐山，山下的九江就是陶渊明的家乡，于是赋诗道：“陶令不知何处去，桃花源里可耕田？”

庄子说“内圣而外王”，事业是皮毛，心灵的自由才是人的终极追求。魏晋人追求的大概就是这个风度，所谓：“居官无官官之事，处事无事事之心。”亦即陶渊明说的不要让心情为外形所役使（既自以心为形役）。翻阅史书，我们发现凡真正建功立业，轰轰烈烈的大人物，其内心深处都有一个静谧的桃花源，能隐能出，能动能静，收放自如。诸葛亮六出祁山，七擒孟获，火烧赤壁，舌战群儒，一生何等忙碌，但留下的格言是：“淡泊明志，宁静致远。”范仲淹“先天下之忧而忧，后天下之乐而乐”，其政治抱负多么强烈，但他的心理支柱是“不以物喜，不以己悲”。辛弃疾晚年写词：“岁岁有黄菊，千载一东篱……都把轩窗写遍，要使儿童诵得，《归去来兮辞》。”邓小平是继毛之后的又一伟人。“文革”之难，他在江西被软禁三年。这个昔日指挥淮海战役的主帅，在一个绿树砖墙的小院里，养了几只鸡，种了几垄菜，挑粪担水，劈柴烧火。如陶渊明那样“带月荷锄”、“守拙归园”。后来毛要他出山，他说，我是桃花源中人，只知秦汉，不识晋魏。但正是这种能伸能屈的淡定，让他后来一出山就带来国家民族的中兴。而事成之后他却淡淡地说了一句：“我无大志，只愿国家富裕，我做一个富国的公民就行。”他要归去。陶渊明不是政治家，却勾勒出一个理想社会，让人们不断地去追求；他不是专门的游记作家，却描绘了一幅最美的山水图，

将对桃花源的想象和理解更深入一步。

让人们不断地去寻找；他不是专门的哲学家，却给出了人生智慧，设计了一种最好的心态，让人们去解脱。如果真要说专业的话，陶渊明只是一个诗人，他开创了田园诗派，用美来净化人们的心灵。中外文学史上从来没有哪一位诗人能像他这样创造了一个社会模式、一种山水布景、一种人生哲学，深深地植根在后人的心中，让人不断地去追寻。

由来只知桃花源，升天入地求之遍。蓦然回首阑珊处，人人心中一桃源。

《中国作家》2012 年第 1 期

教材的力量

人民教育出版社建社60周年了，约我以课文作者的身份谈点感想。我首先想到的是教材的力量。

以“事”之诀开篇，交代写作背景和目的。

中小学教育就是要教学生怎么做人，而教材就是改变人生的杠杆，是奠定他一生事业的基础。记得我小学六年级时，姐姐已上高中，我偷看她的语文书，里面有李白的《静夜思》，白居易的《卖炭翁》，抒情、叙事都很迷人，特别是苏东坡的《赤壁赋》，读到里面的句子“清风徐来，水波不兴”，“纵一苇之所如，凌万顷之茫然”，突然感到平平常常的汉字竟能这样的美。大概就是那一刻，如触动了一个开关，我就迷上了文学，底定了一生事业的走向，而且决定了我缘于古典文学的文章风格。我高中时又遇到一位名师叫李光英，他对语文教材的诠释到了出神入化的境界。至今我还记得他讲《五人墓碑记》时扼腕而悲的神情，和讲杜甫《客至》诗时喜不自禁，随手在黑板上几笔就勾出一幅客至图。他在讲韩愈文章时说的一句话，我终生难忘。他说：“韩愈每为文时，必先读一段《史记》里的文字，为的是借一口司马迁的气。”后来在我的作品中，随时都能找见当年中学课堂上学过的教材的影子，都有这种借气的感觉。好的教材无论是给教者还是学者都能留出研究和发挥的空间，都有一种无穷的示范力。我对课文里的许多篇章都能熟背，直到上大学时还在背课文，包括一些数千字的现代散文，如魏巍的《依依惜别的深情》。这些理解并记住了的文字影响了我的一生。近几十年来，我也有多篇作品入选语文教材，与不少学生、教师及家长常有来往，

通过自身体会，先说好文章的影响力。后面再说好老师对好文章的阐发的作用。

此句总结前面的内容。

这让我更深地感觉到教材是怎样影响着学生的一生。

我的第一篇入选教材的作品是散文《晋祠》，1982年选入初三课本。当时我是光明日报驻山西记者。地图出版社要创办一种名为《图苑》的杂志，报社就代他们向我约稿，后来杂志中途下马，这稿子就留下，在4月12日的《光明日报》副刊发表了，当年就入选课文，算是阴差阳错。那年我36岁，这在“文革”十年内乱之后青黄不接的年代算是年轻人了，我很有点受宠若惊。多少年后我在人民日报社任副总编，一个记者初次见到我，兴奋地说，我第一次知道“璀璨”这个词就是学你的《晋祠》，他还能背出文中“春日黄花满山，径幽而香远；秋来草木郁郁，天高而水清”的对仗句。这大大拉近了我与年轻人的距离。我一生中没有当过教师，却常被人叫老师，就因为课文里的那几篇文章。

第一个受《晋祠》一文影响的案例。

一次，我在山西出差碰到一位年轻的女公务员，是黑龙江人。我说，你怎么这么远来山西工作？她说：“上学时学了《晋祠》，觉得山西很美，就报考了山西大学，又嫁给了山西人，就留在这里工作。想不到一篇文章改变了我的人生。”那一年，我刚调新闻出版署工作，陪署长回山西出差去参观晋祠，晋祠文管所的所长把署长晾在一旁，却和我热情地攀谈，弄得我很不好意思。原来，他于中山大学毕业后在广州当教师，教了好几年的《晋祠》，终于心动，调回家乡，当了晋祠文管所的所长。他说，感谢我让他与晋祠结缘，又送我一张很珍贵的唐太宗《晋祠铭》的大型拓片。他说上午中宣部长刚来过，我都没舍得送他。《晋祠》这篇课文一直到现在还使用，大约已送走了30届学生，这其中不知还有多少故事，可能以后还会改变一些人的人生轨迹。而我没有想到的另一个结果是，晋祠为此也大大增加了游客，带来了更大的知名度和经济效益。常

第二个受《晋祠》一文影响的案例，读来甚至让人觉得有些不可思议。

第三个受《晋祠》一文影响的案例，读来更让人觉得其情之真。

有北京的一些白领，想起小时的课文，假日里就自驾游，去山西游晋祠。有了这个先例，不少风景名胜点，都来找我写文章，说最好也能入选课文。最典型的是贵州黄果树景区，我曾为他们写过一篇《桥那边有一个美丽的地方》，他们将文章印在画册里，刻成碑立在景区，印成传单散发，还不过瘾，一定要活动进课文。我说不大可能了，他们还是专门进了一趟北京，请人民教育出版社的同志吃了一顿饭，结果也没有下文。可见教材在人心目中的力量。

从这个角度来理解，教材的传播作用恐怕超过了任何一张报纸。

时隔21年后，2003年我的另一篇写瞿秋白烈士的散文《觅渡，觅渡，渡何处》又被选入高中课本。对我来说，从山水散文到人物散文，是一次大的转换，这在读者中的反响则更为强烈。后来我的母校人民大学出版社就以《觅渡》为书名出了一本我的散文集，发行很好，连续再版。秋白是共产党的领袖，我的这篇文章却不是写政治，也不是写英雄，是写人格，写哲人。我本来以为这篇文章对中学生可能深了一些，但没有想到那样地为他们所喜爱。我们报社的一位编辑的朋友的孩子上高中，就转托他介绍来见我。这个稚嫩的中学生跟我大谈党史，谈我写马克思的《特利尔的幽灵》。北京101中学的师生请我去与他们见面，他们兴奋地交流着对课文的理解。一个学生说："这是心灵的告白，是作者与笔下人物思想交汇撞出的火花，从而又点燃了我的心灵。"在小礼堂里，老师在台上问："同学们，谁手里有梁老师的书？"台下人手一本《觅渡》，高高举起，红红的一片。当时让我眼睛一热。原来这已形成惯例，一开学，学生先到对面的书店买一本《觅渡》。人民大学出版社的同志说："我们得感谢人民教育出版社，他们的一篇文章为我们的一本书打开了市场。"这篇课文还被制成有声读物发行，又被刻成一面12米长、2米高的大石碑，立在常州瞿秋白纪念馆门前，成了纪念馆的一个重要景观，

此话出自一个中学生之口，倒真有些让人刮目相看了。

因此也增加了更多瞻仰者。前来参观的国家领导人也驻足细读，并索要碑文。研究人员说："宣传先烈，这一篇文章的作用超过了一本传记。"纪念馆旁有一所小学就名"觅渡小学"，常举行"觅渡"主题班会或讨论会，他们还聘我为名誉校长。因此还弄出笑话，因这所小学是名校，入学难，有人就给我写信，托我这个"校长"走后门，帮孩子入学。总之，这篇课文无论是传播秋白精神，还是附带提高当地的知名度都起了很大的作用。

我还有其他一些文章入选从小学到大学的各种课本和师生读本，有山水题材的，如《苏州园林》、《清凉世界五台山》、《夏感》，但以写人物的为多，如《大无大有周恩来》、《读韩愈》、《读柳永》，还有写辛弃疾的《把栏杆拍遍》，写诸葛亮的《武侯祠》，写王洛宾的《追寻那遥远的美丽》，写一个普通植树老人的《青山不老》，等等。而影响最大的是写居里夫人的《跨越百年的美丽》，分别被选进了13个不同的教材版本中。其次是《把栏杆拍遍》入选华东师大版高中语文等7个版本，上海一个出版社以此为契机，专为中学生出版了一本我的批注本散文集，就名为《把栏杆拍遍》，已印行到第十一版。（我真的应该感谢《光明日报》，以上提到的12篇入选教材或读本的文章其中有5篇是任《光明日报》记者时所写，或后来所写又发在该报上的。）这些文章主要是从精神、信念、人格养成方面指导学生，但读者面早已超出了学生而影响到教师、家长并走向社会。我的其他谈写作的文章被选入各种教师用书，有的老师从外地打长途来探讨教学。一个家长在陪女儿读书时看到课文，便到网上搜出我所写的文章，到书店里去买书，并激动写了博客说："这是些充满阳光的，让孩子向上，让家长放心的文字。"有的家长把搜集到的我的文章寄给远涉重洋、在外留学的孩子，让他们正确对

作者大概是当代作家中作品入选教材篇次最多的作家。

待困难、事业和人生。这也从另一方面反衬出目前社会上不利孩子成长，让家长不放心的文字实在不少，呼唤着作家、出版社的责任。

同样是一篇文章，为什么一放到教材里就有这么大的力量呢？这是因为：一、教科书的正统性，人们对它有信任感；二、课文的样板性，有示范放大作用；三、课堂教育是制式教育，有强制性；四、学生可塑，而且量大，我国在校中小学生年约两亿。教材对学生的直接作用是学习语言文字知识，但从长远来看，其在思想道德方面的间接作用更大。这是一种力量，他将思想基因植入到青少年头脑中，将影响他们的一生，进而影响一代人，影响一个国家，一个民族。

上升到理性的层面来思考认识教材的“力量”和“作用”。

《光明日报》2010 年 12 月 17 日

在欧洲看教堂

教堂虽然是基督的大旗，是他的讲坛、他的行营，但教堂首先又是它自己，是由砖石构造，建成某种形状，又配以某种装饰的房子。它是盛着精神的物质，是相对内容而存在的形式。而形式这种东西又常常可以偷偷地离开内容，或假借内容来实现自己的价值。正如不管是皇帝还是农夫都要穿衣，裁缝就只管他们的形式，只在这一点上实现自己的手艺。中国诗赋的格律，就是离开内容而独立存在的声韵和节奏的美。当主教大人们决心到处修造恢弘的教堂来宣扬圣道时，艺术家也就找到了一种表达自己艺术才能的借口和形式。所以今天我们看教堂，就是对宗教没有一点的兴趣，也可以把它当做艺术来欣赏。就如欣赏马王堆出土的金缕玉衣，并不必追究这衣服是穿在什么人身上的。

由一大段的论理，带出本文的视角。

教会垄断了文化也垄断了艺术，垄断了建筑。因为它有势，有钱，能调动最好的材料、最好的艺术家来修教堂。与教会平行的是皇宫，那也是有钱有势的主，你看哪一家不金碧辉煌？因此罗马和欧洲大地上的著名教堂，实际上成了那些伟大艺术家的个人纪念碑。我猜想教会与艺术家之间是心照不宣互为利用的。我花钱雇你来修教堂，你的才能越发挥得淋漓尽致，教堂就修得越好，就越证明我教的伟大；我被你雇来修教堂，你花的钱越多，教堂修得越大，就越能发挥我的才能，证明我的存在。这种暗中的相互利用，倒给我们留下了一件件艺术精品。

还是从艺术的角度来认识教堂，进而为下文叙述做铺垫。

借教堂成名的艺术家当首推米开朗基罗。米开朗基罗

1475 年诞生在佛罗伦萨，他的奶娘是位石匠的妻子，也许就是这段缘分，他一生也没有离开石雕艺术，后来他风趣地说："我是吃铁锤和凿子的奶长大的。"他 28 岁时便完成了成名作《大卫》。至今这件作品被全世界美术院校的学子奉为入门教材。梵蒂冈宫的西斯厅可以毫不夸张地说就是米开朗基罗纪念馆。这位文艺复兴的先驱，以他人文主义的思想是反对神权的。但是他被迫两次来梵蒂冈的西斯厅作画，第一次来是 1508 年，画了 4 年；第二次来是 1535 年，这次画了 8 年。现在西斯厅成了游人难得一进的艺术圣地，那天我们去瞻仰时，厅内密密麻麻地站满人，大家慢慢地挪动脚步，都仰起头看着这 400 多年前的珍品。米开朗基罗的这些画全部用裸体人物来表达，他是以人的尊严来对抗神的统治。

从介绍米开朗基罗，到带出梵帝冈宫的西斯厅。

他第一次受聘是来画这个大厅的拱顶，开始他请了几位当时也是很有名的高手画家帮忙，几天后他发现不合自己的标准，然后就一个人来完成这项艰巨的工程。在这块 800 平方米的天花板下，他站在脚手架上，仰着脸，要是晚上手里还举着一盏灯，就这样一直画了 4 年，到 1512 年完成。不用说别的，就是我们现在仰脸看画，一会儿就脖颈酸疼，他是以怎样的毅力来创造艺术的啊。他第二次被召来时是为了在祭坛后的山墙上画一幅《末日的审判》，画高 10 米，宽 9 米，200 多个人物，足足画了 8 年，还是全用裸体。当画快完成时，教皇的一位官员来视察说："这么神圣的地方，怎么能画这种画？这画不如挂在澡堂子里。"米开朗基罗非常恼火，此人一去，他就将他的形象画成一个阴间的法官，脚上盘着长蛇，现在这个人还在画上受罪。他的透视技巧十分高超，画上每个人物都像随时要走下来。这幅画当时就轰动了世界。

夹叙夹议，使米开朗基罗的形象越来越高大。

我挤在人群中，屏住呼吸和大家一起感受这种艺术的魅力。我只感到四周全是米开朗基罗的化身，这些人物从两侧的墙壁上，从天花板上，一起拥来，穿越500年的时空，带着画家的呼喊，向我们诉说人的复兴，文艺的复兴。在教会死寂的殿堂里竟有了这样一个活泼泼的人的世界。这和我们在庙里和石窟所看的冰冷、一个模样的佛祖、罗汉大不一样。大约上帝也承认了内心深处的寂寞，从而暗自屈从了这位艺术家，让他在神殿上打开一扇通向人世的窗户，而实际上也就在众神间为米开朗基罗留了一把交椅。米开朗基罗的创作态度是极其认真的。创作《大卫》时，他用一道屏风挡起来，作品未完成前，不许任何人看一眼。一次他正修改一件作品，有朋友来访，刚扫了作品一眼，他就装作失手把灯掉在地上，屋里一片黑暗。凡是自己眼睛通不过的作品，决不肯示人，凡是没有新意的作品他决不留存。一次，他为雕一个人像，竟一连做了12个稿样。正是这种执著，这种残酷的追求，使我们在500多年后还是觉得他是一个不可企及的高峰。

以米开朗基罗的创作态度来表现其艺术追求，进一步塑造其形象。

罗马和欧洲的著名教堂，大多是经数代名家设计和监督施工而成。世界第一大的圣彼得教堂是公元349年始建，以后历次重修，到16世纪更有拉斐尔、米开朗基罗这样的大师加入，到1612年才完成现在这个规模，前后1200多年。世界第四大教堂的佛罗伦萨大教堂1296年开工，到1461年完成，前后166年。大圣玛丽亚教堂是公元352年始建，一直建到18世纪，前后1400多年。一座建筑的修建动辄上百年，上千年，只有宗教的信仰才能维系这样的工程。这在东方也不例外。中国的云冈佛窟修了50年，乐山大佛修了90年，大足佛刻前后700年。因为朝代可以更替，信仰却没有更换，并且又只有这种宗教迷信式的信仰才能驱使人们将自己的精力、财力去作无限的倾注，并代代相续。一个教堂越是这样一代代地往下传，就越显得珍贵，好像

所以教堂还是与宗教紧密关联。

一个十世单传的婴儿,这是欧洲人最爱向客人显示的骄傲。正是在这种传承中，教堂成了一棵独特的艺术大树。如果你细心一点，还会发现这棵大树仍在不断地抽着新芽，现代艺术家就是设计教堂也要张扬自己创造的个性。他们已突破传统教堂尖顶厚墙的冷面孔而更富有人性。这也许是为了适应旅游业的需要，最典型的是芬兰的岩石教堂，建于1969年，由蒂莫和图奥莫兄弟两人合作设计。它完全是在一座岩石山顶上挖的一个深坑，搭上玻璃、钢和铜材的大顶棚。十足的现代味道，但仍不失教堂本色。

正像前面吉本论宗教一样，我说，教堂对教会来说是布道的场所；对教徒来说，是寻找安慰洗刷心灵的地方；对艺术家来说，那是他手中的一块石料或者是一块画布。

前面两句为铺垫，着重还在于强调最后一句话。

《走近政治》党建读物出版社 2003 年版

题中“厮磨”一词很柔软，点出人与石之间的依存。

人与石头的厮磨

中国人对于石头的感情久远而又亲近。在没有生命、没有人类以前，地球上先有石头。人类开始生活，利用它为工具，是为石器时代。大约人们发现它最硬，可用之攻其他物件，便制出石斧、石刀、石犁。就是不做加工，投石击兽也是很好的工具。等到人类有了文字后，需要记载，需要传世，又发现此物最经风雨，于是有了石碑，有了摩崖石刻，有了墓碑墓志。只是刻字达意还不满足，又有了石刻的图画、人像、佛像，直到大型石窟。这冰冷的石头就这样与人类携手进入文明时代。历史在走，人情、文化、风俗在变，这载有人类印痕的石头却静静地躺在那里。它为我们存了一份真情、真貌，不管我们走得多远，你一回头总能看到她深情的身影，就像一位母亲站在山头，目送远行的儿子，总会让我们从心底泛出一种崇高，一缕温馨。

一系列物象的展示，构造出一张网，既是石与人的关系网，也是文章的结构网。

人们喜欢将附着了人性的石头叫石文化。这种文化之石又可分两类。一类是人们在自然界搜集到的原始石块，不需任何加工。因其形、其色、其纹酷像某物、某景、某意，暗合了人的情趣，所谓奇石是也。这叫玩石、赏石，以天工为主。还有一类是人们取石为料，于其上或凿、或刻、或雕、或画，只将石作为一种记录文明，传承文化，寄托思想情感的载体。这叫用石，以人工为主。这也是一种石文化，石头与人合作的文化。我们这里说的是后一种。

点明本文的论述主旨。

一

石头与人的合作，首先是帮助人生存。当你随便走到哪一个小山村，都会有一块石头向你讲述生产力发展的故事。去年夏天我到晋冀之交的娘子关去，想不到在这太行之巅有一股水量极大的山泉，而山泉之上是一盘盘正在工作着的石碾。尽管历史已进入 21 世纪，头上飞过高压线，路边疾驰着大型载重车，这石碾还是不慌不忙地转着。碾盘上正将当地的一种野生灌木磨碎，准备出口海外，据说是化工原料。我看着这古老的石碾和它缓缓的姿态，深感历史的沧桑。毋庸讳言，人类就是从山林水边，从石头洞穴里走出来的。人之初，除了两只刚刚进化的手，一无所有。低头饮一口山泉，伸手拾一块石头，掷出去击打猎物，就这样生存。人们的生活水平总是和生产力水平一致的。石器是人类的第一个生产力平台。

从石头和人类相伴进化的角度，把石头完全融入到人的生活中予以展示。在各种文字中，如此述说石头与人的关系的文章极少见，所以本文的"新意"从选题上就已决定了。

随着人类的进步，石头也越来越多地渗透到生活中的角角落落。可以说衣食住行，没有一样能离开它。在儿时的记忆里就有河边的石窑洞、石板路，还有河边的洗衣石，院里的捶布石，大到石柱石础，小到石钵石碗，甚至还有可以装在口袋里的石火镰。但印象最深的是山村的石碾石磨。石碾子是用来加工米的，一般在院外露天处。你看半山坡上，老槐树下，一排土窑洞，窗棂上挂着一串红辣椒，几串黄玉米。一盘石碾，一头小毛驴遮着眼罩，在碾道上无休止地走着圈子。石磨一般专有磨房，大约因为是加工面粉，怕风和土，卫生条件就尽量讲究些。民以食为天，这第一需要的米面就这样从两块石头的摩擦挤压中生产出来，支撑着一代又一代人的生命。其实，在这之前还有几道工序，春天未播种前，要用石滚子将地里的土坷垃压碎，叫磨地。庄稼从地里对石头上所承载的文化与生活的感情流露。

收到场上后，要用石碌碡进行脱粒，叫碾场。小时最开心的游戏就是在柔软的麦草上，跟在碌碡后面翻跟斗。前几天到京郊的一个村里去，意外地碰到一个久违了的碌碡，它被弃在路旁，半个身子陷在淤泥里，我不禁驻足良久，黯然神伤。我又想起一次在山区的朋友家吃年夜饭，那菜、那粥、那馍，都分外的香。老农解释说：“因为是石头缝里长出来的粮食，又是石磨磨出来的面，土里长的就比电磨加工的要香。”我确信这一点，大部分城里人是没有享过这个福的。当人们将石器送到历史博物馆时，我们也就失去了最初从它那里获得的那一份纯情和那一种享受。正如你盼着快点长大，你也就失去了儿时的无忧和天真。

宽阔的视野、丰富的阅历、独特的视角，以及渊博的知识，一起构成了本文的一大特点。

生产力的发展变化，在石头上所体现的最好标志，就是一块石头由加工其他产品的工具，变成被其他工具加工的产品。20 年前，我第一次到福建出差，很惊异路两边的电线杆竟是一根根的石条，面对这些从石地层里切挖出来的“产品”，真是不可思议。又 10 年后我到绍兴，当地人说有个东湖你一定要看。我去后大吃一惊，这确实是个湖，碧波荡漾，游船如梭，湖岸上数峰耸立，直逼云天。但是待我扶着危栏，蜿蜒而上到达山顶时，才知道这里原来并不是湖，而是一处石山。当年秦始皇统一天下后，全国遍修驿道，需要大量石条，这里就成了一个采石场。现在的山峰正是采石工地上留下的“界桩”。看来当时是包工到户，一家人采一段，那“界桩”立如剑，薄如纸，是两家采石时留下的分界线，有的地方已经洞穿成一个大窗户。刚才看到的湖面，是采过石后的大坑，一根一根石条就这样从石山的肚子里、脚跟下抽出来。“沧海变桑田”是指大自然的伟力，这时我更感悟到人的伟力，是人硬将这一座座石山切掉，将石窝掏尽，泉涌雨注，就成湖成海了。

后来我又参观了绍兴的柯岩风景区，那也是一个古采石场。不过不是湖，而是一片稻田，如今已成了公园。园中也有当年采石留下的“界桩”，是一柱傲立独秀的巨石，高近百米，石顶还傲立着一株苍劲的古松。可知当年的石工就从那个制高点，一刀一刀像切年糕一样将石山切剁下来。这些石料都去做了铺路的石板或宫殿的石柱。我们的祖先就是这样以血肉之手，以最原始的工具在石缝里拼生活啊。前不久我看过一个现代化的石料厂，是从意大利进口的设备，将一块块如写字台大小的石头固定在机座上，上面有七把锯片同时拉下，那比铁还硬的花岗岩就像木头一样被锯成薄如书本，大如桌面的石片。石沫飞溅，一如木渣落地。流水线尽头磨洗出来的成品花色各样，光可照人，将送到豪华宾馆去派上用场。远看料场上摆放着的石头，茫茫一片，像一群正在等待屠宰加工的牛羊，我一时倒心软起来。这就是数千年前用来修金字塔、修长城、建城堡的坚不可摧的石头吗？

“心软”一词很巧妙，让冰冷的石头也有了些许温度，而人与石的情感俨然亦不可分割。

经济学上说，生产力是人类改造世界的能力，它包括人、工具和劳动对象。这石头居然三居其二，你不能小看它对人类发展的贡献。

二

石头给人情感上的印象是冰冷生硬，有谁没有事会去抚摸或拥抱一块冰冷的石头呢？但正如地球北端有一个国家名冰岛，那终年被冰雪覆盖着的国土下却时时冒出温泉，喷发火山。这冰冷的石头里却蕴藏着激荡的风云和热烈的思想。

上文是石与人的日常生活，恬淡、纯情，此处是石与人的历史纠葛，读来不觉“心头一紧”。

我第一次从石头上读政治，是1994年1月初到桂林。谁都知道，桂林是个山水绝佳之地，我也是本着这份心情去寄情自然，赏心娱性的。当游至龙隐崖时，主人向我介绍一块摩崖石刻，因文字仰刻在洞顶，虽经800年，却得以逃脱人祸、水患。细读才知是有名的《元祐党籍碑》。说是碑，实际上就是一个黑名单。在这明媚的湖光山色中猛见这段历史公案，不由心头一紧，身子一下落入历史的枯井。这碑的书写者是在中国历史上可入选奸臣之最的蔡京。宋朝自赵匡胤夺权得位之后，跌跌撞撞共337年，好像就没有干出什么光荣的大业，倒是演绎了一部忠奸交织图，并且大都是奸胜于忠。宋神宗年间国力贫弱，日子实在混不下去了，朝廷便起用新党王安石来变法。神宗死后，改年号元祐，反对变法的旧党得势。等到宋徽宗即位，新党势力又抬头。蔡京正在这时得宠，他便借机将自己的政敌统统打入旧党名单，名为元祐奸党。并且于崇宁四年（1105年）讨得皇帝旨，亲自书写成碑，遍立全国各地，要他们永世不得翻身。把黑名单刻在石头上，这是蔡京的发明。

以典说事，给石头加上政治的含义。

在这块黑硬阴冷的石刻前，我不禁毛骨悚然。细读碑文，黑名单共309人，其中有许多名人大家，如司马光、文彦博、苏东坡、秦观、黄庭坚等。这些人不说政见政绩，就说他们的诗书文章，也都是一代巨星。蔡本人也算是个大文人，书与画亦很出色，当初他就是靠着这个才得以接近徽宗。但他一旦由文而政，大权在手，整起人来却如此心狠。更难得他在政治斗争中又很会使用石头这个工具。当初中国猿人刚学会以石击兽猎食求生时，万没有想到几十万年后的政坛官僚会以石来上悦君王，下制政敌。更难得这蔡京上下两手都得纯熟。当他要取悦君王，以求进身时，用的是天然无字之石。蔡京经仔细观察，发现宋徽宗极好玩石，他就让心腹在南方不惜代价，广搜奇石。为求一石跋山涉水，挖坟掘墓，拆人庭院。有大石运京不便，沿途就征用民船，拆桥毁路，这便是历史上有名的“花石纲”之祸。这事连徽宗也觉得有点心虚，蔡京就说：“陛下要的都是山野之物，是没有人要的东西，有何不可？”真会给主子找台阶下。

当他要对付政敌时，用的是有字的石头。他看中了石头的经久耐磨，要刻书其上，让政敌万世不得翻身。不想后人又将此碑重刻，以作为历史的反面教员。

以“花石纲”的典故说政治，石头成了政治斗争的工具。

因为有了这次由石悟史的经历，以后我就经意石头上的野史。

封建时代普天之下莫非王土，这石头当然首先要为皇家服务。中国历史上文治武功较突出的秦皇汉武、唐宗宋祖、明太祖、清康熙乾隆七位名君，除汉武、宋祖外，我见过他们其余五人留下的石头。今泰山脚下的岱庙里有秦始皇二十八年东巡时的刻石，北宋时还有136字，现只剩下9个字了。现太原晋祠存有唐太宗李世民亲笔书的一块《记功铭》，四面为文。我得一拓片，展开有一面墙之大，甚是壮观。那个乞丐出身的朱元璋很有意思，他与陈友谅大战于鄱阳湖，正不分上下时，得一疯人周颠指点而胜，朱得江山后亲自撰文，在鄱阳湖边的庐山最高处为之立碑。现在御碑亭成了庐山的一个重要景点。康熙、乾隆的御制诗文极多，这是世人皆知的。中国几乎任何一处著名的风景点或庙宇里都能看到他们的碑刻，但大多是“到此一游”之类。

读完政治读历史，历史也还是政治史。

石头记事，确实可以千古不朽。于是就生出另一面的故事，有钱有势的就想尽量刻大石，多刻石。但是如果你的名和事不配这个不朽，不配流芳百世呢？那就适得其反，留下了一分尴尬，又为历史平添了一点笑话。这石愈大，就尴尬愈大，笑话愈大。山东青州有一座云门山，石壁上刻有一巨大的寿字，就是一米七八的小伙子，也没有寿下的“寸”字高。游人在山下，仰首就可看到。原来当年这里曾是朱元璋的后代衡王的封地，他在嘉靖三十九年为筹办自己的祝寿庆典特意搞了这么一个“寿”字工程。但是如今除了山上的寿字和山下孤零零的一个空牌楼，衡王府连只砖片瓦也找不到了。衡王这个人如不专门查史，也是没人知道。寿字倒是长寿至今，那是因为它的书法价值和旅游的用途，衡王却一点光也沾不了。

河北正定去年才出土的一块残碑，也是对立碑人的最大讽刺。这碑我们现在已不能称之为碑了，因为它已断为三截。但是大得出奇，只驮碑的赑屃就比一辆小汽车还大。这是目前国内多处碑林中未曾见过的巨制。奇怪的是，如此辉煌的记功碑既不是出自大汉盛唐，也不是出于宋元明清，据查它出自中国历史上一个短暂纷乱的小王朝——五代时的后晋。从碑身可以看出字迹清晰，石色未经风雨洗磨，碑立好不久便入土为安了，而且碑文中所有涉及碑主人的名字多处都被剔毁。经考证，碑主是一个小军阀，是此地的节度使，乱世之际他手里有几个兵也就做起了开国称帝的梦，并且预先刻好了记功清颂之碑，不想梦未成就祸临头了，他被杀身，碑也被活埋。这段公案直到1000多年后，正定县修路时，才在现代挖掘机的咔嚓声中重见天日。于是我想到，这厚厚的土地下不知埋藏着多少不朽的石头和石头上早已朽掉了的人物。

此语极妙，有一语道破天机的感觉。

上面说的是流传至今的成碑，还有一种是未及成形的夭折之碑。我见到最大的夭折碑是南京阳山的特大“碑材”。现在较多的说法是朱棣篡位称帝后准备为他的父亲朱元璋修孝陵时所采的石材。它实在太大了，从初步形成的情况看，碑座长29.5米，宽12米，高17米，重约1.625万吨；碑首长22米，高10米，宽10.3米，重6118吨，碑身长51米，宽14.2米，厚4.5米，重约8800吨。总计合3万多吨。据传，当时为开采此石，用数千工匠，每人每天限出碎石3斗3升，出不完即死。山下新坟遍野，至今仍有村名“坟头”。当时用的是笨办法，先将石料与山体凿缝剥离，然后架火猛烧，再以冷水泼在石面，热胀冷缩，一层层地激起碎石。

至今石上还有火烤烟熏的痕迹。千万人、千万时的劳动还是敌不过自然的伟力，人们虽可勉强将这个庞然大物从山体上剥离，但如何运进城去却是个难题，于是它就这样永远地躺在了山脚下。如今现代化的高速公路从碑石下穿过，这巨石就如一头远古时的恐龙或者猛犸象，终日瞪着好奇的眼睛看着来往的车流。

如果你读不懂这块3万吨的巨石，就请先读读明史，读读朱棣。朱棣是朱元璋的第四个儿子。本来轮不到他来做皇帝，他也早被封为燕王，驻地就是现在的北京。但他起兵南下，夺了他侄儿的帝位，然后迁都北京。朱棣很有雄才大略，平定北方，打击元朝残余势力，也很有功，但人极残忍。他窃位后自知不合法，便施高压，收拾异己。他要名士方孝孺为他起草即位诏，方不从，他就以刀割其口，又株连十族，共873人。兵部尚书铁铉不从，就割其耳鼻，又烹而使之食，问："甘否？"铉答："忠臣之肉有何不甘。"大骂而死。他将政敌或杀或充军，妻女则送军内转营奸宿。不可想象，在中国已经历了唐宋成熟期的封建文明之后，还有这样一位残暴的最高统治者。但他又装出很仁慈，一次到庙里去，一个小虫子落在身上，他忙叫下人放回树叶，并说："此虽微物，皆有生理，毋轻伤之。"朱棣既有野心和实力夺帝位，又要表现出仁孝，表示合法。于是他就想到为父亲的陵寝立一块最大的石碑。这或许有赎罪和安慰自己灵魂的一面，但正好表现了他的霸气和凶残，这是一块多么复杂的石头。中国历史上334个皇帝中，叔夺侄位，迁都易地，另打锣鼓重开张的就朱棣一人。这块有3万吨之重，非碑非石，后人只好叫做"碑材"的也只有这一例。它像神话中的人头兽身怪，是兽向人嬗变中的定格。

所谓十族，是在九族之外，又加上朋友师生等第十族。

此语双关。

如果说，正定大残碑是一个未登皇位的人梦中的龙座，阳山大碑材就是一个已登皇位者，为自己想立又没有立起来的贞节牌坊。而许许多多有诗有文的御碑，则是胜者之皇们摇头晃脑、假模假样的道德文章。武则天倒是聪明，在她的陵前只有一块无字碑，她让后人去评，去想。但这也有点作秀，是另一种立传碑。“菩提本无树”，要是真洒脱又何必要一块加工过的石头呢？唐太宗说以史为镜，史镜的一种形式就是石头，后人从石镜里照出了所有弄石人的心肝嘴脸，就是那些偷偷的小动作和内心深处的小把戏也分毫毕现。

所谓“以石为镜”。

当然，石头既是山野之物，又可随时洗磨为镜，便就谁也可以用来照人照世，表达思想，褒贬人物了。上面说的是宫廷之碑，民间也有许多著名的碑刻成了我们历史文化的里程碑。如我们在中学课本里学过的《五人墓碑记》等，其激越的思想、感人的故事与坚强的石头一起经过历史的风雨，仍然闪烁着理性的光芒。成都武侯祠有岳飞书《出师表》石刻，一笔一画如横出剑戟，一点一捺又如血泪落地。石头客观公平，忠也记，奸也记，全留忠奸在青石。民间的说法就更是常书写在石头上。胡适说：“中国文学史何尝没有代表时代的文学,但是我们不应该向那古文史里去找。应该向旁行斜出的不肖文学里去找寻。”了解中国的政治史也应该除二十四史外，到路边或旧宅的古石块上去找寻。

在我看过蔡京《元祐党籍碑》之后8年再到桂林，却意外地见到一块惩贪官碑。碑文为：“浮加赋税，冒功累民。兴安知事，吕德慎之纪念碑。民国五年冬月闰日公立。”指名道姓，为贪官立碑，彰显其恶，以戒后人，全国大概仅此一例，其作用正如朱元璋将贪官剥皮填草立于衙堂之侧。

我当记者时,在家乡山西还碰到一件为清官立碑的事。从前山西晋城产一种稀有兰草,岁岁进贡。然此地崇山峻岭，崖高林密，年年因采贡品死人。就是那年我们上山时也还无路可通，要手足并用，攀岩附藤而上。有一任县令实在不忍百姓受苦，便冒欺君之罪，谎报因连年天旱此草已绝迹，请免岁贡。从此当地人逃此苦役，百姓为其立碑。封建时代人们盼清官，所以就留下不少这类的刻石。现在武夷山的文庙里还保存有一块宋太宗赐立各郡县的《戒石铭》：“尔俸尔禄，民脂民膏，下民易虐，上天难欺。”还有那块被朱镕基推崇引用的《官箴》碑：“吏不畏吾严，而畏吾廉；民不服吾能，而服吾公。公则民不敢慢，廉则吏不敢欺。公生明，廉生威。”此石原为明代一州官的自警碑，到清代被一后继者从墙里发现，又立于署衙之侧以自警，再到朱镕基之口，是一根廉政接力棒，现存西安碑林。

出师表、惩贪、戒贪、官箴，此几碑都已成为中国政治文化中重要的历史遗存。

大约人自从有了思想，就一天也没有停止过利用石头来表达它。权贵们总是想把石头雕成一根永恒的权杖，洁身自好者就用它来磨一面正形的镜子，而老百姓则将它用作代言的嘴巴。无论岁月怎样热闹地更替，人类演化出多少缤纷的思想，上帝却只用一块石头，就将这一切静静地收藏。

三

前面说过，没有哪一个人愿意怀抱一块冰冷的石头。但是，这石头确确实实每时每刻都在人类的怀抱里温暖着，一代代传递着。于是“入石三分”，那石面石纹里就都浸透着人文的痕迹。人们不知不觉中，除了将石头用作生产生活的工具外，还将它用作记录文明、传承文化的载体。就文化的本意来说，它是社会历史活动的积累。为了使辛苦积累的东西不至失去，石头是最好的载体。一来因其坚硬，耐磨损，不像纸书本那样怕水怕火；二来因其本就处在露天，体势宏大，有较好的宣示功能，所以以石记史，以石为文就代代不绝。

以石为文，从文化书写的载体到镌刻的精神，石也就成了人类忠贞的伴侣。

人以文化心理刻石大概有这样几种类型：

一是为了表达崇拜，宣扬精神。最典型的是佛教的石窟、石刻和摩崖造像。敦煌、麦积山、云冈、龙门、大足，佛教一路西来，站站都留下巨型石窟。这都要积数代人的力量才能成。像乐山大佛那样，将一座山刻成一个大佛，用了 90 年的时间，这需要何等惊人的毅力，而且必须有社会的氛围，这只有宗教的信仰力才能办到。泰山后面有一道沟，竟将一部《金刚经》全刻在流水的石面上，每个字有桌面之大，这沟就因此名“经石峪”。但也有的是为了宣扬其他。冯玉祥好读书，他住庐山时心有所悟，就将《孟子》的一整段话，叫人刻在对面的石壁上。经石峪和庐山我都去过，身临文化的山谷之中，俯读经文，佛心澄静；仰观圣言，壮心不已，你会感到一股这石头文化特有的磅礴之力。

古人凿山为佛的场景我无法亲历，但现代人一件借石表忠的事我倒是亲自体味过。上世纪 80 年代初，我在山西当记者，一天沁水县（作家赵树理的家乡）的书记来找我，说我这里出了一件奇事，也不知该不该宣扬。我到现场一看，原来是一位老村干部为毛主席修了一座纪念堂。堂不足奇，奇的是他硬在一块巨石上用手抠出了这座“堂”。当时，毛主席去世不久，这位深感其恩的老村干部，决心以个人之力为伟人建一座堂，而且暗发宏愿，必须整石为屋。他遍寻附近的山头，终于在村对面山上找见一块巨石，就背一卷行李、一口小锅住在山上。他一锤一錾，每天打石不止，积年余之力，居然挖出一座有 4 米直径之大的圆房子。老人将毛主席的像端挂正中。他又觉得山太秃，想引来奇花异草，依稀知道有一本记载植物的书叫《本草纲目》，就向卫生部写信，卫生部居然还寄来了许多种子，我去时山上已一片青翠。当时正好农村推行改革政策，村里就将这山承包给了老人。当初，人们都说这老人是疯子，现在则羡慕不已。这种借坚石而表诚心的方式中外同一。

上个月我从泰国归来，那里有一座佛城，巨大的佛殿里，800多块花岗石碑全部刻满经文。这则全靠国家的力量。

这简直就是现代的凿石"愚公"。

第二种是为了给后人积累知识、传递信息。那一年我到镇江，在焦山寺碑林里见到一方石头，上面刻有一幅地图，名《禹迹图》，是大禹治水，天下初定后的版图。这幅石地图用横竖线组成5831个方格，每格合百里，比例为1∶420万，上面有山川河流及551个地理名称。这是我见到的最久远的地图，它刻于宋绍兴十二年（1142年），英国人李约瑟说这是世界上最杰出的古地图。现在河北保定原清直隶总督的大院内保存着16幅《御题棉花图》刻石。乾隆三十年（1765年），时任总督的方观承考察北方的棉花种植生产流程后，亲手绘制了16幅工笔绢画，图后配有说明文字，呈送乾隆皇上御览。乾隆仔细研究过后，于每幅图上题诗一首。这回皇上写的诗也还文风淳朴，有亲农爱民之情，比如第二幅的《灌溉》："土厚由来产物良，却艰治水异南方。辘轳汲井分畦溉，嗟我农民总是忙。"皇帝亲自题诗勒石承认农民的辛苦，恐怕在中国历史上也仅此一例。这图文并茂的16幅石刻永远留在了直隶总督衙门，成为我们中国农业科技史的重要资料。人们考证，最早的木版连环画大约可以追溯到明万历年间，而这《棉花图》很可能就是第一本刻在石头上的连环画。

最近我到甘肃麦积山又有新的发现，这里存有一块刻于北魏时期的释迦牟尼成佛过程的浮雕碑，应该是更古老的石刻连环画。现在长江大坝已经蓄水，有谁能想到百米水下将要永远淹没一段石上的文化？原来在涪陵城的江面上有一道石梁，水枯时现，水丰时没，古人就用它刻记水文的变化。石长1600米，1100年来竟刻存了163段，3万余字的记录，还有飞鱼图案。考古学家习惯将地表数米厚的土壤称为文化层。人们一代一代，耕作于斯，歇息于斯，

人借石而创造出各种文化奇迹。

自然就于这土层中沉淀了许多文化。那么，突出于地表的石头呢，自然就更要首当其冲地记录文化，它不仅是文化层，更是文化之碑，历史之柱。

第三种是人们无意中在石上留下的关于艺术、思想和情感的痕迹。司马迁说“桃李不言，下自成蹊”，在无言的石头面前，岂止是“成蹊”，人们常常是诚惶诚恐地膜拜。山东平度的荒山上至今还存有一块著名的《郑文公碑》，被尊为魏碑的鼻祖。每年来这荒野中朝拜的人不知有多少。那年我去时，由县里一个姓于的先生陪同，他说日本人最崇拜这碑，每年都有书道团来认祖。真的是又鞠躬，又跪拜。一次两位老者以手抚碑，竟热泪盈眶，提出要在这碑下睡一夜。于先生大惊，说在这里过夜还不被狼吃掉？这“碑”虽叫碑，其实是山顶石缝中的两块石头。先要大汗淋淋爬半天山路，再手脚并用攀进石缝里，那天我的手就被酸枣刺划破多处。我来的前两年刘海粟先生也来过，但已无力上山，由人扶着坐在椅上，由山下用望远镜向山上看了好一会儿。其实是什么也看不见的，只是了一个心愿。现在，这山因石出名，成了旅游点，修亭铺路，好不热闹。

人对石的崇拜，是因为那石上所浸透着的文化汁液。石虽无言，文化有声。记得徐州汉墓刚出土，最让我感动的是每个墓主人身边都有一块十分精美的碑刻，今天都可用作学书法的范本。但这在当时就是一个普普通通的丧葬配件，平常的如同墓中的一把土。许多现在已被公认的名帖，其实当年就是这样一块墓中普通的只是用来干别的事情的石头，本与书法无关。如有名的《张黑女碑》，人们临习多年，赞颂有加，至今却不知道何人所写。就像飞鸟或奔跑的野物会无意中带着植物的种子传向远方。人们在将石头充作生活用品和生产工具时，无意中也将艺术传给了后人。

以一两句议论穿插于文中，将一个个小故事串联起来。

那一年我到青海塔尔寺去，被一块普通的石头大大感动。说它普通，是因为它不同于前面谈到的有字之石。它就是一块路边的野石，其身也不高，约半米；其形也不奇，略瘦长，但真正是一块文化石。当年宗喀巴就是从这块石头旁出发去进藏学佛。他的老母每天到山下背水时就在这块石头旁休息，西望拉萨，盼儿想儿。泪水滴于石，汗水抹于石，背靠小憩时，体温亦传于石。后来，宗喀巴创立新教派成功，塔尔寺成了佛教圣地，这块望儿石就被请到庙门口。现在当地虔诚的信徒们来朝拜时，都要以他们特有的生活习惯来表达对这块石头的崇拜。有的在其上抹一层酥油，有的撒一把糌粑，有的放几丝红线，有的放一枚银针，时间一长，这石的原形早已难认，完全被人重新塑出了一个新貌，真正成了一块母亲石，就是毕加索、米开朗琪罗再世，也创作不出这样的杰作。那天我在石旁驻足良久，细读着那在一层层半透明的酥油间游走着的红线和闪亮的银针。红线蜿蜒曲折如山间细流，飘忽来去又如晚照中的彩云。而错落的银针，发出淡淡的轻光，刺着游子们的心微微发痛。这是一块伟大的圣母石。它也是一面镜子，照见了所有母亲的慈爱，也照出了所有儿女们的惭愧。这时不分信仰，不分语言，所有的中外游人都在这块普通的石头前心灵震颤，高山仰止。

围绕此石，后来作者又单独成文《母亲石》。

当石头作为生产工具时，是我们生存的起码保证；当石头作为书写工具时，是我们传承文明的载体；而当石头作为人类代代相依忠贞不贰的伴侣时，它就是我们心灵深处的一面镜子。无论社会如何进步，天不变，石亦不烂，石头将与人相厮相守到永远。

2003 年 8 月 24 日

为文第一要激动

此处实则提出一个问题，何谓创造的激动？

我常听到这样的话：你看到此情此景又可写一篇好文章了。但我大多数情况下却心静如水，没有创作的激动。

写作就是一种感情和思想的喷发。你可以在学识、技巧各方面已有足够的准备，但是没有一个契机，它还是不能成文。就像一座火山要等百年千年才喷一次，也可能永远地怀抱岩浆，沉默不语。

文章之有激动和无激动大不一样。有激动为真文章，能感到作者想说话，说真话，读者就有新感觉，新启发。无激动，必抄袭，必重复，必说教，读来令人心烦。无激动之文有四种。一是新手初学而为文，比如学生作文。这时作者的主要目标在掌握文字技巧，训练文字的驾驭能力，布局得当、文字通顺皆可，重在学形式，还不能一气贯文中，所以也多找不到什么激动之情。二是外行为文。有一部分人并不是当作家的料，但是对写作十分爱好，十分投入，而且自以为找到了感觉，一篇接一篇，一本接一本地写。实际上他是在照样画葫芦。他从一开始就没有找到那个激动点，没有找到进山的路。如果他有发表的条件，就更促成了这种恶性循环。甚至他一生就这样穿着皇帝的新衣，出席作家会议，上台领奖，为人签名等等。三是匠人原地踏步为文。有的人确实写过几篇成名作，但是再找不到新突破，又不甘心被人忘掉，就在自己原有的高度上不断重复。像一个匠人，在熟练地工作，所提高的只是技巧与速度，设计造型没有新突破，上不到大师这个台阶。四是老手敷衍为文。文章写多了就累人，名家也难篇篇激动，老手在为文债所逼时也会敷衍为文，并不去动真情。就像一个名演员，一生总演这一出戏，也有腻的时候，场场激动受不了。

这四种人，第一、二种是根本不知道为文要激动，第三种是丢失了激动，第四种是懒得激动。

此处一指何为无激动之文，二指文坛之中的弊端。

为文为什么要激动，就是为了产生一种爆发力、爆炸力，这样才能震撼人心，感动读者。读者捧读一篇新文章前，本来心静如水，全靠作者这一粒石子投入他心海之中，激起情感的涟漪。能不能投得准，是关键。而投之前，又要看作者是不是先激动，即先产生投的欲望。刘勰所谓“目既往还，心亦吐纳”。心不动，难为文。如果作者心如止水，怎么能期望读者其心如沸呢？激动者，情为所激，心为所动，实际上是一个由事物到作者、再到读者的连续过程，必得“双动”才行。作者不动情，不能为文。就算为文，读者不动心，不算好文。所以这个激动点一般要找在时代和最大多数人的共振点上，才能收大激动、大影响之效。比如，家家婚丧嫁娶，都有个人之喜，个人之悲。但这并不是社会全体之喜、之悲，这种文章写出来自己激动，别人并不激动。这就是为什么小情小景不足取。凡历史上留下来的名篇都是大激动之文。虽也有取之常情常景者，如朱自清《背影》，但实际上它是寓共性于个性，揭示出人伦之大情。

激动着，一为动情，二为动心，情心相激，是为好文。

怎样才算有激动之文呢？简单说，就是无中生有，死中求活。无论是作者内心平静的世界，还是外部的客观事物，原本是孤立的，不成文章。只有两相一激，便无中生有，生出新的思想，便死寂之中忽然跃出活灵灵的情感。像春天第一声春雷，震醒冬眠蛰伏之物；像春雨浸润土中的种子，催生新芽。作家的修养学识经外部事物一激，就如原子辐射使生物变异，可以激发出想象不到的新思想、新情意、新文章。作家许多时候并不想为文，但忽遇外事外景所激，反会顺手写出一篇好文，正所谓“文章乃天成，妙手偶得之”。我写过许多山水文章，对象都是万年旧物，前人咏过何止千遍，但仍觉有可激动之处，也写过许多文章，都此处由“激动”谈及“激动之文”，二者本质同为一个“情”字：情感、情思。因激动而创造激动之文，情亦来回往复其中，这样才有作者、写作对象、读者的共振与共鸣。

是古人故人，别人也多有抒写评点，但仍有激动我的地方。也还有许多的山水人物看过想过不知多少遍，但就是不想写，因为我还没有发现激动我的那个点。一个作品的成功，概括来说是“二次激动”，“三点一线”，先要作者激动，并发而为文，像杜甫那样“感时花溅泪，恨别鸟惊心”，再用这种文章去激动别人，才会“洛阳纸贵”。作者、写作对象、读者三点一线，在激动这根弦上共振才行。鲁迅说写不出时不要硬写，不激动时，就不要提笔。

1999 年 6 月 28 日

文章要当钻石磨

在澳大利亚访问新得到一个知识，原来钻石难能珍贵处，主要在加工打磨。澳也有矿，南非也有矿，但南非钻石更有名。因为澳的加工技术只能打出 40 几个面，南非可打出 460 多个面，面越多，折光就越多，无论从哪个细微的角度看，都能找到光彩夺目的新感觉。真是好矿诚珍贵，技绝价更高。

由此想到写文章。选材如挖矿，初稿是坯料，就像一块有纹理的花岗石。你只要从任何一个角度打磨一下，或者再打磨进任何一个深度，就会出现一种新的图案、色泽和纹路。随着角度的变换和深度的跟进，就产生一个一个的新结果，直到满意为止。这个过程可能要几十次、上百次。文章首先是打磨思想。开始你只是想到一个主题，一个方向。而在写作过程中常会在这里或那里闪出一个念头，就像一块花岗岩，开始加工时你只知道总的颜色、花纹，是腥红还是石绿，在打磨过程中会突然遇到一点好纹理、好色块，或是新奇的图案，这时就立即着意加工，突现它，丰富它。中国古代的名砚，除刻工精巧外，常常是能打磨出藏于石中的一团明月或一片绿叶，就让它浮现在柔润的青石砚边。我在云南见过一块极名贵的大理石，平光如镜，上面有一只花猫正伸出右前爪捕捉一只彩蝴蝶。天啊，这是怎样的一块奇石，又是以怎样的打磨功夫才尽现其奇的啊。就像一块貌不惊人的石头里能打磨出天下无双图案一样，你的文章坯子经过无数次打磨也能磨出一个最理想的效果。我的散文《最后一位戴罪的功臣》是描述林则徐在虎门销烟

“题好一半文”，一个“磨”字点出文章的成功秘诀：不断打磨；“钻石”又点出打磨的结果。明了、直接，却又高度浓缩了文章的内涵。

从介绍一个看似简单的背景知识入手，升华到理性的认知——技绝价更高。文章过渡平缓，不觉丝毫突兀。细读之下，却是从“事”到“理”，从“旁观”到“参悟”的演进。

以磨石喻“磨”文，进一步点题。

后被削职发配新疆的一段历史。在初稿中引用林的一句诗："羁臣奉旨原非分"，是说他以罪臣之身被委派去勘测土地，是干着非分之事。同时，名不正、言不顺，处境很尴尬。在改到十数遍之后，不觉在"非分"上生出一段议论："可知，世上之事，相差之远者莫如人格之分了。有人以罪身忍辱负重，建功立业；有人以功位而鼠窃狗盗，自取其耻，自取其罪。确实，'分'这个界限是'人'这个原子的外壳，一旦外壳破而裂变，无论好坏，其能量都特别的大。"自觉这段理性的升华使本是叙事的文章顿然拔高一截。但这是在修改到十数遍之后才打磨出来的，就像打磨一块青绿花岗石，突然露出点红，再一遍又一遍地磨下去，就是一轮破云而出的红日。

举实例，就文中思想打磨比作破云而出的红日，对应上文夺目的钻石。

这只是就文中思想的打磨略举一例。要最后将文章变成成品、精品还要做到语法准确、词语生动、结构新颖、修辞恰当、错落有序、情真意切、神形兼备等等。只要有一面打磨不到，就不能显出它的最佳光彩。而作者有时又很难兼顾，磨光这一面却又伤了另一面，这便需要选取最佳组合了。如果能使这篇文章的光彩到了极致，那就是一枚打出了460面的钻石。

2009年3月27日

文章五诀

一篇文章怎样才好看呢？先抛开内容不说，手法必须有变化。最常用的手法有描写、叙事、抒情、说理等。如就单项技巧而言，描写而不单调，叙事而不拖沓，抒情而不做作，说理而不枯燥，文章就算做好了。但更多时候是这些手法的综合使用，如叙中有情，情中有理，理中有形，形中有情，等等。所以文章之法就是杂糅之法，出奇之法，反差映衬之法，反串互换之法。文者，纹也，花纹交错才成文章。古人云：文无定法，行云流水。这是取行云流水总在交错、运动、变化之意。文章内容空洞，言之无物，没有人看；形式死板，没有变化，也没有人看。

手法之变化为本段的核心意思。

变化再多，基本的东西只有几样，概括说来就是：形、事、情、理、典五个要素，我们可以称之为“文章五诀”。其中形、事、情、理正好是文章中不可少的景物、事件、情感、道理四个内容，又是描写、叙述、抒发、议论四个基本手段。四字中“形”、“事”为实，“情”、“理”为虚；“典”则是作者知识积累的综合运用。就是我们平常与人交流，也总得能向人说清一个景物，说明白一件事，或者说出一种情感、一个道理。所以这四个字是离不开的。因实用功能不同，常常是一种文体以某一种手法为主。比如，说明文主要用“形”字诀，叙述文(新闻亦在此列)主要用“事”字诀，抒情文主要用“情”字诀，论说文主要用“理”字诀。

文章五诀之法，现已流传甚广，成为最易掌握的写作方法。

正如一根单弦也可以弹出一首乐曲，只跑或跳也可以组织一场体育比赛。但毕竟内容丰富、好听、好看的还是多种乐器的交响和各种项目都有的运动会。所以无论哪种此段重点说“五诀”并用。

文体，单靠一种手法就想动人，实在很难。一般只有“五诀”并用才能做成斑斓锦绣的五彩文章。试用这个公式来检验一下名家名文，无不灵验。范仲淹的《岳阳楼记》是一篇《记》，但除用一两句小叙滕子京谪守修楼之事外，其余，“霪雨霏霏”、“春和景明”都是写形，“感极而悲”、“其喜洋洋”是写情，而最后推出一句震彻千年的大理“先天下之忧而忧，后天下之乐而乐”。形、事、情、理，四诀都已用到，文章生动而有深意，早已超出记叙的范围。梁启超的《少年中国说》是一篇讲国家图强的论文，但却以形说理，一连用了“老年人如夕照，少年人如朝阳。老年人如瘠牛，少年人如乳虎。老年人如僧，少年人如侠。老年人如字典，少年人如戏文……”等九组十八个形象，这就大大强化了说理，使人过目不忘。毛泽东的《为人民服务》从张思德牺牲说起，是事；沉痛哀悼，是情；为人民服务，是理；引司马迁的话，或重如泰山，或轻如鸿毛，是典。特别是借典说理，沉稳雄健，是这篇文章的一个重要支点。有人说马克思的文章难读，但是你看他在剖析劳动力被作为商品买卖的本质时，何等的生动透彻：“原来的货币占有者作为资本家，昂首前行；劳动力占有者作为他的工人，尾随于后。一个笑容满面，雄心勃勃；一个战战兢兢，畏缩不前，像在市场上出卖了自己的皮一样，只有一个前途——让人家来鞣。”在这里，“形”字诀的运用，已不是一个单形，而是组合形了。可知，好文章是很少单用一诀一法，唱独角戏，奏独弦琴的。我们平常总感到一些名篇名文魅力无穷，原因之一就是它们都暗合了这个“文章五诀”的道理。

作者的条分缕析、举例说明，更使人增加了对这些方法使用的兴趣。

常有人抱怨现在好看的文章不多，原因之一就是只会用单一法。比如，论说文当然是以理为主，但不少文章也仅止于说理，而且还大多是车轱辘话，成了空洞说教。

十八般兵器你只会勉强使用一种，对阵时怎能不捉襟见肘，气喘吁吁。不要说你想“俘虏”读者，读者轻轻吹一口气，就把你的小稿吹到纸篓里去了。前面说过，形、事为实，情、理为虚，“五诀”的运用特别要讲究虚实互借。这样，纪实文才可免其浅，说理文才可避其僵。比如钱钟书《围城》中有这样一句话：“（男女）两个人在一起，人家就要造谣言，正如两根树枝相接近，蜘蛛就要挂网。”这是借有形之物来说无形之理，比单纯说教自然要生动许多。

再从相反的角度来论证主题。

“文章五诀”说来简单，但它是基于平时对形、事、情、理的观察提炼和对知识典籍的积累运用。如太极拳的掤、捋、挤、按，京戏的唱、念、做、打，全在临场发挥，综合运用。高手运笔腾挪自如，奇招迭出，文章也就忽如霹雳闪电，忽如桃花流水。

运用的要点。妙在这个结尾虽是说理，却有形有情，处处体现作者的“五诀”理论。